MELAINE AMOR

REBELS OF ASHWICK

Ryder

Dark New Adult

IMPRESSUM

Melaine Amor - autorenglück.de - Franz-Mehring-Str. 15 - 01237 Dresden

Bibliografische Information der Deutschen Nationalbibliothek:
Die Deutsche Nationalbibliothek verzeichnet diese Publikation in der Deutschen Nationalbibliografie; detaillierte bibliografische Daten sind imInternet über http://dnb.dnb.de abrufbar.

Lektorat: www.worttraumlektorat.net
Korrektorat: Tanja und Ole Schulze
Cover: www.jaqueline-kropmanns.de
Buchsatz: www.Lillyschwarz.de
Illustrationen: Katrin Romano

Independently Published
ISBN: 979-8-3867-5973-5

Medien Buchsatz
Canva

Schriftarten Buchsatz
MyFonts-Sveva, Google Fonts - Playfair Display SC, Adobe Fonts - Miller Text

Triggerwarnung:

Ryder:
Liebe Leser*innen, ...

Neo:
Oh Gott. Willst du das wirklich so anfangen?

Ryder:
Kannst du dich bitte wieder hinsetzen und den Mund halten, bis dein Teil an der Reihe ist?

Neo:
Nur zu, sprich deine tolle Triggerwarnung aus. Ich bin schon ganz scharf darauf!

Ryder:
Schön. Also: Ashwick ist kein schöner Ort, mit zuckersüßen Liebesgeschichten ... Mein Gott Neo, wieso siehst du mich so an?

Neo:
Weil du dich jetzt komisch anhörst. Was soll das werden? Sag doch einfach, was jeder hier wissen will, damit sie endlich anfangen können zu lesen!

Arjan:
Wieso müssen wir den Scheiß überhaupt machen? Ist das nicht die Aufgabe von Melaine?

Arjan:
Fass dich kurz und nerv nicht mit dem verfickten Scheiß, Ryder.

RYDER:
Auf deine Geschichte freue ich mich schon ganz besonders, Sir Eisenherz.

ARJAN:
Was soll das denn heißen?

MELAINE:
Jungs, ihr schweift ab. Reißt euch zusammen, was sollen denn die Leser denken?

ARJAN:
Spätestens nach dieser Triggerwarnung denken sie ohnehin, du hast 'ne Macke.

NEO:
Arjan! So kannst du nicht mit ihr sprechen!

RYDER:
Also gut. Zurück zu der Triggerwarnung. Diese Geschichte ist düster. Jeder von uns ist ...

NEO:
Alter, schließ von dir nicht auf andere!

RYDER:
Jeder von uns, ja auch du Neo, ist gefährlich, in jeder erdenklichen Form. Diese Geschichte ist moralisch fragwürdig ...

ARJAN:
Der Einzige »moralisch Fragwürdige« bist du, du Stalker!

(Melaine seufzt und nimmt Ryder das Papier aus der Hand, ehe er sich auf Arjan stürzt.)

Melaine:

Na schön, dann übernehme ich das:
Dieses Buch enthält sehr düstere und triggernde Inhalte.
Wie zum Beispiel: Grafische Gewalt, sexuelle Handlungen und Übergriffe, Machtspielchen und Erniedrigung.
Die entsprechenden Szenen sind sehr detailliert, also pass bitte auf dich auf.

Flucht.

Manchmal ist die Flucht das Einzige,
was einen übrig bleibt.
Ein Ausweg, ohne Erlösung.
Denn die Folgen der eigenen Fehler waren allgegenwärtig.
Sie überschatteten jeden Schritt wie eine dunkle Wolke.
Bis sie dich fanden ...

Kapitel 1

AVA

Ein heftiges Rütteln riss mich aus den Gedanken. Mein Kopf schlug sachte gegen das Fenster des Zuges, hinter dessen Glas eine Finsternis herrschte, die meiner inneren Dunkelheit in nichts nachstand. Seufzend rutschte ich tiefer in den Sitz und zog dabei die graue Mütze weiter ins Gesicht. Nachdem ich mich einmal kurz umgesehen hatte, klappte ich den Kragen des schwarzen Mantels auf, in der Hoffnung, die roten Striemen, die meinen Hals zierten, verdecken zu können. Das Letzte, was ich jetzt brauchte, war, dass irgendjemand von dieser Situation Wind bekam.

Ein Frösteln breitete sich in mir aus, während ich meinen Blick über die Mitfahrenden schweifen ließ. Niemand schien sich an der seltsamen jungen Frau in der letzten Reihe zu stören. Es machte fast den Anschein, als würden sie ganz genau wissen, dass es das Beste war, wenn ich einfach unerkannt verschwinden würde.

Da ich mir keinen weiteren gedanklichen Ausflug in die Vergangenheit gestattete, holte ich das Handy aus der Tasche und stöpselte die Kopfhörer ein. Bei den vertrauten Klängen meines Lieblingsliedes entspannte ich mich wieder, sodass ich den Kopf zurück an die Fensterscheibe lehnte und die Augen schloss. Mit dem Smartphone in der Hand, und dem leichten, aber stetigen Wackeln des Zuges, brach eine Müdigkeit über mich ein, der ich fast erlegen wäre, wenn in diesem Moment, nicht mein Handy vibriert hätte. Blut hämmerte in meinen Adern, pumpte eine Welle der Panik durch meinen Körper.

Das Handy glitt mir aus der Hand und landete wieder in der Tasche, die auf meinen Beinen lag. Bis auf ein wenig Geld und den Führerschein war sie leer. Einen Moment verweilten meine Augen auf dem Lichtbild, auf dem mir mein achtzehnjähriges Ich entgegenschaute.

Nichts ahnend, dass von dieser Glückseligkeit drei Jahre später nicht mehr viel übrig sein würde. Jetzt war das schwarze Haar zwar länger und reichte mir bis weit über den Rücken, doch das Blau meiner Augen war getrübt, leer und von einer Traurigkeit gezeichnet, die ich kaum verstecken konnte. Ich blinzelte die Tränen weg und verstaute den Führerschein, mit samt seinen Erinnerungen, in einem Seitenfach der Tasche. Das Display meines Smartphones leuchtete dabei auf und offenbarte eine Nachricht.

Komm zurück!!

Wie auf Kommando fingen meine Hände an zu zittern, sodass ich sie mit einem tiefen Atemzug unter die Oberschenkel schieben musste, um die innere Unruhe nicht herausbrechen zu lassen.

Nach und nach beruhigte sich mein Herzschlag, weswegen ich der älteren Dame neben mir ein schwaches Lächeln schenkte. Sie ließ sich jedoch nicht von meinem aufgesetzten Optimismus täuschen und musterte mich skeptisch. Ich befürchtete schon, sie würde mich jeden Moment ansprechen. Doch ein leises Piepen, gefolgt von einer mechanischen Bandansage, hielt sie davon ab.

»Nächster Halt: Ashwick Hauptbahnhof.«

Ashwick, ein Ort, der voller Erinnerungen sein sollte. Leider waren die meisten von ihnen inzwischen verblasst. Als ich vier Jahre alt war, packte meine Mutter unsere Sachen, nahm mich an die Hand und ging. Seither hatte sie kein Wort mehr über die kleine Küstenstadt verloren.

Welch eine Ironie es doch war, dass es mich auf meiner eigenen Flucht ausgerechnet hierher zurück verschlug.

Nachdem ich sichergegangen war, auch nichts liegengelassen zu haben, stand ich auf und gab der älteren Dame mit einem genuschelten »Entschuldigung« zu verstehen, dass ich jetzt aussteigen wollte.

Sie sah mich entsetzt an und sagte: »Junge Dame, Sie wollen wirklich nach Ashwick?«

Ich nickte und schob mich, so rücksichtsvoll wie möglich, an ihr vorbei, da es ihr scheinbar gar nicht in den Sinn kam mich durchzulassen.

»Sie wissen schon, was dort alles passiert?« Gleichgültig zuckte ich mit den Schultern. Was immer »dort passiert« war nichts, im Vergleich zu dem, was mir alles passieren würde, wenn ich nur eine Sekunde länger bei ihm geblieben wäre.

»Gangs regieren die Straßen, meine Liebe«, gab sie kryptisch von sich, ehe sie nach meinem Handgelenk griff und so leise flüsterte, dass ich alle Mühe hatte, sie über das Rattern der Schienen überhaupt zu verstehen, »In Ashwick passieren schlimme Dinge, mein Kind.«

Ich blickte erstaunt und riss meine Hand aus ihrem Griff. »Ich weiß sehr wohl, was Ashwick für ein Ort ist. Und ich würde lieber auf den Straßen dieser Stadt verrecken, als nach Hause zurückzukehren.«

Natürlich wusste sie nicht, aus welchem Loch ich gekrochen kam und dass ein paar halbstarke Kerle, die dachten, sie müssten eine Straßengang gründen, keinen Eindruck bei mir hinterlassen konnten. Denn wenn man den Teufel kannte, kamen einem die gewöhnlichen Dämonen dieser Welt viel harmloser vor.

Während ich zu den Türen eilte, um den Ausstieg nicht zu verpassen, klangen mir die letzten Worte der Alten noch in den Ohren. »Dann viel Glück!«

Schlotternd zog ich den Mantel enger um meinen Körper, als mir die erste kalte Windböe den feinen Nieselregen ins Gesicht peitschte. Geschwind ließ ich den Zug hinter mir und näherte mich dem kleinen, ranzigen Komplex aus Glas und Backstein, der einst ein Bahnhof gewesen sein musste. Unzählige Fenster waren zerschmettert, der eisige Wind fegte durch das dunkle Gebäude und wirbelte den Dreck auf, der auf dem Boden lag. Mein Atem stockte, ich hielt einen Augenblick inne und ließ die Umgebung auf mich wirken.

Nachdem ich mich endlich dazu durchringen konnte, die verwaiste Eingangshalle zu durchqueren, wanderte mein Blick immer wieder von links nach rechts, suchte jede Ecke nach Auffälligkeiten ab. An einem neonfarbenen Schild mit der Aufschrift »Information« blieb er letztlich hängen. Die meisten Buchstaben leuchteten schon nicht mehr und die automatischen Glastüren, hinter denen sich für gewöhnlich Mitarbeiter um die Wünsche, Fragen und Anliegen der Fahrgäste kümmerten, waren mit massiven Metallgittern verbarrikadiert.

Unwillkürlich überkam mich die Frage, ob es einen Tag in der Woche gab, an dem dort jemand saß. Der Rest des Gebäudes ließ jedenfalls nicht darauf schließen. Der alte Putz blätterte großflächig von den Wänden. Verschiedene Geschäfte, Boutiquen und Bäcker reihten sich um ein gigantisches Blumenbeet.

Es hätte hübsch aussehen können, wenn die Blumen und Sträucher nicht herausgerissen worden wären. Sie lagen verrottet und verwelkt auf dem dreckigen Boden. An einigen Stellen mit Glas, an anderen mit Armen, Beinen und abgetrennten

Köpfen der Schaufensterpuppen. Der Anblick tauchte die Anlage in eine gespenstische Atmosphäre. Offenbarte das Offensichtliche: Dieser Bahnhof war schon seit Längerem nicht mehr benutzt worden.

Mein Körper erzitterte und Kälte kroch mir den Nacken hinauf. Ich schluckte, schob das unangenehme Gefühl beiseite und flitzte durch die Eingangstüren, weil ich es keine Sekunde länger in diesem gläsernen Sarg aushielt.

Dicke Tropfen perlten vom Bahnhofsdach, doch der Regen hatte inzwischen aufgehört. Für eine Sekunde war ich unaufmerksam, konzentrierte mich zu sehr auf eine Bewegung in der Ferne, sodass ich die heranrasenden Scheinwerferlichter nicht bemerkte. Jeder Muskel in meinem Körper spannte sich an. Hektisch stolperte ich zurück. Ich kniff die Augen zusammen, um besser sehen zu können und erst, als ich das Gesicht der jungen Frau erkannt hatte, atmete ich erleichtert aus.

Nicht, dass ich davon ausgegangen wäre, sie hätte mich hängen lassen. Aber ich hatte schon so einiges in meinem Leben erlebt und Enttäuschungen gehörten definitiv dazu. Menschen traute ich inzwischen alles zu.

Noch bevor ich den Wagen erreichte, hörte ich ein seltsames Geräusch, das mich an Ort und Stelle fesselte. Es kam direkt vom Bahnhof und klang wie ein tiefes, hysterisches Lachen. Adrenalin und Angst mischten sich zu einem gefährlichen Cocktail, der unaufhörlich jeden Funken der Erleichterung, welche sich im Verlauf meiner Flucht langsam entfacht hatte, auslöschte. Mit klopfendem Herzen drehte ich mich um.

Zwei große, dunkle Umrisse schälten sich aus der Finsternis, die den Bahnhof umgab. Immer mehr verwandelten sich ihre Schatten in menschliche Silhouetten. Schwer schluckend, wich ich einige Schritte zurück, ohne den Blick von den Gestalten zu nehmen, die sich nun in einem gleichmäßigen Tempo näherten. An einer brennenden Mülltonne hielt eine von ihnen inne, um mit einem lauten, animalischen Brüllen eine Fackel zu entzünden. Eine neue Welle der Angst legte sich wie eine eiserne Hand um mein Herz. Zitternd griff ich mir an den Hals, kämpfte gegen das Gefühl an, welches mir die Luft zum Atmen nahm.

Und obwohl diese Situation ein verdammtes Paradoxon war, und mich eiskalt erwischte, schaffte ich es nicht, einen Fuß vor den anderen zu setzen. Ich war wie hypnotisiert von der lauernden Gefahr und vom Schein der flackernden Fackel, die die Straße mit einem diffusen Licht erhellte. Tanzende Flammen spiegelten sich orange-rot in den zahlreichen Pfützen und warfen immer wieder Schatten auf die Unbekannten, deren Gesichter im Schutz ihrer Kapuzenpullover verborgen lagen.

»Komm endlich in das verdammte Auto, Ava!«

Wie eine Blase zerplatzte die Trance, in der ich mich befand. Benommen schüttelte ich den Kopf, erlangte die Klarheit meines Verstandes zurück und warf einen schnellen Blick über die Schulter. Kat, meine Kindheitsfreundin, die erst vor ein paar Monaten wieder Kontakt zu mir aufgenommen hatte, hielt ihren rotblonden Schopf aus dem Fenster gestreckt und winkte mich wie wild zum Wagen.

»Wo willst du denn hin?«, flüsterte plötzlich eine tiefe, raue Stimme.

Es kostete mich einiges an Mühe, den Aufschrei zurückzuhalten, der mir bereits auf den Lippen lag. Ich biss mir auf die Zunge. Auf der Stelle ersetzte Schmerz die Überraschung über sein plötzliches Erscheinen. Leider beruhigte es mein pochendes Herz nicht ansatzweise.

»Sei der Jäger, nicht die Beute, *neues Mädchen*!«, raunte er, als hätte er jedes Zögern, und alle wirren Gedanken, die er in mir ausgelöst hatte, richtig gedeutet.

Mit einem Ruck drehte er mich um. Er stand direkt vor mir. Die Hände auf meinen Schultern gebettet. Ich spürte die Wärme seiner Handflächen durch den Stoff meines dünnen Mantels.

Vielleicht wäre es möglich gewesen, Teile seines Gesichts unter der Kapuze auszumachen, wenn er die Fackel auf dem Weg zu mir nicht in eine Pfütze geworfen hätte. Nun lag die Straße wieder in einer dicken, fast greifbaren Finsternis, die ihn ebenfalls zu verschlucken schien.

»Ich bin aber keine Beute«, erwiderte ich trotzig, als ich meinen Mut zurückerlangt hatte.

»Verpiss dich, Neo!«, ertönte mit einem Mal Kats Stimme.

Mein Kopf schnellte herum und ich erkannte, wie sich die andere Gestalt gegen die Fahrertür lehnte. Ich schreckte zurück, als sich warme Finger um mein Kinn legten und es grob herumzogen. Die Stellen, an denen sie die Haut berührten glühten und ich hoffte, dass er die Hitze, welche in diesem Moment in meine Wangen schoss, nicht bemerkte.

»Du bist keine Beute, hm? Wieso zitterst du dann wie ein Reh vor dem bösen Wolf?«, lachte er kehlig.

Schnaufend vor Wut, schlug ich ihm gegen den Arm, was seinen Griff jedoch nur verstärkte. Unbeirrt drehte er meinen Kopf, als wolle er mich ganz genau begutachten.

»Du bringst Ärger in diese Stadt«, knurrte er abschließend, während seine Finger mein Kinn hinunterwanderten und meine Kehle umschlossen.

Unfähig, mich auch nur einen Millimeter zu bewegen, wagte ich nicht einmal einen Atemzug.

»Sie gehört zu mir! Sie ist meine Freundin«, rief Kat.

»Du hast keine Freunde, *Kittykat*«, antwortete Neo amüsiert.

»Fick dich, Neo. Ryder, lass sie gehen. Macht euch nicht lächerlich, wenn …« Ryder zog mich zur Seite, um freie Sicht auf den Wagen zu haben.

»Wenn *was*?«, unterbrach er Kat harsch, »Kathleen, ich warne dich, wenn sie Ärger macht, wird nicht nur sie dafür bezahlen, sondern auch du. Ab heute bürgst du für sie und du weißt, was das heißt.« Ohne eine Antwort ihrerseits abzuwarten, wandte er sich wieder mir zu. »Trotzdem will ich wissen, wie die hierhergekommen sind.« Seine Fingerspitzen fuhren über die roten Linien an meinem Hals. Ich erschauderte unter der beinahe zärtlichen Berührung und dem Kribbeln, die sie auf meiner Haut hinterließ.

»Das geht ...«

»Du redest zu viel!« Angewidert schubste er mich von sich.

Ich geriet ins Taumeln, weil ich mit dem Stoß nicht gerechnet hatte. Gott sei Dank schaffte ich es das Gleichgewicht zu halten und nicht wie eine völlige Versagerin auf dem Hintern zu landen.

»Sag mal, geht's noch?«

»Verschwinde endlich«, knurrte er kalt.

Die unterschwellige Drohung, die jedes Wort begleitete, war kaum zu überhören. Ich schluckte die Beleidigungen herunter, die mir bereits auf der Zunge lagen und ging, ohne ihn eines weiteren Blickes zu würdigen, zur Beifahrertür.

»Geh weg von meinem Auto, Arschloch!«, fauchte Kat in Neos Richtung. Dieser lachte nur wieder und lehnte sich, mit verschränkten Armen auf die Fensterscheibe.

Mit einem süffisanten Grinsen beugte er sich zu ihr und fragte: »Wie geht's deinem Bruder?«

Er neigte sich noch weiter in das Auto hinein, um ihr etwas ins Ohr zu flüstern, woraufhin sie seinen Oberkörper laut schimpfend aus dem Fahrerraum drängte. Der Motor jaulte auf, er trat lachend beiseite und winkte uns zum Abschied zu, als Kat mit quietschenden Reifen davon sauste.

»Was zur Hölle war das eben, Kat?«, fragte ich außer Atem.

»Ein Begrüßungskomitee«, antwortete sie matt. Ich hob fragend eine Augenbraue.

Nachdem sie ihren Blick jedoch nicht von der Straße genommen hatte, hakte ich nach: »Hast du nicht gesagt, dass dein Bruder das Sagen hier hat?« Kat warf mir einen kurzen Blick zu. In ihren moosgrünen Augen lag eine unsagbare Traurigkeit.

»Das hatte er auch«, sie machte eine kurze Pause, setzte den Blinker und lenkte den Wagen auf eine einsame Landstraße, »bevor die Schweine ihn in den Knast gebracht haben.«

KAPITEL 2

AVA

»Ich kann nicht glauben, dass du hier leben kannst!«, sagte Kat ungläubig.

Wie die Tage zuvor auch schon, ließ sie den Blick durch das Innere des alten Hauses schweifen. Ihre Nase rümpfte sich merklich, als er auf die Töpfe und Pfannen fiel, die in der Küche das Regenwasser auffingen, das durch das kaputte Dach tropfte.

Sie hatte nicht ganz unrecht, was das Haus anging. Mag sein, dass es kein 5-Sterne-Hotel war, doch auf eine unerklärliche Weise brachte es meiner Seele Frieden. Es hatte Risse und Löcher, wurde von der Natur mehr als einmal in die Knie gezwungen und trotzdem war es noch da. Dieses Haus erinnerte mich auf eine verschrobene Art und Weise an mich selbst. Aber das konnte ich ihr unmöglich verraten.

»Es ist gar nicht mal so übel, Kat. Dank dem Blockheizkraftwerk im Schuppen habe ich sogar Strom«, erklärte ich und betätigte wie zur Demonstration den Wasserkocher, um uns eine Tasse Tee zuzubereiten.

Kat hatte mir schon vor Wochen mitgeteilt, dass sich meine Großmutter dazu entschieden hatte, in ein Altenheim zu ziehen. Es war ihr unmöglich, die anfallenden Aufgaben, die ein Haus nun mal mit sich brachte, allein zu bewerkstelligen.

»Ich sehe es«, antwortete Kat verdrossen.

Ich ließ den Drang außer Acht, ihr zu verkünden, dass es fast an ein Wunder grenzte, dass auch alle Möbel im Haus zurückgelassen worden waren. Vielleicht hatte Großmutter versäumt, es einem Umzugsunternehmen in Auftrag zu geben, oder es hatte sich schlichtweg niemand dafür verantwortlich gefühlt. Alles, was ich bei meiner Ankunft tun musste war, die Decken und Folien von den Möbeln zu nehmen. Danach wischte ich die dicke Staubschicht von sämtlichen Oberflächen und Böden.

Dies war innerhalb von ein paar Stunden erledigt.

Wenn man jetzt die Löcher im Dach, die undichten Fenster und grässlichen Blumentapeten ignorierte, schien das Haus fast heimelig. Die Wohnfläche erstreckte sich über zwei Etagen, einen Dachboden und Keller. Das Betreten des Letzteren hatte ich bis dato erfolgreich vermieden. Ich hoffte inständig, dass es auch noch eine Weile so bleiben würde.

Alte Häuser strahlten eben etwas Gruseliges aus. Da stellte dieses Schmuckstück keine Ausnahme dar.

Die Küche war einer meiner Lieblingsorte im Haus. Sie war groß, mit weißen Küchenschränken, Sprossenscheiben und einer dunklen Arbeitsplatte. Die geblümten Vorhänge waren zwar nicht mein Stil, rundeten den Look einer Landhausküche aber perfekt ab. Im Zentrum des Raumes stand eine riesige Kücheninsel, an deren Theke wir gerade saßen.

»Sind die denn noch gut?« Kat deutete skeptisch auf die zwei Teebeutel, die ich soeben aus einem der Hängeschränke genommen hatte.

»Tee läuft nicht ab!«, grummelte ich und goss das heiße Wasser in zwei Tassen.

»Da bin ich mir nicht so sicher. Aber falls du mich vergiften willst, muss ich immerhin Neo nicht mehr sehen und diese Aussicht ist gar nicht mal so übel!«

Kichernd schob ich ihr eine der weißen Porzellantassen über die Theke. »Ich glaube nicht, dass du so viel Glück hast.«

Seufzend nahm sie die Tasse entgegen. »Leider.«

Für einen Moment schien es so, als würde Kat in Erinnerungen schwelgen, die nur sie vor ihrem inneren Auge sah.

»Kann ich dich etwas fragen, Ava?«, brach sie ihr Schweigen.

»Klar.«

Sie biss sich auf die Unterlippe und legte den Kopf schief. Ihr Blick fixierte mein Gesicht und es erweckte den Anschein, als würde sie nach den richtigen Worten suchen. Um der aufsteigenden Anspannung, die sich in mir bildete, entgegenzuwirken, nippte ich an meinem Tee.

Gespannt bemerkte ich, wie Kat hörbar nach Luft schnappte und dann die Frage stellte, die ihr scheinbar schon seit meiner Ankunft auf der Seele brannte: »Wirst du deine Großmutter besuchen?«

Es war eine Frage, die mir schon unzählige Male durch den Kopf gegangen war, dennoch hatte ich keine Antwort darauf. Jedes Mal, wenn die positiven Gründe die negativen überwogen, schlichen sich Zweifel ein.

Ich schwenkte den Tee in meiner Tasse hin und her und antwortete bedrückt: »Ich weiß es nicht. Wirklich nicht. Einerseits würde ich gerne, aber andererseits: Was ist, wenn sie mich gar nicht mehr kennt? Ich war schließlich ein Kind, als wir gingen.«

Kat streckte ihre Hand nach meiner aus und drückte sie sanft. »Das weißt du erst, wenn du es versuchst.«

Ich wusste, dass sie recht hatte, aber ich war noch nicht bereit, diesen Schritt zu gehen.

Was sollte ich auch nach all den Jahren sagen?

Hätte mir jemand vor meiner Ankunft in Ashwick gesagt, dass ich mich für einen Aushilfsjob an einer derart ranzigen Tankstelle, namens »*Brooks Gas*«, bewerben würde, hätte ich ihm wahrscheinlich einen Vogel gezeigt.

Unter anderen Umständen wäre ich aber auch nicht in Ashwick gelandet. Also musste ich die Dinge nehmen, wie sie kamen.

»Und Sie sind sicher, dass Sie sich das zutrauen?« Die monotone Stimme des Tankstellenbetreibers durchschnitt die Stille, welche schon seit einigen Minuten zwischen uns herrschte.

Er hatte sich wohl endlich dazu durchgerungen, die Chipstüte zur Seite zu legen und mir wieder seine ungeteilte Aufmerksamkeit zu schenken. Meine hingegen lag immer noch auf dem eingelegten Fleisch, das in riesigen, gläsernen Behältern auf dem Tresen stand. Gab es wirklich Menschen, die etwas davon kauften?

»Wollen Sie probieren, Miss? Das ist eine Spezialität meiner Urgroßmutter.«

Ich zuckte unter den Worten zusammen, drehte mich wieder in seine Richtung und hob abwehrend die Hände. »Nein, danke.«

Heiße Galle stieg mir die Kehle hoch, bei dem Gedanken, dieses Fleisch essen zu müssen. Als ich ihm die Antwort auf seine Frage weiterhin schuldig blieb, legte er die Stirn in Falten. Meine Augen verweilten einen Moment auf der ranzig wirkenden blauen Basecap, die er über den fettigen, blonden Haaren trug, ehe sie weiter an ihm hinabglitten.

Ehrlich gesagt wunderte es mich, dass er mit dem dicken Bauch, der deutlich unter dem dreckigen, weißen Tanktop hervorlugte, überhaupt hinter den schmalen Kassenbereich passte.

Zugegeben, der erste Eindruck von Mr. Brooks war nicht weniger desaströs als Ashwick selbst. Doch wo die Stadt bei Tageslicht durch fleckigen Asphalt, Smog und Graffitis, noch erbärmlicher wirkte, strahlte der kauzige Mann etwas ganz anderes aus.

Obwohl seine Tankstelle schon bessere Tage gesehen hatte, was sowohl das klebrige, graue Linoleum, als auch die nikotingelbe Tapete bezeugten, schien er völlig mit sich und seiner kleinen Tankstelle im Reinen zu sein.

»Miss?«, sprach er mich in diesem Moment an, »Trauen Sie sich das wirklich zu? Neben den Früh- und Spätschichten müssen Sie auch in der Nacht arbeiten. Über die Sicherheit müssen sie sich keine Sorgen machen. Ich kann mit Freude berichten, dass Ashwick eine sehr geringe Verbrechensrate hat. Das mag auf den ersten Blick vielleicht nicht so wirken, aber wenn mal einer aus der Reihe tanzt, kümmern sich ... Ach, egal, ich rede schon wieder zu viel. Was sagen Sie?«

»Wann soll ich anfangen?«

Seine buschigen Augenbrauen schossen in die Höhe, während er mich aus wässrigen, blauen Augen ansah. Scheinbar hatte er nicht damit gerechnet, dass ich den Job annehmen würde, aber ich brauchte nun mal das Geld.

»Morgen um 22 Uhr beginnt Ihre Schicht. Jemand wird Ihnen alles zeigen. Willkommen im Team.« Mr. Brooks streckte mir seine Hand entgegen.

Widerwillig starrte ich auf seine Finger, an deren Spitzen immer noch das Fett der Paprikachips glänzte.

»Alles klar.« Zögernd hielt ich einen Moment inne, schüttelte seine Hand aber dennoch, weil ich es mir nicht am ersten Tag mit meinem neuen Arbeitgeber verscherzen wollte.

Eilig trat ich durch die Tür und wischte mir dabei so unauffällig wie möglich das Paprikapulver an der schwarzen Leggings ab.

»Und? Wie ist es gelaufen?« Kat schaute mich erwartungsvoll an, nachdem ich die Tür ihres kleinen roten Wagens geöffnet hatte.

»Darf ich mich erst mal setzen?«

»Nein!«, gab sie grinsend zurück und drehte das Radio leiser. »Nicht, ehe du mir gesagt hast, wie es gelaufen ist.«

»Gut. Ich habe den Job.«

»Klingt ja nicht so begeistert. Willst du mein Angebot vielleicht doch annehmen?«

Ich schüttelte den Kopf, woraufhin sie eine Schnute zog, und meinte: »Es besteht aber weiterhin. Für den Fall, dass du dich doch noch anders entscheiden solltest. Du bist erst seit vier Tagen hier. Ich könnte verstehen, wenn du noch nicht so weit bist.«

»Ich will dein Geld nicht, Kat. Nichts für ungut, aber ich bekomme das schon hin.«

Kat hatte sich in der Nacht meiner Ankunft in dem baufälligen Haus meiner Großmutter umgesehen und angeboten, für die Reparatur des Daches aufzukommen. Das hatte ich zu diesem Zeitpunkt schon dankend abgelehnt. Auch heute hatte sich an dieser Entscheidung nichts geändert. Ich wollte niemandem etwas schuldig sein.

»Ja, ich weiß, Ava. Aber der Zustand des Hauses ist echt miserabel und du wirst hier nicht die Welt verdienen, um das Dach schnellstmöglich zu reparieren«, warf sie ein, bevor sie den Wagen startete und den leeren Vorplatz der Tankstelle verließ.

»An meiner Meinung wird sich nichts ändern, Kat.«

»Das habe ich befürchtet. Du bist echt stur!«

»Tut mir leid. Ich will nicht undankbar wirken«, erwiderte ich kleinlaut, während ich dabei zusah, wie die Sonne in ihren letzten Zügen den Himmel in ein feuriges Rot tauchte und dann hinter dem Horizont verschwand.

»Alles gut, mach dir keine Gedanken. Dann werde *ich* dir handwerklich zur Hand gehen!«, entgegnete sie mit einem Lächeln auf den Lippen.

Seufzend gab ich es auf, mir weitere Argumente auszudenken, die gegen ihre Hilfe sprachen. Wahrscheinlich würde sie ohnehin für Jedes ein Gegenargument finden.

»Verpass die Einfahrt nicht«, erinnerte ich sie deshalb lieber an den unauffälligen Zugang zum Grundstück.

Großmutter wohnte wirklich abgelegen. Wenn man nicht wusste, dass zwischen den Wäldern, auf einer einsamen Lichtung, ein Haus stand, würde man es nicht finden.

Einer der Hauptgründe, wieso ich unbedingt den Job in der Tankstelle brauchte, war, weil das Haus nur einige Kilometer davon entfernt lag. So konnte ich mir den Weg in die Stadt sparen, für den man mit dem Auto etwa eine halbe Stunde benötigen würde. Vermutlich ginge die Hälfte von dem, was ich dort bei irgendeinem Aushilfsjob verdienen würde, für die Fahrtkosten drauf. Immerhin konnte mich Kat nicht ständig von A nach B chauffieren, selbst wenn sie beteuerte, dass es ihr nichts ausmachte. Ich wollte nicht der Auslöser sein, weswegen sie ihr Studium an der örtlichen Universität vernachlässigte.

»Warst du heute überhaupt in der Uni?«, fragte ich Kat daraufhin.

»Vielleicht« antwortete sie, ohne den Blick von der Straße zu nehmen, um die besagte Einfahrt nicht zu verpassen. »Aber falls ich nicht da war, habe ich sicher einen guten Grund dafür.«

»Ach ja?«

»Ja, es war nur Kunstgeschichte.«

»Ich dachte, du liebst Kunstgeschichte!« Ich musterte sie eingehend, während ich auf ihre Antwort wartete.

»Richtig.«

»Aber wieso warst du dann nicht da?«

Sie ließ einige Sekunden verstreichen, ehe sie antwortete: »Ich habe vorgearbeitet, damit ich diesen Vollidioten nicht sehen muss. Jetzt müsste die Einfahrt doch gleich kommen, oder?«, fügte sie hinzu und drosselte das Tempo.

»Ja, da drüben.« Ich deutete auf eine Stelle an der Straße, von der ein kaum sichtbarer Schotterweg abzweigte. »Aber versuch nicht abzulenken. Was für ein Idiot?«

Kat verzog das Gesicht zu einer Grimasse und erwiderte: »Neo. Dieser Idiot.«

»Der studiert?«

Es war unmöglich, die Überraschung über diese Tatsache in meiner Stimme zu verbergen.

Kat kicherte, bog auf den Weg und sagte: »Ja leider. Ryder auch. Und Arjan, Neos älterer Bruder, trainiert das Footballteam der Uni. Ehrenamtlich wohlbemerkt. Offenbar denkt er, er bräuchte mit fünfundzwanzig keinen richtigen Job. Keine Ahnung, was er sich dabei denkt. Du kannst dir vorstellen, wie toll es ist, sie jeden Tag auf dem Campus zu sehen. Neo ist sogar einer der Besten an der Uni. Ryder nimmt das Studium nicht so ernst, aber das ist ohnehin egal. Sie können sich alles leisten, weil Arjan jedes Jahr ein Vermögen an die Universität spendet.«

»Du machst Witze!«

Sie schüttelte den Kopf und seufzte. »Schön wär's.«

Vor dem engen Pfad, der einen zwang, die letzten Meter zum Haus zu Fuß zurückzulegen, hielt sie den Wagen an.

»Weißt du, Ryder könnte nachts nackt auf seinem Motorrad in die Uni einbrechen und die Ergebnisse jeder Prüfung klauen und man würde ihm trotzdem am nächsten Morgen den roten Teppich ausrollen. Sie sind wie Heilige in dieser verdammten Stadt. Könige. Götter«, erzählte sie weiter.

Die Verachtung über diese Ungerechtigkeit war nun deutlich zu hören.

»Das ist schrecklich, Kat.«

»Das ist Ashwick, meine Süße. Hast du Geld, hast du Macht. Hast du Macht, hast du Kontrolle.«

»Aber es sind doch nur ein paar Kerle«, sprach ich meine Gedanken laut aus.

Kat schnaubte, doch anstatt etwas auf meine Aussage zu erwidern, wechselte sie das Thema. »Wieso hast du dich eigentlich nicht in der Uni eingeschrieben?«

»Ich erinnere dich nur ungern daran, dass ich in einem Haus lebe, dessen Dach mehr Löcher hat als ein Schweizer Käse!«, gab ich zurück, als wir aus dem Auto stiegen.

»Es gibt Stip...«

»Kat, hör auf«, unterbrach ich sie, ehe sie den Satz zu Ende bringen konnte. »Ich weiß, wo mein Platz ist, und der ist nicht an einer Universität. Ich verdiene Geld, repariere das Dach und danach werde ich schauen, was ich als Nächstes mache«, erläuterte ich meinen Plan.

Er war nicht besonders ausgereift, oder gar ausgeklügelt, dafür war ich nicht der Typ. Ich ging die Dinge einfach an, Schritt für Schritt, und schaute dann, wohin sie führten.

»Wirst du mir jemals erzählen, wieso du hier bist?«, fragte Kat nach einer Weile, als sie offenbar sicher war, ihre Konzentration nicht mehr vollständig auf den Waldboden richten zu müssen.

Es hatte schon vor Stunden aufgehört zu regnen, aber zwischen den Bäumen stand das Wasser an einigen Stellen noch knöcheltief und das heruntergefallene Laub hatte den Weg in eine regelrechte Rutschpartie verwandelt. Mein Blick blieb an einer der kaputten Laternen hängen, die den Trampelpfad beleuchteten. Schon im heilen Zustand spendeten die solarbetriebenen Lampen kaum genug Licht. Nun lag ein gesamter Abschnitt des Weges in völliger Dunkelheit, sodass wir unsere Handytaschenlampen zur Hilfe nehmen mussten. Ich machte mir eine mentale Notiz, die kaputte Solarleuchte so schnell wie möglich auszutauschen.

»Nein, das werde ich nicht«, antwortete ich Kat schließlich, als ihr bohrender Blick unerträglich wurde. Sie stieß ein genervtes Stöhnen aus, ließ es aber auf sich beruhen.

»Da bist du ja«, begrüßte mich ein junger Mann überschwänglich, als ich am nächsten Tag, um Punkt 22 Uhr die Tankstelle betrat.

Kat hatte darauf bestanden, mich hinzufahren und wieder abzuholen. Dabei endete die Schicht um 6 Uhr morgens, was für sie eine Menge zusätzlichen Stress bedeutete. Trotzdem hatte sie all meine Einwände und Proteste nicht einmal ernst genommen.

»Hi, ich bin Doyle«, stellte sich der junge Mann, der ungefähr in meinem Alter war, freundlich vor.

»Ava.«

Ein Lächeln huschte über seine Lippen. »Ach so. Die Neue also.«

»Ganz genau.«

Doyle entpuppte sich als Sohn des Tankstellenbetreibers. Eigentlich hätte mir die Ähnlichkeit zu seinem Vater direkt auffallen müssen.

Doch im Gegensatz zu Mr. Brooks war sein Sohn um einiges gepflegter. Sein goldblondes Haar war zu einem lässigen Manbun gebunden und hinter einer filigranen, rahmenlosen Brille strahlten azurblaue Augen.

»Mein Alter ist eigentlich nur einmal im Monat da und macht die Buchhaltung in seinem Büro«, erklärte Doyle, während er sich grinsend die Brille auf die Nase schob.

»Da hat er sicherlich viel zu tun«, rutschte es mir heraus, ehe ich etwas dagegen tun konnte.

Doyle bemerkte den schnippischen Unterton in meiner Stimme und für einen Augenblick dachte ich, er würde für seinen Vater in die Bresche springen, aber anstatt die Arbeitgeber-Fähigkeiten seines alten Herren reinzuwaschen, zeigte er mir den Rest der Tankstelle.

Nach einer letzten Stippvisite, bei der Doyle mir vor allem im Kassenbereich über die Schulter schaute, verabschiedete er sich in den Feierabend.

Es dauerte eine gesamte Stunde, bis das erste Auto an einer der Zapfsäulen hielt. Ein kleiner, schwarzer Wagen, dessen Marke ich nicht kannte. Ich war noch nie gut darin, mir Automarken zu merken – es hatte mich auch nie sonderlich interessiert.

Wie ein aufgescheuchtes Huhn trat ich von einem Fuß auf den anderen, ohne dabei den Blick von der Tür zu nehmen. Nach ein paar Minuten ertönte die kleine Glocke über der Eingangstür und ein älterer Mann betrat die Tankstelle.

Er steuerte direkt auf die Kasse zu und zückte seine Kreditkarte mit den Worten: »Zapfsäule 2!« Ich nickte, nahm ihm die Karte ab und führte sie in das Kartenlesegerät, wie es mir Doyle gezeigt hatte. Vertieft in meine Aufgabe und um mich nicht vor dem ersten Kunden zu blamieren, nahm ich das erneute Läuten der Glocke kaum wahr.

»Ich wünsche Ihnen eine angenehme Weiterfahrt«, verabschiedete ich den Kunden und suchte die Umgebung ab.

Niemand war zu sehen. Der Mann grunzte, nahm mir die Kreditkarte aus der Hand und deutete auf die Fensterfront hinter mir.

»Bei dem Wetter? Das bezweifele ich.«Perplex folgte ich seinem Blick und drehte mich um. Es regnete. Schon wieder. »Ein Unwetter zieht auf. Passen Sie auf sich auf«, hörte ich ihn nuscheln, ehe er die Tankstelle verließ.

Ich starrte ihm verwirrt hinterher, doch viel Zeit zum Durchatmen blieb mir nicht. Keine fünf Minuten später erklang das leise Bimmeln der Glocke aufs Neue. Ein völlig durchnässtes Pärchen flüchtete sich ins Trockene.

»Verdammt, es regnet wie aus Eimern«, fluchte der großgewachsene Mann, während er sich die nassen Locken aus dem Gesicht strich.

»Darf ich Ihre Toilette benutzen?«, wandte sich die hübsche Frau an seiner Seite direkt an mich. Nickend kramte ich den Schlüssel unter der Theke hervor.

»Die Toiletten sind leider draußen.« Ich hielt ihr den Schlüsselbund mit der einen Hand entgegen und zeigte mit der anderen hinter mich durch die Fensterfront.

»Ach, was soll's«, hörte ich sie murmeln, während sie die Kapuze tiefer ins Gesicht zog und aus der Tankstelle eilte.

»So ein Dreckswetter«, wiederholte ihr Begleiter in diesem Moment. »Jedes Mal das Gleiche, in dieser verfluchten Stadt.«

Ein Blitz erhellte den Außenbereich und ich entdeckte einen schwarzen Bentley. Ja, diese Marke kannte sogar ich!

»Zapfsäule 3?«, erkundigte ich mich derweil, um den Mann auf andere Gedanken zu bringen.

»Das ist nicht meiner«, entgegnete er schroff.

Ratlos starrte ich aus dem Fenster. Aber der Regen war inzwischen so stark geworden, dass es unmöglich war, etwas zu erkennen.

»Haben Sie gesehen, ob da noch jemand drin sitzt?« Der Mann hob eine Augenbraue und musterte mich mit einem genervten Ausdruck.

»Klar, ich schaue immer in parkende Autos«, sagte er bissig.

Bevor ich ihm antworten konnte, wurde alles um uns herum dunkel.

»Verdammt!«, fluchte ich laut.

Musste ausgerechnet an meinem ersten Tag der Strom ausfallen? Ich griff unter die Theke, wo einige Kerzen und ein Feuerzeug deponiert waren. Im selben Moment öffnete sich die Tür wieder und die Frau kehrte zurück. Sie reichte mir den Schlüsselbund und schmiegte sich an den Arm des Mannes.

»Können wir los, Schatz? Hier ist es echt furchtbar.« Er nickte und legte den Arm um ihre Schulter.

Ohne ein weiteres Wort verließen sie die Tankstelle. Kopfschütteln schob ich die Kerzen an den Rand der Theke. Der schwache Schein erhellte den Raum nicht ansatzweise, aber immerhin stand ich nicht mehr komplett im Dunkeln. Doyle hatte mir nicht gezeigt, ob es hier so etwas wie ein Notfallgenerator gab. Also musste ich mich selbst auf die Suche danach begeben. Seufzend kramte ich den Schlüssel für die Eingangstür unter der Theke hervor, bis mich ein lauter Knall zusammenschrecken ließ.

Der Schlüsselbund fiel mir aus der Hand und ich hielt mitten in der Bewegung inne. Erstarrt warf ich einen Blick zu den Kühlschränken, aus deren Richtung ich das Geräusch vermutete. Von der Kasse aus konnte ich nur einen der vier erkennen. Ich kniff die Augen zusammen und lauschte in die Dunkelheit hinein.

Nichts.

Gerade als sich mein Herzschlag wieder zu beruhigen schien, breitete sich eine dunkelrote Flüssigkeit auf dem Boden aus. Ein Kloß bildete sich in meinem Hals. Groß und grässlich, sodass ich hörbar nach Luft schnappte.

Meine Gedanken rasten, drehten sich immer wieder um die gleiche, schreckliche Wahrheit: *Ich bin nicht allein.*

KAPITEL 3

AVA

Mein Blick verharrte auf der glänzenden Substanz, die sich dickflüssig auf dem Linoleum ausbreitete. Fast wie ...

»Blut?«, sprach ich meinen Gedanken laut aus.

Aber das konnte doch nicht sein ...

»Hallo?«, rief ich zögerlich. Doch das Einzige was ich hörte war der Regen, welcher lautstark gegen die Fenster prasselte und das Grollen des Donners, der unvermindert über die Stadt zog. Nicht nur das Unwetter wurde von Sekunde zu Sekunde stärker, auch meine innere Anspannung nahm zu, umso länger ich ins Leere starrte.

»Hallo? Ist da jemand?«, rief ich abermals.

Ein lautes Rumpeln war die Antwort.

Mit aufgerissenen Augen schlug ich mir die Hand vor den Mund. Erneut ertönte das Geräusch. Dieses Mal viel näher. Eine Gänsehaut bildete sich auf meinen Armen, wanderte den Rücken hinauf und ließ mich erschaudern, als eine Konserve aus dem mittleren Gang rollte.

»Ich rufe die Polizei«, schrie ich laut, obwohl ich wusste, dass ich mein Handy vergessen hatte.

Die einzige Möglichkeit war, das Telefon in Mr. Brooks Büro zu nutzen. Die Idee war nicht nur dumm, sondern auch gefährlich.

Doch was blieb mir anderes übrig? In das Unwetter laufen, um dann von einem unaufmerksamen Autofahrer erfasst zu werden? Nein, ich musste zu diesem Telefon!

Ich straffte die Schultern, griff nach einer Kerze und setzte mich in Bewegung. Auf Zehenspitzen schlich ich den äußersten Gang entlang. Als ich das Ende erreichte, atmete ich tief ein und trat um die Ecke. Ein Knall erfüllte den Raum und ein Windstoß blies die Kerze aus.

Ohne nachzudenken schloss ich die Augen, betete und umklammerte den Stumpf, wie eine Ertrinkende den rettenden Strohhalm. Mein Puls jagte in die Höhe, Blut rauschte in meinen Ohren und zum ersten Mal verstand ich, wenn Leute davon redeten vor Angst beinahe ohnmächtig zu werden.

Das übermächtige Gefühl, das in diesem Moment über mich einbrach, drohte jedes Bewusstsein aus meinem Kopf zu schwemmen. Ich erwartete einen Schlag, einen Hieb, irgendwas, das mich niederstrecken würde. Aber nichts passierte. Nur das entfernte Klingeln der Glocke zog mich zurück aus dem Vakuum, in dem ich mich befand. Aus dem Gefängnis der Angst, in das mich mein Verstand selbst gesperrt hatte.

Einen Moment haderte ich mit mir selbst. Ich wusste nicht, ob ich lieber zum Telefon gehen oder die Kundschaft bedienen sollte. Am Ende gewann das Pflichtbewusstsein und ich ging zurück.

»Entschuldigung. Ich war ...« Der Rest des Satzes verpuffte auf dem Weg zu meinem Mund, weil ich die dunkel gekleidete Gestalt sah, die außen vor der Tür stand.

Meine Kehle wurde staubtrocken, während mein Herz einen Schlag aussetzte. Ich beobachtete, wie sie langsam den Arm hob, bis ich den Gegenstand in ihrer Hand erkannte.

Ein Blitz erhellte das schiefe Grinsen auf dem männlichen Gesicht, als er mit dem Schlüsselbund der Tankstelle wedelte. Panisch lief ich zu der Tür. Rüttelte an der Klinke, doch nichts geschah.

Er hatte sie abgeschlossen.

»Was zur …«, murmelte ich aufgelöst, wobei ich mit der flachen Hand gegen das Glas schlug. »Was soll der Scheiß?«

Ich erhaschte einen Blick in ozeanblaue Augen. Augen, die ich nicht kannte. Sie waren leer, fast schon durchscheinend, ohne jede Tiefe und von einer eisigen Kälte.

»Hey.« Immer wieder schlug ich gegen die Tür. »Mach sofort wieder auf.«

Schlagartig hielt ich inne. Ein leises Pfeifen erfüllte den Raum und versetzte mich in eine neue Panik. Wie in Wellen schwappte sie über mich, während sich die Melodie in meinen Verstand fraß. Und dann hörte ich Schritte, gefolgt von einem weiteren Knall. Erschrocken wich ich zurück, ohne den Blick von dem Fremden an der Tür zu nehmen, der nun etwas an die Scheibe schrieb.

Ich starrte auf die Buchstaben, bis sie ein Wort bildeten.

Lauf.

Das war der Moment, indem Panik die Überhand über jedes andere Gefühl gewann. Ich lief los. Ohne überhaupt eine Ahnung zu haben, wohin. Meine Füße trugen mich wie von selbst an den Tresen, doch da war es schon zu spät. Das Pfeifen drang direkt an mein Ohr.

»Buh!«, hauchte eine tiefe Stimme.

Ich schnappte verzweifelt nach Luft, weil mein Herzschlag förmlich explodierte. Der Duft von Eukalyptus stieg mir in die Nase, doch ich wagte es nicht, mich umzudrehen. Ich spürte Wärme im Rücken, harte Muskeln an meiner Haut.

»Hast du Angst?« Sein Atem streifte meinen Nacken und endlich erkannte ich die Stimme.

Es war dieser Ryder.

Ich schluckte hart und schaffte es immer noch nicht, meine Beine in Gang zu setzen, um endlich den nötigen Abstand zwischen uns zu bringen, damit ich wieder einen klaren Gedanken fassen konnte. Seinen einnehmenden Duft auszublenden, der sich nun langsam um uns herum ausbreitete, erschien mir noch schwieriger.

Er roch würzig, warm, nach Regen, Tabak und einem Hauch Zitronengras. Doch am meisten hing mir der Eukalyptus in der Nase. Es war ein Strudel, dem man einfach nicht entkommen konnte. Die Art von Düften, die selbst nach Stunden noch im Raum und in der Kleidung hingen.

Das Licht der verbliebenen zwei Kerzen warf dunkle Schatten über die Wände, während der Regen immer leiser gegen die Fenster prasselte. Es schien, als hätte seine Anwesenheit dazu geführt, das Innere der Tankstelle in Watte zu hüllen. In eine Welt außerhalb des Chaos, das hinter der Tür lauerte.

Ryder trat an mir vorbei, bis er direkt vor mir stand. Langsam hob er die rechte Hand, umfasste den Stoff seiner Kapuze, um sie lässig nach hinten zu streifen.

Ich hatte nie einen Gedanken an sein Aussehen verschwendet. Mir nie ausgemalt, was dort im Schatten des Hoodies auf mich wartete. Es war mir schlichtweg egal. Aber jetzt wusste ich nicht, ob ich diesen Anblick jemals wieder vergessen könnte.

Er war schön.

Nicht auf die perfekte Art, wie man sie aus Hochglanzmagazinen kannte, sondern auf seine ganz eigene Art. Die braunen Haare waren zerzaust. Über dem Lid seines linken Auges zog sich eine Narbe, die bis zu seiner Augenbraue reichte. Seine Nase hatte einen kleinen Huckel, so als wäre sie schon einige Male gebrochen worden. Das Gesicht war markant, und selbst die Platzwunde, welche seine Unterlippe zierte, ließ ihn wie das Abbild eines griechischen Gottes wirken und nicht wie der Kriminelle, der er eigentlich war. Das Braun seiner Augen war derart dunkel, dass sie im Licht des Kerzenscheins wie schwarzes Obsidian funkelten. Unergründlich und mit der stillen Gewissheit, mehr als ein Geheimnis zu verbergen.

Ryders glühender Blick ruhte auf mir und ich sah ihn fragend an. »Was willst du von mir?«

Er machte einen Schritt auf mich zu. Unwillkürlich wich ich zurück, doch er hatte bereits eine meiner dunklen Haarsträhnen gepackt und zwirbelte sie zwischen seinen Fingern.

»Vor wem bist du auf der Flucht, neues Mädchen?«

»Vor niemandem«, wisperte ich.

Er zog mich an der Strähne, näher an sein Gesicht.

»Ich glaube dir nicht.«

Seine Augen fanden die meinen. Ein dunkles Aufblitzen lag in den schwarzen Abgründen. Ich biss mir auf die Zunge, um nicht die Kontrolle über meine Worte zu verlieren.

»Pech für dich«, zischte ich.

Er hob eine Augenbraue und ich nutzte seine kurze Verblüffung und zog meinen Kopf zurück, um sofort hinter den Tresen zu eilen.

Dort verschränkte ich die Arme vor der Brust und sagte: »Spar dir in Zukunft diese peinlichen Spielchen. Die ziehen nicht bei mir.«

Sein rechter Mundwinkel schoss in die Höhe. »Ist das so? Ich sage dir jetzt was. Du dachtest vielleicht, dass du das Gefühl von Angst kennst. Aber ich werde dir eine ganze neue Art der Angst zeigen, *neues Mädchen*.«

»Ziemlich große Worte, für so einen Versager.«

Die Angst, die soeben noch meinen Körper beherrscht hatte, schlug in blanke Wut um. Ich kannte diese Art von Mann. Die, die dachten, ihnen gehöre die Welt. Wenn man sie nicht frühzeitig aufhielt, würden sie einen zerstören. Mir war seit unserer ersten Begegnung klar, dass Ryder genau so ein Typ war. Der Typ von Mann, von dem man sich besser fernhalten sollte. Er strahlte Gefahr aus. Sie umgab ihn so sehr, dass sie fast greifbar schien.

Bedächtig machte er einen Schritt auf den Tresen zu und murmelte bedrohlich: »Du hast keine Ahnung, wozu ich fähig bin, aber ich werde es dir gerne beweisen. Ich werde dir zeigen, dass tief darin ...« Sein Zeigefinger wanderte zu meiner Schläfe »... eine Angst ist, die nur mir gehört.«

Wortlos fuhr er meine Wange hinunter und erst, als er die Kinnpartie erreichte, zog er seine Hand zurück. Sie schwebte einen Augenblick in der Luft, während sich auf seinem Gesicht ein teuflisches Grinsen bildete. Ryders Augen fixierten die meinen, ehe er die Hand über eine der Kerzen legte. Sie erlosch binnen Sekunden. In einer einzigen Bewegung neigte er den Oberkörper nach vorn und bewegte die Hand zu der anderen Kerze. Dunkelheit umschwemmte uns wie eine tosende Welle.

Nach den letzten Minuten hätte ich es nicht für möglich gehalten, dass mein Herz imstande war, noch schneller zu schlagen. Als ich jedoch seinen Geruch wahrnahm, belehrte es mich eines Besseren.

Sein Atem strich über meine Wange, sanft und warm. Doch die Worte, die folgten, waren kalt wie Eis: »Ich werde dich jagen ...«

Ein Schaudern lief mir über den Rücken. Ich zuckte zurück, wich seiner Nähe aus, seiner enormen Aura, die sich immer mehr in meinen Verstand bohrte und mich drohte völlig zu zerstören. Er packte meinen Nacken mit seiner Hand, hielt mich an Ort und Stelle.

»... bis ich dich fange und vernichte. Treib es nicht zu bunt, *neues Mädchen*. Es könnte sehr unangenehm für dich werden.«

Der Druck in meinem Nacken ließ nach. Im nächsten Moment war Ryder verschwunden. Ich hatte es nicht einmal mitbekommen, weil ich viel zu sehr damit beschäftigt war, nicht in seiner düsteren Anziehungskraft zu ertrinken.

Kapitel 4

RYDER

Obwohl es schon dämmerte und sich die ersten Sonnenstrahlen durch die dicke Wolkendecke kämpften, schien in den Tiefen des Waldes weiterhin Nacht zu herrschen. Das glitzernde Licht, das durch die Baumkronen fiel und sich in den unzähligen Pfützen spiegelte, war das Einzige, was noch auf das nächtliche Gewitter schließen ließ. Wie eine undurchdringbare, dunkle Wand säumten sich die großen Bäume um das Haus, in dem Ava vor einigen Minuten verschwunden war. Vorsichtig schlängelte ich mich durch das dichte Geäst, vorbei an gewaltigen Fichten und Tannen, deren Spitzen sich sachte im Wind bewegten.

Der Matsch unter meinen Füßen spritzte in alle Richtungen, während ich mich Schritt für Schritt der Lichtung näherte. Mit dieser verdammten Neugier würde ich mir die teuren Sneakers ruinieren.

Und wenn schon, dachte ich und setzte meinen Weg fort. Angespornt von dem Mysterium um diese Frau, das nur darauf wartete, von mir entdeckt zu werden. Menschen, die sich so sehr wehrten, hatten in der Regel dunklere und dreckigere Geheimnisse als die üblichen Leichen, die man so im Keller verscharrte.

Ich wusste das, weil es genauso auf mich und die anderen Jungs zutraf.

Man entwickelte ein Gespür für diese Art Lügen, wenn man sie selbst tagtäglich lebte.

Eine flüchtige Bewegung zog meine Aufmerksamkeit auf eines der Fenster in der oberen Etage. Ava stand direkt dahinter. Ihr langes, schwarzes Haar war zu einem Dutt gebunden. Die dunkle Jeans hatte sie gegen knappe Shorts getauscht, die mehr offenbarten als verdeckten. Vor mich hin lächelnd ließ ich den Blick schamlos über ihre elfenbeinfarbene Haut schweifen, bis zu ihren vollen Brüsten, die in einem schwarzen BH steckten.

Sie war wirklich hübsch. Allerdings änderte es nichts daran, dass wir herausfinden mussten, was sie hier suchte. Ob sie in irgendeiner Verbindung mit *ihm* stand.

Meine linke Augenbraue zuckte in die Höhe, als ihre Hände zu ihrem Rücken wanderten. Mit aller Kraft kämpfte ich gegen das Verlangen an, näher an das Haus zu treten, weil ich mich schon jetzt kurz vor dem Pfad befand, der direkt zu der Veranda führte. Womöglich genügte ein Blick aus dem Fenster und sie würde mich zwischen den Bäumen entdecken.

Nicht, dass ich etwas dagegen hätte. Ein Teil von mir hegte sogar den Wunsch danach. Den Drang ihr Gesicht zu sehen, wenn ich aus dem Schatten trat, und die Jagd auf sie eröffnete. Dieser Zwang war allgegenwärtig und der Gedanke an ihre Angst war bereits jetzt etwas, was mein Blut in Wallung brachte.

»Fuck!«, fluchte ich leise, nachdem ich bemerkt hatte, wie sie im Raum verschwand und mir somit den Blick auf ihre Brüste verwehrte.

»Tja, dumm gelaufen«, vernahm ich Neos Stimme, der sich eindeutig über mich lustig machte.

Seufzend drehte ich mich herum und erspähte ihn zwischen den Bäumen.

»Wieso habe ich geahnt, dich hier zu finden?«, fragte er mit einem Schmunzeln auf den Lippen.

»Was machst du hier, Neo?«

»Ich?« Er trat einen Schritt vor, stellte sich an meine Seite und warf ebenfalls einen Blick auf das Haus. »Was machst du hier, Ryder?«

»Recherchieren«, gab ich trocken zurück und rieb mir mit der linken Hand über meinen schmerzenden Nacken.

Der gestrige Kampf war hart. Keine Ahnung, wann ich das letzte Mal so viele Schläge hatte einstecken müssen. Trotzdem hatte ich gewonnen und dem Typen den Kiefer gebrochen. Keiner meiner besten Siege, jedoch spielte das für die Schwachköpfe, die sich diese Streetfights anschauten, sowieso keine Rolle. Sie mochten es brutal. Und umso mehr wir litten, desto höher fielen die Wetteinsätze aus.

»Ich kenne dich und deine Vorliebe für die Jagd. Du wirst dir einen Spaß daraus machen, oder?«

Ich zuckte mit den Schultern, bereute es aber direkt wieder, weil ein stechender Schmerz durch meine Muskeln schoss. »Ich hatte schon lange nicht mehr diese Art von Spaß«, gab ich zu und warf erneut einen Blick auf das Haus, das zwischen den Schatten des Waldes wie für mich gemacht war.

Es leuchtete hell und gewährte freie Sicht durch jedes Fenster. Ava war nachlässig, naiv und fast schon dumm, sich so bereitwillig auf dem Präsentierteller zu servieren.

»Tut mir leid, dich von deinem kleinen, neuen Projekt wegzuholen. Aber Arjan will uns sehen. *Jetzt*«, fügte Neo mahnend hinzu, doch ich hörte ihn kaum, weil meine Gedanken um Aussichten kreisten, die nicht wilder hätten sein können.

Blut rauschte durch meine Venen, als ich an all die Möglichkeiten dachte, die dieses dumme Mädchen in mein Leben brachte.

»Kommst du endlich, Alter?«, rief Neo, der schon vorgegangen war.

Mein rechter Mundwinkel zuckte in die Höhe, formte sich zu einem Lächeln, während ich über die rauen Rinden der Bäume strich und ihm folgte.

Ava dachte vielleicht, sie wäre sicher in Ashwick. Sicher in dieser Bruchbude von Haus. Doch sie würde nirgendwo sicher sein, solange ich es nicht wollte.

»Ist die Kleine eine Bedrohung?«, eröffnete Arjan das Gespräch, noch ehe wir die Tür seines Büros schließen konnten. Wie immer saß er am Kopf des ovalen Mahagonitischs, der einst seinem Vater gehört hatte, und heute ein Vermögen wert war. Doch das war nichts Neues. Alles im Haus der Masons war kostbar. Von den säuberlich polierten Marmorböden, bis hin zu den Vorhängen aus Kaschmir.

»Entspann dich mal, Arjan. Sie ist eine Freundin von Kat«, beantwortete Neo die Frage seines Bruders achselzuckend, woraufhin er einen vernichtenden Blick erntete.

Er ignorierte ihn und nahm stattdessen an einer der langen Seiten Platz.

»Das habe ich nicht gefragt. Ist sie eine Bedrohung? Ja oder nein?« Arjan hatte sich nun direkt an mich gewandt, da ihm Neos Aussage offenbar nicht genügte.

Ich dachte einen Moment nach, überspielte die aufkommende Unsicherheit, die mit der Überlegung kam, ihm die Wahrheit zu sagen, indem ich mir extra viel Zeit ließ, mich auf meinen Platz zu setzen.

»Sie scheint tatsächlich etwas zu verheimlichen«, gab ich zu, bevor er noch den Rest seiner Fassung verlor, weil wir seine Bedenken mal wieder nicht ernst nahmen.

»Dann finde verdammt nochmal heraus, was es ist!«, polterte er wütend und strich sich einige Male durch das dunkle Haar, ehe seine sturmgrauen Augen für Sekunden auf meinem Gesicht verharrten. »Oder ich werde es tun.«

Neo verdrehte die Augen und ich konnte mir ein Grinsen nicht verkneifen. Arjan hasste es, wenn man seinen Anweisungen nicht den nötigen Respekt zollte, weswegen er immer gleich drohte, die Sache selbst in die Hand zu nehmen. Auch wenn er eigentlich gar keine Lust darauf hatte.

»Entspann dich. Ich kümmere mich drum. Aber du hast die Sitzung doch nicht nur ihretwegen einberufen, oder?«, hakte ich nach, weil es mir etwas zu drastisch vorkam ein Gang-Meeting nur wegen einer Frau abzuhalten.

Selbst wenn ich sie als eine Art Bedrohung sah, gefiel es mir nicht, wie hoch Arjans Interesse an ihr zu sein schien. Sollte er sich wirklich der Sache annehmen, musste ich ihn gewähren lassen. Er war unser Anführer, ihm galt meine Treue. Dafür hatte er mir schon viel zu oft den Arsch gerettet.

Neo schien den Zwiespalt, der sich hinsichtlich dieser Angelegenheit in mir formte, zu bemerken, denn er meinte lässig: »Du übertreibst, Arjan. Wirklich, sie ist nur eine lästige Göre und deine Zeit nicht wert.«

»Ist das so? Du weißt es also offensichtlich besser als ich?«

Er warf seinem jüngeren Bruder einen abfälligen Blick zu, doch noch bevor dieser etwas erwidern konnte, klopfte es an der Tür.

»Ja?«, rief Arjan harsch.

Wer auch immer das war, hatte Nerven, in eines unserer Meetings zu platzen. Es war ein unausgesprochenes Gesetz, dass wir in dieser Zeit keine Unterbrechungen duldeten. Ein hellbrauner Schopf schob sich durch den Spalt der Tür.

»Sage?«, bemerkte ich überrascht.

Er wusste von der Regelung und stand trotzdem dort, was bedeutete, dass es wichtig sein musste. Wie zur Bestätigung weiteten sich seine Augen, als er Neo und mich entdeckte.

»Oh, Fuck. Sorry, ich wollte nicht stören«, stammelte er unbeholfen, während sich augenblicklich Schweißperlen auf seiner Stirn bildeten.

»Warte, Sage. Was gibt es?«, fragte Arjan, was mich noch mehr verdutzte.

Neo warf mir einen irritierten Blick zu, weil er ebenfalls davon ausging, dass sein Bruder völlig ausrasten würde. Sage sah erst zu mir und dann zu Arjan.

Als dieser keinen Einwand einbrachte, murmelte er: »Ich habe Neuigkeiten. Du weißt schon, die Sache, um die du mich gebeten hast.«

»Was für eine Sache?«, fragte Neo sofort.

»Das würde ich auch gerne wissen!« Auch meine Neugier war geweckt.

Eigentlich sagten wir uns immer alles.

Nicht nur wegen des Gang-Kodex, sondern auch, weil wir beste Freunde waren.

»Macht euch keine Gedanken. Das hat nichts hiermit zu tun. Ihr könnt gehen. Und, Ryder?« Arjan sah mich eindringlich an. »Finde heraus, was die Kleine zu verheimlichen versucht. Zur Not setzt du deine Methoden ein. Wenn sie etwas mit Valentin zu tun hat, müssen wir das wissen.«

»Bullshit.« Neos Faust sauste auf den Tisch. »Das hat sie nicht!«

Arjan funkelte ihn böse an. Für eine Sekunde dachte ich, sie würden sich jeden Moment an die Gurgel springen.

»Neo ...«, doch noch bevor ich den Satz beenden, und meinen besten Freund aus der Schusslinie retten konnte, fiel mir Arjan grob ins Wort: »Ryder, du weißt, was zu tun ist. Geh. Neo, du bleibst noch!«

»Kann ich mir Sage für einen Moment ausleihen?« Arjan nickte und ich zog Sage schnell am Arm heraus, bevor die Bombe Arjan über uns allen explodieren würde.

»Danke, dass du mich aus dieser peinlichen Situation gerettet hast. Ich will jetzt nicht in seiner Haut stecken.« Sage deutete auf die geschlossene Tür und ich konnte ihm nur beipflichten.

Neo war jedoch Arjans Bruder und somit der Einzige, der sich überhaupt erlauben durfte, so mit ihm zu reden. Ich hatte sie so viele Male streiten sehen, und trotzdem würden sie für den anderen sterben. Vielleicht war das so bei Geschwistern.

»Hast du wirklich etwas mit mir zu besprechen, oder war das nur ein Rettungsversuch?«, fragte Sage, während er sich die Brille auf den Nasenrücken schob.

»Wann hast du das letzte Mal geschlafen?«, erkundigte ich mich besorgt, nachdem mir seine tiefen Augenringe aufgefallen waren.

Ich ließ meinen Blick prüfend über ihn schweifen. Sein hellbraunes Haar war zerzaust. Nicht wie bei mir. Penibel achtete ich darauf, dass jede Strähne da lag, wo sie liegen sollte. Seine Art von zerzaust war die, die deutlich machte, dass er schon länger keine Bürste in der Hand gehabt hatte.

Sage winkte ab. »Ich kann noch schlafen, wenn ich tot bin.«

»Sage. Du hast mir versprochen, kürzer zu treten. Verdammt, ich will dich gar nicht um den Gefallen bitten, wenn ich sehe, wie du wirkst.«

»Ist schon okay. Um was geht es? Ist es illegal?«

Ich lachte laut auf. Er war ein Hacker. Ein Großteil von dem, was er tat, war illegal und trotzdem sorgte er sich um mich. So war er schon immer.

»Ich fürchte ja«, meinte ich.

»Kannst du mir die Aufnahmen von der Überwachungskamera der Tankstelle besorgen?«

»Wieso?«, antwortete er prompt mit einer Gegenfrage.

Ich sagte zähneknirschend: »Ich muss jemanden überprüfen.«

Sage hob eine Augenbraue, doch ich winkte ab. Umso weniger er wusste, desto besser war es.

»Noch was?«

Ein Grinsen stahl sich auf meine Lippen. Es war beängstigend, wie gut er mich kannte.

»Ja, da wäre tatsächlich noch eine Sache.« Ich beugte mich näher zu ihm herüber, um ihm meinen weiteren Wunsch ins Ohr zu flüstern.

»Das alles wegen einer Frau, Ryder?«

Avas Ankunft hatte sich also schon herumgesprochen, aber das wunderte mich auch nicht. Die Stadt kam nicht oft in den Genuss neuer Gesichter – und schon gar nicht in den derart attraktiver. Ich nickte und vergewisserte mich, dass die Tür, hinter der sich Arjan lautstark aufregte, immer noch geschlossen war.

»Ich komme später zu dir. Das bleibt aber unter uns, ja?«

Sage schwieg eine Weile und ich konnte förmlich sehen, wie er jede Möglichkeit in seinem Kopf durchging, bis er schließlich nickte und fragte: »Sollte ich wissen wollen, wieso du das haben möchtest?«

Ich schüttelte den Kopf, weil für lange Erklärungen keine Zeit mehr blieb, da Neo in diesem Moment die Tür öffnete und rief: »Ryder, warte mal!«

Ich warf Sage einen warnenden Blick zu, damit er nicht auf die Idee kam, das Thema weiter vor Neo besprechen zu wollen.

»Was gibt's, Neo?«

»Ich habe eine Überraschung für dich.«

»Eine Überraschung?« Ich musterte ihn skeptisch.

»Ich gehe mal lieber«, warf Sage schnell ein und stiefelte zu Arjans Büro.

»Sage ist echt seltsam«, murmelte Neo, der Sage dabei beobachtete, wie er an die geöffnete Tür klopfte, und darauf wartete, dass Arjan ihn hereinbat.

»Er steht halt nicht so auf Smalltalk!«, verteidigte ich ihn.

»Deswegen klopft er an eine geöffnete Tür?«

»Es kann nicht jeder so unverschämt sein wie du, Neo. Über welche Art von Überraschung reden wir hier?« Neo war nicht der Mensch, der andere mit Aufmerksamkeiten überraschte.

Trotzdem schaute er mir jetzt mit einem derart gefälligen Lächeln ins Gesicht, wie schon lange nicht mehr. Ich hob eine

Augenbraue und bedeutete ihm mit dieser Geste, endlich mit der Sprache herauszurücken.

»Ich dachte mir, du musst mal von der Neuen wegkommen …«

Stöhnend verdrehte ich die Augen und blaffte: »Ich habe dir schon gesagt, dass mich diese Schlampe nicht interessiert und ich lediglich recherchiere.«

»Ja, ja, ja, ich weiß«, bemerkte er. »Trotzdem dachte ich, es wäre schlau, dich mal wieder an gewisse Dinge zu erinnern.«

Er wackelte mit den Augenbrauen und boxte mir auf den Oberarm.

»Was hast du getan, Neo?« Ich verengte die Augen und musterte meinen besten Freund streng.

Die Gewissheit, dass es nichts Gutes war, stieg mit jedem Atemzug und bestätigte sich mit seinen nächsten Worten: »May wartet im Poolhaus.«

Ungläubig schüttelte ich den Kopf und atmete tief durch.

»Du Arschloch weißt doch, dass ich eine geprellte Rippe habe. Ich kann kaum atmen. Wie soll ich dann, verdammt nochmal, jemand ficken?«

»Die Rippe hat dich vorhin auch nicht dabei gestört, dir beinah unter ihrem Fenster einen von der Palme zu wedeln!«

»Fick dich, du Penner.«

Neo legte einen Arm um meine Schulter und bugsierte mich den Gang hinunter. »Hör zu. Lass sie einfach lutschen. Wir wissen beide, wie sehr sie darauf steht.«

Natürlich wussten wir das. Sie ging schließlich nicht nur bei mir ein und aus, auch Neo hatte May schon einige Male gefickt. Es gab eine Zeit, da hatten wir sie sogar zu zweit gevögelt. Doch sie merkte relativ schnell, dass ihre körperliche Verfassung nicht für uns beide reichte.

»Dann sollte ich mich wohl bei dir bedanken!«, erwiderte ich ironisch, was mir einen weiteren Schlag bescherte. Diesmal auf die Brust.

»Ey, was soll das?« Vorwurfsvoll rieb ich mir die Stelle, die er getroffen hatte.

»Ich helfe gerne. Stell es nicht so hin, als wäre ich egoistisch.«

»Ich glaube nicht, dass ich Hilfe benötige«, gab ich zurück.

»Das meinst du!«

Mir war längst bewusst, dass es nichts brachte, Neo zu widersprechen. Denn wenn er sich erst einmal etwas in den Kopf setzte, war er nicht mehr davon abzuhalten. Und sein neustes Hirngespinst bestand offenbar darin, zu denken, ich müsste von Ava abgelenkt werden.

»Amüsiere dich gut.« Mit der flachen Hand schob er mich zu der riesigen, schwarzen Treppe, die ins Erdgeschoss führte.

Ich krallte mich an das Geländer, nachdem ich die ersten Stufen hinunter geschlittert war, und warf ihm einen verächtlichen Blick zu.

»Schau mich nicht so an. Los, hop hop!« Neo drehte sich auf dem Absatz um und verschwand in seinem Zimmer.

Nachdem ich das Foyer durchquert hatte, betrat ich einen weiteren Gang. Er führte direkt in den Garten, an der Küche vorbei.

An der Panoramafront hielt ich inne und schaute auf die gigantische Gartenfläche. Die Blumenbeete waren frisch bepflanzt, der Buxbaum geschnitten und der Pool abgedeckt.

»Oh, Ryder! Ich habe dich schon gesucht!« Dorothee, die alte Haushälterin, die seit ihren Zwanzigern im Dienst der Familie Masons stand, eilte aus der Küche. »Ich habe die Salbe, nach der du dich erkundigt hast.« Sie kramte in ihrer Schürzentasche und reichte mir eine kleine Verpackung.

»Dee, du bist ein Engel.«

Mit geröteten Wangen schüttelte sie ihren Kopf und die kleine Haube, die auf ihrem grauen Haar thronte, rutschte leicht zur Seite.

»Schmier mir keinen Honig ums Maul«, tadelte sie und wedelte bedrohlich mit einem Kochlöffel.

Ich verkniff mir ein Lachen, weil es in diesem Moment wirklich so schien, als würde sie nur darauf warten, ihn mir über den Kopf zu ziehen.

»Die Pfannkuchen!«, rief sie stattdessen panisch und düste zurück in die Küche.

»Mach ich doch gar nicht«, beteuerte ich, während ich mich an den Türrahmen lehnte und ihr dabei zusah, wie sie das Frühstück vorbereitete.

»Wieso stellst du dich eigentlich jeden Morgen in die Küche, obwohl du weißt, dass weder Arjan noch Neo frühstücken?«

»Weil es mein Job ist«, erwiderte sie streng, bevor sie sich umdrehte, auf mich zukam und mir einen Teller mit Pfannkuchen und Apfelmus in die Hände drückte. »Außerdem weiß ich ja, dass du gerne frühstückst. Deswegen stehe ich ja nie umsonst hier.«

Sie lächelte mir zum Abschied sanft zu, drehte sich auf dem Absatz um und begann damit, Teller, Schälchen und Tassen auf ein Tablett zu stapeln.

Noch bevor ich die Glastür des Poolhauses öffnete, sah ich sie schon auf meinem Bett sitzen. Mays gebräunter Körper steckte in dunkelroten Dessous. Sie lächelte mich an, als ich die Tür aufstieß und in das geräumige Zimmer trat, das ich seit zwei Jahren mein Zuhause nannte.

In den dunkelsten Stunden meines Lebens hatten mich Neo und Arjan aufgenommen, ohne mit der Wimper zu zucken. Ich verdankte ihnen eine Menge.

»Wo warst du denn?«, fragte May mit einem beleidigten Unterton in der Stimme.

Sie hasste es zu warten, und trotzdem war sie geblieben – es wunderte mich aber auch nicht. Sie war wie besessen von mir – vielleicht sogar noch mehr als von Neo.

»Ich wüsste nicht, was dich das angeht«, entgegnete ich knapp und steuerte direkt den fahrbaren Tisch mit dem Alkohol an.

Ich stellte den Teller darauf ab und nahm mir im Austausch ein Glas.

»Du trinkst? Wir haben es noch nicht einmal 12 Uhr«, hörte ich sie entsetzt sagen.

»Wenn du noch einmal versuchst mich zu belehren, kannst du direkt wieder gehen«, fuhr ich sie an und öffnete die Flasche mit der bernsteinfarbenen Flüssigkeit.

Schweigend füllte ich ein Glas mit Whiskey, während ich spürte, wie sich ihr Blick in meine Nacken bohrte.

»Alles okay, Ryder?«

Langsam drehte ich mich um. »Natürlich.«

Ihre Miene erhellte sich. Zum ersten Mal machte sie mich aber nicht so an, wie ich es gerade brauchte. Ihr Haar war zu blond, ihre Haut zu gebräunt. Genervt schüttelte ich den Kopf, um die Gedanken zu vertreiben, die sich wie ein dunkler Schatten in mein Bewusstsein schlichen.

»Ich kann dich heute nicht ficken. Ich habe eine Verletzung, die abheilen muss. Aber du kannst mir einen blasen. Komm her, Baby.« Ich nahm einen Schluck, um das bittere Gefühl herunterzuspülen.

Letztendlich war es doch egal, wer vor mir kniete. Schlampe war Schlampe. Grinsend stand sie auf. Es war viel zu einfach. Sie hatte schon lange den kleinen Funken Widerstand verloren, der alles so viel interessanter machte.

Mein Blick fiel über ihre langen, schlanken Beine und die gut geformten Kurven. Ich stieß ein genervtes Stöhnen aus, kniff die Augen zusammen und versuchte mich auf das Hier und Jetzt zu konzentrieren.

Sonst fiel es mir doch auch nicht so schwer. May war willig, wann immer ich es wollte. Besser konnte es für einen Mann doch nicht laufen, oder? Aber wieso sehnte sich ich mich dann nach etwas anderem? Nach jemandem, dessen vorlautes Mundwerk ich jetzt viel lieber mit meinem Schwanz stopfen würde.

»Ryder?«, hauchte May.

Ich öffnete die Augen und bemerkte, dass sie direkt vor mir stehen geblieben war. Einen Moment sahen wir uns in die Augen, dann griff sie nach dem Glas, um sich einen Schluck daraus zu genehmigen.

Ihre freie Hand fuhr meine Brust entlang. Sie seufzte leise, als sie weiter hinab glitt und meinen Schwanz durch den Stoff der Jeans drückte.

Grinsend beugte sie sich zu mir rüber und hauchte: »Wie gerne hätte ich den jetzt in meiner engen, feuchten Pussy.«

Ich löste das Glas aus ihrer Hand, nippte unbeeindruckt daran und bugsierte sie grob auf die Knie.

»Hör auf zu quatschen und nimm meinen Schwanz endlich in den Mund, oder ich werde dich dazu zwingen«, sagte ich rau.

Gierig öffnete sie den Knopf und zog meine Jeans, mit samt den Boxershorts, bis zu den Knien herunter. Mit der freien Hand griff ich in ihr blondes Haar, wickelte es einige Male um meine Faust und schob ihren Kopf in den richtigen Winkel. Ich trat einen Schritt auf sie zu, bereitwillig öffnete sie den Mund. Stöhnend stülpten sich ihre roten Lippen über meinen Schaft, während ihre Zunge die Eichel spielerisch umkreiste.

»Ja, genau so!«, keuchte ich, wobei ich ihren Kopf weiter nach hinten zog, um mich noch tiefer in ihren Rachen zu versenken.

Würgend rang sie nach Luft, aber ich ignorierte es. Sie war hier, also wusste sie, worauf sie sich einließ. Ihre langen Fingernägel gruben sich Halt suchend in meine Hüften, während ich immer wieder hart zu stieß und die warme Enge ihres Rachenraums genoss. Tränen stiegen ihr in die Augen, als sie mir mit gesenkten Wimpern entgegenblickte und dem Druck meiner Stöße tapfer standhielt.

»Gutes Mädchen«, knurrte ich, nachdem ich ein paar Sekunden in ihrem Rachen verweilt hatte, »und jetzt fass dich an!«

May gab ein undefinierbares Geräusch von sich. Irgendwas zwischen Zustimmung und Würgen. Das Röcheln, welches aus ihrem Mund drang, machte deutlich, wie sehr mein Schwanz ihr die Luft abschnürte, aber ich wusste auch, dass die kleine Schlampe vor Geilheit triefte. Ich kannte ihre Vorlieben. Erst als ihre Hand zu ihrer Mitte wanderte, zog ich mich zurück, um ihren Lungen etwas Sauerstoff zu gewähren.

»Jetzt werde ich dich zerstören, May. Ich werde jeden Zentimeter dieses dreckigen ...«, ich strich über ihre zitternde Unterlippe, »Munds beanspruchen, hörst du?«

Sie senkte den Blick.

»Wirst du meine kleine Hure sein und brav schlucken?« Ihr knappes Nicken war mir Antwort genug.

Ich stellte das Glas auf den Wagen, griff nach der Lehne des Barhockers, um meine nächsten Stöße noch tiefer und schneller in ihren Rachen rammen zu können.

Mein tiefes Stöhnen und ihr Würgen erfüllten den Raum. Fasziniert starrte ich auf meinen mit rotem Lippenstift beschmierten Schwanz, der immer wieder in die Feuchte ihres Mundes tauchte. Kurz bevor ich kam, zog ich mich zurück.

»Zunge raus.« May gehorchte und streckte sie mir entgegen.

Ich verfestigte den Griff in ihrem schweißnassen Haar, zog ihren Kopf noch weiter nach hinten. Mit der anderen fuhr ich meinen Schaft entlang.

»Ryder!« Röchelnd schnappte sie nach Luft und umklammerte meine Hand in ihrem Nacken.

Lautes Stöhnen drang aus ihrer Kehle, als mein Sperma über ihr Gesicht spritzte und von ihrer Zunge tropfte. Gierig schluckte sie meinen Saft herunter und fuhr sich anschließend mit der Zungenspitze noch über die Lippen, als wolle sie keinen Tropfen vergeuden.

»Oh Gott«, stammelte sie stöhnend, während sie sich so heftig fingerte, dass ich die Feuchtigkeit durch ihr Höschen dringen sah.

Ich beugte mich zu ihr herunter und raunte ein einziges Wort: »Komm.«

Sie explodierte, schrie meinen Namen und sackte erschöpft zur Seite, als ihr Orgasmus ihren Körper in Wellen erschütterte.

Schweigend zog ich meine Hose wieder hoch, sammelte ihr Kleid vom Boden auf und warf es ihr vor die Füße. »Zieh dich an und geh.«

Kapitel 5

AVA

Nach dem katastrophalen Start in der Tankstelle stellten sich die restlichen Tage als gar nicht mal so übel heraus. Ich hatte mich schnell an den Arbeitsalltag gewöhnt und verbrachte sogar über den Feierabend hinaus meine Stunden dort, um mit Doyle zu quatschen.

Manchmal gesellte sich auch Kat dazu und wir sahen uns stundenlang schwarz-weiß Cartoons auf dem alten Fernseher an, der über dem Kassenbereich hing. Er war nicht besonders groß, geschweige denn von einer guten Qualität, aber das spielte für uns sowieso keine Rolle.

Wir philosophierten lieber über die Pointe und den schwarzen Humor, die hinter den Produktionen steckten. Alte Kunst, welche in dieser Zeit, und in dieser Form, gar nicht mehr erschaffen wurde.

Auch an diesem Morgen herrschte eine ausgelassene Stimmung in der Tankstelle. Es war noch zu früh, um Kundschaft zu erwarten, sodass sich auch Doyle eifrig an der Diskussion beteiligte, die ausnahmsweise mal nicht die Cartoons betraf, sondern sich um Ryder drehte.

Ich hatte den Fehler begangen, Kat von seinem nächtlichen Besuch in der Tankstelle zu erzählen, was sie nun als Anlass nahm, mir alle paar Stunden die gleiche Frage zu stellen.

»Und du machst dir wirklich keine Sorgen wegen Ryder?«

Zum wiederholten Male schüttelte ich den Kopf.

»Was will er schon machen? Mich mit Fackeln und Mistgabeln aus der Stadt jagen? Er und seine ›ach so tollen Jungs‹ halten sich vielleicht für wichtig, aber sie stehen nicht über dem Gesetz, oder?«

Kat seufzte und rieb sich mit einem gequälten Ausdruck die Stirn. Ich schaute zu Doyle, in der Hoffnung, dass er mir wenigstens zur Seite stehen würde. Doch er schien ganz damit beschäftigt zu sein, Süßigkeiten zu kontrollieren, obwohl er das heute Morgen schon getan hatte.

»Leute!«, rief ich empört und warf die Arme in die Luft, »Sie stehen doch nicht über dem Gesetz und können straffrei tun und lassen, was sie wollen!«

»Das ist kompliziert«, bemerkte Doyle, ohne den Blick von den Schokoriegeln zu nehmen.

Beunruhigt strich ich mir eine Haarsträhne hinters Ohr und griff nach dem Kaffeebecher. Das war ein weiterer Grund, wieso Kat und ich so viel Zeit in der Tankstelle verbrachten, denn das einzige Koffein, das es im Haus meiner Großmutter gab, war ein wasserlösliches Granulat, welches ich mir aus dem Supermarkt besorgt hatte.

Es schmeckte zwar scheußlich, aber ich bevorzugte es, erst einmal die Löcher im Dach zu reparieren, anstatt mir den Luxus einer Kaffeemaschine zu leisten.

»Ava, sei vorsichtig und provoziere sie bitte nicht. Arjan, Neo und Ryder stehen vielleicht nicht über dem Gesetz, aber auf den Straßen von Ashwick stehen sie dem Gesetz gleich«, erläuterte Doyle nach einer Weile.

Kat warf ihm einen eindringlichen Blick zu. »Arjan und Neo haben durch ihren Vater Einfluss erlangt. Wenn sie sich in den Kopf gesetzt haben, dich fertig zu machen, dann schaffen sie es auch. Schau dir meinen Bruder an. Er sitzt ihretwegen ein und dabei waren sie alle befreundet.« Ihr flammender Blick richtete sich nun direkt auf mich. »Wenn man so etwas schon seinem Freund antut, dann kannst du dir vorstellen, wozu sie fähig sind, wenn ihnen jemand ein Dorn im Auge ist.«

»Was lief da eigentlich mit deinem Bruder?« Es interessierte mich schon eine Weile, aber ich hatte nie den richtigen Moment gefunden, sie danach zu fragen.

Kat zuckte mit den Schultern. »Ich weiß es nicht. Du hast ja gesehen, wie sie mit mir sprechen. Keiner hat mir irgendwas gesagt, nicht mal mein Bruder.«

Die Traurigkeit überschattete ihr sonst so strahlendes Gesicht und ich bereute es sofort, sie darauf angesprochen zu haben. Sie gab sich mutig und taff, obwohl jeder sehen konnte, dass sie unter der Last, die sie trug, litt. Vielleicht gab es Tage, an denen sie zusammenbrach, still und leise nur für sich.

»Er will dich bestimmt nur schützen«, versuchte ich ihr die Traurigkeit mit Zuversicht aus dem Gesicht zu wischen.

Ein bewährter Weg, wie ich ihn selbst nur zu gut kannte.

»Ja. Da hast du wahrscheinlich recht.«

»Ich möchte euch ja nicht loswerden Mädels, aber es ist bereits nach 7 Uhr und du müsstest heute wirklich mal wieder zur Uni gehen, Kat. Du hast dich die komplette letzte Woche gedrückt!«

Ich hielt mir die Hand vor den Mund, um das Kichern zu verbergen, das Doyles Worte in mir auslösten.

»Hör auf zu lachen, Ava. Das ist nicht witzig.«

»Doch, schon, weil es genau das ist, was ich dir seit einer Woche predige. Da es jetzt sogar schon Doyle auffällt, kannst du auch einfach zugeben, dass du die Uni meidest.«

»Ich hatte einen Streit mit Neo«, gab sie widerwillig zu.

»Was?« Überrascht beugte ich mich näher zu ihr hinüber. »Wieso hast du mir das nicht gesagt?«

»Ach, weil es unnötig ist. Na gut.« Sie erhob sich schwerfällig vom Klappstuhl. »Dann lass uns losfahren, ich muss bei dir nochmal aufs Klo.«

»Wieso gehst du nicht hier?« Doyle hielt ihr die Schlüssel der Toiletten hin.

Herausfordernd hob sie eine Augenbraue, ehe sie anmerkte: »Sehe ich aus, als wäre ich scharf darauf, Syphilis zu bekommen? Solange ihr die Toiletten nicht richtig sauber macht, setzte ich da keinen Fuß rein.«

Lachend klappte ich ihren Stuhl zusammen und verstaute ihn hinter dem Kassenbereich.

»Du übertreibst, Kat.«

»Genau, ich kontrolliere die Toiletten jeden Tag!«, pflichtete Doyle bei.

»Dann wirken sie einfach von Natur aus ranzig. Ich würde eine Renovierung in Erwägung ziehen.« Kat packte meine Hand und zog mich Richtung Ausgang. »Na ja, wir sind weg. Tschüss Doyle, wir sehen uns!«

»Wieso klingt das aus deinem Mund wie eine Drohung?«, rief er gespielt entsetzt hinter uns her.

»Ich mag dich auch, Doylechen!«

»Nenn mich nicht so, Kat!«, begleitete seine gereizte Stimme das Klingeln der Glocke, als wir die Tankstelle verließen.

»Du bist echt fies«, sagte ich schmunzelnd.

»Ach was. Er weiß, wie ich das meine. Aber jetzt schnell ins Auto, ich muss wirklich dringend.«

Ich hatte Kat zuvor noch nie so schnell durch den Wald hetzen sehen. Sie hatte die Veranda noch nicht einmal erreicht, da zog sie sich schon die Jacke aus.

»Los, mach hin«, drängte sie, während sie unruhig von einem Fuß auf den anderen trat und mir unentwegt über die Schulter blickte.

»Kannst du bitte aufhören, so herumzuzappeln?«, wies ich sie an, weil es mich noch nervöser machte, den Schlüssel ins Schlüsselloch zu pfriemeln.

»Und du weißt schon, dass die Tankstelle auch eine Personaltoilette hat, oder?«

»Was? Und das sagst du mir erst jetzt?«, äußerte sie ihren Unmut lautstark.

»Sorry!«, gab ich kleinlaut zurück und stieß die Tür auf.

Auf der Stelle drückte sie mir ihre rote Lederjacke in die Hände und donnerte die Treppe hoch.

Es war mir ein Rätsel, wie sie es immer noch aushielt, eine so dünne Jacke zu tragen, wo ich es nicht einmal in meinem Mantel schaffte, nicht zu frieren.

Schmunzelnd schüttelte ich den Kopf, während ich die Jacke unachtsam auf das alte Schränkchen in der Diele schmiss. Dabei fiel ihr Handy aus einer ihrer Taschen und segelte mit dem Display voran auf das dunkle Parkett. Fluchend hob ich es auf und hoffte, dass es den Sturz unbeschädigt überstanden hatte.

»Gott sei Dank!«, flüsterte ich, nachdem ich keine offensichtlichen Schäden entdeckte, denn eine Reparatur konnte ich mir beim besten Willen nicht leisten.

Das Display leuchtete auf und zeigte Kat mit einem jungen Mann. Sie standen nebeneinander, lächelten und wirkten sehr vertraut. Sein Haar war blond, einige Strähnchen fielen ihm tief in die Stirn und verdeckten die leuchtend grünen Augen. War das ihr Bruder?

Ich hörte die Tür des Badezimmers ins Schloss fallen und wenige Sekunden später vernahm ich ihre Stimme am Fuß der Treppe. »Das war in letzter Minute!«

Eilig stopfte ich das Handy unter ihre Jacke und drehte mich zu ihr herum.

»Selbst schuld. Du hättest ja auch in der Tankstelle gehen können.«

Kat verdrehte die Augen und streckte mir die Zunge raus.

»Verdammt!« Ihr Blick verdunkelte sich schlagartig, als die antike Standuhr 8 Uhr schlug. »Ich muss jetzt los. Meine erste Vorlesung fängt bald an. Wir reden später.« Sie schnappte sich ihre Jacke und öffnete die Tür, um im nächsten Moment innezuhalten.

»Wieso steht da ein Teller auf deiner Veranda, Ava?«

»Seit ein paar Tagen kommt ein Streuner ans Haus«, erläuterte ich und hob den leeren Teller auf.

»Wir reden hier von einem harmlosen Tier, oder?« Sie sah mich besorgt an und ich unterdrückte ein Kichern.

»Nein, ich füttere einen Bären handzahm, damit er mich vor Ryder und den anderen beschützen kann«, erwiderte ich lachend. »Es ist eine Katze. Ich habe sie vor ein paar Tagen auf der Veranda entdeckt.«

Kat zögerte einen Moment, nickte dann aber kaum merklich und sagte: »Vielleicht tut dir etwas Gesellschaft gut. Du weißt ja, was ich davon halte, dass du hier ganz alleine wohnst.« Entnervt stöhnte ich auf und schob sie in Richtung Auto, um sie dorthin zu begleiten.

Kats Wagen war längst auf dem Highway verschwunden, als meine Gedanken wieder zu dem Bild auf ihrem Handy wanderten. Hatte sie es eigentlich mitgenommen? Ich flitzte durch das Waldstück und öffnete die Haustür.

»Oh nein! Das darf doch nicht wahr sein!«, stieß ich frustriert aus, als ich ihr Handy entdeckte.

Ohne lange nachzudenken, verstaute ich es in meiner Tasche. Ehe ich das Haus verlassen konnte, prüfte ich, ob alle Stecker aus den Steckdosen entfernt waren. Obwohl es nie bei uns gebrannt hatte, war das ein Tick, den ich seit meiner Kindheit nicht abschütteln konnte.

Es gab nur vier Buslinien in Ashwick. Zwei davon fuhren stündlich in den Nebenort Silverside. Die anderen beiden ratterten im Zwanzigminutentakt die belebtesten Orte der Stadt ab: die Tankstelle, den Marktplatz, den Bahnhof, den Peer und die Universität. Letzte war mein Ziel.

Kat hatte mir nie etwas über die örtliche Uni erzählt und ich hatte mich auch nicht im Internet nach ihr erkundigt, weil eine Anmeldung zu keiner Zeit im Raum stand. Umso überraschter war ich, einem gusseisernen Tor gegenüberzustehen, welches die Hauptstraße vom Campus trennte. Ich ließ meinen Blick über die schwarzen Straßenlampen und Bänke schweifen, die den Wegesrand bis zu den Eingangstreppen säumten. Sie führten in ein riesiges Gebäude aus dunklem Backstein. Roter Efeu rankte an ein paar vergitterten Fenstern vorbei, die Mauer hinauf. Studenten strömten mir entgegen, als könnten sie es gar nicht erwarten, das Institut zu verlassen.

Entschlossen kämpfte ich mich durch verschiedene Grüppchen, denen es nicht einmal in den Sinn kam, zur Seite zu treten. Die vielen Menschen in der Eingangshalle machten mich nervös. Sekündlich warf ich einen Blick über die Schulter, überprüfte jeden, der mich beim Vorbeigehen auch nur einen Moment lang musterte. Es war unmöglich, dass jemand wusste, wer ich war. Dennoch ließ mich das Gefühl nicht los, dieses Gebäude schnellstmöglich wieder verlassen zu wollen. Ich schaute mich um, versuchte, durch die Menge hindurch etwas zu entdecken. Als mir das jedoch nicht gelang, bemerkte ich das Anschlagbrett. Sofort steuerte ich darauf zu, in der Hoffnung etwas Brauchbares zu finden. Wie zum Beispiel, in welchem Raum Kats Unterricht stattfand.

Sie hatte mir ihren Stundenplan zwar schon bei meiner Ankunft gemailt, doch ich konnte mich beim besten Willen nicht an alle Kurse und deren dazugehörigen Raumnummern erinnern. Nach einer Weile gab ich die Suche frustriert auf und platzierte mich am Rand der Halle, direkt neben dem Ausgang. Ich beobachtete das rege Treiben, ließ mich vom Stimmengewirr einhüllen und schnappte hier und dort einige Gesprächsfetzen auf, mit denen ich nichts anfangen konnte.

»Du musst Ava sein.« Überrascht drehte ich mich um, weil ich nicht damit gerechnet hatte, von einer tiefen männlichen Stimme angesprochen zu werden.

Ihr Besitzer stellte sich als ein großer, breitschultriger, ernst dreinblickender junger Mann heraus. Seine Miene deutete auf keinerlei Freundlichkeit hin, was mich heftig schlucken ließ.

»Kennen wir uns?«, fragte ich krächzend, während die Anspannung in meinem Körper wuchs, als er einen Schritt auf mich zu machte und mich enger an die Wand drängte.

»Es reicht, wenn ich dich kenne«, knurrte er und griff nach meinem Arm. Unvorhersehbar, mit einer schnellen und gezielten Bewegung, sodass ich nicht den Hauch einer Chance hatte, etwas dagegen zu tun.

»Hey, was soll das? Lass mich verdammt noch mal los!«, rief ich verzweifelt, zerrte und kämpfte, doch es machte keinen Sinn.

Ohne ein Wort schleifte er mich hinter sich her, ignorierte meine lautstarken Proteste und Versuche seine Hand von meinem Arm zu lösen. Vor uns erstreckte sich ein beinahe leerer Gang. Einzig eine kleine Gruppe junger Männer in Sportkleidung, standen an einer Reihe Spints.

»Bitte helft mir!«, wandte ich mich panisch an sie.

Einer von ihnen machte einen Schritt auf uns zu, doch ehe er etwas sagen konnte, zischte der Unbekannte an meiner Seite: »Das geht dich nichts an, Carl. Wenn du nicht willst, dass dein Vater von deinem Drogenkonsum erfährt, bewegst du deinen Arsch jetzt aus diesem Gang. Und nimm deine Freunde mit!«

Einen Moment zögerten sie, dann nickten sich die vier gegenseitig zu und verschwanden. Panik schnürte mir die Kehle zu, als er mich in den ersten freien Raum schob, den er finden konnte. Erst als er die Tür hinter sich schloss, ließ er meinen Arm los.

»Du hörst mir jetzt ganz genau zu.« Er baute sich vor mir auf.

Intuitiv wich ich zurück und stieß mit dem Rücken gegen einen Tisch. Ich tastete über die Tischplatte, hoffte, dass ich irgendwas in die Finger bekam, dass ich zur Not als Waffe benutzen konnte. Er verzog nicht eine Miene, sondern starrte mich einfach aus wilden, grauen Augen an, die in diesem Moment mehr einem rasenden Sturm glitten.

Mein Blick verharrte auf seinem dunklen Haar, das an den Seiten kürzer war. Ich prägte mir jedes kleinste Detail ein, damit ich ihn im Falle einer Gegenüberstellung auch erkennen konnte.

Der Fremde richtete sich zu seiner ganzen Größe auf und sah mit angewiderter Miene auf mich herab, als wäre ich ein ekliges Insekt, welches er liebend gern unter der Schuhsohle zerquetschen würde.

»Mir ist egal, wer du bist, oder mit wem du befreundet bist. Wenn du in meiner Stadt Stress machst, bekommst du ein Problem. Vielleicht steht Ryder auf diesen ...« Er deutete auf mich und zeigte mit einem spöttischen Grinsen von oben nach unten, »... bedürftigen Look, aber ich habe keine Geduld für diesen Scheiß, Püppchen.«

Obwohl ich Neo nur kurz gesehen hatte, und Arjan lediglich aus Erzählungen kannte, war mir sofort klar, wer von den beiden Brüdern mir gegenüberstand. Arjan – es musste Arjan sein.

Alles an ihm wirkte rauer, markanter, gefährlicher. Er strahlte eine derart bösartige Energie aus, dass seine Aura es regelrecht schaffte, mir die Luft zum Atmen zu nehmen. Nicht auf die gute, verlockende Art. Etwas in mir sagte, dass ich bei ihm vorsichtig sein musste.

Ich wählte meine nächsten Worte mit Bedacht, weil mir das Herz bis zum Hals schlug und meine Handinnenflächen anfingen zu schwitzen. »Ich bringe keinen Ärger in deine Stadt.«

»Was willst du dann hier?«

»Ich besuche meine Großmutter.«

Arjan lachte und schüttelte den Kopf. »Guter Versuch. Aber wieso denkt Ryder dann, du hättest etwas zu verheimlichen? Letzte Chance es mir zu sagen! Oder ich werde dich dazu bringen, es zu tun! Ich habe es zwar Ryder aufgetragen ...« Seine Lippen verzogen sich zu einem teuflischen Grinsen, doch es war das Aufblitzen seiner Augen, das mir wirklich Sorgen bereitete. »Aber wenn mir schon so eine Chance geboten wird.« Er machte einen Schritt auf mich zu. »Werde ich sie nutzen.«

Mein Kopf raste, aber egal, wie sehr ich auch versuchte, eine passende Antwort auf seine Frage zu finden, konnte ich es nicht. Jede Lüge kam mir wie eine faule Ausrede vor, die er sofort durchschauen würde.

»Ich habe dir alles gesagt.« Ich atmete tief ein und aus.

Bevor ich mich jedoch an ihm vorbeischieben konnte, um die Tür zu erreichen, umfasste er mein Handgelenk.

Mühelos drängte er mich zurück und raunte: »Falsche Antwort.«

Panik vergiftete jeden klaren Gedanken und ließ mich Stimmen meiner Vergangenheit hören. Ausgerechnet jetzt prasselten sie auf mich nieder, zerrten und zogen an meinem Verstand. Ich riss die Augen auf, schlug und strampelte, doch ich war ihm körperlich unterlegen. Ehe ich mich versah, lag ich mit dem Rücken auf der Tischplatte.

»Was suchst du hier?«

Etwas Kaltes presste sich gegen meinen Hals und ich brauchte ein paar Sekunden, um zu begreifen, dass es ein Messer war. Er hielt es mir direkt an die Kehle.

»Lass mich los, du Arschloch!«, schrie ich von Angst ergriffen, während er problemlos meine Arme über dem Kopf fixierte. Mein Herz drohte zu explodieren, so sehr schlug es gegen meinen Brustkorb. Ich kämpfte gegen die Tränen an, doch nur Sekunden später flossen sie aus meinen Augenwinkeln.

»Ja, weine. Weine und zerbreche unter meiner Hand«, säuselte Arjan genüsslich und strich mit dem Messer über meine Wange.

»Hat dich Ryder auch zum Weinen gebracht? Er hat gesagt, du bist ein taffes Ding, aber das kann ich nicht bestätigen. Du bist schwach und denkst du kannst mit den großen, gefährlichen Jungs spielen! Also ein letztes Mal: Wieso bist du hier? Und um deinetwillen solltest du mir diese Frage endlich beantworten.«

»Lass mich los!«, rief ich mit zitternder Stimme.

»Beantworte meine Frage!«

»Oder was? Willst du mich umbringen?«

Sein Kopf tauchte direkt vor meinem Gesicht auf. Ein irres Grinsen breitete sich auf seinen Lippen aus. »Glaubst du, ich würde dir sonst dieses Messer unter die Kehle halten?«

»Du bist doch wahnsinnig!«

»Schön, dass es dir aufgefallen ist.« Er verstärkte den Druck auf meinen Hals. »Und deshalb solltest du mich besser nicht mehr anlügen. Du willst doch nicht, dass das hier böse endet.«

Ich spürte das kalte Metall auf meiner Haut, spürte die Spitze, wie sie sich langsam in meinen Hals bohrte. Alles drehte sich. Zog mich in einen Strudel, der meine Sinne völlig benebelte.

Da waren Angst und Panik und gleichzeitig die Wut über mich selbst, ihm so hilflos ausgeliefert zu sein. Benommen schloss ich die Augen, weil dieses Gefühl mir die Kehle zuschnürte und mein Atem in unregelmäßigen Stößen aus meinen Lungen strömte.

»Arjan!«

Endlich erwachte ich aus meiner Schockstarre und öffnete die Augen, doch Arjan verdeckte mir die Sicht. Trotzdem beruhigte es mich, eine andere Stimme zu hören. Erleichterung breitete sich in mir aus.

»Verschwinde, Neo!«, blaffte Arjan, ohne den Blick von meinem Gesicht zu nehmen.

Auch das Messer verweilte weiterhin an der Stelle an meinem Hals. Bohrte sich unentwegt tiefer.

»Lass das! Arjan, bist du irre?« Mit einem Ruck wurde Arjans schwerer Körper von mir heruntergezogen.

Obwohl ich sie lautstark diskutieren hörte, war mein Verstand nicht in der Lage ihnen zu folgen, weil mir das Rauschen meines eigenen Blutes in den Ohren dröhnte. Schwerfällig rappelte ich mich auf. Hielt mich im letzten Moment an der Tischkante fest, um nicht zusammenzusacken.

»Bist du okay?« Neo stupste mich vorsichtig an.

Ich zwang mich zur Ruhe, holte tief Luft, zählte innerlich bis fünf und atmete dann erst wieder aus. Alles was ich wollte, war, ihm nicht zu zeigen, wie sehr mir sein Bruder zugesetzt hatte.

»Was machst du denn hier?«, fragte er sanft, nachdem er mir einige Sekunden Zeit gelassen hatte, mich zu beruhigen und meine Gedanken zu sortieren.

Ich antwortete nicht sofort. Aus Angst, meine Stimme könnte zittern und die Schwäche offenbaren, die mich gerade gefangen hielt. Sie hatte sich wie ein Schraubstock über mein gesamtes Inneres gelegt und ließ mich nicht mehr frei.

Nicht mehr Herr über meine Sinne schlug ich seine Hand weg, die immer noch auf meiner Schulter lag, und sich wie ein Brandmal in meine Haut zeichnete.

»Hat Kat dir nicht gesagt, dass du dich von der Uni fernhalten sollst?«, erkundigte er sich vorsichtig, so als wäre ich ein Kind, das er gerade der Lüge überführte.

»Nicht von der Uni, sondern von euch«, gab ich heiser zurück.

»Das ist quasi das Gleiche. Also, was machst du hier?«

Letztendlich war es seiner ruhigen Stimme zu verdanken, dass ich mich wieder sammelte. Er hatte etwas Therapeutisches und dafür hasste ich ihn noch mehr. Ich wollte nicht, dass er mich beruhigte. Ich wollte wütend sein. Auf ihn, auf seinen Bruder und auf Ryder.

»Spar dir deine Worte«, gab ich giftig zurück.

»Ich hätte sie doch umlegen sollen«, meldete sich Arjan im beiläufigen Ton wieder zu Wort, woraufhin er einen warnenden Blick von Neo kassierte.

»Arjan, du solltest gehen. Ich kümmere mich um sie!«

»Bitte. Viel Spaß dabei, dir die Hände schmutzig zu machen.«

Mit einem lauten Knall fiel die Tür ins Schloss und Neo drehte sich überrascht um.

»Ich hätte nicht gedacht, dass er auf mich hört«, murmelte er verblüfft.

Einen Moment schien ihn diese Tatsache zu überraschen, weswegen er meine Anwesenheit total vergaß. Vielleicht war das meine Chance zu flüchten.

Doch so schnell der Gedanke in mir aufgetaucht war, verflog er auch wieder, als sich Neo zu mir wandte: »Was machst du hier?«

Ich beschloss, wenigstens in dieser Sache ehrlich zu sein. Wortlos zog ich das Handy aus der Tasche und hielt es ihm entgegen.

Er starrte einige Sekunden auf das Gerät, ehe er antwortete: »Warte auf dem Parkplatz. An ihrem Auto. Ich sage Kat, dass du hier bist.« Mit einer ausdruckslosen Miene nahm er mir das Handy aus der Hand und verstaute es in seiner Hosentasche.

»Warum?« Ich sah ihn das erste Mal richtig an.

Sein dunkles Haar war akkurat gestylt und in den ozeanblauen Augen wirbelte ein unergründlicher Sturm aus Emotionen.

Eisige Kälte mit einem Funken Wärme, die weder bei Arjan noch bei Ryder vorhanden war. Neo wirkte distanziert und gleichzeitig besorgt. Ich verstand Kats unausgesprochene Faszination für diesen Mann. Alles an ihm war widersprüchlich. Eine fesselnde Mischung. Nicht weniger anziehend und gleichermaßen zerstörend, wie Ryders Wahnsinn oder Arjans Kälte. Diese Jungs waren gefährlich, mysteriös und nicht zu deuten. Das machte sie unglaublich attraktiv.

»Warum was?«, fragte er, woraufhin sich eine kleine Falte auf seiner Stirn bildete, während er die Augen leicht zusammenkniff und mich musterte.

»Warum hast du mir geholfen? Du bist doch auch gegen mich.«

»Ich habe es für Ryder getan. Auch wenn du das nun glaubst, Arjan ist kein schlechter Mensch. Er ist einfach impulsiv.«

Impulsiv war nicht das richtige Wort, aber ich widersprach ihm nicht, weil mich der erste Teil seiner Aussage mehr interessierte.

»Für Ryder? Was hat er damit zu tun?«

»Geh jetzt zum Auto. Ich schicke Kat raus. Und noch ein Tipp.«

Er drehte sich erneut zu mir um, wobei seine Hand weiterhin auf dem Türgriff verweilte. »Unterschätze uns nicht. Wir sind gefährlich und skrupellos. Ich habe dir vielleicht heute geholfen, aber das heißt nicht, dass ich nicht bereit wäre, dir morgen den Hals zu brechen und dein Leben zu zerstören. Wir sind alle Monster, das hat Kat dir doch gesagt, oder?«

»Sie hat mir erzählt, was ihr getan habt.«

Neos Augen verengten sich zu Schlitzen, bevor er zischte: »Und was haben wir getan?«

»Ihr habt ihren Bruder in den Knast gebracht, obwohl ihr befreundet wart. Ihr seid nicht gefährlich, ihr seid *feige*.«

Für einen Moment schwieg er, dann stieß er die Tür auf und sagte kalt: »Verschwinde. Sofort. Bevor ich mich vergesse.«

Wütend stapfte ich auf den Parkplatz, als mir lautes Stöhnen entgegenschlug. Ich konnte es nicht fassen, dass es irgendwelche Studenten auf dem Parkplatz trieben. Das war das Letzte, was ich jetzt noch sehen wollte. Ich entdeckte Kats Auto am hinteren Ende des Parkplatzes und steuerte direkt darauf zu. Schweigend lehnte ich mich gegen die Beifahrertür, als mein Blick unweigerlich auf die Ecke fiel, an der ein dunkelhaariger Kerl eine Blondine über sein Motorrad gelegt vögelte.

»Heilige Scheiße! Ist das euer Ernst?«, murmelte ich vor mich hin und schüttelte ungläubig den Kopf.

Konzentriert fixierte ich eine der gegenüberliegenden Hecken, die sich mit ihrem fein säuberlichen Schnitt vom Rest des Geländes abhob. Als das Stöhnen immer lauter wurde, spürte ich Hitze in meine Wangen steigen. Wie durch ein unsichtbares Band wurde mein Kopf in Richtung der Geräusche gezogen. Gebannt starrte ich auf das Paar, das sich ganz offenbar auf der Zielgeraden befanden.

»Oh mein Gott«, schrie sie laut, während sich sein Griff in ihrem Nacken verfestigte und jeder Stoß härter wurde.

Schnaubend schüttelte ich den Kopf. »Gott hat damit ganz sicher nichts zu tun.«

Ehe ich mich wegdrehen konnte, schien der Typ mich zu bemerken.

Mein Herz fing augenblicklich an schneller zu schlagen, als Ryders Blick auf meinen traf. Von seinen Bewegungen wie hypnotisiert, gelang es mir nicht, mich loszureißen. Ohne seine Augen von mir abzuwenden, wickelte er ihr langes Haar weitere Male um seine Faust, überstreckte ihren Hals, während er sich unerbittlich in sie rammte. Ich war gefangen, in seinen tiefschwarzen Abgründen, während das Feuer, das in ihnen tanzte, meinen Körper in Flammen setzte.

Sie schrie, stöhnte und bettelte nach mehr. Endlich schaffte ich es, den Blickkontakt zu unterbrechen und mich aus dem Ketten seiner zerstörerischen Macht zu befreien. Schnell drehte ich den beiden den Rücken zu, um nicht mitansehen zu müssen, wie sie kamen. Es reichte, dass ich es hörte – und der Rest der Universität ebenfalls.

Nach einigen Minuten ebbte es endlich ab und ich hörte damit auf, um Kats Ankunft zu beten. Meine Gebete würden ohnehin nicht erhört werden. Ungeduldig kickte ich ein paar lose Steine über den Asphalt, als mich eine Stimme ansprach, die nicht zu Kat gehörte.

»Ava.« Natürlich musste er es sein.

Es erstaunte mich, wie wenig Zeit zwischen seinem Quickie und dem Moment lag, in dem er vollständig angezogen vor mir stand.

»Hat dir die Show gefallen?« Ryders Stimme triefte vor Selbstgefälligkeit und ich wagte es nicht, den Kopf zu heben, um seinen Blick zu treffen.

Jetzt war es mir peinlich, dass ich ihn bei seinem kleinen Schäferstündchen so lange angestarrt hatte.

»Ich spreche mit dir!« Seine Hand umschloss meinen Arm, während sein Blick zu meinem Hals wanderte, »Wer war das?«

Ryders Züge verhärteten sich sichtlich. Oder bildete ich mir das nur ein?

»Niemand«, antwortete ich leise.

»Lüg mich nicht an. Wer hat dir das angetan?« Er strich behutsam über meinen Hals.

Als ich das frische Blut an seinen Fingerspitzen bemerkte, weiteten sich meine Augen überrascht. Meine Wut über Arjans unverschämtes Verhalten schwoll wieder an. Es brodelte in meinem Bauch, wartete nur darauf, durch den kleinsten Auslöser aus mir herauszubrechen.

»Rede endlich!«, befahl Ryder barsch und zog mein Gesicht so nah an seines, dass sich unsere Nasenspitzen beinahe berührten. »Lass mich dich nicht zwingen müssen«, fügte er drohend hinzu.

»So wie dein Freund?«, fauchte ich.

Seine Augen verengten sich ungläubig und seine Stimme nahm einen dunkleren Ton an, als er sagte: »Willst du mich verarschen? Neo würde das niemals tun.«

»Der andere Freund.«

Ich drehte meinen Kopf aus seinem Griff und wandte mich von ihm ab.

Wenn Kat nicht kam, würde ich eben zu Fuß nach Hause gehen – und zwar jetzt!

»Arjan?«, hörte ich Ryder hinter mir fragen. Doch ich machte mir nicht die Mühe, ihm zu antworten.

»Warte. Ava.« Als ich keine Anstalten machte seiner Aufforderung Folge zu leisten, packte er mich erneut am Arm. »Ich habe gesagt du sollst warten!« Unsanft wirbelte er mich herum.

»Und ich habe keine Lust, mit dir, oder mit einem deiner dummen Freunde zu reden. Ich habe es satt, ständig Dinge zu tun, die andere von mir verlangen!«, rief ich aufgebracht und jede Emotion, die ich mir in den letzten Wochen nicht gestattet hatte, fand ihren Weg an die Oberfläche.

»Ich will nur mit dir reden!«, sagte er ernst, wobei er seine Stimme sichtlich zur Ruhe zwang.

»Schön, ich aber nicht mit dir!«

»Wenn du jetzt gehst, wirst du es bereuen.«

Ich lachte verächtlich, ehe ich meinte: »Wieso überrascht es mich nicht, dass du mir eine Drohung entgegenwirfst, wenn du nicht das bekommst, was du willst?«

»Eine Drohung sieht anders aus, Ava. Ganz anders. Und du solltest dir wünschen, niemals eine von mir zu bekommen.«

»Fick dich, Ryder.« Ich zeigte ihm den Mittelfinger und riss mich mit aller Kraft von ihm los.

»Ach ja, Ava, da wäre noch was.« Genervt drehte ich mich zu ihm um und bedeutete ihm, mit einer einzigen Handbewegung zu sprechen. »Du siehst echt heiß aus in deinen kleinen, knappen Shorts.«

Er zwinkerte mir zu und fügte noch hinzu: »Es könnte durchaus gefährlich sein, ganz allein in einem Haus mitten im Wald zu wohnen. Man weiß nie, wer sich dort im Schatten der Bäume versteckt und durch deine Fenster schaut. Sei besser auf der Hut.«

Ich starrte ihn mit offenem Mund an und bemerkte erst jetzt, dass er auf mich zukam. Schritt für Schritt näherte er sich, wohingegen ich starr vor Schock auf demselben Fleckchen verweilte. Als er mich erreichte, legte er den Daumen unter mein Kinn, um es sanft, aber bestimmt nach oben zu drücken, damit ich ihm direkt in die Augen sah.

»Arjan wird dir nicht nochmal zu nahekommen, denn du gehörst mir, Ava. Wenn dir jemand noch einmal so zusetzt, dann bin ich das.«

KAPITEL 6

AVA

»*Du gehörst mir, Ava.*«
Es war dieser Satz, der selbst dann noch in meinem Kopf hallte, als Ryder längst gegangen war. Die Worte schwirrten und tönten, ließen mich mit einem Gefühl zurück, von dem ich nicht wusste, ob mich das ungleichmäßige Pochen meines Herzens beruhigen oder erschrecken sollte.

Alles an ihm, von seinem seltsamen Auftreten, bis hin zu den abstrusen Dingen, die er sagte, war grotesk, verrückt und doch auf eine unerklärliche Weise aufregend.

»Oh Gott, Ava!« Ich zuckte zusammen, als sich von hinten zwei schlanke Arme um meinen Hals schlossen und Kat mich mit ihrer Umarmung fast von den Beinen riss.

»Kat, du erdrückst mich.«

»Tut mir leid. Neo hat mir erzählt, was passiert ist. Ich kann nicht fassen, dass Arjan einfach so ausgeflippt ist!« Sie schob mich eine Handbreit von sich, um den Schnitt an meinem Hals zu begutachten.

»Du hattest recht«, gab ich niedergeschlagen zu. Die letzten Minuten hingen mir immer noch so in den Knochen, dass ich meine zitternden Hände vorsichtshalber in die Manteltasche schob. Ich wollte nicht, dass sie sah, in welch einer Verfassung ich mich in Wirklichkeit befand.

»Sie sind völlig verrückt.« Meine Stimme war immer noch ein zitterndes Murmeln.

Ich wusste nicht, ob es wegen Arjan oder Ryder war. Vielleicht war es aber auch der tödliche Cocktail aus Angst, Verzweiflung und dem seltsamen Gefühl einer Anziehung, den die beiden heute in mir ausgelöst hatten.

»Ich fahre dich jetzt erst mal heim! Oder willst du heute Nacht bei mir schlafen?«

Ich schüttelte den Kopf, weil ich mich nicht aus dem Haus vertreiben lassen wollte.

Oder weil du es jetzt weißt. Weißt, dass er es ist, der dort draußen lauert und dich beobachtet, flüsterte eine leise Stimme in meinem Kopf.

Eine Stimme, die ich besser schnell in die Tiefen meines Verstandes verbannen sollte, ehe sie zu einem echten Problem werden würde.

Ich benötigte meine gesamten Überredungskünste, um Kat nach einer gefühlten Ewigkeit davon zu überzeugen, mich allein im Haus zu lassen. An der Haustür hatte sie mit vor der Brust verschränkten Armen gewartet und mir das Versprechen abgenommen, die Tür abzuschließen, niemandem zu öffnen und schon gar nicht auf eigene Faust das Haus zu verlassen. Sie machte sich ernsthafte Sorgen, ich könnte nochmal auf Arjan treffen.

Kat hatte mir bis auf den Namen ihrer kleinen Gang nichts weiter verraten – aber das musste sie auch gar nicht. Sobald sie das Haus verlassen hatte, fläzte ich mich auf die abgeriebene Couch und gab diesen gottverdammten Namen in Google ein.

Lost Souls.

Dieser Name passte wie die Faust aufs Auge, denn offensichtlich hatte jeder von ihnen seine Seele längst verloren. Es gab nicht besonders viele Einträge. Frustriert atmete ich aus und scrollte durch die seltsamen Ergebnisse, die mir die Suchmaschine ausgespuckt hatte. Auf der dritten Seite wurde ich dann endlich fündig. Es war ein Blogeintrag eines Enthüllungsjournalisten. Der Artikel war bereits einige Jahre alt. Gedankenverloren zog ich die Unterlippe in den Mund, während mein Blick über das Bild unter der Schlagzeile wanderte.

Ein hübscher, groß gewachsener Mann in einem enganliegenden, blauen Anzug stand zwischen zwei Jungen, welche ich bei genauerem Hinsehen als Arjan und Neo identifizierte. Sie standen zusammen vor einer riesigen, mit bunten Blumen bepflanzten Einfahrt, was allein schon genug Eindruck auf den Leser gemacht hätte. Doch das eigentliche Pompöse auf dem Bild war das riesige Haus im Hintergrund. Selbst beim Heranzoomen konnte ich das komplette Ausmaß des Anwesens nicht ausmachen.

Eines stand mit Sicherheit aber fest: Das Grundstück musste einige hundert Quadratmeter fassen. Nur widerwillig nahm ich den Blick von der Villa, mit den Blumen vor den Fenstern und den kleinen Türmen, die sich im wolkenlosen Himmel abzeichneten, um mich auf den Eintrag zu konzentrieren.

Die Überschrift lautete: *Neue Kinder für die Masons.*

Verwirrt runzelte ich die Stirn, denn es war nicht gerade die Überschrift, die ich erwartet hatte, obwohl ich nicht einmal wusste, was ich eigentlich in Hinsicht der beiden Männer erwarten sollte. Sie waren ein Rätsel, aus dem ich einfach nicht schlau wurde. Ich verstand sie nicht. Ihr Handeln war absolut indiskutabel. Trotzdem meldete sich meine Neugier, etwas mehr über sie zu erfahren und ich begann damit, den Eintrag zu lesen.

Nach einem langen Kampf mit der Regierung und den Behörden hat es Hanson Mason endlich geschafft, den Wunsch seiner verstorbenen Frau zu erfüllen. Als erstem verwitweten Mann ist es ihm gelungen, aller Bürokratie zum Trotz, ein Geschwisterpaar zu adoptieren.

Wir wissen nicht, ob es seinem hartnäckigen Handeln zu verdanken war, oder letztendlich den hochrangigen Kontakten, die der Bürgermeister seit einigen Monaten pflegt. Wie wir aus sicheren Quellen wissen, besteht eine sehr enge Freundschaft zu Richter Alistair.

Seine Familie hatte vor Kurzem ebenfalls ein Geschwisterpaar aus dem Kinderheim adoptiert. Und wir wissen doch alle, in welchen Kreisen Mr. Alistair verweilt.

Nichtsdestotrotz sollten wir die vorbildlichen Handlungen dieser Männer wertschätzen, denn sie führen uns vor Augen, dass man mit einer ordentlichen Portion Ehrgeiz alles schaffen kann.

Inwieweit sich die Kinder in die Gemeinde integrieren lassen werden, bleibt trotzdem fraglich. Mr. Mason hofft jedenfalls, dass die Gemeinde nicht nur seine Kinder, sondern auch die Kinder der Familie Alistair mit Freude aufnehmen wird.

Eines musste man ihm lassen: Der Journalist James Hensley hatte wirklich Mut, so etwas über den Bürgermeister zu schreiben. Seufzend scrollte ich zurück an den Beginn der Seite. Noch ehe ich sie mit dem kleinen Kreuz in der Ecke schließen konnte, fiel mein Blick auf etwas, das ich zuvor nicht bemerkt hatte. Im Hintergrund, kaum erkennbar, lächelte Ryder einer Frau zu, die ihn umarmte. Sofort zoomte ich das Bild größer, in der Hoffnung mehr erkennen zu können. Leider führte es nur dazu, dass die Aufnahme noch mehr verpixelte.

Während ich die Seite schloss, fragte ich mich, was zur Hölle sie erlebt hatten, dass sie solche Arschlöcher geworden waren?

An welcher Stelle in ihrem Leben hatte irgendwer versagt und sie derartig missraten lassen?

Gähnend legte ich das Handy auf den Couchtisch, nachdem ich noch weitere Artikel über die Familie gelesen hatte. Hunderte Fragen schwirrten mir durch den Kopf, aber zu keiner konnte ich eine Antwort finden. Es schien, als sei Arjan und Neos Pflegevater die Art von Bürgermeister, die man sich nur wünschen konnte. Sympathisch, hilfsbereit und innovativ.

Mr. Mason setzte sich für die Bürger ein, kämpfte für das Recht sozial Schwacher und veranstaltete jedes Jahr den Winterball, um Spenden für verschiedene Organisationen zu sammeln. Doch das alles endete, als er vor fünf Jahren durch einen brutalen Raubüberfall starb. Mit ihm verließ auch die Lebensfreude Ashwick und es verwandelte sich in diese trostlose Stadt.

Der neue Bürgermeister war Mr. Alistair, der sich scheinbar nicht besonders engagierte. Zumindest fand ich keine aussagekräftigen Zeitungsartikel, die meine Meinung widerlegten. Erschöpft griff ich nach der Fernbedienung und schaltete den Fernseher an.

Es dauerte nicht lange, bis mich die Müdigkeit übermannte und ich in einen unruhigen Schlaf abdriftete. Ein Kratzen an der Tür weckte mich mitten in der Nacht. Verschlafen warf ich einen Blick auf den Fernseher, der inzwischen ausgegangen war. Es brauchte ein paar Minuten, doch als ich mich streckte und meinen schmerzenden Nacken massierte, gewann ich mein Bewusstsein immer mehr zurück.

Ich hasste es beim Fernsehen einzuschlafen. Wenn man irgendwann in der Nacht erwachte, hatte man keine Ahnung wie spät es war oder wo man sich befand. Es schien, als hätte man jegliches Gefühl von Raum und Zeit verloren.

Schmerzhaft stöhnte ich auf, während ich mich etwas aufrichtete. Dieses Sofa war nicht zum Schlafen geeignet. An einigen Stellen traten die Federn heraus und es war viel zu kurz, um gemütlich darauf liegen zu können. Mein Kopf lag die gesamte Zeit auf der mit Gold verzierten Armlehne, die aus Holz gefertigt war. Trotz des Kissens meldete sich ein leichter

Schmerz am Hinterkopf, der sich dröhnend in die Schläfe ausbreitete.

Wieder kratzte es an der Tür. Entgeistert schreckte ich auf, lauschte in die Stille hinein. Mein Herz zog sich zusammen, schlug einen Tick schneller und entspannte sich wieder, als ein leises Miauen durch die Holztür drang. Ich atmete auf, denn scheinbar hatte mein pelziger Freund sich dazu entschlossen, mich nicht weiter zu meiden.

Unbeholfen rappelte ich mich auf und schlenderte den Flur entlang. Das Licht der Veranda sprang an, als ich die Haustür öffnete. Auf der zerfledderten Fußmatte saß ein großer, roter Kater. Er blickte aus bernsteinfarbenen Augen empor und miaute mich auffordernd an.

»Da hat aber einer Hunger«, sagte ich mit einem Schmunzeln auf den Lippen. Das vorlaute Geschöpf legte den Kopf schief, musterte mich einige Sekunden lang und miaute erneut. Kichernd nahm ich den leeren Teller von der Veranda und meinte: »Na schön. Du hast Glück, dass ich noch was habe.«

Es war ein leises Rascheln zwischen den Bäumen, das mich auf der Stelle innehalten ließ. Ich erstarrte und meine Finger schlossen sich fester um das weiße Porzellan des Tellers. Nervös schaute ich mich um, suchte den Waldrand nach einer Bewegung ab, doch in der Dunkelheit der Nacht und durch das dichte Geäst konnte ich nichts erkennen. War es womöglich Ryder, der irgendwo im Schatten lauerte? Oder nur der Wind, der durch die Kronen wehte? Jede Bewegung, jedes Geräusch rief mir seine Worte ins Gedächtnis.

Ein weiteres Miauen. Dieses Mal lauter und drängender, als würde sich der Kater wundern, wieso ich hier so regungslos rumstand, anstatt ihm endlich das Futter zu besorgen, nachdem er verlangte, zog mich aus meiner aufsteigenden Paranoia. Es klärte meinen Verstand und beruhigte meine Nerven.

Tiere witterten doch Gefahr. Der Kater wäre sicherlich nicht hier, wenn jemand Fremdes durch den Schatten des Waldrands schlich. Kopfschüttelnd richtete ich mich wieder auf und wandte mich dem Kater zu, der nun munter miaute, als würde er mir etwas erzählen wollen.

»Schon gut, schon gut. Ich hole dir noch eine Portion. Warte hier.«

In Windeseile huschte ich zurück ins Haus, marschierte direkt in die Küche und nahm die angefangene Dose Katzenfutter aus dem Schrank. Nachdem ich den kleinen Teller erneut mit einer Portion befüllt hatte, landete die leere Dose im Mülleimer. Bevor ich ihn jedoch zurück auf die Veranda brachte, griff ich nach dem Kugelschreiber, um auf dem kleinen Block neben dem Wasserkocher die Notiz *Futter kaufen* zu hinterlassen.

Ich hatte den Stift noch nicht zurück auf die Theke gelegt, als ich erneut ein Miauen hörte. Es kam direkt aus der Küche. Überrascht drehte ich mich um. Das rote Fellknäuel saß auf der Türschwelle. Sein Blick war erwartungsvoll auf den Teller mit dem Futter gerichtet.

Vorsichtig stellte ich ihn auf dem Boden ab und ging durch die andere Tür zurück ins Wohnzimmer, damit der Kater ungestört fressen konnte. Ich wollte den Kleinen nicht verunsichern oder gar ängstigen.

Katzen und Hunde hatten bei uns zu Hause nie den Stand eines Haustieres. Sie waren Nutzvieh und sobald wir ihnen einen Namen gaben, oder eine Bindung aufbauten, wurden sie getötet. Es sollte uns lehren, was passieren würde, wenn man Anweisungen nicht gehorchte oder gar Gefühle entwickelte.

Ich hatte viele Tiere deswegen verloren, weil ich es einfach nie geschafft hatte, keine Bindung zu ihnen aufzubauen. Sie waren für mich da, standen mir zur Seite, während sich der Rest abwandte. Dieses Mal würde es anders sein.

Eigentlich hatte ich damit gerechnet, dass der Kater wieder verschwinden würde, sobald er fertig war. Nachdem er aber aufgefressen hatte, trottete er ins Wohnzimmer und rollte sich auf dem Sessel zusammen. Behutsam näherte ich mich dem Tier, das in keiner Sekunde Angst zu verspüren schien.

Langsam streckte ich die Hand aus, wartete, während er sie interessiert beschnüffelte und schließlich sein Köpfchen dagegen schmiegte.

Offensichtlich hatte er beschlossen, bei mir zu bleiben, denn selbst nach einer Stunde machte es nicht den Anschein als wollte er das Haus verlassen. Stattdessen breitete er sich im Sessel aus und schlief tief und fest. Dennoch wollte ich ihm die Möglichkeit eines Fluchtweges lassen, woraufhin ich ein Fenster einen Spaltbreit öffnete.

»Schlaf gut, Streunerchen«, murmelte ich müde.

Ich zog die schweren Vorhänge zu, schaltete den Fernseher aus und vergewisserte mich, dass die Haustür ordnungsgemäß verriegelt war, ehe ich ins Schlafzimmer ging. Das offene Fenster im Wohnzimmer beunruhigte mich. Immer wieder rollte ich mich von einer Seite zur anderen, kämpfte gegen den Drang an, hinunterzugehen und es wieder zu schließen.

»Reiß dich zusammen, Ava! Niemand wird dir etwas tun«, sprach ich mir selbst Mut zu, obwohl der heutige Tag etwas anderes bewiesen hatte. Es gab sehr wohl Menschen, die mir etwas tun wollten.

Allerdings war es nicht die düstere Atmosphäre Ashwicks, nicht Arjan, Neo oder Ryder, die drohten mich zu brechen. Es war die Vergangenheit, die jedes Mal wie ein Tsunami über mich rollte, wenn ich die Augen schloss. Die Erinnerungen, die mir die Kehle zuschnürten und Tränen in die Augen trieben, weil sie mich immer und immer wieder die Dunkelheit und den Hass spüren ließen, welche ich so sehr zu verdrängen versuchte.

Am nächsten Morgen erwachte ich bereits sehr früh und als ich nach einer ausgiebigen Dusche in den Flur trat, bemerkte ich etwas, das mir das Blut in den Adern gefrieren ließ. Eines der Porträts, die säuberlich in einer Reihe über der Treppe hingen, war verschwunden. An der Stelle, an der eigentlich ein Familienbild meiner Großmutter, Mutter und mir hätte hängen sollen, hing nichts. Nur ein klaffendes Loch, dass sich schneeweiß auf der vergilbten Tapete abzeichnete, war das Einzige, was auf dessen Existenz hindeutete. Mein Herz setzte einen Moment aus, mein Atem ging stoßweise und ich klammerte mich an das Geländer, um nicht den Halt unter den Füßen zu verlieren. Ich atmete ein paar Mal tief ein und aus, sammelte mich wieder und stürzte zur Haustür, die immer noch verschlossen war – genauso, wie ich sie am Abend zuvor zurückgelassen hatte.

Wieder warf ich einen Blick auf das fehlende Bild. Ich war mir sicher, dass es gestern noch da gewesen war, und obwohl ich mir dieser Tatsache bewusst war, fragte ich mich unweigerlich, ob ich es nicht doch abgenommen hatte, weil es vielleicht hinuntergefallen war.

Fix rannte ich zurück zur Treppe, musterte die Wand, in der immer noch ein Nagel steckte. Minutenlang starrte ich abwechselnd den leeren Punkt und die verschlossene Haustür an, während sich die Panik in meiner Brust ausbreitete.

Jemand war im Haus gewesen. Diese Erkenntnis traf mich so hart, dass sich die Panik in rasende Wut verwandelte, weil dafür nur eine Person infrage kommen konnte. Unbeherrscht fegte ich die Treppe hinunter, schloss die Tür auf und trat schnaufend auf die Veranda. Ich wusste nicht einmal, ob er überhaupt noch in der Nähe war.

Fieberhaft ließ ich den Blick über die Bäume wandern, die den Wald immer noch in eine finstere Atmosphäre tauchten.

»Ryder?«, rief ich wie eine Irre, »Ist das dein Erst? Ich habe keine Angst vor dir, aber kommst du noch einmal in mein Haus, bringe ich dich um!«

Wie eine Furie sprintete ich von der Veranda und hielt erst, als mich nur noch wenige Schritte vom Wald trennten, der sich in diesem Moment bedrohlich vor mir erhob.

»Hast du mich verstanden? Ich bringe dich um!«

Mit seinem Einbruch war er eindeutig zu weit gegangen.Ich hatte zwar keine konkreten Beweise, trotzdem konnte ich das unter keinen Umständen auf mir sitzen lassen. Mir war egal, wer er war, oder wer seine Freunde waren. Und es war mir auch egal, wie viel Macht sie hatten.

Wenn Ryder oder einer der anderen Verrückten, noch einmal einen verdammten Fuß über die Schwelle dieses Hauses setzten, würde ich sie anzeigen, so viel stand fest!

Aufgewühlt ging ich zurück, schlug die Tür hinter mir zu und lehnte mich schwer atmend gegen das Holz. Erst als sich mein tobender Herzschlag wieder reguliert hatte und die Wut aus meinen Venen sickerte, schlurfte ich ins Wohnzimmer. Von dem Kater, den ich gestern spontan Merlin getauft hatte, war keine Spur zu finden. Scheinbar war er wieder ausgerissen. Obwohl ich immer noch mit dem letzten Rest Wut und Panik über diesen unverschämten Eingriff in mein Privatleben kämpfen musste, stahl sich ein Lächeln auf meine Lippen.

Das Haus hatte nicht nur mit mir eine gewisse Ähnlichkeit, sondern auch mit diesem Kater. Er genoss die Freiheit, das wilde Treiben des Waldes und des Windes mehr, als das Eingesperrtsein. Und doch wusste ich, dass er zurückkehren würde, wenn ihm danach war. So waren wir eben. Stets in Bewegung, weil uns das Stillstehen zu sehr einengte.

Eigentlich hatte ich schon seit einer Stunde Feierabend, doch beim Schichtwechsel hatte ich mich mal wieder mit Doyle verquatscht. Er war wirklich nett und es war schön, neben Kat eine andere Person zu kennen, die nicht die Straßenseite wechselte, sobald ich an ihr vorbeiging.

In der Stadt hatte sich herumgesprochen, dass die Lost Souls ein gewisses Interesse an mir hegten und niemand wollte absichtlich in ihre Schusslinie geraten. Es bescherte mir ein einsames Leben in Ashwick. Die meiste Zeit machte es mir nichts aus ausgeschlossen zu werden, aber an schwachen Tagen, so wie heute, traf es mich, wenn eine Mutter mich von Weitem sah und ihr Kind am Arm auf den gegenüberliegenden Gehweg zerrte. Ich fühlte mich wie eine Kriminelle, eine Aussätzige, die nirgendwo so richtig hingehörte.

Nur Doyle jagten die Lost Souls offenbar keine Angst ein. Zumindest schien es so, da er weiterhin Zeit mit mir verbrachte und das anfängliche Ritual mit den Cartoons zur täglichen Routine wurde.

»Heute ist nicht viel los!«, stellte ich fest, als auch nach 23 Uhr noch niemand die Tankstelle betreten hatte.

Doyle sah von dem kleinen Fernseher direkt zu mir. Seine leuchtend blauen Augen waren wässrig und rot unterlaufen. Er sah genauso müde aus, wie ich mich fühlte.

Die Ausrede, als Frau in einem einsamen Haus inmitten des Waldes zu wohnen, kam mir für meinen unruhigen Schlaf und den daraus resultierenden Augenringen wie eine plausible Begründung vor. Wohingegen seine in einer nächtlichen Playstation-Session lag.

Doyle war ein leidenschaftlicher Zocker, was man ihm auf dem ersten Blick gar nicht ansah. Am liebsten spielte er Jagdspiele, was etwas suspekt war, wenn man berücksichtigte, dass sein Vater ein Jäger war und er jederzeit das virtuelle Gewehr gegen ein echtes tauschen konnte. Aber genau das war es, was er so mochte – den Spaß am Jagen erleben und dabei kein richtiges Blut vergießen zu müssen.

»Das liegt an dir.«

Ich hob überrascht den Kopf. »An mir?«

Er nickte und stützte seine Ellbogen auf die Tischplatte, um seinen Kopf in die Hände zu legen. »Die Leute meiden die

Tankstelle, weil du hier arbeitest. Sie haben Angst vor einem Angriff, während sie gerade tanken, oder dass sie Gefahr laufen, auf dem Radar der Jungs zu landen.«

»Das ist doch Irrsinn«, entgegnete ich ungläubig.

»Das ist Angst, Ava. Niemand legt sich freiwillig mit ihnen an. Ihre Rache wäre schrecklich und man kann nichts gegen sie tun.«

Ich runzelte die Stirn und fragte: »Wieso nicht?«

»Weil Arjan sich für den Bürgermeisterposten bewirbt.« Er lachte leise, als er meinen verwirrten Gesichtsausdruck bemerkte. »Du hattest keine Ahnung, dass er das vorhat?«

Ich schüttelte den Kopf. »Woher auch? Es ist nicht so, als würde er mir irgendwas sagen.«

»Ich dachte, Kat hätte es dir gesagt.«

»Warum sollte sie?«

Doyle zögerte, ehe er schließlich doch antwortete: »Nun ja, weil ihr Vater der Bürgermeister ist.«

»Kat ist eine Alistair?«

Sofort bemerkte ich, wie er nervös auf seinem Stuhl herumrutschte. Er warf einen Hilfe suchenden Blick aus dem Fenster, doch der Tankstellenvorplatz war weiterhin leer, sodass er meiner Frage nicht lange ausweichen konnte.

»Hör zu, ich will mich da nicht reinhängen, aber es gibt so viele Gerüchte.«

»Gerüchte?«

»Gerüchte, wie Mr. Mason gestorben ist.«

»Es war ein Raubüberfall«, erinnerte ich mich an den Blogeintrag.

»Das ist die offizielle Version. Die, die man sich erzählt. Aber hinter verschlossenen Türen gibt es viele Theorien, die allesamt schlecht für die Alistairs ausgehen.« Doyle warf mir einen kurzen Blick zu, bevor er nach einem Schokoriegel griff. Er hielt ihn mir entgegen, doch ich schüttelte den Kopf, woraufhin er das Papier aufriss.

»Du weißt, dass Valentin ebenfalls bei den Lost Souls war? Er hat die Gang damals mit Arjan gegründet. Sie waren beste Freunde, träumten davon, sich eines Tages das Bürgermeisteramt gemeinsam zu teilen.«

Schweigend beobachtete ich wie Doyle genüsslich in den Schokoriegel biss. Natürlich hatte er ihn vorher nicht gescannt. Mir hatte sein Vater direkt zu Beginn gedroht, bei so einer Aktion herausgeworfen zu werden. Ich schätzte, das war der Vorteil, wenn man der Sohn des Besitzers war.

»Ich mache mir nur Sorgen um dich, Ava. Ich weiß, wie weit sie gehen, um zu bekommen, was sie wollen. Und anscheinend hast du irgendwas, was sie wollen. Vielleicht solltest du darüber nachdenken, es ihnen einfach zu geben.«

»Nein!«, erwiderte ich bestimmt, ehe ich mich aus dem Stuhl erhob. »Das werde ich nicht. Ich werde es aussitzen. Irgendwann merken sie, dass nichts von dem, was sie tun, fruchtet, und dann verlieren sie das Interesse daran, mich zu schikanieren.«

»Ich hoffe, du hast recht.« Doyle seufzte und deutete auf die kleine Uhr hinter der Kasse.

»Du hast den letzten Bus verpasst.«

Mein Blick flog zu der Uhr und ich stöhnte genervt. Er hatte recht.

»Das macht nichts. Dann gehe ich die paar Meter zu Fuß.«

Es war zwar schon fast Mitternacht aber auf den Straßen von Ashwick herrschte um diese Uhrzeit kaum noch Verkehr, weswegen der Gedanke mich auch nicht sonderlich beunruhigte.

»Wir sehen uns morgen, Doyle. Du solltest echt mal wieder schlafen. Du siehst schrecklich aus.«

Er lachte und salutierte zum Abschied, während ich aus der Tür verschwand.

Kapitel 7

RYDER

Mit einer Zigarette im Mundwinkel lehnte ich an meiner Maschine und behielt die Tankstelle im Auge. Ava war spät dran. Wie es aussah, hatte sie sich mit Doyle angefreundet. Ich bemerkte, wie sie lachte, und es versetzte mir einen Stich. Keinen schmerzvollen, der von Eifersucht zollte. Eher einen den man verspürte, wenn einem als Kind das Spielzeug genommen wurde. Sie war mein Spielzeug. Ich duldete keine Konkurrenz. Zumindest nicht so lange, bis ich sie wieder freigab.

Doch das würde erst geschehen, nachdem ich sie gebrochen und endlich die Wahrheit über ihr Dasein erfahren hatte. Erst dann war mir egal, mit wem sie sich abgab. Denn interessant war sie nur so lange, wie sie meiner Jagd standhielt.

Und, liebe Ava, ich habe eine Menge geplant, um von dir zu bekommen, was du so verzweifelt zu verstecken versuchst.

Nach einer geschlagenen Stunde stand sie auf. Ich seufzte zufrieden und warf die dritte Zigarette dieses Abends auf die Straße. Genervt verdrehte ich die Augen als ich sah, wie sie abermals stoppte und sich über den Tresen lehnte. Was auch immer die beiden zu besprechen hatten, es musste ja wahnsinnig interessant sein, wenn sie dadurch meine Geduld dermaßen auf die Folter spannte. Ich beobachtete, wie sie endlich aus der Tankstelle trat.

Unter ihrem geöffneten Mantel erkannte ich einen grauen Hoodie, der beinah komplett über den kurzen weißen Rock ragte, den sie trotz des kalten Wetters trug. Genüsslich biss ich mir auf die Unterlippe, als mein Blick auf ihre helle Haut fiel, die zwischen dem Rockende und den weißen Kniestrümpfen aufblitzte.

Sie war makellos, rein und strahlend. Der Drang, dies zu ändern, kämpfte sich in mein Bewusstsein.

Die Nacht, von der ich schon ahnte, dass sie durchaus interessant werden würde, erschien mir plötzlich in einem ganz neuen Licht. Endlich konnte ich ihr zeigen, dass sie nicht den Hauch einer Chance hatte, wenn sie sich weiterhin weigerte, den Mund zu öffnen.

Enthusiastisch schwang ich mich auf die Triumph und wartete einige Minuten, bis sie genug Abstand zwischen sich und die Tankstelle gebracht hatte. Ava war mutig, aber auch ziemlich dumm, dass sie den Weg zu ihrem Haus völlig alleine zurücklegte.

Der Motor heulte auf. Tief und bestialisch wehte das Dröhnen durch die finstere Nacht. Ob sie es hörte und ihr Körper vor Schreck erschauderte?

Es dauerte nur ein paar Sekunden, bis ich sie eingeholt hatte. Als würde meine Anwesenheit wie ein Magnet auf sie wirken, drehte sie sich um. Ich schaltete die Lichter aus und wurde von der Dunkelheit der Nacht umschlossen, als ich von der Maschine stieg.

Ich liebte die Nacht und die Dunkelheit, welche sich wie ein Schutzschild um meine Seele legte. Sie trieb mich an, nährte mein Inneres. Sie war alles, was ich brauchte, damit ich mich lebendig fühlen konnte.

Ich wusste nicht, ob Ava mich schon erkannt hatte. Aber ich war mir sicher, dass ihr hübscher Kopf nicht mehr lange brauchte, um zu realisieren, in welcher Gefahr sie steckte. Sie war schlau und furchtlos, das machte es so interessant.

Ein tiefes Heulen drang aus meiner Kehle. Es wurde von dem Wind zu ihr getragen und ich sah, wie sich ihre Augen ungläubig weiteten.

»Avaa!«, rief ich ihren Namen in einem tiefen Singsang.

Adrenalin schoss durch meine Venen, pumpte sich durch meinen Körper wie flüssige Lava. Ich verringerte den Abstand zwischen uns. Langsam. Schritt für Schritt, während das dumme Ding auf der Stelle verharrte und nichts tat, als mir dabei zuzusehen.

Eine Vorfreude breitete sich in mir aus, umso klarer die Panik in ihren Augen wurde.

»Avaaaa«, knurrte ich ihren Namen erneut, wie ein dunkles, melodisches Mantra, das unheilvoll durch die Nacht schwebte.

Ihr Körper spannte sich an, sie straffte die Schultern und strich über die Falten ihres Rockes. Sie rang nach Fassung, nach einem Strohhalm, der nicht offenbarte, wie sehr sie sich fürchtete. Doch ich sah die Angst in jeder Faser ihres Körpers.

»Ryder, verpiss dich«, rief sie mit fester Stimme.

Überrascht hielt ich inne. Ich hatte nicht damit gerechnet, dass sie den Mut aufbrachte, mich direkt anzusprechen. Aber es war nicht die Dreistigkeit, die mich anerkennend die Augenbraue heben ließ, es war die Überzeugung, mit der sie diesen Satz herausgebracht hatte. Angriffslust flammte in ihren Augen auf, aber da war noch etwas anderes. Etwas, das mein Herz in freudiger Erwartung schlagen ließ.

Erregung.

Angst erregte das kleine Biest.

Ich leckte mir über die Lippen, ehe ich knurrte: »Lauf, kleine Ava. Lauf so schnell du kannst, denn ich bin hier, um dich zu holen.«

Ihr Körper erzitterte. Nur eine Sekunde, aber es war da und fuhr wie ein Blitz durch ihre Glieder.

»Braves Mädchen. Hab Angst vor mir, denn das ist alles, was ich dir gebe.«

Sie schnaubte und reckte das Kinn in die Höhe, ehe sie schnippisch sagte: »Dann komm und hol mich.«

Die Flammen in meinem Inneren loderten noch höher und fraßen sich in mein System, um es augenblicklich lahmzulegen. Für einen Moment sah ich schwarz, während Ava sich auf dem Absatz umdrehte und losrannte.

Wollte sie das wirklich?

Ahnte sie wie sehr sie mich provozierte? Wie sehr sie mich damit reizte?

Ein lautes, unheilvolles Lachen fand seinen Weg aus den Tiefen meiner Lunge. Es vibrierte in meiner Brust und wehte schließlich in bedrohlichen Wellen durch die Stille der Nacht. Ich lief ihr nicht hinterher, denn das wäre zu einfach gewesen.

Der Wald war mein Ziel. Inzwischen kannte ich ihn gut genug, um zu wissen welche Pfade ich einschlagen musste, um sie von ihrem vertrauten Weg zu locken. Sie tiefer und tiefer in die Finsternis zu treiben, um dann eiskalt zuzuschlagen.

»Avaaaa!« Ich schlängelte mich durch die dichten Bäume und entdeckte sie nur einige Meter entfernt.

Ihre Kleidung leuchtete wie eine Zielscheibe im Licht des Vollmondes. Sie warf einen hektischen Blick über die Schulter, während sie einen Moment innehielt. Ich lehnte mich an den Stamm eines alten Baumes und beobachtete, wie sie sich konfus umsah. Die Kleine hatte offenbar bemerkt, wie dumm ihr Entschluss war, mich zu provozieren.

Sie war nicht so blöd, den direkten Weg zum Haus zu nehmen, da war ich mir sicher. Es würde auch nichts bringen, denn ich war nur einige Schritte entfernt und würde sie abfangen, ehe sie die Veranda erreichen würde. Sie ließ vom Pfad ab und rannte durch die Bäume tiefer in den Wald hinein.

Grinsend beobachtete ich, wie ihr dunkles Haar mit der Finsternis verschmolz. Ich ließ ihr einen Vorsprung, um dieses Spiel richtig auskosten zu können, denn entkommen würde sie mir ohnehin nicht.

Nach einigen Minuten folgte ich ihr durch das Dickicht. Zweige brachen unter meinem Gewicht, doch ich machte mir nicht die Mühe leise zu sein. Sie sollte wissen, dass ich hier war. Direkt hinter ihr. Ich wollte, dass sie erzitterte und sich wünschte, nie in diese Stadt gekommen zu sein.

»Avaaa!« Lachend klatschte ich ihn die Hände und genoss das Echo, das durch den Wald hallte.

Ihre Schritte wurden lauter, unkontrollierter. Die Panik trieb sie an, ließ sie jede Vorsicht vergessen.

»Ava, ich höre dich. Lauf, kleines Mädchen. Lauf, bevor ich dich kriege!«

Es schien, als hätte der Wald jedes andere Geräusch verschluckt. Einzig ihr Atem, der die Nacht mit schweren Stößen erfüllte, war zu hören.

»Lass mich in Ruhe, Ryder.« Endlich machte sie den Fehler zu antworten.

Sekunden später wusste ich genau, wo sie war. Sie versteckte sich hinter einem Baum und sah sich ängstlich um. Ihr Kopf bewegte sich in schnellen Bewegungen hin und her, als würde es ihr etwas bringen, wenn sie mich zuvor entdeckte.

Ich näherte mich von hinten, schlich leichtfüßig über den vertrauten Boden des Waldes, um sie dieses Mal zu überraschen.

»Hab dich«, flüsterte ich, während ich einen Arm um ihre Brust schlang und die freie Hand um ihren Hals legte.

»Ryder«, wisperte sie ängstlich.

»Na, wie fühlt es sich an, dem Wolf in die Fänge geraten zu sein?«

»Lass mich.« Sie zerrte und rüttelte, aber mein Griff war zu eisern, als dass sie sich auch nur einen Millimeter herausarbeiten konnte.

»Beantworte meine Frage!« Ich übte etwas Kraft auf ihren Hals aus, um meinen Worten den nötigen Nachdruck zu verleihen.

»Fick dich.« Ihr Atem ging so schnell, dass ich befürchtete, sie würde jeden Moment hyperventilieren. Obwohl ihr Puls unter meinen Fingern raste, versuchte sie ihre gespielte Fassung nicht zu verlieren.

»Pass lieber auf, dass niemand *dein* freches Mundwerk fickt«, raunte ich in ihr Ohr, bevor ich mit der Zunge über ihre Ohrmuschel fuhr und ihre Schläfe hinauf leckte.

Diese Scheiße machte mich an. Sie machte mich an.

»Hör auf damit! Und lass mich los!« Ihre Stimme war leise, aber fest.

»Dafür bekomme ich aber etwas.« Ich zerrte sie herum und drückte sie fester gegen den Baum.

»Du bist ein krankes Arschloch, Ryder«, erwiderte sie hasserfüllt.

Ihre Augen huschten über mein Gesicht und der Trotz in dem kalten Blau ließ mein Herz einen Takt schneller schlagen.

»Ich will einen Teil deiner Seele oder dein Geheimnis. Du hast die Wahl.«

»Träum weiter!«

»Mutig, Ava. Es wird dir aber nichts nutzen«, lachte ich und ließ die Hände über den Stamm, näher zu ihrem Gesicht, wandern. »Du hast das Spiel begonnen, also spielen wir es auf meine Art.«

Ich drückte meinen Körper an sie, damit sich ihr Rücken noch enger an den Baum presste. Sie stöhnte auf. Einerseits aus Schmerz, weil sich die Rinde unangenehm in ihre Haut stach, andererseits aus Erregung, die sich flackernd in ihren Augen spiegelte.

Wie zur Bestätigung streckte sie mir ihr Becken entgegen.

»Du bist verdorben, *neues Mädchen*!« Mit einem unbeholfenen Kichern strich sie über den Kragen meiner Lederjacke, ließ die Finger spielerisch den Reißverschluss hinuntergleiten und umfasste zuletzt den Saum meines Shirts.

»Nicht mehr als du, Ryder«, sagte sie neckisch.

Einen Moment verlor ich den Fokus unter ihrer Berührung, die ich selbst durch das T-Shirt auf meiner Haut spürte. Heiß und kribbelnd zog sich mein Magen zusammen.

»Ich werde dir nie etwas über mich sagen. Los nimm dir einen Teil meiner Seele. Es wird aber nichts daran ändern, dass ich dich aus tiefstem Herzen hasse«, sagte sie vernichtend, wobei ihr Blick meinem standhielt.

Meine Hand wanderte in ihren Nacken, um ihr entsetztes Gesicht näher an meines zu ziehen.

»Willkommen in der Hölle, Ava!« Ich neigte meinen Kopf, verringerte wie in Zeitlupe den Abstand zwischen uns, während ihr Atem immer schneller wurde. »Ich werde dir alles nehmen. Deine Seele, dein Verlangen, deine Kontrolle – bis alles, was dich ausmacht, in meinen Händen liegt.«

Ich schloss die Augen und spürte Sekunden später ihre weichen Lippen auf meinen.

KAPITEL 8

AVA

Ryder hatte recht.

Es war, als hätte dieser Kuss wirklich einen Teil meiner Seele genommen, und ihn gegen einen Teil seiner dunklen und verkorksten getauscht. Ich spürte, wie es sich in mir ausbreitete. Das Licht in meinem Inneren dämpfte aber gleichzeitig jeden Zentimeter, den ich längst aufgegeben hatte, wieder belebte.

Er war wild, ungezähmt und ich völlig verrückt, dass mich diese Gedanken seit Stunden begleiteten. Das Gefühl seiner Lippen nicht wieder verschwinden wollte.

Ein Kribbeln verharrte auf ihnen und erinnerte mich jede Sekunde an den Kuss, der so zart wie der Flügelschlag eines Schmetterlings war und dennoch glühend, wie ein Höllenfeuer auf meinen Lippen brannte.

»Das war erst der Anfang!«, hatte er gegen meine Lippen gehaucht, ehe er einen Schritt zurücktrat und seinen kleinen Sieg über mich in vollen Zügen auskostete.

Sein Grinsen war wie eine Ohrfeige, weil wir beide wussten, dass ich es zugelassen hatte. Ryders lodernder Blick flog nochmals über meine Lippen, ehe er einfach so ging. Wortlos, wie er es immer tat.

Einen Moment zögerte ich und spielte mit dem Gedanken ihn aufzuhalten. Weil sich mein törichter, verräterischer

Körper nach mehr sehnte. Aber mein Verstand bläute mir ein, keine weiteren Dummheiten zu begehen und ihn einfach ziehen zu lassen, ehe ich mein Gesicht vollständig verlor.

Kalte Nachtluft schlug mir entgegen, klärte mein überhitztes Gemüt. Eine Gänsehaut zog sich über meinen Körper, während ich fröstelte und die Ärmel meines Hoodies über die Finger zog. Auch wenn die Temperaturen am Tage noch in den Zehnerbereich stiegen, waren die Nächte kühl.

Mit gesenktem Kopf marschierte ich zurück zum Haus. Ich brauchte seine Stille, um meiner aufgewühlten Seele ihren wohlverdienten Frieden zu geben.

Das Adrenalin, das vor Minuten noch durch meinen Körper gejagt hatte, war inzwischen vollständig versickert. Es war verrückt, aber mein Körper fühlte sich zu der Angst hingezogen, die in Wellen durch meine Venen pumpte, wenn er in meiner Nähe war.

Ich hatte keine Ahnung, wie weit Ryder noch gehen würde, um das zu bekommen, was er wollte. Aber ein Teil von mir war bereit es herausfinden. Wollte das wahre Ausmaß hinter seinen Worten erleben.

Endlich sah ich das dunkle Haus am Ende des Waldes herausragen. Wie ein schwarzes Schloss, umgeben von einer Mauer aus Bäumen. Erleichterung schwappte durch meine erschöpften Knochen. Mit zitternden Händen zog ich den Schlüssel aus der Tasche, öffnete die Tür und schlüpfte ins Innere.

Ein leises Miauen begrüßte mich. Mit einem Lächeln auf den Lippen wandte ich mich zu dem Kater, der freudig um meine Beine strich. Ich hatte nicht erwartet, dass er hier war. Umso mehr freute es mich, mit meinen Gedanken, die verwirrender nicht hätte sein können, nicht alleine zu sein. Achtlos warf ich die Schlüssel auf die alte Kommode, streifte meine Jacke ab, lockte Merlin mit einem Pfeifen ins Wohnzimmer und ließ mich völlig erledigt auf das Sofa fallen. Stöhnend legte ich den Kopf in den Nacken, unterdrückte den frustrierten

Schrei, der am liebsten aus meiner Kehle dringen wollte, und schloss die Augen, um meine Gedanken zu sortieren.

Wieso hatte ich mich nicht gewehrt?

»Verdammt!«, fluchte ich leise.

Merlin rollte sich neben mir zusammen, verharrte in dieser Position einen Augenblick, ehe er mich miauend anstupste, damit ich ihm über das Köpfchen streicheln konnte. Für eine Weile kraulte ich den Kater, ohne den Blick von der bröselnden Decke zu nehmen, die sich jeden Tag weiter aufzulösen schien. Meine Gedanken wanderten zu Ryder. Zu dem Moment, als es knisterte.

Gottverflucht, diesen Kuss hätte es nie geben dürfen. Von Sekunde zu Sekunde ärgerte ich mich mehr. Über meine Dummheit, es zugelassen zu haben. Ich hätte ihm einfach eine verpassen sollen.

Minuten der Frustration verstrichen, in denen ich damit beschäftigt war, meine Wut herunterzuschlucken und gegen den Selbsthass anzukämpfen.

»Reiß dich verdammt nochmal zusammen, Ava. Das ist lächerlich!«, forderte ich mich selbst auf, denn mein Verhalten glich schon fast dem eines liebeskranken Teenagers!

Mit einem spitzen Schrei schlug ich mir mit der freien Hand gegen die Stirn, um die Gedanken gewaltsam aus meinem Kopf zu treiben.

Merlin war neben mir eingeschlafen und bekam von dem inneren Kampf nicht viel mit. Trotzdem war ich mir sicher, dass seine Anwesenheit half. Sie beruhigte mich, machte es erträglicher.

Bereits jetzt, nach wenigen Tagen, hatte ich den Kater so sehr in mein Herz geschlossen, dass ich ihn gar nicht mehr hergeben wollte. Ich nutzte die Gelegenheit, als er sich drehte, um meine eingeschlafene Hand unter seinem Kopf hervorzuziehen. Gähnend streckte ich mich und griff nach dem Handy, das auf dem Tisch lag.

Ich hatte einen verpassten Anruf von Kat. Sofort schickte ich ihr eine knappe Antwort, ehe sie noch auf die Idee kam, mich mit Nachrichten zu bombardieren, weil sie sich Sorgen machte. Es dauerte nur Sekunden, bis ihre Antwort auf meinem Display erschien. Sie würde morgen nach der Uni vorbeikommen.

Gerade als ich das Handy wieder weglegen wollte, erhielt ich eine weitere Nachricht. Dieses Mal war sie jedoch nicht von Kat, sondern von einer unbekannten Nummer. Auf der Stelle beschleunigte sich mein Herzschlag und ich starrte auf die Worte, die sich wie Laser in meine Augen bohrten.

UNBEKANNT:
Denkst du gerade an mich?

Irritiert legte ich die Stirn in Falten und las die Nachricht erneut, die eigentlich gar nicht da sein dürfte. Noch in derselben Nacht, in der ich in Ashwick angekommen war, hatte ich mein altes Handy zerstört und mir am nächsten Tag ein Prepaid-Handy aus der Stadt besorgt. Die Einzigen, die diese Nummer hatten, waren Kat und Mr. Brooks.

Tief ein- und ausatmend, umklammerte ich das Smartphone so fest, dass bereits nach Sekunden meine Knöchel weiß hervortraten. Ich nahm die zweite Hand zur Unterstützung, um dem heftigen Zittern entgegenzuwirken, das in diesem Moment meinen ganzen Körper erfasste. Während ich mir Gedanken darüber machte, ob es sinnvoller wäre, die Nachricht zu löschen oder eine Antwort zu verfassen, erschien eine weitere Mitteilung auf dem Display.

UNBEKANNT:
Angst vor den Geistern deiner Vergangenheit, Ava?

Ryder? Wie zur Hölle war es ihm gelungen, an meine Handynummer zu kommen? Erneut brummte das Handy und mit jeder weiteren Nachricht wuchs das ungute Gefühl in meiner Magengegend.

UNBEKANNT:
Du solltest mich nicht unterschätzen.
Und ich finde es aufregender, wenn du weißt, wer in der Dunkelheit lauert.
Wenn du weißt, wer hinter dir her ist und dich dazu bringen wird, jedes deiner kleinen Geheimnisse zu offenbaren.

Wütend schnappte ich nach Luft, ehe ich wie eine Verrückte auf das Display tippte.

ICH:
Lass mich in Ruhe, du Arschloch.

Was machte ich hier bloß? Hatte ich nicht gerade noch beschlossen, ihn aus meinen Gedanken zu verbannen? Und jetzt? Jetzt schrieb ich mit dem Typen, der mich wie ein Tier durch den Wald gejagt hatte. Das war verrückt. Ich musste völlig meinen Verstand verloren haben.

UNBEKANNT:
Ich habe bemerkt, dass es dir gefallen hat. So ist es doch, oder, Ava?

»Ja, sicher!«, sagte ich so laut, dass Merlin für einen Moment das Köpfchen hob.

Als er jedoch merkte, dass keine Gefahr drohte, legte er es wieder auf das Polster neben meinem Oberschenkel. Einen Augenblick später rollte er sich schnurrend auf den Rücken und schmiegte sich enger an mein Bein.

Ich wollte Ryder nicht antworten. Aber ich konnte diese Behauptung auch nicht unkommentiert lassen.

ICH:
Mach dich nicht lächerlich, Ryder.
Du hast definitiv ein Problem mit deinem Ego!
Nicht jede Frau findet dich unwiderstehlich.
Nur damit du es weißt, da es anscheinend noch nicht in deinem Erbsenhirn angekommen ist:
Ich hasse dich.
Und dein Kuss war widerlich!
Schrecklich.
Definitiv ein Moment zum Vergessen.

Mir war klar, dass es falsch war, mich so von der Wut mitreißen zu lassen. Andererseits konnte ich nicht anders, als jedes negative Gefühl herauszuschreien. Auch wenn ich bezüglich des Kusses gelogen hatte. Die Wahrheit über diesen Augenblick konnte ich mir selbst nicht eingestehen. Es war nicht richtig und doch so präsent, dass ich mir jetzt am liebsten die Schädeldecke aufgerissen hätte, um diese verdammte Erinnerung hochpersönlich aus meinem Kopf zuziehen.

Wütend und um nicht Gefahr zu laufen, noch weitere, gravierende Fehler zu begehen, warf ich das Handy auf den Couchtisch, was Merlin neben mir abermals weckte. Erschrocken zuckte er zusammen und jaulte beleidigt auf.

»Sorry, Kumpel!«, brummte ich kleinlaut, weil ich direkt ein schlechtes Gewissen bekam und gleichzeitig die Wut über mich selbst kaum im Zaum halten konnte.

Ryder wollte mir Angst machen. Mich brechen und einschüchtern, bis ich ihm sagte, vor wem ich auf der Flucht war. Wenn das Geschehen würde, würden sie mich sicher aus der Stadt jagen.

Denn der Schrecken, vor dem ich flüchtete, war viel dunkler als alles, was sie kannten.

Ich erschauderte bei der Erinnerung an ihn. An das Grinsen, falsch und breit, dass mir Tag für Tag den Lebenswillen nahm. Seine Augen, deren Blau so dunkel und tief war, wie das tobende Meer, bevor es dich in den Tod riss.

Ein Schauder lief mir über den Rücken. Meine Brust zog sich schmerzhaft zusammen, und die Luft blieb mir in der Kehle stecken.

Atmen, Ava, mahnte ich mich selbst, doch die Bilder und Erinnerungen brachen schon wie ein aufkommender Sturm über mir zusammen.

Sie wirbelten durch meinen Kopf, nährten die Angst, die Verzweiflung. All die negativen Gefühle flossen wie Gift durch meine Adern. Erst als meine Lungen brannten und schwarze Punkte vor meinen Augen tanzten, erinnerte ich mich daran, zu atmen. Mir in Erinnerung zu rufen, dass ich hier sicher war.

Er würde mich niemals finden, solange ich es schaffte, meine Vergangenheit vor den Lost Souls geheim zu halten.

Kapitel 9

RYDER

»Bist du bescheuert?« Neo sah mich wütend an. »Du solltest sie einschüchtern und nicht küssen!« Er strich Spike, Arjans Pitbull, beiläufig über den glatten Rücken, schüttelte den Kopf und murmelte: »Alter, was stimmt nicht mit dir?«

Mein Plan bestand eigentlich darin, unbemerkt ins Poolhaus zu schleichen, May anzurufen und mir die Gedanken an Ava aus dem Kopf zu ficken. Hatte nicht ganz so funktioniert. Neo hatte mich im Foyer erwischt und direkt gemerkt, dass irgendwas nicht stimmte. Jetzt saß ich hier, in der Küche, meinem Richter gegenüber.

»Sei leiser!«, zischte ich, weil ich keine Lust hatte, dass Arjan von der Sache Wind bekam.

Neo dachte, er wüsste alles, aber dieses Mal lag er falsch. Ich interessierte mich nicht auf diese Weise für Ava. Ja, sie war hübsch.

Ja, ich fühlte mich auf eine seltsame Art zu ihr hingezogen und ja, ich wollte sie vögeln. Aber all dies änderte nichts an der Aufgabe, die es zu erfüllen galt.

Wieso sträubte sie sich so, etwas über sich preiszugeben? Ich kannte diese Art der Abwehr. Sie diente dem Selbstschutz. Was immer diese kleine, dunkelhaarige Furie zu verbergen hatte, es musste etwas wirklich Großes sein. Etwas, das diese Stadt, mit all ihren Geheimnissen in Gefahr bringen könnte.

»Mach dich nicht lächerlich. Ich hatte nur ein bisschen Spaß. Das willst du doch immer.«

Neo rollte mit den Augen, ehe er antwortete: »Fick, wen du willst. Aber verlieb dich ja nicht in sie. Das wäre wirklich schlecht.«

»Hast du mich jemals verliebt erlebt?«, half ich ihm auf die Sprünge und es grenzte schon fast an eine Beleidigung, dass er Lust und Verlangen mit Liebe verglich.

Ich liebte nie.

Niemanden. Nicht einmal mich selbst.

Neo dachte einen Moment darüber nach und sagte dann: »Es gibt immer ein erstes Mal, mein Freund. Sie ist anders und das weißt du ganz genau. Sie hält dir stand. Fordert dich sogar heraus. Du kannst nicht leugnen, dass du ihre Nähe suchst und dich freiwillig mit Arjan anlegst. Es ist mehr als dieses Katz- und Maus-Spiel, auf das du so stehst.«

»Du hast doch 'ne Macke, Neo. Und selbst wenn das stimmt, was wäre so schlimm daran, wenn sie mich reizt?«

Seine albernen Unterstellungen, ich hätte nichts im Griff, gingen mir gewaltig auf die Nerven. Ich hatte keine Zeit dazu. Ich musste ficken. Jetzt.

»Sonst jagst du einem Mädchen einfach hinterher, machst ihr Angst und legst sie flach.«

Dorothee kam in die Küche und zog Neo den Teller vor der Nase weg, damit sie ihn in die Spülmaschine stellen konnte.

»Und was genau willst du mir jetzt sagen? Du musst schon etwas konkreter werden, Neo.«

Er seufzte und leerte sein Glas Cola in einem Zuge. Ich war mir nicht sicher, ob es das Einzige war, was sich dort drin befand. Es roch nach Whiskey. Der Geruch lag dezent in der Luft.

»Such dir einfach eine andere Schlampe, mit der du etwas spielst. Die gesamte Uni würde bereitwillig die Beine für dich breitmachen. Wieso also ausgerechnet sie? Vergiss es. Vergiss die Kleine und lass Sage das erledigen. Wir finden raus, was sie zu verheimlichen versucht und entscheiden dann, was wir mit ihr machen. Aua!«

Neo zuckte schmerzhaft zusammen, als Dorothee ihm den Kochlöffel über den Kopf zog. Sie hasste die Art, wie wir über Frauen sprachen.

»In meiner Küche redest du nicht so über Frauen, junger Mann!«, tadelte sie wie zur Bestätigung.

Ich unterdrückte ein Lachen, als ihr warnender Blick auf mich traf.

»Dee! Sag mal! Du kannst mich doch nicht mit dem Kochlöffel schlagen!«, jammerte Neo, während er sich die schmerzende Stelle an seinem Kopf rieb.

Empört schnappte sie nach Luft und schlug ihm den Kochlöffel gegen den Oberarm, bevor sie wild schimpfte: »Oh doch! Und zwar so lange, bis der nötige Respekt für weibliche Geschöpfe in diesem Haus eingezogen ist.«

»Wir respektieren das weibliche Geschlecht«, kam ich ihm grinsend zu Hilfe.

»Danke für deine späte Hilfe, Alter«, nörgelte er beleidigt und rieb sich mit schmerzverzerrtem Gesicht den Oberarm, obwohl auf seinen Lippen ein leichtes Lächeln lag.

»Genau, wir respektieren Frauen. Schließlich ficken wir sie!«, wandte er sich an Dorothee, bevor er von dem Stuhl hüpfte, damit ihn der nächste Schlag nicht treffen konnte.

»Du weißt, dass du die Einzige des weiblichen Geschlechts bist, die ich wertschätze, Dee!«

Er warf ihr einen Handkuss zu und eilte aus der Küche, bevor sie weiter mit Küchenutensilien auf ihn einschlagen konnte.

Spike, der Neos plötzliche Flucht als eine Art neues Spiel auffasste, folgte ihm mit wedelndem Schwanz.

»Dee, sei nicht so hart zu ihm.« Sie warf mir einen prüfenden Blick über die Gläser ihrer Brille zu.

»Sei du nicht so nachlässig mit ihm«, erwiderte sie, während sie das Glas vom Tisch nahm und es ebenfalls in die Spülmaschine stellte. »Ryder, du weißt, dass du neben Arjan und Neo wie ein Sohn für mich bist, oder?«

Ich nickte.

»Dann weißt du auch, dass du mit mir reden kannst?«

Wieder nickte ich.

Seitdem meine Mutter weg war, kam Dorothee dieser Aufgabe am nächsten. Es war trotzdem nicht das Gleiche.

»Das weiß ich, Dee. Mach dir keine Sorgen, es ist alles in Ordnung. Neo sieht Probleme, die es nicht gibt. Ich schätze, das hat er von seinem Bruder.«

»Ich habe dich immer für den Anständigen gehalten. Enttäusche mich nicht.«

Ich grinste frech. Diese ältere Dame sah stets das Beste in uns. Würden wir mit einer Leiche in ihrer Küche auftauchen würde sie denken, derjenige hätte es verdient. Sie sah immer noch die unschuldigen, naiven Waisenkinder in uns, obwohl wir die längst nicht mehr waren.

»Grins nicht so dumm! Ich brauche deine Bestätigung nicht. Ich weiß es«, sagte sie und stellte eine kleine Keksdose auf den Tisch. »Ich war so frei und habe die Macarons für deine Mutter in eine Dose getan. Du hast sie heute Morgen nach dem Backen vergessen.«

Ich nickte, während sich mein Magen zusammenzog, als ich auf das Gebäck starrte. Seit Jahren war es ein Brauch, doch mit jeder Woche wurde es schwerer.

»Du weißt, dass du nicht alleine bist und da auch nicht alleine durch musst, oder? Du könntest einen der Jungs fragen, ob sie dich begleiten.«

Sofort schüttelte ich den Kopf. Ich musste es allein durchstehen, weil es mir jedes Mal vor Augen führte, was ich ihr angetan hatte.

Kapitel 10

AVA

Immer wieder verglich ich die Adresse auf dem Post-it in meiner Hand mit der Anschrift auf dem Schild, das neben dem Eingang des Altenheims hing. Sie stimmten überein. Trotzdem schaffte ich es nicht, die Türen zu öffnen, weil die Nervosität mir den nötigen Mut nahm.

Kat war völlig aus dem Häuschen, nachdem ich ihr erzählt hatte, dass ich in Erwägung zog, meine Großmutter zu besuchen. Sie benötigte nicht mal einen halben Tag, um das Altenheim ausfindig zu machen und die Adresse zu besorgen.

Es befand sich in dem weitaus schöneren Ort Silverside. Obwohl Ashwick nicht mal zwanzig Minuten entfernt lag, konnten die beiden Städte nicht unterschiedlicher sein. Silverside war alles, was Ashwick nicht war. Hell und freundlich, sauber und modern.

Es wunderte mich nicht, dass man seine letzten Tage gerne hier verbringen wollte.

Die Bedenken, meiner Großmutter nach all den Jahren gegenüberzutreten, zehrten unentwegt an dem Entschluss, das Gebäude zu betreten. Schon jetzt überschwemmten mich die Schuldgefühle, sodass ich ernsthaft überlegte, auf dem Absatz kehrtzumachen und einfach wieder zu verschwinden. Nervös zwirbelte ich eine Haarsträhne zwischen den Fingern, während ich in meinem Kopf einen Kampf austrug, dessen Ausgang ich unmöglich vorhersagen konnte.

Die Tür schwang auf, hastig trat ich einen Schritt zurück, um nicht mit dem Rollator einer älteren Frau zusammenzustoßen.

»Wollen Sie rein?«, fragte sie freundlich, als sie auf der Türschwelle innehielt.

»Ich, ähm ...«, stammelte ich unentschlossen.

Sie legte den Kopf schief, musterte mich eingehend und bewegte sich dann um den Rollator herum, um meine Hand zu greifen.

»Haben Sie keine Angst. Wen auch immer Sie besuchen wollen, ich bin mir sicher, dass diese Person sehr froh darüber sein wird, junge Dame.« Für eine Sekunde fixierte sie mich mit ihren warmen, braunen Augen und drückte meine Hand. »Trauen Sie sich.« Lächelnd ließ sie meine Hand wieder frei und wackelte zurück zu ihrem Rollator.

Ich trat zur Seite und nutzte die Chance einen Blick in den Eingangsbereich zu werfen, als sie an mir vorbeiging, bevor die Tür wieder ins Schloss fiel.

Ich wollte mich gerade abwenden, weil mich der Mut längst wieder verlassen hatte, als ich jemanden erspähte, den ich hier am wenigsten erwartet hätte.

Ryder.

Er durchquerte zielsicher die Eingangshalle, warf einer jungen Pflegerin, die an ihm vorbeiging, ein verführerisches Lächeln zu, woraufhin sie beinahe das Tablett mit Kaffee und Kuchen fallen ließ. Als er die Anmeldung erreichte, beugte er sich lässig zu der jungen Blondine, um ihr etwas zuzuflüstern. Sie lachte laut, schrill und schrecklich gekünstelt, fuhr sich durch das lange Haar und schmachtete ihn mit einem Ausdruck an, der deutlich machte, was ihre eigentlichen Absichten waren. Ungläubig blinzelte ich einige Male, während die Tür ins Schloss fiel und mir die Sicht auf ihn nahm.

Kurzerhand, und lediglich der Neugier geschuldet, stieß ich die Tür wieder auf und trat ein. Mein Blick wanderte direkt zu der Anmeldung, an der er aber nicht mehr stand. Hatte ich ihn mir doch nur eingebildet?

Nervös trat ich von einem Fuß auf den anderen und ignorierte die Blicke, die auf mir ruhten. Als die Tür hinter mir lautstark ins Schloss fiel, war mein Schicksal besiegelt. Für einen Rückzieher war es nun zu spät. Ich holte tief Luft und stolzierte auf die Anmeldung zu.

»Entschuldigung!«, sprach ich die junge und durchaus hübsche Blondine an. Sie ignorierte mich, da ihre gesamte Aufmerksamkeit auf den Gang hinter ihr gerichtet war.

»Hallo?«, versuchte ich es eine Spur lauter, woraufhin sie peinlich berührt zusammenzuckte.

»Pardon. Schönen guten Tag, wie kann ich Ihnen weiterhelfen?«, begrüßte sie mich, nachdem sie sich ein paar Mal durch das glatte, schulterlange Haar gestrichen hatte.

Ich bemerkte einen Glanz in ihren Augen und eine Röte auf ihren Wangen. Anscheinend hatte ich mich doch nicht getäuscht und Ryder war tatsächlich hier.

Wer sonst hätte sie dermaßen aus der Fassung bringen können? Sicherlich keiner der Rentner ...

Ein Teil von mir wollte ihr diese verdammten Augen auskratzen und sie an den golden schimmernden Haaren vom Stuhl zerren. Na toll, so weit war es also schon gekommen!

Ich verengte die Augen zu schmalen Schlitzen und musterte ihr perfekt symmetrisches Gesicht. Gerade Nase, volle Lippen und hohe Wangen. Die Welt war dermaßen ungerecht. War das der Typ Frau, für den er sich interessierte? Oder nur eine weitere Kerbe an seinem Bettpfosten? Und wieso wollte ich das überhaupt wissen?

Die Frage brannte mir auf der Zunge, aber anstatt sie ihr um die Ohren zu schleudern, räusperte ich mich und erklärte: »Ich würde gerne meine Großmutter besuchen.«

»Name?«, fragte sie mit einer Spur Arroganz in der Stimme.

Offenbar hatte sie ihr tägliches Pensum an Freundlichkeit komplett an Ryder verschwendet.

»Chamberlain.«

Ihre Finger flogen über die Tastatur und einige Sekunden später murmelte sie: »Zimmer 374. Das liegt in der zweiten Etage. Beatrice ist aber meistens um diese Zeit im Garten. Der ist direkt den Gang entlang.« Sie deutete auf den Flur, dem sie vor einigen Minuten noch ihre gesamte Aufmerksamkeit gewidmet hatte.

»Ich wusste gar nicht, dass Beatrice Verwandtschaft hat«, sagte sie mit einem forschenden Ton.

»Wir wohnen weiter weg«, gab ich zurück.

»Sie wird sich jedenfalls freuen. Beatrice bekommt nicht viel Besuch.«

Ich war mir nicht sicher, ob sie damit recht hatte. Höchstwahrscheinlich würde sie mich gar nicht mehr erkennen. Ich war noch ein Kind, als wir gegangen waren, seither hatte meine Mutter es strikt verboten, auch nur eine Frage über meine Großmutter zu stellen. Für sie existierte sie nicht mehr.

»Sie hatte immer befürchtet, allein zu sterben«, quasselte sie weiter.

Offenbar bemerkte sie nicht, dass mir das Thema unangenehm war, oder es war ihr einfach egal.

»Ich würde jetzt gerne gehen!« Ich deutete zähneknirschend auf den Gang, den sie mir zuvor gezeigt hatte.

Sie hob den Kopf, warf ihr Haar, das so verflixt glänzte, über die Schultern und sagte schnippisch: »Ich halte Sie ja nicht auf. *Sie* schinden hier Zeit.«

Die Verlockung, ihr das überhebliche Grinsen aus dem Gesicht zu schlagen, wuchs von Sekunde zu Sekunde.

Wenn ich meine Großmutter in Zukunft öfter besuchen wollte, sollte ich jetzt besser gehen, ehe ich einen Fehler beging, der mich teuer zu stehen kam.

Ich zwang mir ein Nicken ab, was sie noch nicht einmal bemerkte, da ihre Aufmerksamkeit wieder auf den Monitor gerichtet war.

Mit gemischten Gefühlen, die sich ständig zwischen Angst und Aufregung bewegten, schlenderte ich den Gang entlang, welcher direkt in den Garten führte. Schon jetzt konnte ich die Bäume durch die gläserne Tür am Ende des Flurs erkennen. Links und rechts hingen Bilder der Bewohner an den weißen Wänden.

Ich fragte mich, wer von diesen Frauen meine Großmutter sein könnte. Sie lächelten allesamt freundlich, wirkten überhaupt nicht verbittert oder traurig. Es war deutlich, dass sich der Großteil der Bewohner hier wohlfühlte.

Ich folgte dem hellen Flur und warf immer mal wieder einen Blick in die Zimmer, die offen standen. Jedes von ihnen war geräumig und ausgestattet mit einem großen Bett, einem Schrank und einer gesamten Sitzecke, inklusive eines Fernsehers. Mit jedem Schritt, den ich dem Ziel näherkam, schlug mein Herz schneller und die Nervosität kehrte zurück.

An der Türschwelle hielt ich inne, übermannt von der Angst, die meinen Brustkorb einengte und jeden Atemzug erschwerte.

Eine Brise wehte um meine Nase. Es roch herrlich. Nach Sommer und Blumen, was erstaunlich war, da uns die warme Jahreszeit längst entflohen war.

Bei dem »Garten« musste es sich um eine Art Gewächshaus handeln, da der androhende Wetterumschwung keinerlei Einfluss auf die Flora und Fauna zu haben schien.

Seufzend atmete ich tief ein und ließ den süßen Duft von Rosen, Beeren und Rasen in meine Nase steigen. Saugte die positive Energie jeder Blume, jedes Strauches und Baumes wie ein Schwamm auf.

Die Natur bewies uns immer wieder, dass es egal war, wie oft man in den Boden gestampft wurde, denn irgendwann kämpfte sich eine Knospe zurück.

Fragil, wie auch widerstandsfähig, war sie bereit, sich der Welt zu stellen.

Langsam zog ich das Foto, das ich mitgenommen hatte, aus der Handtasche. Ich war mir nicht sicher, wie aktuell es war. Von all denen, die ich in ihrem Haus finden konnte, schien es das Neuste zu sein. Sie saß auf der Veranda, in einem alten Schaukelstuhl, mit Strickzeug auf den Beinen. Ich mochte dieses Bild. Vorsichtig strich ich es glatt, ehe ich es mir vors Gesicht hielt und den Garten absuchte. Nichts.

Ich folgte dem Fußweg, der sich vor mir erstreckte. Auf einer Bank, am Ende des Weges, zwischen zwei riesigen Mahagonibäumen entdeckte ich sie. Mein Herz machte einen Hüpfer und meine Füße überschlugen sich fast. Einige Schritte vor ihr hielt ich inne, weil mir klar wurde, dass ich keine Ahnung hatte, wie ich sie überhaupt ansprechen sollte. Wie sagte man jemandem, dass man seine Enkelin war?

Als die alte Dame mit dem weißen Dutt den Schatten auf dem Boden bemerkte, sah sie überrascht auf. Über ihr Gesicht, von den Jahren gezeichnet, legte sich ein verwirrter Ausdruck. Ihre Augen huschten zu mir hinauf, ehe sich ihre irritierte Miene klärte.

»Marnie?«, krächzte sie.

Oh nein, sie dachte, ich wäre meine Mutter. Für einen Augenblick wurde mir schwer ums Herz und die altbekannte Kälte erfasste meinen Körper, brachte ihn selbst hier, in dieser tropenähnlichen Umgebung, zum Zittern.

Ich schnappte kurz nach Luft, atmete gegen den Schmerz an, der sich in meiner Brust bildete, und schüttelte schließlich den Kopf. »Nein, Grandma.«

Das Gesicht der alten Dame erstarrte. Ich konnte förmlich sehen, wie sie die Information verarbeitete und den Sinn hinter meinen Worten verstand.

Aufgeregt sprang sie auf, was mich für einen Moment überraschte, denn für so fit hatte ich sie gar nicht mehr gehalten.

»Ava? Du bist es tatsächlich?« Tränen glitzerten in ihren Augen, als sie auf mich zukam.

»Es tut mir leid«, nuschelte ich.

Ich wusste nicht, wieso ich mich entschuldigte, aber ich glaubte, dass meine Mutter das gewollt hätte. Selbst, wenn sie es mir nie gesagt hatte, war der Schmerz ihres Verlustes immer sichtbar gewesen.

»Wofür entschuldigst du dich denn, Herzchen?« Einige Sekunden ruhte ihr Blick auf mir, dann huschte er an mir vorbei, um die Umgebung abzusuchen.

»Sie ist nicht hier«, sagte ich leise, weil ich wusste, dass sie nach meiner Mutter Ausschau hielt.

»Ach so. Sag, geht es ihr denn gut?« Wieder traf mich der Stachel des Schmerzes direkt ins Herz und ich schüttelte kaum merklich den Kopf.

»Ich verstehe.« Sie kniff mir in die Wange und überspielte das Bedauern in ihrer Stimme.

»Setzt dich zu mir, wir haben viel zu bereden, mein Kind.« Entschlossen griff sie nach meiner Hand, um mich mit erstaunlich viel Druck hinter sich her zur Bank zu ziehen.

Wir unterhielten uns über eine Stunde lang, redeten über Gott und die Welt, über die Vergangenheit und wie es ihr nach unserer Abreise ergangen war. Aber auch sie wollte mir auf die Nachfrage, wieso es denn überhaupt zum Bruch der beiden gekommen war, keine näheren Auskünfte geben. Ich gab mich geschlagen, da ich ebenfalls Geheimnisse hütete, die ich niemals jemandem erzählen würde.

»Mrs. Chamberlain, wo bleiben Sie denn? Es gibt Abendbrot«, riss uns die Stimme eines jungen Pflegers aus der Unterhaltung.

»Ich werde wiederkommen, Grandma, versprochen.«

Sie gluckste zufrieden und stand auf. Ihr Rücken knackte unter der Belastung, und wieder einmal wurde mir vor Augen geführt, wie viel Zeit ich mit ihr verloren hatte.

»Das freut mich, mein Kind.« Sie lächelte freudestrahlend, während sie zuließ, dass der Pfleger mich ablöste und sie durch den Gang in den Speisesaal führte.

Das Treffen war besser gelaufen, als ich angenommen hatte. Sie war nicht sauer, dass wir all die Jahre nichts von uns hatten hören lassen. Ich verstand den Entschluss meiner Mutter immer noch nicht, der Familie den Rücken zukehren und ein Leben zu beginnen, dass voller Schmerz und Traurigkeit war. Auch diese Beweggründe blieben ein Geheimnis. Meine Seele musste sich endlich damit abfinden, keine Antworten zu bekommen.

Seufzend machte ich mich auf den Weg zum Ausgang, als eine Tür in unmittelbarer Nähe aufschwang. Der Wind trug den Geruch von Eukalyptus und Zitronengras zu mir. Ich musste nicht hinsehen, um zu wissen, dass er es war. Groß, dunkelhaarig, die breiten Schultern unter einem schwarzen Hoodie verborgen. Ryders Präsenz war so mächtig, dass es mich augenblicklich an Ort und Stelle fesselte.

Er bemerkte mich nicht, denn seine gesamte Aura verschluckte alle anderen in der Umgebung. Erst als Ryder in der Eingangshalle verschwand, brach das Leben wieder über mich herein. Die Tür, aus der er gerade gekommen war, stand immer noch offen. Wie das Tor zum Himmel lockte es mich, obwohl ich wusste, dass das Betreten eher dem Einzug in die Hölle gleichkam.

Trotzdem zog es mich wie magisch an. Viel zu spät bemerkte ich, dass ich mich längst in Bewegung gesetzt hatte. Schrittweise, dem Untergang entgegen. Das Zimmer war genauso eingerichtet wie die anderen. Nur die Vorhänge vor den bodentiefen Fenstern waren zugezogen, sodass das untergehende Sonnenlicht den Raum nicht durchfluten konnte.

Eine Frau mittleren Alters saß in dem großen Bett. Ihre Miene erhellte sich, als sie mich an der Tür entdeckte, was es mir unmöglich machte, wieder unbemerkt zu verschwinden.

»Hallo. Schön, Sie zu sehen. Ist es schon Zeit für das Abendessen?«, begrüßte sie mich freudestrahlend, während sie die Beine über die Kante des Bettes warf, um sich an den rollbaren Tisch zu setzten, der neben ihrem Bett stand.

»Ähm, nein. Ich habe mich an der Tür geirrt. Es tut mir leid.«

Ich hatte mich schon halb zum Gehen gewandt, als sie leise lachte und sagte: »Ja, mein Kleiner ist auch immer so vergesslich.«

Kleiner?

Ich zögerte, was sie offenbar nicht bemerkte, da sie munter weiter plapperte: »Er ist so ein aufgeweckter Junge. Er ist im Waisenhaus, wissen Sie! Der Pfleger, der jeden Tag kommt, hat mir gesagt, dass ich ihn besuchen kann, wenn meine Therapie zu Ende ist. Ich fühle mich schuldig, weil ich ihn alleine gelassen habe.«

Sie griff gedankenverloren in eine kleine Keksdose voller Macarons, während mein Blick auf ein Bild fiel, das neben dem Bett auf dem Nachttisch stand. Neugierig näherte ich mich, um es besser erkennen zu können. Es zeigte sie und einen kleinen Jungen Das Lächeln, spitzbübisch und frech, hätte ich unter tausenden erkannt. Er hatte es immer noch. Dieses Grinsen, bei dem einer seiner Mundwinkel in die Höhe schoss.

»Ist das ihr Sohn?«, fragte ich mit einem Kopfnicken zu dem Bild.

In ihren Augen tauchte ein Strahlen auf, das zuvor noch nicht dagewesen war. »Ja, das ist mein Sohn.«

»Ryder«, murmelte ich leise.

»Was?« Ihre Augen verengten sich ungläubig, ehe sie den Kopf schüttelte. »Nein, nein, junge Dame. Ryder ist doch mein Pfleger«, lachte sie freimütig, bevor sie nach dem Bild griff, um behutsam über das Glas zu streichen.

»Das ist mein Sohn, Killian.«

»Ihr Sohn Killian?«, wiederholte ich verdattert.

Sie nickte eifrig und stellte das Bild zurück auf den Nachttisch.

»Er ist im Waisenhaus, bis meine Therapie beendet ist«, sagte sie erneut, wobei sie das Bild penibel genau an die Stelle justierte, an der es zuvor stand.

»Seit wann sind sie schon in Therapie?«, fragte ich vorsichtig.

Die Frau zuckte mit den Schultern und antwortete dann: »Ich schätzte ein paar Wochen. Man verliert so schnell den Überblick, wenn alle Tage gleich sind.«

Plötzlich legte sich ein Grinsen auf ihre Lippen. »Der Pfleger Ryder sagt mir, dass ich nicht mehr viele Tage vor mir habe. Ich freue mich so sehr darauf, meinen kleinen Killian in die Arme zu schließen. Er ist in einem Waisenhaus, wissen Sie?«

Auf einmal, und so unerwartet, dass es mich beinahe von den Beinen riss, veränderte sich ihr Ausdruck. Ihre Augen wurden groß, voller Angst, ehe sie sich zu Schlitzen verengten. Panisch wich sie ein Stück zurück, wobei sie beinahe den Rolltisch umwarf.

»Wer sind Sie?« Ihre Augen huschten ziellos über mein Gesicht, während sie sich immer weiter von mir entfernte.

»Gehen Sie weg! Ich kenne sie nicht«, schrie sie, so laut, dass es nur eine Frage der Zeit war, bis jemand bemerkte, dass ich mich unbefugterweise in ihrem Zimmer befand.

»Beruhigen Sie sich. Bitte! Ich muss mich entschuldigen, ich habe mich nicht vorgestellt, ich bin die neue Pflegerin«, entschuldigte ich mich eilig, damit sie nicht noch mehr in eine Panik verfiel.

Die Tür schwang erneut auf und ein richtiger Pfleger betrat die Tür mit einem abgedeckten Teller. »Oh, ich habe nicht gewusst, dass Sie noch Besuch haben«, sagte er, als er mich neben dem Bett stehen sah.

»Ich wollte gerade gehen«, erwiderte ich schnell, ehe noch jemand auf die Idee kam zu fragen, in welcher Verbindung wir zueinanderstanden.

Wahrscheinlich war es nicht üblich, dass sich fremde Menschen in den Zimmern der anderen Bewohner herumtrieben.

»Warten Sie!«, sagte der Pfleger, als ich an ihm vorbeihuschte und er hastig den Teller auf dem Tisch abstellte.

»Miss! Warten Sie!«, rief er erneut, doch ich beschleunigte meine Schritte nur, um so schnell wie möglich aus dem Heim verschwinden zu können.

KAPITEL 11

AVA

Eingehüllt in einer dicken Wolldecke, weil die Temperaturen im Haus nur selten über zehn Grad stiegen, ließ ich den heutigen Tag nochmal Revue passieren. Die Schale mit Chips auf meinem Schoß war weitgehend unberührt, da mir nicht zum Essen zumute war. Auch die Müdigkeit, die immer wieder an meinem Bewusstsein zerrte, schaffte es nicht, die Gedanken aus meinem Kopf zu treiben und mich in einen erlösenden Schlaf zu ziehen.

Da änderte auch die Tatsache nichts, dass es bereits weit nach Mitternacht war und die nächste Schicht in der Tankstelle schon in ein paar Stunden beginnen würde. Eigentlich mochte ich die Frühschicht am meisten. Jetzt jedoch war sie so unpassend, dass ich ernsthaft mit dem Gedanken spielte, mich krankzumelden.

In keiner meiner unzähligen Vorstellungen hatte sich das Treffen mit meiner Großmutter so abgespielt, doch als sie mich heute mit diesem aufrichtigen Lächeln und dem Glänzen in den Augen in den Arm nahm, wusste ich, dass sich an ihrer bedingungslosen Liebe nichts geändert hatte.

Diese Erkenntnis hätte mich eigentlich ruhig schlafen lassen müssen – tat sie aber nicht. Jedes Mal, wenn ich die Augen schloss, sah ich Ryders Mutter vor mir.

Sie war entweder völlig verrückt, oder litt unter einer weit fortgeschrittenen Demenz. Ich kam nicht darum herum, so etwas wie Mitleid für ihn zu empfinden. Er besuchte sie offenbar sehr oft und gab sich damit zufrieden, für sie nur ein Pfleger zu sein. Wie schrecklich das sein musste.

Merlin, der bis eben tief und fest neben mir auf dem Sofa geschlafen hatte, reckte auf einmal den Kopf zum Fenster. Ich ignorierte es und widmete mich wieder der Serie »Two Broke Girls«, die über die Mattscheibe des Fernsehers flimmerte. Blindlings suchte ich nach der Fernbedienung, die irgendwo zwischen die Polster gerutscht sein musste.

»Toll gemacht, Merlin!«, beklagte ich mich lautstark, als er plötzlich aufsprang und dabei die Schale mit den Chips umwarf, die sich daraufhin auf der Decke und dem alten Teppich verteilten. »Das waren die Letzten!«

Schmollend warf ich die Wolldecke zurück und schlurfte zur Besenkammer. Der Kater, der sich keiner Schuld bewusst war, tigerte auf der Fensterbank auf und ab.

»Klar, jetzt willst du raus, anstatt mir zu helfen dein Chaos zu beseitigen.«

Er miaute zur Antwort und setzte sich demonstrativ in die Mitte. Nachdem ich die Chips beseitigt hatte, begab ich mich ebenfalls zum Fenster. Ich lehnte mich mit den Ellbogen auf die Fensterbank, stützte das Gesicht in den Handflächen ab und warf einen Blick in die Dunkelheit.

Ich hatte immer das Gefühl, dass die Nacht durch die Abgeschiedenheit, die der Wald barg, noch dunkler erschien, doch auch die Sterne leuchteten hier draußen heller als in der Stadt. Heute Nacht war der Himmel wolkenverhangen und in der Ferne hörte ich bereits Donner anrollen.

Angestrengt kniff ich die Augen zusammen. Es vergingen ein, zwei Sekunden, bis ich eine dunkle Gestalt erkannte. Ein Kribbeln breitete sich auf meiner Haut aus und mein Puls stieg unaufhaltsam in die Höhe.

Ryder verbarg sich zwischen den Baumstämmen, als wäre er ein Teil der Dunkelheit, die ihn umgab. Womöglich war er das auch. Die Dunkelheit. Das Unheil, das nur darauf wartete, mich zu holen. Zu verderben, zu vernichten. Dabei wusste er nicht, dass ich längst verdorben war. Längst verloren.

Das Handy piepte und für einen Moment spielte ich mit dem Gedanken, die Nachricht nicht zu lesen. Seinem abartigen Spiel nicht zu folgen, doch die Neugier war zu verlockend.

RYDER:
Wie oft willst du diese Serie noch schauen?

Er machte nicht einmal ein Geheimnis daraus, dass er mich beobachtete. Aufgebracht ging ich zurück. Sachte hob ich Merlin von der Fensterbank, um das Fenster noch weiter zu öffnen.

»Verschwinde, Ryder! Was erhoffst du dir durch diese irrsinnigen Aktionen? Du kannst so lange wie du willst, wie ein absolut kranker Stalker, vor meinem Fenster stehen, es wird dir aber nichts bringen. Hörst du?«, rief ich wie eine völlig Verrückte in die Dunkelheit.

Stille. Ich hatte auch nicht erwartet, dass er mir antwortete.

»Antworte gefälligst, du Arschloch!«, brüllte ich noch hysterischer in die Nacht und für einen Augenblick fragte ich mich, ob ich mir den Schatten nur eingebildet hatte.

Vielleicht war ich langsam dabei, meinen Verstand zu verlieren. Oder schlimmer noch: Es war fast so, als hoffte ich, ihn dort draußen zu entdecken.

Er machte mich wütend und gleichzeitig faszinierte mich diese unberechenbare Art, die ganz offensichtlich ein Teil von ihm war.

Zwischen den Bäumen glomm das Licht einer Zigarette auf. Ich hatte ihn mir also nicht nur eingebildet.

»Na schön, dann halt nicht«, kreischte ich, bevor ich das Fenster zu knallte und die dünnen Vorhänge zuzog.

Wieso ließ ich sie offen, wenn ich wusste, dass er da draußen war? Als würde mein Unterbewusstsein es ihm noch leichter machen wollen.

Es zulassen, dass er mich sah. Angewidert über mich selbst und die Gefühle, die er in mir weckte, schüttelte ich den Kopf, während ich zurück zum Sofa ging.

Merlin war verschwunden. Womöglich hatte ihn der Lärm erschrocken und er hatte sich in eines der vielen Löcher verkrochen, von denen es hier eine Menge gab.

Erneut piepte mein Handy und ich verdrehte, mit einem genervten Stöhnen die Augen.

RYDER:

Glaubst du, Vorhänge halten mich davon ab, zu wissen, wo genau du gerade bist?
Oder was du tust?

Ich löschte erst das Licht der kleinen Tischlampe, dann pustete ich die Kerzen aus, die ich wie jeden Abend auf dem Tisch verteilt hatte, um die Stromrechnung so gering wie möglich zu halten.

Nun wollen wir mal sehen, was du jetzt noch im Schatten des Hauses siehst, Arschloch, dachte ich, voller Schadenfreude. Prompt summte das Handy erneut, was meinen Geduldsfaden schier zum Reißen brachte.

Konnte er mich nicht einfach in Ruhe lassen?

RYDER:

Ich weiß trotzdem, dass du auf dem Sofa sitzt und dein Herz wie verrückt schlägt, wenn du diese Nachricht liest.
Fragst du dich gerade, ob ich immer noch zwischen den Bäumen stehe, oder schon näher bin?

Das Licht auf der Veranda ging an. Erschrocken schlug ich die Hand vor den Mund, um den plötzlichen Aufschrei zu dämpfen, der mir fast über die Lippen kam.

Erneut leuchtete eine Nachricht auf.

RYDER:
Was machst du, wenn ich komme?
Bist du dann immer noch so vorlaut?
So mutig?

Ich hielt den Atem an, aus Angst, jeden Moment den Umriss seines Gesichts vor dem Fenster zu erkennen. Doch das Einzige, was passierte war, dass das Licht der Veranda erlosch. Noch ehe ich mich entspannen konnte, sprang es wieder an und erhellte erneut die Vorderseite des Hauses.

Er war hier. Vor dem Haus.

Mein Inneres zog sich krampfartig zusammen.

Panisch schnappte ich nach Luft und erst, als sich mein Herzschlag wieder beruhigte, hörte ich die schweren Schritte, unter denen das Holz der Veranda ächzte.

Es drang ohrenbetäubend laut an mein Gehör. Lieferte sich einen Kampf mit meinem eigenen Herzschlag, der in den Ohren pochte.

Sofort durchflutete mich eine Mischung aus Angst und Adrenalin. Es schoss in jede Vene und breitete sich in meinem Körper aus wie ein Gift, für das es keine Heilung gab. Mit klopfendem Herzen tastete ich nach dem Handy, das mir vor lauter Schreck aus der Hand gefallen sein musste.

ICH:
Ist das dein Ernst?
Du denkst, so machst du mir Angst?
Vielleicht solltest du deine nächsten Schritte gut überdenken,
Killian.

RYDER:

Woher weißt du das?

ICH:

Deine Mutter wäre so stolz auf dich, wenn sie wüsste, dass ihr kleiner, süßer Killian unschuldige Frauen stalkt. Du bist eine Lachnummer und vermutlich ist es das Beste, dass deine Mutter nicht weiß, was aus ihrem Sohn geworden ist.

Bevor ich auch nur über die Worte nachdenken konnte, waren sie längst versendet. Ob es ratsam war, ihn in dieser Situation noch zu provozieren?

Erschrocken schnappte ich nach Luft, als ein lauter Knall ertönte. Nur wenige Sekunden später erlosch das Licht der Veranda. War ich zu weit gegangen?

Ich hatte nie Angst vor Ryder gehabt. Nicht einmal, als er mich wie ein Reh durch den Wald jagte. Da löste dieses kranke Spiel sogar etwas Erregung in mir aus. Jetzt war es anders.

Jetzt spürte ich die Gewalt und die Wut, die fühlbar wie Wellen durch das Holz des Hauses schwappte. Hörte die Schritte, die schwer und unkontrolliert auf und ab liefen.

Ryder wollte, dass ich ihn hörte. Ich sollte ganz genau wissen, dass er da draußen war.

Seine Einschüchterung erfüllte ihren Zweck. Die Furcht, die jetzt durch meine Adern floss, war echt. Es war kein Thrill, keine Erregung, sondern pure Angst.

Und alles, was mich jetzt noch vor dem Monster auf meiner Veranda schützte, war eine hoffentlich massive Holztür.

Ich zwang mich zur Ruhe, drängte meine Atmung in ihre reguläre Geschwindigkeit.

Er würde niemals so weit gehen und ins Haus kommen, versuchte ich mich selbst zu beruhigen.

Ein heftiger Knall gegen die Tür ließ mich um ein Haar vom Sofa fallen. In diesem Moment konnte ich den Aufschrei nicht zurückhalten, der panisch aus meiner Lunge drang.

»Avaaa.«

Da war wieder der Singsang in seiner tiefen, melodischen Stimme. Allerdings wehte dieses Mal kein Spaß in ihr mit. Dieses Mal war sie kalt und scharf wie die Klinge eines Messers, das nur Millimeter davon entfernt war, durch meine Haut zu schneiden.

Erneut polterte es gegen die Tür. Mein Herz setzte einen Moment aus, um sofort in doppelter Geschwindigkeit weiterzuschlagen.

Obwohl sich jede Faser meines Körpers dagegen wehrte und ich wie Espenlaub zitterte, gab ich dem Impuls nach und stand auf. Wie durch ein unsichtbares Seil gezogen, trugen mich meine Füße an die Haustür.

Zögernd glitten meine Fingerspitzen über die feinen Schnitzereien von Füchsen und Hasen, die einander jagten. Die Ironie ließ mich in dieser paradoxen Situation laut lachen. Schließlich war ich in diesem Moment auch eine Gejagte.

»Avaaaa«, hallte es erneut durch die geschlossene Tür.

Jedes Härchen an meinem Körper stellte sich auf, dennoch lockte es mich zu dem Raubtier vor der Tür.

Vorsichtig lugte ich durch den Türspion. Vor mir herrschte eine Finsternis, die es unmöglich machte, überhaupt etwas zu erkennen. Ich blinzelte ein paar Mal und im selben Moment erhellte ein Blitz den Himmel. Ein gespenstisches Licht huschte über Ryders Gesichtszüge, der direkt vor der Tür stand.

Mit einem schiefen Lächeln auf den Lippen, dass mehr einer Drohung glich als einem Grinsen, sah er in den Spion. Er legte den Kopf schräg, was die Kapuze des schwarzen Hoodies ein wenig von seinem dunklen Schopf rutschen ließ. Seine leeren Augen fixierten den Spion und das Grinsen auf seinem Gesicht wurde noch breiter, während er erneut meinen Namen rief. Für Sekunden war ich in seinem Bann gefangen. In dieser Aura, die wie eine Droge auf mich wirkte.

In der Angst, die mich vollständig lähmte, aber auch in dem Reiz und dem Verlangen, die Tür aufzureißen, um zu sehen was passierte.

Meine Hand wanderte langsam und wie in einer Art Trance zum Türgriff, ohne den Blick von dem dunklen Racheengel vor meiner Tür zu nehmen. Ob er damit rechnete, dass ich im Begriff war die Tür zu öffnen?

»Avaaa. Ich weiß, dass du da bist.« Seine flache Hand schlug gegen die Tür, was meinen Körper erneut zum Beben brachte.

Ich hielt mitten in der Bewegung inne und mein Verstand überdachte nochmal den Entschluss, die Tür zu öffnen. Jede Faser meines Körpers versuchte sich dem Reiz zu entziehen, ihm jetzt gegenüberzustehen.

»Verschwinde, Ryder«, sagte ich mit fester Stimme.

Als Antwort schlug er abermals gegen die Tür, was das Holz erzittern ließ.

»Ich werde hereinkommen. Entweder du lässt mich, oder ich werde die verdammte Tür einschlagen«, rief er. Sein leises Lachen schwoll zu einem lauten Grölen an. »Heute komme ich und hole dich!«

Es war, als hätten diese Worte einen Schalter umgelegt. Die Sicherung in meinem Kopf, welche mich eigentlich vor dummen Ideen bewahren sollte, brannte durch und ich öffnete schwungvoll die Tür.

KAPITEL 12

AVA

Ryders rechte Augenbraue schoss überrascht in die Höhe. Tief einatmend, kratzte ich meinen restlichen Mut zusammen und hob entschlossen den Kopf. Seine kalten, dunklen Augen waren zu Schlitzen geformt und sein Mund war eine einzige schmale Linie. Er war sauer, aber das war ich auch. Was dachte er sich, auf so unverschämte Art und Weise in meinen privaten Lebensraum eindringen zu wollen?

»Woher weißt du das?«, wiederholte er seine Frage, die er mir zuvor als Nachricht geschickt hatte und bei der ich immer noch kein Interesse hatte, sie zu beantworten.

»Was soll der Scheiß mit meiner Veranda?«, fragte ich stattdessen, wobei ich einen Schritt auf ihn zu machte und auf den dicken Ast deutete, der neben ihm auf dem Boden lag.

»Hast du meine Lampen damit zerschlagen? Bist du völlig irre, oder so?«

»Beantworte meine Frage gefälligst«, knurrte er.

»Ich habe dich gesehen«, gab ich knapp zurück.

»Du hast mir hinterherspioniert?«, polterte er wütend, ehe er mich mit einer einzigen Bewegung an der Schulter packte und mit einem heftigen Stoß gegen die Haustür schubste.

Dort kesselte er mich zwischen seinen Armen ein, drückte das Gewicht seines gesamten Oberkörpers gegen mich. Ich atmete verzweifelt ein. Aber sein Duft, der sich wie eine Wolke um mich herum ausbreitete, benebelte meinen Verstand. Machte jeden klaren Gedanken, den ich in solch einer Situation brauchte, unmöglich.

»Wieso redest du mit ihr?«, fragte er bedrohlich nah an meinem Ohr. Ich wand mich unter ihm.

Es war der letzte, verzweifelte Versuch, mich aus seinen Fängen zu befreien. Er löste seine Hand von der Tür, um stattdessen meinen Hals zu packen.

»Sag mir, wieso du da warst?« Seine Stimme war nur noch ein tiefes, bedrohliches Raunen, der mir erst einen kalten, und dann einen heißen Schauder über den Rücken jagte.

»Hör auf.«

»Was bildest du dir ein, du verdammte Schlampe?« Ryders Augen, die nur noch ein wirrer Sturm aus Wut und Ärger waren, nahmen mich gefangen. Drohten mir jeden Moment die Lebenskraft auszusaugen.

Mein Herz pochte schmerzhaft gegen meinen Brustkorb. Wild und heftig, als wäre ich kurz davor, durch die Angst einen Herzinfarkt zu erleiden. Der Druck um meinen Hals nahm zu, weil er erbarmungslos die Luftzufuhr abschnürte.

»Ryder, bitte.«

Es war kaum möglich, ein Wort über meine Lippen zu pressen, so sehr strengte mich das Luftholen an. Das Brennen meiner Lungen war kaum auszuhalten und ein unkontrollierbares Zittern erschütterte meinen Körper.

»Bitte ... du ... bringst ... Ryder ...« Ich konnte nicht fassen, dass ich bettelte, aber in diesem Moment glaubte ich, dass er es wirklich zu Ende bringen würde.

Dass er fähig war, jemanden zu töten. Einen unendlich langen Moment starrte ich in seine leeren Augen. Mit der Hoffnung, irgendetwas anderes als Kälte zu sehen. Dann, endlich, schien sich etwas in seinem Inneren zu regen. Ein Funke leuchtete auf. Es war nur für einen Bruchteil der Sekunde, aber lang genug, um ihn wieder in die Gegenwart zu holen. Schwer atmend ließ er die Hand sinken. Gierig sog ich den Sauerstoff ein und hustete leise. Meine Hand schnellte an die schmerzende Stelle meines Halses.

»Bist du wahnsinnig?«, brachte ich mit zitternder Stimme heraus.

»Es tut mir leid.«

»Das reicht nicht. Du hättest mich beinahe ...«

Entschlossen verringerte ich den Abstand zwischen uns und schlug wie eine Furie auf ihn ein.

»Du hättest mich fast umgebracht!«

Ohne Widerstand ließ er die Schläge über sich ergehen.

»Ich hasse dich! Ich hasse dich! Du verdammter Dreckskerl«, rief ich schluchzend.

Ich hatte keinen blassen Schimmer, ob die plötzlichen Tränen aus Wut oder völligem Unverständnis über mein Gesicht kullerten.

»Es tut mir leid, verdammt.« Er fing meine Hände ab, ehe sie ein weiteres Mal auf seiner Brust landen konnten. »Ich hätte dich nicht getötet. Beruhige dich endlich!«

Mein Atem ging stoßweise und meine Hände zitterten, aber seine Wärme schaffte es, mich von Sekunde zu Sekunde weiter zu beruhigen.

Ich leckte über meine trockenen Lippen und gab es auf, mich gegen seine Umklammerung zu wehren. Er sah mir tief in die Augen, ein Kribbeln durchzog mein Innerstes und sammelte sich ausgerechnet zwischen meinen Beinen.

Es konnte doch nicht wahr sein, dass mich diese Situation jetzt auch noch erregte!

Wie abgefuckt war das denn?

Ich war noch kranker als dieses verdammte Arschloch.

»Ich sollte gehen«, flüsterte Ryder, während er meine Arme langsam sinken ließ.

»Du kannst nicht einfach gehen.«

»Warum nicht?«, fragte er und hob skeptisch die Augenbrauen.

»Weil ich dir eine Erklärung schulde.«

Seine Augenbrauen wanderten noch höher und erst jetzt bemerkte ich, dass die Haut an seiner Rechten aufgeplatzt war. Ohne darüber nachzudenken, schoss meine Hand nach vorn, um über die verkrustete Stelle zu reiben.

»Was ist passiert? Du bist ständig verletzt.«

Seine Hand umgriff mein Handgelenk, um es sanft, aber bestimmt, von seinem Gesicht zu ziehen.

»Das geht dich nichts an. Also gut, wie lautet deine Erklärung?«, knurrte er gefährlich ruhig.

»Ich habe dich gesehen, weil ich meine Großmutter besucht habe. Ich wollte nur einen Blick riskieren, aber deine Mutter dachte, ich wäre eine Pflegerin und …«

»Ich habe es mir anders überlegt. Ich will es nicht hören«, schnitt er mir das Wort ab.

»Es tut mir …«

Erneut presste er mich gegen die Tür und brachte sein Gesicht näher an meines.

»Ich habe gesagt, ich will es nicht hören. Halt dich von ihr fern. Wenn ich erfahre, dass du noch einmal dort warst, wirst du dir wünschen, dass ich dich heute Nacht getötet hätte.«

»Träum weiter, Ryder.«

»Du hattest heute das erste Mal Angst vor mir, oder? Und genau das ist es, was du dir vor Augen führen solltest: Ich bin gefährlich und ich bin bereit, für meine Familie zum Äußersten zu gehen«, flüsterte er so nah an meinen Lippen, dass ich seinen warmen, nach Pfefferminz riechenden Atem spürte.

Seine Nähe machte mich wahnsinnig.

Ich blinzelte mehrfach, versuchte meinen Fokus wieder zu finden, doch es brachte nichts. Kein einziges Wort kam mir über die Lippen. Es schien, als wäre jedes einzelne mit seiner Nähe aus meinem Kopf geschwemmt worden.

Jetzt herrschte dort nur noch Leere.

»Keine Widerrede? Also stimmst du mir zu? Oder hast du deine Zunge verschluckt?« Er sah mich an. Intensiv. Mit einem Feuer in den Augen, dass ich nicht deuten konnte.

Die Luft um uns herum wurde schwerer. Unsere Blicke verhakten sich ineinander. Elektrische Impulse jagten durch meinen Körper, versetzten jede Faser in eine neue, viel zu betörende Aufregung.

»Wenn ich solche Angst vor dir hätte, wieso will ich dann, dass du mich küsst? Wäre das nicht ziemlich dumm?«, hauchte ich leise.

Sein verdammter Duft erstickte jeglichen Gedanken, ehe ich ihn überhaupt formen konnte. Er ließ mich Geheimnisse ausplaudern. Wie zum Beispiel dieses verflixte Verlangen. Diese Anziehung, die ich nicht in Worte fassen konnte, weil sie so falsch war. Ich wollte ihn hassen. Sein Handeln verabscheuen. Aber jetzt, in diesem Moment, wollte ich etwas ganz anderes.

Zaghaft überwand ich die letzten störenden Millimeter, die uns noch trennten, und legte meine Lippen auf seine. Er erwiderte den Kuss für einen Augenblick, dann löste er sich grinsend.

»Du bist ein verdammt böses Mädchen, Ava!«

Ehe ich etwas antworten, oder auch nur den Gedanken fassen konnte aufzuhören, küsste er mich. Ich erschauderte, wimmerte leise und vergrub meine Hände in seinem dunkelbraunen Haar. Rücksichtslos drang er in meinem Mund, dominierte mich in einem wilden Spiel, in dem er mir erbarmungslos bewies, wie sehr er mich beherrschte.

Es war zu viel. Zu intensiv, zu einnehmend. Mein Verstand verpuffte in dem Moment, indem er die Kontrolle übernahm. In dem Augenblick, indem Ryder so simpel bewies, wie sehr er mich besitzen konnte, wenn er es wollte.

Er packte meine Hüften und schob mich grob durch die Tür. Ich nahm kaum wahr, wie er sie mit dem Fuß zutrat, weil meine Sinne auf jede seiner Berührungen reagierten. Auf seine Zunge, die meine fordernd umkreiste. Auf seine Lippen, die an meinen saugten. Und auf seine Hände, die unter mein Shirt glitten.

Ein leises Keuchen entwich mir, als er über meine Brüste strich. Der Kuss wurde heftiger, während er mich auf die Kommode im Flur hob. Seufzend schlang ich meine Beine um seine Hüften, zog ihn näher an mich heran, sodass seine harte Erektion gegen meine Mitte drückte.

»Was tust du da?«, fragte Ryder nach Luft schnappend, nachdem er sich von meinem Mund löste, um in einer Bahn von Küssen meinen Hals hinunterzuwandern.

Stöhnend warf ich den Kopf in den Nacken, genoss das Gefühl, das seine weichen Lippen auf meiner Haut hinterließen. Es fühlte sich gut an und das war etwas, das mir Angst machte – denn ich wusste, dass es sich nicht so anfühlen sollte.

Langsam fuhren seine Hände meine Seite hinauf, umfassten den Kragen meines T-Shirts, um es mit einem Ruck entzweizureißen. Achtlos warf er den übriggebliebenen Stoff auf den Boden. Etwas blitze in seinen Augen auf und ließ das dunkle Braun noch wirrer wirken. Als er über meinen spitzenbesetzten BH strich, drang ein tiefes, kehliges Geräusch aus seiner Brust. Ein Geräusch, das mich berauschte und gleichzeitig auf den Boden der Tatsachen holte.

»Hör auf.«

Mein Verstand war endlich zurückgekehrt und machte mir mit einem Schlag bewusst, wie dumm diese Aktion war. War ich verrückt geworden? Ich konnte doch nicht mit ihm schlafen!

»Bist du dir sicher, dass du das willst?« Ich hörte immer noch die Erregung in seiner Stimme, spürte die harte Beule in seiner Hose.

Ich brauchte meine gesamte Selbstbeherrschung, um meine Hände auf seine bebende Brust zu legen und ihn einige Zentimeter von mir wegzudrücken.

»Geh.«

Er hob ungläubig eine Augenbraue. »Ist das ein Spiel?«

Schützend verschränkte ich die Arme vor der Brust, was allerdings nicht dazu führte, dass ich die freie Haut bedeckte, sondern, dass ich meine Brüste nur noch höher drückte.

Erregt biss er sich auf die Unterlippe, während seine Augen auf ihnen verweilten.

»Ryder, verschwinde«

»Ernsthaft jetzt?«

Ich nickte. Mit jeder Sekunde brach die Realität mehr über mich herein. Sie machte mir deutlich, wie falsch meine Entscheidung gewesen wäre.

Es war die Angst, die mich aufhielt, denn der Kuss hatte schon ausgereicht, um meine Welt zu erschüttern. Ich wollte mir nicht ausmalen, was passieren würde. wenn ich mit ihm schlief.

»Ich hasse dich. Lass mich einfach in Ruhe«, hauchte ich atemlos, um mir die Worte wieder ins Gedächtnis zu rufen.

Ryder war krank. Hass war das Einzige, was ich fühlen sollte!

»Ist das so?« Er sah mich angriffslustig an und obwohl ich ihn mit meiner ganzen Kraft versuchte wegzuschieben, bewegte er sich keinen Millimeter vom Fleck.

Er verharrte weiterhin direkt vor mir und ich wusste nicht, wie lang ich diesem Blick noch standhalten konnte.

Wieder und wieder rief ich mir in Erinnerung, dass ich nicht hier war, um mich zu verlieben oder dem erstbesten – und obendrein noch völlig verrückten – Kerl ins Netz zu gehen.

Ryder war ein Monster, das hatte er gerade bewiesen.

Genauso wie die anderen.

Sie waren alle Monster.

»Na schön«, sagte er gleichgültig und entfernt sich endlich einige Schritte. »So geil bist du auch wieder nicht.« Seine Worte waren wie ein Schlag ins Gesicht und ich schnappte buchstäblich nach Luft, als hätte er mir gerade wirklich mit der Faust eine verpasst.

»Raus hier.«

»Ich behalte dich weiterhin im Auge, Ava.«

»Raus!«

Anstatt sich zur Tür zu begeben, machte er wieder einen Schritt auf mich zu.

»Nur, dass du es weißt, *neues Mädchen.* Ich werde herausfinden, was du verheimlichst. Es liegt an dir, wie angenehm das wird.«

Zärtlich strich er mir eine dunkle Strähne aus dem Gesicht, um sie hinter mein Ohr zu klemmen.

»Ich habe noch nie Abschaum gefickt. Wäre mal eine Erfahrung wert. Wenn ich ihn doppelt eintüte und du vorher duschst, mache ich vielleicht eine Ausnahme.«

Ich spürte die Hitze in die Wangen schießen, während die Scham seiner Worte mein Inneres versengte. Zwinkernd drehte er sich auf dem Absatz um und verließ das Haus. Noch ehe die Tür ins Schloss fiel, piepte das Handy. Ich brauchte kein Genie zu sein, um zu wissen, wer mir eine Nachricht geschrieben hatte.

Als ich sein Chatfenster öffnete und die Nachricht las, hasste ich mich dafür, die Kontrolle verloren zu haben.

RYDER:

Du hast mich zuerst geküsst, Ava. Tu nicht so, als hätte ich dich genötigt.
Du wolltest es, weil jede Faser deines Körpers von mir gefickt werden will.

ICH:

Das glaubst du doch nicht wirklich! Wie kann man so arrogant sein?

Ich war schon drauf und dran, das Handy zurückzulegen, als seine Antwort einging.

RYDER:
Du bist eine verdammt schlechte Lügnerin.

Wütend pfefferte ich das Smartphone aufs Sofa, setzte mich daneben und starrte an die vergilbte Tapete. Wieder vibrierte das Handy neben mir.

»Lass mich einfach in Ruhe!«, rief ich wütend, als würde das Telefon meine Worte verstehen und direkt an ihn weiterleiten.

Kochend vor Wut griff ich wieder danach und schaltete es aus. Im nächsten Moment stand ich auf, zog die Gardinen im ganzen Haus zu und verschwand unter die Dusche.

Für gewöhnlich half dies, mich wieder zu beruhigen, aber nach dem Zusammenstoß mit Ryder war ich völlig neben der Spur. Ich fühlte mich schuldig, weil der Kuss von mir ausgegangen war und gleichzeitig gekränkt von seinen harten Worten. Erschöpft lehnte ich den Kopf gegen die kalten Fliesen der Dusche.

»Verdammt, reiß dich zusammen«, forderte ich mich selbst mit scharfem Ton auf, was nur dazu führte, dass ich mich noch schlechter fühlte.

Die Seele brach, wenn man es ihr am wenigsten gestattete.

Eine Träne nach der anderen fand ihren Weg aus der tiefen Traurigkeit, die in meiner Seele ruhte. Mein Herz schmerzte und zum ersten Mal seit Wochen hatte ich das Gefühl nicht weitermachen zu können. Aber Aufgeben war keine Option.

Ich atmete durch die Nase ein und stieß die Luft anschließend durch den Mund wieder aus. Mein Herzschlag normalisierte sich. Das warme Wasser prasselte weiterhin auf meinen Körper, um die Schuldgefühle davon zu schwemmen. Die Tränen versiegten und nach wenigen Minuten war der Moment der Schwäche überstanden.

Kapitel 13

AVA

Ich hatte es geschafft, Kat bis zum Wochenende aus dem Weg zu gehen. Als sie allerdings an diesem Samstagmorgen vor meiner Tür stand, gelang es mir nicht länger, den Schein aufrechtzuerhalten, beschäftigt zu sein.

»Wieso bist du mir aus dem Weg gegangen?«, fragte sie noch an der Tür, während ihr Blick musternd über mein Gesicht wanderte.

»Bin ich nicht!«

»Ist das so?« Kat runzelte die Stirn, ehe sie sich geschickt, wie eine Katze an mir vorbeischob und sich im Flur umsah.

»Was tust du da?« Verwirrt beobachtete ich sie einen Augenblick dabei, wie sie alles genau inspizierte, als würde die Anzahl meiner Jacken oder Schuhe Aufschluss auf irgendetwas geben.

»Ich versuche herauszufinden, ob sich hier jemand eingenistet hat.«

»Du denkst doch nicht ernsthaft, dass in der Woche, in der wir uns nicht gesehen haben, jemand bei mir eingezogen ist?«

Kat drehte sich zu mir herum, tippte sich mit einem grün lackierten Fingernagel gegen das Kinn und sagte: »Ich vermute es ist Doyle.«

»Du spinnst doch!«, lachte ich und schob sie in die Küche.

»Du hast nicht gemerkt, dass er auf dich steht?«, rief sie empört über meine Unwissenheit.

»Er ist mein Kollege, Kat.«

»Na und? Die meisten Menschen verlieben sich auf der Arbeit. Das ist wissenschaftlich bewiesen. Der Grund ist, dass man dort die meiste Zeit verbringt.«

»Ich bin aber nicht jeder. Doyle interessiert mich nicht!«, erklärte ich ohne Umschweife und zog die Kaffeedose aus dem Schrank.

Sofort verzog sie angeekelt das Gesicht.

»Erinnere mich bitte daran, dir zum Geburtstag oder zu Weihnachten eine Kaffeemaschine zu schenken. Aber zurück um Thema. Wenn dich Doyle nicht interessiert, wer tut es dann?«

»Niemand!«, antwortete ich schnell.

Trübsinnig bereitete ich uns einen Kaffee zu und fragte mich, ob es eine gute Idee wäre, Kat von Ryder zu erzählen. Sie riet mir seit meiner Ankunft, mich von den Jungs fernzuhalten. Wie würde sie es aufnehmen, wenn ich ihr jetzt erzählte, dass ich mit ihm herumgeknutscht hatte? Und noch schlimmer: Nur einen Millimeter davon entfernt war, mit ihm zu schlafen?

Kat hob ihre linke Augenbraue und schnalzte mit der Zunge. »Ava, Ava, Ava. Ich habe dir doch schon tausend Mal gesagt, dass du mich nicht anlügen kannst. Du kannst mir vertrauen, das weißt du doch, oder? Ich verurteile dich nicht. Das würde ich niemals tun«, erklärte sie, sobald sie meine Unsicherheit bemerkte.

Es war erstaunlich, wie schnell zwischen uns eine Vertrautheit entstanden war. Die stundenlangen Gespräche hatten dafür gesorgt, dass es sich so anfühlte, als wären wir langjährige Freundinnen.

»Na schön«, seufzend stellte ich ihr die dampfende Tasse vor die Nase, »Ryder war hier und wir haben uns geküsst.«

»Was? Wie konnte das passieren?«

»Ich weiß es nicht«, log ich, doch Kat war eine Meisterin darin, Lügen zu enttarnen.

»Du weißt es nicht? Na, ich kann dir sagen, wie das passiert ist. Du lässt dich auf seine Spielchen ein. Es macht dir Spaß, oder?« Um Kat nicht sofort zu antworten, räumte ich zuerst das Geschirr von der Spüle.

Ich dachte über ihre Aussage nach und kam zu dem Ergebnis, dass »Spaß« nicht unbedingt das richtige Wort war. Es war eher der Reiz dieser skurrilen Situation.

Nachdem alles verstaut war und keine andere Möglichkeit bestand, ihrer Frage weiterhin auszuweichen, bemerkte ich beiläufig: »Es ist einfach so passiert. Aus dem Moment heraus.«

»Ja natürlich, ich küsse auch immer Typen, die völlig einen an der Waffel haben. Oder Wildfremde, die ich im Supermarkt treffe. Die Fleischtheke kann sehr erotisch sein.«

»Sehr witzig!«

»Das ist wirklich alles andere als witzig, Ava. Das ist verdammt schlecht. Ich erinnere dich nur ungern daran, dass sie immer noch wissen wollen, wieso du hier bist. Und da du nicht einmal mit mir darüber sprechen willst, gehe ich mal davon aus, dass die Lost Souls es erst recht nicht erfahren sollen«, sagte sie mit strenger Stimme.

Viele Male hatte ich schon überlegt, Kat in meine Vergangenheit einzuweihen, aber jedes Mal, wenn ich kurz davor war, brachte ich es nicht übers Herz.

»Es wird nicht wieder vorkommen. Mach dir keine Gedanken«, murmelte ich kleinlaut.

»Ava, ich kann dir nicht helfen, wenn du es nicht zulässt.«

»Ich weiß. Aber glaub mir, ich hasse mich schon selbst dafür. Den Part musst du echt nicht noch übernehmen.« Kat sah mich mit großen Augen an.

Sofort sprang sie auf, kam um den Tisch herum und nahm mich in den Arm. »Ich hasse dich doch nicht und du solltest das auch nicht tun.«

Ich kämpfte gegen die aufsteigenden Tränen an. In letzter Zeit war ich viel zu nah am Wasser gebaut.

»Und deswegen werde ich dir auch helfen«, verlautete sie voller Tatendrang.

Ich löste mich aus ihrer Umarmung und beäugte sie kritisch. »Wie meinst du das?«

»Na ja, ich kann dir nicht verübeln, dass du dich zu Ryder hingezogen fühlst. Diese Gefahr, die jeder von ihnen ausstrahlt, kann schon verlockend sein. Und was man so hört, ist er echt eine Granate im Bett und sein Schwanz soll …«

»Kat, das ist nicht hilfreich«, unterbrach ich sie hastig, damit sie mich nicht daran erinnern konnte, wie gut er bestückt war. Kat hob ermahnend den Zeigefinger, um mir zu verdeutlichen, dass sie noch nicht fertig gewesen war.

»Lange Rede, kurzer Sinn: Ich habe einen Plan!«, gab sie mit einem verschlagenen Lächeln auf den Lippen bekannt.

»Einen Plan?«, hakte ich skeptisch nach.

»Ja, wir besorgen dir einen neuen Typen.«

»Oh, das halte ich für keine gute Idee.«

»Ich aber! Ich habe da schon jemand im Auge«, offenbarte Kat und wackelte mit den Brauen. »Willst du wissen, wen?«

»Kat, wenn du von Doyle sprichst, ist das eine ganz miserable Idee.«

»Wieso? Er ist doch süß! Außerdem hast du mir gesagt, dass du ihn auch magst.«

»Ja, als Kollege. Kumpel. Was weiß ich? Aber nicht als potenzieller Liebhaber.«

»Es ist nur Sex. Du sollst ihn nicht gleich heiraten. Na ja, aber wenn du nicht willst, habe ich eine andere Idee. Die gefällt mir sowieso viel besser.«

»Und das wäre?«

»Wir gehen feiern!«, rief sie so euphorisch, dass ich mein sarkastisches Prusten mit einem Schluck Kaffee tarnen musste. Ihre Ideen wurden von Minute zu Minute schlechter.

»Gibt es hier überhaupt einen Club?«, wollte ich wissen.

»Nicht hier, Schätzchen. Wir dürfen nicht Ryder, Neo oder Arjan über den Weg laufen. Wir fahren nach Silverside.«

»Ich glaube nicht, dass das so eine gute Idee ist«, wiederhole ich meinen vorherigen Einwand. »Außerdem bin ich viel zu beschäftigt.«

»Ach ja?« Kat sah mich herausfordernd an. »Mit was denn bitte? Im Übrigen hat dich das bei Ryder auch nicht aufgehalten.«

»Kat!«

»Lass nicht zu, dass er dein Leben beherrscht. Vergiss ihn. Außerdem weiß ich, dass du Zeit hast. Also akzeptiere ich keine Widerrede. Wir müssen dir einen neuen Kerl suchen, damit dieses Hirngespinst von Ryder verschwindet.« Sie tippte mir gegen die Stirn und schüttelte ungläubig den Kopf.

In einer Sache stimmte ich Kat zu: Er musste schleunigst aus meinen Gedanken verbannt werden!

»Du lässt mir ohnehin keine andere Wahl, habe ich recht?«, stellte ich ermattet fest.

Ihre Miene erhellte sich und sie klatschte begeistert in die Hände. »Dann ist es besiegelt. Ich komme nächsten Samstag um 20 Uhr vorbei! Dann können wir uns zusammen fertigmachen.«

»Von mir aus«, willigte ich zähneknirschend ein. »Aber sag mal Kat, gibt es hier jemanden, der Smartphones modifizieren kann?«

»Modifizieren? Du meinst hacken und so ein Zeug?« Ich nickte und schnipste nervös einen Fussel vom Tisch.

»In Ashwick? Da gibt es nur Sage.« Meine aufkommende Euphorie über diese Information zerstörte sie direkt mit den nächsten Worten: »Er ist ein Freund von Ryder. Soweit ich weiß, erledigt er diesen ganzen Hackerkram für sie.«

Das erklärte, wieso Ryder keine Schwierigkeiten hatte, an meine Nummer zu gelangen.

»Warum fragst du? Gibt es Probleme?« Ich schüttelte überstürzt den Kopf, wodurch der Ausdruck auf ihrem Gesicht noch skeptischer wurde.

»Nur so«, setzte ich hastig nach, auch wenn es mir schwerfiel, meine Frustration zurückzuhalten.

»Sicher?«

»Klar doch. Ach, wegen der Party«, versuchte ich das Thema zu wechseln. »Du müsstest mir etwas zum Anziehen leihen.«

Während Kat mir einen letzten misstrauischen Blick zu warf, der eindeutig sagte, dass sie mir kein Wort glaubte, aber sich für den Moment zufriedengab, blieb mir nichts anderes übrig, als diese verdammte Nummer zu blockieren. Selbst, wenn es nicht von langer Dauer sein würde ...

Kapitel 14

AVA

Kat stand am besagten Samstag pünktlich auf der Matte und ich eine Stunde später in einem kurzen, schwarzen Kleid vor dem Spiegel meines Schlafzimmers. Zögerlich drehte ich mich hin und her, um das Outfit von allen Seiten unter die Lupe nehmen zu können.

Unschlüssig sah ich zu ihr herüber und meinte: »Das kann ich doch niemals anziehen!« Der dünne Stoff bedeckte gerade mal den Po. Ob dies immer noch der Fall sein würde, wenn ich mich ausgelassen bewegte, bezweifelte ich. Das war eindeutig ein Nachteil. Wohingegen die Optik für sich sprach. Die Ärmel waren aus dem gleichen durchsichtigen Stoff, wie das umgedrehte Dreieck das vom Dekolleté abwärts, bis zwischen meine Brüste reichte.

»Du siehst so verdammt heiß aus!«, rief Kat begeistert und füllte ein weiteres Glas mit Prosecco.

»Ist das nicht etwas zu gewagt?«

»Machst du Witze?«

»Ich bin es nun mal nicht gewöhnt, solche Kleider zu tragen«, antwortete ich und kippte das Glas Prosecco hinunter, welches sie mir zuvor gereicht hatte.

»Ich finde es jedenfalls ziemlich sexy!«, grinste Kat, während sie sich in ein kurzes, figurbetontes Kleid zwängte. Es schimmerte in einem rotpinken Ton, als das Licht der Deckenlampe auf ihn fiel.

»Ich weiß nicht.« Ungläubig drehte ich mich um die eigene Achse und zuppelte nervös am Saum. Doch das änderte nichts an der Länge – das Kleid blieb weiterhin viel zu kurz für meinen Geschmack.

»Süße, ein Kleid kann niemals zu aufreizend sein! Es ist die Einstellung eines Kerls ohne Selbstwertgefühl, der dir so etwas sagt!«, redete Kat mir ins Gewissen. Ich beobachtete im Spiegel, wie sie die zarten Riemchen ihrer schwarzen Sandalen schloss. Mit einem Grinsen deutete sie auf die Silberfarbenen, welche immer noch vor mir standen.

»Aber das hält die Männer nicht davon ab Dinge zu tun«, murmelte ich und griff nach dem Paar. Das war nicht unbedingt das Schuhwerk, das ich sonst trug. Argwöhnisch betrachtete ich den Absatz, der locker bei zehn Zentimeter liegen musste.

»»Ich glaube nicht, dass ich ich es die ganze Nacht in diesen Schuhen aushalte.«

»Stell dich nicht so an, Ava. Es ist doch nur für diesen einen Abend.« Kat warf ihr rotes Haar, das nun in seidigen Wellen über ihre Schultern fiel, nach hinten. »Du behältst das an. Ende der Diskussion!«

»Du kannst ganz schön beharrend sein. Na schön, aber kannst du mir verraten, was du da machst?« Fragend beäugte ich sie dabei, wie sie am Verschluss ihrer Kette hantierte.

»Ich bekomm sie nicht auf.«

»Dann behalt sie doch einfach an«, schlug ich vor.

Kat schüttelte den Kopf. »Nein. Ich habe Angst sie zu verlieren. Na endlich.« Geschickt fing sie die kleine, gläserne Kugel auf, in dessen Mitte ein getrocknetes Gänseblümchen steckte. »Es war ein Geschenk von jemanden der mir viel bedeutet.« Sie verstaute das Schmuckstück in ihrem Portemonnaie. »Und jetzt zieh endlich deine Schuhe an, damit wir los können. Ich gehe nochmal fix zum Auto. Ich Schussel, habe mein Handy vergessen.«

Ich war schlau genug zu wissen, wann eine Schlacht verloren war. Je eher ich mich meinem Schicksal ergab, desto schneller war ich am Ende dieser Partynacht wieder daheim. Allein im Zimmer schlenderte ich zum Fenster hinüber und setzte mich auf die Fensterbank, um in die Sandalen zu schlüpfen. Ruhelos warf ich einen Blick nach draußen, bildete mir ein, Ryders Schatten im Dickicht zu erkennen. Seine Präsenz war allgegenwärtig. Ich ermahnte mich zwar, indem ich mir seine fiesen Worte in Erinnerung rief, trotzdem überschattete der Kuss alles. Insgeheim hoffte ich jeden Tag, ihn wiederzusehen – was ziemlich dumm war, weil ich mich von ihm fernhalten sollte. Das leise Piepen des Handys trieb eine Gänsehaut über meine Arme. Mein Herzschlag beschleunigte sich und ich warf erneut einen Blick aus dem Fenster. Zwischen den Bäumen, im Schatten der Nacht, glomm eine Zigarette auf. Adrenalin jagte durch meine Venen. Mit zitternden Händen griff ich nach dem Handy, das neben mir auf der Fensterbank lag. Es war eine neue Nachricht von Ryder. Er hatte die Blockierung also umgangen – und dass innerhalb einiger Tage. Das würde die Sache mit dem Abstand erschweren.

Ryder:
Dachtest du wirklich, du könntest mir entkommen, wenn du meine Nummer blockierst?
Kein guter Versuch, Ava!
Aber zurück zu dir: Ist dieses Kleid dein Ernst?
Willst du heute Nacht gefickt werden?

Ich rollte genervt mit den Augen, dennoch war es unmöglich, etwas gegen die Erregung zu tun, die sich unaufhörlich in mir ausbreitete. War es so falsch, sich auf sein Spiel einzulassen, um zu sehen, wohin es führte? Gerade als ich mich abwenden wollte, flackerte das Licht seines Handydisplays auf. Der Schein beleuchtete seine schemenhaften Umrisse und ein Schaudern lief mir über den Rücken. Nur widerwillig nahm ich den Blick von der Stelle und schaute wieder auf das leuchtendes Display.

RYDER:
Oder willst du nicht viel lieber, dass ich es tue?

Ich schnappte nach Luft, während mich eine Welle der Erregung durchströmte. Meine Gedanken spielten verrückt. Malten sich aus, wie er mich in allen erdenklichen Stellungen nehmen würde. Ich strich mir die Haare aus dem erhitzten Gesicht und atmete mehrmals tief durch. Als eine weitere Nachricht einging, fiel mir das Handy fast aus der Hand, sodass ich es gerade noch zu fassen bekam, ehe es auf den Boden schlitterte.

RYDER:
Wie sehr will deine feuchte Pussy mich gerade?

Ich stand in Flammen. Verspürte ein Verlangen, das ich schon für tot gehalten hatte.

RYDER:
Macht dich der Gedanke an?

Ich haderte mit mir, kämpfte gegen den Drang an, zu antworten. Doch der Reiz war größer, als die Sorge, mich zu verlieren.

ICH:
Ja

Was tat ich hier? Er brachte eine Seite in mir zum Vorschein, die mir selbst Angst machte. Eine Seite, die wild und frei sein wollte. Die sich allmählich aus dem Gefängnis befreite, in das ich sie eigenhändig gesperrt hatte. Langsam ließ ich meine Hand zwischen den Brüsten hinab wandern. Immer tiefer, bis zum Saum des Kleides. Ich spürte meine Finger über die Innenseite meines Oberschenkels gleiten. Leicht und zart. Vertraut und doch so fremd. Sie erreichten den Bund des Höschens, als eine weitere Nachricht erschien.

RYDER:
Hör auf damit, Ava!

Aufhören? Ich wollte nicht mehr aufhören. Behutsam schob ich eine Hand unter den Stoff, direkt zu meiner Klit. Stöhnend warf ich den Kopf in den Nacken und umkreiste meine empfindlichste Stelle. Mir war bewusst, dass er alles sehen konnte. Und der Gedanke gefiel mir!

Ich suchte die Fensterbank nach dem Handy ab. Es war etwas umständlich, mit einer Hand den Sperrbildschirm zu lösen, doch als ich es schaffte, waren die weiteren Schritte ein Kinderspiel. Ich wählte seine Nummer und hielt mir das Telefon ans Ohr.

»Du verdorbenes kleines Ding«, begrüßte er mich mit tiefer Stimme.

»Turnt dich das an? Zu sehen, wie ich es mir selbst mache?«, fragte ich keuchend.

»Turnt es dich an?«, stellte er die Gegenfrage.

Mein Blick flog zu der Stelle, an dem das Telefon in der Dunkelheit leuchtete und ich hauchte: »Das tut es.«

»Dann mach weiter«, forderte er mit belegter Stimme.

Ich drang mit einem Finger in mich, begleitete jeden Stoß mit einem Stöhnen.

»Denkst du, dass ich es gerade tue? Dass es meine Hand ist, die in dir ist? Meine Finger, die dich ficken?« Ryders Worte trafen direkt ihr Ziel. Ich spürte, wie ich feuchter wurde und ein sehnsüchtiges Wimmern über meine Lippen kam.

»Nein«, antwortete ich trotzdem, um ihm nicht die Genugtuung zu geben, einen derartigen Einfluss auf mich zu haben.

»Lügnerin. Ich höre, wie sich dein Atem beschleunigt, sehe, wie deine Bewegungen unkontrollierter werden. Es ist genau das, was du willst! Du willst von mir gefickt werden.«

»Nein«, wiederholte ich.

»Nimm einen weiteren Finger und beweise mir, wie sehr du es nicht willst.« Ich gehorchte. Keuchend presste ich die Lippen zusammen, weil mich die Berührung fast über den Abgrund beförderte und ich nicht wusste, ob Kat schon wieder ins Haus zurückkehrt war.

»Mach weiter«, verlangte Ryder harsch. »Komm mit dem Gedanken an mich. Lass es mich hören und sehen!« Seine raue Stimme wischte jede Hemmung aus meinem Kopf. Ich steigerte das Tempo, schloss die Augen und hörte nur noch auf seine abgehakte Atmung, die durch das Telefon drang.

»Lass mich hören, wie bereit du bist!«

War das sein Ernst? Noch mehr Hitze stieg mir in den Kopf, als mir bewusst wurde, was er da von mir verlangte.

»Ich kann nicht!«

»Du kannst und du wirst, Ava. Schieb das verdammte Telefon zwischen deine Beine. Jetzt!« Mir hätte klar sein müssen, dass er sich niemals auf mein Spiel einlassen würde.

Ryder war niemand, der einem die Kontrolle bereitwillig übergab. Selbst jetzt, wo ich mir sicher war, am längeren Hebel zu sitzen, zog er sie erbarmungslos wieder an sich. Und ich? Ich war so dumm, sie ihm in diesem Moment zu überlassen.

»Mach weiter! Ich will hören, wie feucht deine kleine enge Pussy ist!« Zitternd senkte ich das Telefon, atmete tief ein und drang mit zwei Fingern in mich ein.

Mit einem Lauten Stöhnen warf ich das Handy achtlos auf den Fenstersims, während mein Orgasmus über mich herfiel.

Mein Inneres zersprang, barst und setzte sich in einer Welle der Euphorie wieder zusammen.

»Oh mein Gott!«, murmelte ich, ehe ich mir auf die Hand biss, um die Intensität des Höhepunkts zu überstehen. Rasselnd zog ich die Luft ein, während mein Herz so stark gegen meine Brust hämmerte, dass ich sicher war, jeden Moment in Ohnmacht zu fallen. Ich lehnte den Kopf an die kalte Wand und griff erschöpft nach dem Telefon.

»Nächstes Mal rufst du meinen Namen!«, hörte ich ihn keuchen.

»Ich glaube nicht.«

»Schau dich doch an. Ich kann und werde dich ruinieren. Du wirst meine verdorbene, kleine Hure sein.« Seine Worte bewegten etwas in mir und ich legte sofort auf. Einen Moment verharrte ich an Ort und Stelle, dann sammelte ich meine Schuhe wieder ein. Hitze stieg in mir auf. Nicht die gute, sondern die, bei der man wusste, dass man einen Fehler begangen hatte. Die Sandalen rutschten mir aus den zitternden Händen.

»Beruhige dich!«, sprach ich mir selbst Mut zu, doch die Scham über diese dumme Aktion war größer.

Von der Selbstsicherheit, die ich gerade noch verspürt hatte, war nichts mehr übrig. Heiße Tränen sammelten sich in meinen Augen. Ich fühlte mich dreckig und verdorben.

»Ava?« Kats ungeduldige Rufe drangen von unten hinauf. »Ich dachte, du wärst schon fertig!« Erschrocken zuckte ich zusammen.

»Ich komme.« Die Worte drehten mir den Magen um.

Angewidert presste ich die Hand auf den Mund und roch mich selbst an meinen Fingern. Ich stürmte ins angrenzende Badezimmer. In letzter Sekunde schaffte ich es zum Waschbecken, wo ich mich übergab. Keuchend wischte ich mir mit dem Handrücken über den Mund und warf der fremden Person im Spiegel einen beschämten Blick zu. Schweiß stand auf ihrer Stirn, ihre Unterlippe zitterte und die Wimperntusche war verschmiert. Sie sah aus wie die Nutte, für die sie jeder hielt. Ich kämpfte gegen eine neue Welle der Übelkeit an.

»Du verdammte Hure«, flüsterte ich und stützte mich auf dem Porzellan ab. »Sieh dich an. Er hatte recht.«

Der Selbsthass schlug mir mit solch einer Wucht entgegen, dass ich Schwierigkeiten hatte, nicht völlig den Verstand zu verlieren.

»Ava, alles okay?« Kats Stimme klang nun besorgt.

»Ja, nur noch einen Moment.« Ich stellte das Wasser an, ließ die Galle, die ich erbrochen hatte, verschwinden, spülte mir den Mund aus und wusch mir die Hände gleich zweimal, um den widerlichen Gestank meiner Lust abzuwaschen. Meine Zusammenbrüche waren hart. So waren sie schon immer. Doch genauso schnell und zerstörerisch, wie sie kamen, gingen sie auch wieder. Zumindest, wenn ich es schaffte, die Scherben meiner Existenz einmal mehr zusammenzukehren. Den Hass, die Wut und den unendlichen Schmerz in die Kiste zu stecken, in die sie gehörten, um das Leben weiterzuführen, das ich kannte.

Nachdem ich meine Haare wieder gerichtet, den verschmierten Mascara, unter den Augen weggewischt und den Lippenstift neu nachgezogen hatte, verließ ich das Bad. Ich hob das Handy vom Boden und ging zu Kat hinunter.

Sie wartete bereits ungeduldig im Flur. »Bist du da oben eingeschlafen, oder was?«

»Sorry.« Mir fiel nicht mal eine Ausrede ein, um die Verspätung zu begründen.

»Du musst keine Angst haben. Das wird bestimmt super heute«, interpretierte sie meine resignierte Stimmung falsch.

»Ja, sicher«, gab ich zurück und zwang mich zu einem Lächeln.

»Ava, mach dein Handy aus und pack es hier rein ...« Kat drückte mir eine kleine, silberne Clutch in die Hand. »Und du machst es erst wieder an, wenn wir uns im Club verlieren sollten, verstanden?«

»Alles klar.« Ich verstaute das Handy in der Tasche. »Lass uns das Taxi rufen.«

Kapitel 15

Ava

Verunsichert schaute ich mir die Schlange der Wartenden an, ehe ich skeptisch fragte: »Bist du sicher, dass wir hier hereinkommen?« Kat hatte mich zum wohl angesagtesten Club der Stadt gebracht.

Vielleicht war es aber auch der Einzige. Das würde die Menge an Menschen erklären, die auf den Einlass warteten. Ich hasste diese Warterei. Man fühlte sich eingepfercht wie ein Tier, das zur Schlachtbank geführt werden sollte. Kat schien das wenig zu stören. Mit jedem Schritt, den wir dem Eingang näherkamen, wurde sie nervöser und richtete ihr rotblondes Haar im Minutentakt.

»Na klar«, beantwortete sie meine Frage nach einer gefühlten Ewigkeit. »Ich kenne einen der Türsteher.«

Prompt gab ich die Suche nach einem potenziellen Opfer für die heutige Nacht auf und sah stattdessen zu den beiden Männern an der Tür.

Einer von ihnen war groß und breitgebaut. Sein blondes Haar war kurz geschoren. Der andere war dunkelhaarig, etwas kleiner, dicker und älter. Kat winkte dem Blonden zu, dessen Gesicht sich sogleich erhellte. Aus seinen indigoblauen Augen sprühten Funken und ich war mir sicher, dass »Kennen« hier eine Untertreibung war.

»Du stehst auf ihn!«, flüsterte ich aufgeregt. »Sind wir deswegen hier?«

Sie stieß mir ihren Ellenbogen, mit einem zischenden »Shhh!«, in die Rippen.

»Ach du Scheiße, Kat. Du hast ihn gevögelt, richtig?«

Sie zuckte mit den Schultern, bevor sie gestand: »Vielleicht. Und jetzt komm, wir sind dran.«

Ich ließ mir extra viel Zeit, meinen Ausweis aus der Clutch zu fischen, damit Kat die Möglichkeit hatte, mit ihrem Objekt der Begierde ausgiebig zu flirten. Leider konnte ich das Schauspiel nicht länger als eine Minute aufrechterhalten, und zuckte mit einem, »Huch, da ist er ja«, den Ausweis.

Der dunkelhaarige Türsteher nuschelte ein knappes »Viel Spaß!«, und gab ihn mir zurück. Ich nickte stumm, verstaute das Dokument wieder in die Tasche und folgte Kat in den Club.

»Der steht total auf dich«, neckte ich sie kichernd, nachdem wir uns an der Garderobe angestellt hatten, um unsere Jacken abzugeben.

Kat lächelte mir verlegen zu, als sie ihren dünnen Blazer über den Tresen schob. »Meinst du echt?«

»Na logo!«, antwortete ich zuversichtlich, währenddessen mir eine junge Frau eine kleine, runde Marke entgegenschob und ich ihr im Gegenzug meinen Mantel in die Hände drückte. Die Clutch klemmte ich unter den Arm. Zusammen stiegen wir die Treppe in den Club hinunter.

Hier war es wahnsinnig laut, voll und warm. Musik dröhnte von den Wänden und jeder Bass durchfuhr meinen Körper in pulsierenden Wellen. Ich folgte Kat, durch die schwitzende Menschenmasse, welche sich im Rhythmus der Musik bewegte.

»Lass uns erst mal was trinken gehen!«, rief sie mir über den Lärm hinweg zu.

Ich schlängelte mich hinter ihr her zu der Bar, die sich auf der anderen Seite der Tanzfläche befand. Es verlangte mir einiges ab, mit ihr Schritt zu halten und sie nicht in der tosenden

Menge zu verlieren. Elegant lehnte sie sich über den Tresen und bestellte zwei Gin Tonic, bei einem hübschen Barkeeper. Er schenkte ihr ein verführerisches Lächeln, als er ihr die Getränke über die Theke reichte. Die Art von Lächeln, die ihm sicherlich einen Haufen Trinkgeld bescherte.

»Habe ich zu viel versprochen?«, fragte sich Kat schmunzelnd und drücke mir dabei ein Glas in die Hände.

»Nein. Ziemlich cooler Laden«, gab ich zu und ließ die Menschen, die Musik und das Strobolight auf mich wirken.

»Siehst du! Prost, auf einen genialen Abend!« Sekunden später befanden wir uns grölend und singend auf der Tanzfläche.

Ich hatte nicht den blassesten Schimmer, wie lang wir tanzten und uns der Rausch der Emotionen mit sich riss. Nach einer Weile gesellte sich der blonde Türsteher, der sich als Ivan vorstellte, an unsere Seite und ich beschloss, den beiden etwas Freiraum zu lassen.

»Ich hole mir etwas Neues zu trinken!«, schrie ich über die Musik hinweg.

»Soll ich mitkommen?«, erkundigte sich Kat sofort.

»Ach nein, Quatsch. Das schaffe ich schon allein!«

Mit meiner Clutch und dem leeren Glas kämpfte ich mich zurück zur Bar und bestellte ein Wasser. Der viele Alkohol hatte längst seine Wirkung gezeigt und ich wollte es nicht schon zu Beginn des Abends übertreiben. Entspannt stütze ich mich mit den Ellbogen auf dem Tresen der Bar ab und schaute über die Tanzfläche. Es war unmöglich, etwas anderes, als die verschwommene Masse zu erkennen, die sich rhythmisch im Klang der Musik bewegte. Zumindest machte es den Anschein, bis ich auf ein paar dunkle Augen traf. Sie kamen mir seltsam bekannt vor. Mein Brustkorb zog sich krampfhaft zusammen und ich hätte mich beinahe an dem Wasser verschluckt, als ich Ryder erkannte. Er war dunkel gekleidet.

Schlicht, aber elegant. Sein braunes Haar war auf diese typische, verwegene Art zerzaust, die so perfekt zu ihm passte. Sein durchdringender Blick hatte sich in meine Richtung geheftet. Sofort spürte ich, wie meine Wangen anfingen zu glühen. Nachdem ich realisiert hatte, dass ich ihn schon sekundenlang anstarrte, drehte ich mich schnell weg. Doch der Drang, ihn wieder ansehen zu müssen, blieb. Ich kippte das Wasser mit einem Schluck herunter und bereute sofort, dass es sich um nichts Alkoholisches handelte. Denn das würde meinen rasenden Puls sicherlich beruhigen. Ohne es richtig zu bemerken, gab ich dem Verlangen nach und schaute wieder zu ihm. Doch dieses Mal trafen sich unsere Blicke nicht. Ryder hatte sich zu einer Blondine gebeugt, deren Outfit man kaum als Kleid bezeichnen konnte. Der Stoff bedeckte gerade mal die nötigsten Stellen. Frustriert atmete ich aus, drehte mich auf dem Absatz herum und bestellte beim Barkeeper etwas Hochprozentiges.

Mit dem Shot Wodka in der Hand lehnte ich mich wieder an die Bar. Ich konnte nicht anders und musste ihn erneut in der Masse suchen. Für einen Moment fragte ich mich, wer der größere Stalker von uns war – er oder ich? Eine neue Hitzewelle schoss durch meinen Körper, weil Ryder mich prompt dabei erwischte, wie ich ihn beobachtete. Sein rechter Mundwinkel zuckte amüsiert in die Höhe, während mir augenblicklich Wärme das Gesicht versengte. Sie breitete sich aus und hatte längst den Ansatz meiner Haare erreicht, als er erst die linke Augenbraue hob, dann zwinkerte und mir schließlich mit seinem Glas durch den Club hindurch zuprostete. Konnte sich bitte auf der Stelle unter mir ein Loch auftun und mich verschlucken?

KAPITEL 16

AVA

Mein Herz hämmerte so heftig gegen meine Brust, dass ich befürchtete, man würde es über den Beat hinweghören. Ich leerte das Glas in einem Zug, knallte es laut auf den Tresen und stürzte in das Getümmel der Tanzenden. Aber wie sehr ich auch versuchte, mich auf die Musik zu konzentrieren, schaffte ich es nicht, die Bilder aus meinem Kopf zu verdrängen. Wie er mit dieser Blondine geflirtet hatte, ihr über den Rücken strich und sich jedes Mal vorbeugte, um ihr etwas ins Ohr zu flüstern. Ich schnaubte verächtlich, weil mir die Erinnerung zuwider war.

»Du hast meinen Gruß gar nicht erwidert!« Ich erstarrte mitten in der Bewegung, als ich Ryders Stimme erkannte. Selbst durch die stickige Luft, die im Club herrschte, vernahm ich seinen frischen Duft und den Hauch von Eukalyptus, der ihn immer umgab.

»Habe ich wohl vergessen!« Viel zu spät bemerkte ich, wie er einen Schritt auf mich zu machte.

»Dann schuldest du mir jetzt einen Tanz«, raunte er, und legte seine Hand auf meine Hüfte.

»Ich glaube nicht.«

»Ich glaube schon, Ava«, raunte er in mein Ohr und verfestige seinen Griff, um mich am Gehen zu hindern.

Er nahm einen kräftigen Schluck aus seinem Glas. Der Geruch von würzigem Whiskey erfüllte die Luft und Sekunden später näherten sich seine Lippen meinem Hals. Doch es waren nicht sie, die mich berührten, sondern ein kaltes, eisiges Gefühl. Ich konnte ein Stöhnen nicht länger unterdrücken, als ich verstand, dass er mit einem Eiswürfel zwischen den Lippen meinen Hals hinabfuhr.

Jede Zelle meines Körpers reagierte auf ihn. Auf das, was er mit mir tat. Das Gefühl seines Atems, der meine Haut ebenso streifte, wie die kalte Nässe bescherte mir eine prickelnde Gänsehaut. Ohne darüber nachzudenken, dass wir immer noch in einem Club waren, und ich ihn eigentlich meiden wollte, legte ich den Kopf gegen seine Brust und griff nach seiner Hand. Die Vibration seines Lachens traf auf meine Haut.

Jeder klare Gedanke verstummte mit einem Mal. Fordernd bog ich mich ihm entgegen und rieb meinen Po schamlos an seinem Schritt. Ich spürte seine Härte, hörte sein tiefes Stöhnen. Sein Griff wurde stärker, der Eiswürfel weniger und als er gänzlich geschmolzen war, leckte Ryder die Bahn nach, die er mit ihm entlanggefahren war.

»Du bringst mich um den Verstand. Wenn du wüsstest, was ich jetzt gerne mit dir machen würde«, raunte er und verursachte damit ein bittersüßes Pochen zwischen meinen Beinen.

Ich drückte die Schenkel zusammen und presste die Lippen aufeinander, um jedes verräterische Geräusch im Keim zu ersticken.

Er bemerkte mein Zögern, lachte und leckte mir herausfordernd über meinen Hals. »Ich zeige es dir.«

Seine Finger lösten sich von meiner Hüfte, glitten langsam hinab. Jede Zelle meines Körpers kribbelte und stand in Flammen, als sie auf nackte Haut trafen. Ich verfluchte dieses Kleid! Es war so verdammt kurz! Sein Daumen strich den Saum entlang, ehe er unter den Stoff rutschte. Andächtig fuhren seine Fingerspitzen meinen Schenkel hinauf. Überrascht schnappte ich nach Luft, während sich sein Zeigefinger unter das Band meines Strings hakte.

»Ich will dich spüren.« Seine Stimme war atemlos. »Lass mich dich anfassen, Ava. Jetzt und hier.« Wenn es nach meinem Körper gegangen wäre, hätte er mich liebend gerne an Ort und Stelle vögeln können, doch mein Verstand schrie mir unentwegt entgegen endlich aufzuhören.

»Ryder«, wisperte ich seinen Namen, als gäbe es kein schöneres Wort auf dieser Welt.

Schwerfällig drehte ich mich um, damit ich ihm direkt in die Augen sehen konnte. Das Braun schien fast schwarz, so sehr hatte sich der Schleier der Lust auf sie gelegt.

»Denkst du wirklich, dass es so einfach wird?«, hauchte ich und nahm ihm das Whiskyglas aus der Hand. Er schmunzelte, sagte aber kein Wort, sondern beobachtete lediglich, wie ich es zu den Lippen führte. »Du bist dir sicher, alles unter Kontrolle zu haben, richtig?« Seine Augen weiteten sich überrascht, als ich meine freie Hand in seinen Nacken legte.

Ich musste nicht viel Druck aufbringen, da er sich schon von selbst vorbeugte. Bereitwillig öffnete er die Lippen. Ich ließ den Whiskey mit einem leisen Stöhnen von meinem Mund in seinen fließen. Er packte mich fester, grub seine Finger stärker in meine Hüften und zog mich mit einem tiefen Knurren an sich.

»Du hast gar keine Kontrolle«, murmelte ich an seine leicht geöffneten Lippen. »Du wirst es nie schaffen, meinen Verstand über körperliches Verlangen zu brechen. Der Versuch ist lächerlich und zeigt nur, wie verzweifelt du bist.«

Er lachte dreckig und fuhr mit seinem Daumen meine Unterlippe entlang. »Aber das habe ich doch längst, Ava.«

Kopfschüttelnd trat ich einen Schritt zurück, um ihm den restlichen Whiskey ins Gesicht zu schütten.

»Ich glaube, dein Ego braucht eine Abkühlung.« Für einen Moment befürchtete ich, Ryder könnte mir eine runterhauen.

»Du!« Sein Ausdruck wechselte in Sekundenschnelle von Überraschung zu blanker Wut. Er packte meine Schultern, rüttelte mich unsanft. »Du verdammte Schlampe!«

Der Whiskey tropfte von seinem Gesicht, obwohl ich das Gefühl hatte, in ernsthaften Schwierigkeiten zu stecken, war mein Sieg so berauschend, dass ich ihm frech entgegenlachte.

»Vielleicht solltest du das nächste Mal nicht so überheblich sein, Arschloch!« Meine Schultern schmerzten unter seinem Griff, aber ich zwang mich keine Miene zu verziehen. Das war mein Sieg, ich würde ihn ihm nicht einfach so abtreten!

»Das wirst du bereuen. Du ...« Für ein paar Sekunden hielt er mitten in der Bewegung inne.

Seine Lippen formten sich zu einer einzigen schmalen Linie. Ich bemerkte, wie etwas hinter mir seine Aufmerksamkeit erregte. Schlagartig verdunkelten sich seine Züge. Er schubste mich so heftig in die Menge, dass ich das Gleichgewicht verlor und stürzte. Stinksauer rappelte ich mich auf, zog mit hochrotem Kopf mein Kleid zurecht und schimpfte: »Sag mal, geht's noch?«

Ryder rauschte an mir vorbei, glitt geschickt zwischen den tanzenden Körpern hindurch, ohne auch nur von einem von ihnen berührt zu werden, wohingegen ich wie wild hin und her geschubst wurde, als ich ihm wutentbrannt folgte. Umso näher ich dem Rand der Tanzfläche kam, desto deutlicher erkannte ich Neos Stimme.

»Hast du es so nötig? Dich durch die Weltgeschichte zu vögeln?«

Er war offenbar betrunken, denn er schwankte kurz, ehe er seinen Körper wieder unter Kontrolle hatte und Kat, die vor ihm stand, wütend taxierte.

»Neo, bitte!«, rief sie den Tränen nahe.

Ivan schob sich beschützend vor sie, als befürchtete er, Neo könne jeden Augenblick die Nerven verlieren und auf sie losgehen.

»Er hat nur zu viel getrunken. Ich mache das schon, Kumpel!« Ryder hatte Neo erreicht und drängte sich zwischen die beiden.

»Ihr verlasst sofort den Club!«, brüllte Ivan.

»Einen Scheiß werden wir tun!« Neo scheiterte bei dem Versuch, sich an Ryder vorbeizuschieben, um Ivan einen Schlag zu verpassen.

Seine Faust traf stattdessen Ryders Arm, dem der Hieb offenbar nichts ausmachte. Plötzlich verengten sich Ivans Augen. Sein Blick war auf einen jungen Mann am Ende der Tanzfläche gerichtet. Wie von selbst teilte sich die Menge damit er den Club problemlos durchqueren konnte. Die Atmosphäre im Club änderte sich schlagartig. Eine Anspannung, die so deutlich war, dass sie förmlich auf der Haut kribbelte, breitete sich unter den Feiernden aus. Es wunderte mich nicht.

Alles an dem Fremden schien bedrohlich. Von seinen scharfen Gesichtszügen, bis hin zu den stechenden, eisblauen Augen. Das dunkle Haar war lässig nach hinten gekämmt und nur ein paar einzelne Strähnen hatten sich in seine Stirn verirrt. Sein schwarzes Hemd war bis zu den Ellbogen hochgekrempelt, sodass ich gar nicht anders konnte, als auf die unzähligen Tattoos zu schauen, die seine gebräunten Unterarme zierten. Fröstelnd schlang ich die Arme um meinen Oberkörper. Mein Inneres verwandelte sich mit jedem Schritt, den er uns näherkam, in eine Eislandschaft. Ich hielt Arjan schon für gefährlich.

Doch dieser Kerl spielte in einer anderen Liga. Er strahlte nicht nur Kälte und Härte aus, in seinen Augen lag auch etwas Endgültiges. Etwas Abscheuliches, dass man niemals in den Augen eines Menschen sehen wollte.

»Tu ihm bitte nichts. Er ist doch nur betrunken«, flehte Kat Ivan an, aber es schien, als würde er sie gar nicht hören. Seine gesamte Aufmerksamkeit war auf den Fremden gerichtet, der uns inzwischen erreicht hatte.

»Ich brauche deine verfickte Hilfe nicht! Hörst du, *Kittykat*. Die Leute pfeifen darauf, was so eine Nullnummer wie du zu sagen hat.«

»Die einzige Nullnummer …«, ertönte die eisige Stimme des Fremden. »… bist du Ashwick-Abschaum.«

Neo wirbelte herum und stieß ein amüsiertes Lachen aus. »Na, sieh mal einer an, wenn das nicht der Sinner of Silverside ist.«

Sinner of Silverside? Wer zur Hölle war das?

KAPITEL 17

RYDER

So eine verfickte Scheiße! Von allen Wichsern in dieser verdammten Stadt mussten wir ausgerechnet auf *ihn* treffen. Am liebsten hätte ich Neo für diese bescheuerte Idee selbst eine verpasst.

Ich hätte es wissen müssen oder es zumindest ahnen können, dass hinter seinem glorreichen Einfall, heute in Silverside feiern zu gehen, ein anderer Plan steckte.

»Du bist ja noch ein Kind«, lachte Neo und deutete auf den Sinner of Silverside. »Wusstest du, dass der noch ein Hosenscheißer ist, Ryder?«

Musste er ihn auch noch provozieren?

»Malio, ich kümmere mich schon um die Sache!«, erklärte der andere Kerl, als er wieder aus seiner Schockstarre erwacht war. Trotzdem bemerkte ich den Schweiß auf seiner Stirn.

»Malio. So heißt du also. Aber du siehst überhaupt nicht so gefährlich aus, wie alle sagen«, gluckste Neo amüsiert und wedelte mit der flachen Hand vor seinem Gesicht herum. »Du bist gar nicht so böse, wetten?«

Malios rechter Mundwinkel zuckte in die Höhe und ich befürchtete, dass seine Geduld an einem seidenen Faden hing.

»Neo, lass das«, mahnte ich deshalb und zog ihn am Arm zurück, weil ich wirklich keinen Bock auf diese Scheiße hatte.

Während ich mir den Kopf darüber zerbrach, wie ich Ava und Kat unbeschadet aus dieser Situation bekam, tänzelte Neo schon wieder um Malio herum. Selbst in diesem Zustand musste er doch wissen, wie lebensmüde sein Handeln war.

Für eine Sekunde ließ ich ihn aus den Augen und schaute auf Ava. Im Gegensatz zu Kat schien sie von Malios Erscheinen nicht verängstigt zu sein. Ganz im Gegenteil: Sie musterte ihn mit einer Mischung aus Interesse und Ehrfurcht. Ich atmete tief durch die Nase und versuchte die aufsteigende Wut zu ignorieren.

»Ich gebe dir in den nächsten sechzig Sekunden die Chance, deinen Freund einzupacken und zu verschwinden. Ansonsten kann er dein Gehirn vom Boden kratzen«, ertönte Malios Stimme mit einer Ernsthaftigkeit, die keinen Zweifel daran ließ, dass jedes Wort der Wahrheit entsprach.

Nur widerwillig riss ich meine Aufmerksamkeit von Ava und wandte mich wieder Neo zu, um ihm seinen Arsch zu retten.

»Uh, hast du das gehört, Ryder? Jetzt habe ich aber Angst. Ich schlottere!« Er schüttelte seinen Körper demonstrativ und drehte sich dann zu Kat. »Vielleicht hättest du dir lieber ihn als Stecher nehmen sollen, denn er ist genauso eine Lachnummer wie du.«

Mit diesen Worten hatte er Malios Geduld aufgebraucht. Ich nahm gerade noch wahr, wie dieser nach hinten griff, ehe Neo einen Wimpernschlag später den Lauf einer Waffe an die Schläfe gedrückt bekam.

Stöhnend griff ich mir an den Nasenrücken und sagte beschwichtigend: »Alter hör zu, er ist betrunken. Lass uns einfach gehen, okay?«

Malio sah mich belustigt an. Seine Augen blitzten gefährlich, bevor sich seine Lippen zu einem spöttischen Lächeln verzogen.

»Zu spät. Ich glaube, der Kleine braucht eine Kugel.«

»Oh ja, weil du das auch sicher vor all den Menschen in diesem Club machen würdest. Laber nicht so viel …« Neo umfasste den Lauf der Waffe »…, sondern schieß, wenn du die Eier dazu hast.«

Kat machte Anstalten, auf ihn zuzugehen, doch Ava hielt sie am Arm zurück. Sie war ein schlaues Mädchen, hatte den Ernst der Lage begriffen. Aber der Ausdruck in ihren Augen gefiel mir immer noch nicht, denn es war der Gleiche mit dem sie auch mich anschaute. So langsam verstärkte sich der Verdacht, dass sie eine gewisse Schwäche für Gefahr hatte. Wo andere Menschen das Weite suchten, schien sie den Abgründen der Welt entgegenzurennen. Das war doch nicht normal, was stimmte nicht mit ihr?

»Ist das wirklich nötig, Malio? Hier, vor allen?«, fragte Ivan mit Nachdruck in der Stimme.

Ein dunkelhaariges Mädchen schmiegte sich währenddessen von hinten an Malios Arm. Genervt schüttelte er ihn ab und blaffte: »Geh wieder in den VIP-Bereich, wenn du heute Abend von mir gefickt werden willst, Bekka. Ich habe gerade zu tun.« Sein Blick wanderte zu Ava. »Und vielleicht bist du heute nicht die Einzige, die von mir gefickt werden darf. Jemand scheint ein Auge auf mich geworfen zu haben.« Meine Hände ballten sich zu Fäusten, der Wunsch, Malio die Fresse zu polieren, wurde immer präsenter. Ava sah beschämt zu Boden, wohingegen meine Wut auf diesen Kerl nur noch größer wurde.

»Aber keine Sorge…« Er zwinkerte mir zu »…ich ficke keinen Abschaum. Das ist dann wohl eher Ashwick-Gebiet. Am Ende fällt mir noch der Schwanz ab.« Die rasende Wut kochte über und mein Sichtfeld engte sich ein. Dunkelheit kroch mein Inneres hinauf. Mit einem Satz hatte ich zu ihm aufgeschlossen und Ivan in einer Drehung einen Schlag ins Gesicht verpasst.

»Stopp!«, warnte Malio laut, bevor er die Waffe entsicherte. Ich hielt mitten in der Bewegung inne. Neo schien die Lage immer noch falsch einzuschätzen, da er weiterhin nur lachte und auf seinen Füßen auf und ab wippte. »Los, schieß doch«, forderte er ihn unentwegt auf.

»Neo, halt endlich deine Klappe!«, schrie Kat mit tränenerstickter Stimme.

»Ich brauche deine Hilfe nicht«, brüllte er zurück, »eher würde ich sterben.«

Malio wich meinem nächsten Schlag zwar erfolgreich aus, doch die Pistole rutschte dabei von Neos Stirn. Ivan rappelte sich mit blutiger Nase auf und rief: »Malio, nicht! Denk an deinen Vater!«

Seufzend ließ dieser die Waffe sinken »Mein Gott, nicht mal ein bisschen Spaß darf man haben.«

»Spaß?«, flüsterte Ava und zur Hölle nochmal, ich wollte ihr am liebsten den Mund zu halten.

»Ja, es macht mir Spaß, Menschen eine Kugel in den Kopf zu jagen. Hast du damit ein Problem?«

»Du bist krank«, wisperte sie und strich Kat behutsam über den Rücken.

»Ist es nicht das, was dir gefällt? Glaubst du, ich sehe nicht, wie sehr es dich anmacht, Abschaum-Mädchen?«

»Nenn sie nicht so! Rede nicht mal mit ihr, du Wichser!«, brachte ich mühevoll heraus.

»Deine Bitch scheint Gefahr zu mögen. Ich wette, sie zu vögeln ist verdammt verlockend. Was man alles mit ihr anstellen könnte. Vielleicht mache ich doch eine Ausnahme und nehme sie heute mit.«

»Halt deine verfickte Fresse, du Arschloch!« Auch meinem nächsten Schlag wich dieser Pisser mit einer Leichtigkeit aus, die meine Frustration ins Unermessliche katapultierte. Ich wollte ihm wehtun! Würde ich doch bloß an diese Waffe kommen!

»Raus aus meinem Club. Oder es ist nicht dein Freund, der sich eine Kugel fängt, ...« Der Lauf der Pistole schwenkte in Avas Richtung. »... sondern deine dreckige Schlampe.« Meine

Faust stoppte nur Zentimeter vor seinem Gesicht, weil ich wusste, dass er die Wahrheit sagte. Dennoch war die Wut in mir so überwältigend, dass ich es kaum schaffte, sie im Zaum zu halten.

»Lass uns gehen, Neo!«, knurrte ich, wobei ich das Zittern in meiner Stimme nicht verbergen konnte. Als er sich keinen Fleck von der Stelle bewegte, packte ich seinen Arm und schleifte ihn zum Ausgang. »Ich habe gesagt, wir gehen!«

»Nehmt eure kleinen Schlampen-Freundinnen mit!«, rief mir Malio lachend hinterher. Das Blut in meinen Ohren rauschte, ich achtete weder auf ihn noch auf irgendjemand anderes, damit ich so schnell wie möglich an die frische Luft gelangte. Ich hatte keine Ahnung, wann ich das letzte Mal so die Nerven verloren hatte – und das alles nur ihretwegen ...

Kalte Nachtluft schlug uns wie ein Paukenschlag entgegen, als wir auf die Straße traten. May stand an Straßenrand und rauchte eine Kippe.

»Wo zur Hölle warst du?«, fauchte ich und steuerte das erstbeste Taxi an.

»Geht es euch gut? Ich war sauer, weil du mich sitzen gelassen hast.«

»Ernsthaft, May?« Ich schüttelte ungläubig den Kopf. »Du bist wirklich zu nichts zu gebrauchen.« Bei dem Versuch Neo erfolgreich auf die Rückbank zu verfrachten, öffnete sich erneut die Tür des Clubs und Ava und Kat kamen heraus. Sofort sprang er wieder aus dem Taxi. »Wo ist dein Stecher geblieben?«, rief er wütend. »Hat er gecheckt, wie eklig deine Fotze ist?«

»Neo!« Ich versuchte ihn zurückzudrängen, doch er duckte sich unter meinem Arm hindurch und sprintete auf Kat zu. Er packte sie an den Schulter und wirbelte sie herum. »Du widerst mich an.« Sofort stürzte sich Ava auf ihn, doch er schaffte es problemlos, sie mit einer Hand auf Abstand zu halten.

»Du bist eine widerliche, kleine Schlampe. Und du fragst dich, wieso wir nichts mehr mit dir zu tun haben wollen? Du und dein Bruder seid das Schlimmste, was meiner Familie passiert ist. Ich werde dich auf ewig hassen, hörst du, Kat.«

»Hör auf, Neo!« Ich zog ihn am Kragen seiner Jacke weg.

»Dass du nicht mal darauf antwortest, dich nicht einmal verteidigst, zeigt nur, dass du es selbst weißt!«, rief er über meine Schulter hinweg. Mit einem Ruck riss er sich abermals los und spuckte ihr vor die Füße.

»Neo, es reicht. Deswegen gehen wir nicht feiern, weil ich ständig deinen Arsch retten muss. Steig ins Auto, wir fahren nach Hause.«

»Ich hasse sie, Ryder!«

»Ich weiß«, erwiderte ich mitfühlend.

»Und ich hasse ihn.« Neos Stimme brach. Verzweifelt strich er sich über das Gesicht.

»Ich weiß, Kumpel.« Verständnisvoll fuhr ich ihm über den Rücken, ehe ich ihn auf den Rücksitz drückte und May mit einem Nicken zu verstehen gab, ebenfalls in den Wagen zu steigen.

»Ryder, warte!« Ava lief direkt auf mich zu und ich war alles andere als bereit für dieses Gespräch. Meine Nerven lagen blank.

»Nicht jetzt. Meine Geduld ist am Ende. Du fährst nach Hause. Allein. Wenn du dich von einem anderen Mann vögeln lässt, werde ich das mitbekommen und ihn töten.«

»Spinnst du? Was sollte das vorhin?«, redete sie unbeirrt weiter und streckte die Hand nach mir aus. Ich schlug sie mit einer einzigen, fließenden Bewegung weg.

»Ich habe meinem Freund geholfen«, gab ich knapp zurück.

»Nein. Du bist erst völlig ausgerastet, als er diese Dinge über mich gesagt hat.«

»Mach dich nicht lächerlich, Ava.«

»Du kannst es nicht leugnen! Ich habe es gesehen!«, erwiderte sie trotzig.

Seufzend packte ich sie am Hals, um sie näher an mich heranzuziehen. Meine Lippen fuhren über ihre Wange. Der süßliche Duft von Himbeeren stieg mir in die Nase.

»Du hast keine Ahnung, was du da redest. Aber ich sage dir jetzt etwas. Und du solltest ganz genau zuhören, weil ich es nur einmal sage! Vorhin hast du eine Grenze überschritten und dafür wirst du bezahlen. Ich an deiner Stelle würde heute Nacht kein Auge zu machen.« Ich löste meine Hand von ihrem Hals und hauchte einen Kuss auf die erhitzte Haut. »Deine billige Alarmanlage wird mich nicht fernhalten und schon gar nicht daran hindern, zu kommen und zu holen, was mir zusteht.«

Eigentlich hatte ich damit gerechnet, dass die Fahrt weniger anstrengend werden würde. Tja, da hatte ich mich wohl getäuscht, denn Neo regte sich in einer Tour auf.

»Halt einfach deine Fresse!«, murmelte ich nach einer weiteren Hasstirade, in der er Kat die Pest an den Hals wünschte.

»Wieso bist *du* eigentlich so ausgeflippt?«

»Weil du mich unfassbar nervst, wenn du dicht bist!«, beantwortete ich seine Frage sauer, ohne den Blick von der Finsternis zu nehmen, die an uns vorbeirauschte.

»Das war doch lustig.«

»War es nicht, Mann. Du solltest deinen Scheiß endlich in den Griff bekommen.« Er schnaubte und murmelte etwas, das stark nach »Das sagt der Richtige«, klang.

Für eine Weile herrschte eine beruhigende Stille zwischen uns, bis Neo sie brach: »Ryder?« Ich brummte, was ihm als Antwort genügte. »Es tut mir leid.«

»Wusstest du, dass sie da sein würden?« Er zuckte mit den Schultern und sah bedrückt zu Boden. »Vielleicht.«

»Du musst damit aufhören. Wirklich.« Ich sah ihn besorgt an. Wenn er so war, erkannte ich ihn kaum wieder. Neo war immer derjenige mit dem größten Herzen. Er war schon fast zu gutgläubig, aber das alles hatte sich auf einmal geändert und er wollte uns nicht sagen wieso.

Plötzlich glitten seine Hände an seinen Gürtel. »May, blas mir einen!«

»Was?« Sie hob eine Augenbraue und sah ihn irritiert an. »Hier?«

Als Antwort griff er ihr in den Nacken, drückte ihren Kopf in seinen Schritt und murmelte: »Mach einfach, was ich dir sage.«

Sie quiekte, doch ihr halbherziger Protest ging in einem Würgen unter. Ich hasste es, wenn er so war. Kalt und unberechenbar.

Aber wer war ich schon, sein Verhalten zu kritisieren. Wir lebten alle mehr in der Dunkelheit als im Licht. Und obwohl ich das wusste, war es bei Neo etwas anderes. Denn er akzeptierte diese Seite nicht. Kämpfte und kämpfte und rutschte jedes Mal, wenn er scheiterte, tiefer hinein. In die bodenlosen Abgründe unserer Seele, die uns zu dem machten, was wir waren. Monster.

»Sehen Sie nach vorne«, fuhr ich den Taxifahrer an, dessen Blick auf dem Spiegel klebte, um die Show nicht zu verpassen.

Neo legte stöhnend den Kopf in den Nacken und ich betete, dass die Fahrt nicht mehr allzu lange dauern würde.

»Wollen wir sie noch zusammen ficken?«, nuschelte Neo, während ich ihn mit May die Treppe hinauf hievte.

Dramatisch aggressive Klaviertöne drangen aus dem Wintergarten. Ich betete, dass Arjan uns nicht erwischte, denn dann waren wir geliefert.

»Ich glaube nicht, dass du dazu noch in der Lage bist, Kumpel!« Neo sah mich entrüstet an.

»Was? Klar doch. Ich kann immer.« Er war nicht mal gekommen, als sie ihm im Taxi einen geblasen hatte.

Ich bezweifelte, dass er heute überhaupt noch zum Schuss kommen würde.

May stieß die Tür zu seinem Zimmer auf, schaltete das Licht an und fragte: »Sollen wir ihn nicht lieber ausziehen?« Ich schüttelte den Kopf und schubste ihn ins Bett.

»Nein, er kann so pennen.«

»Ryder, warte mal«, hielt mich Neo zurück.

»Was gibt's?«

»Es tut mir leid, wirklich. Danke für vorhin. Ich weiß das zu schätzen. Du bist mein bester Freund. Ohne dich hätte ich den Scheiß längst aufgegeben. Wann ist das aus uns geworden?«

Er richtete sich etwas auf, um mir direkt ins Gesicht zu sehen. »Wann sind wir zu den Arschlöchern geworden, die wir immer bekämpfen wollten? Jeden beschissenen Tag, wenn ich in den Spiegel sehe, hasse ich mich für all die Dinge, die ich getan haben.«

»Du hast nichts Falsches getan, Neo. Und jetzt schlaf.«

»Wieso fühlt es sich dann so an?«, er griff an seine Brust und sein Gesicht verzog sich zu einer schmerzhaften Grimasse. »Wieso ist da so viel Dunkelheit und Leere?«

»Es wird besser. Jetzt schlaf und bete, dass Arjan dich nicht findet. Er hasst es, wenn du so bist. Und ich auch. Verliere deine Seele nicht.«

Neo ließ sich zurück in die Kissen sinken und murmelte: »Was ist, wenn ich sie längst verloren habe?«

Ich hielt einen Moment inne, haderte mit dem Gedanken ihm zu versichern, dass es nicht so war. Aber stimmte das überhaupt?

»Schlaf jetzt. Morgen sehen die Dinge sicherlich schon wieder besser aus.« Ich zog die Tür hinter mir leise ins Schloss und bedeutete May mit einem Kopfnicken, mir einige Schritte in den Flur zu folgen.

»Wollen wir beide noch etwas Spaß haben?« Grinsend fuhr sie den Kragen meines T-Shirts entlang. »Ich hätte auf jeden Fall noch Lust auf dich.«

»Ich habe bestimmt noch Spaß. Allerdings nicht mit dir, May«, erwiderte ich kalt und schob ihre Hände weg.

»Was? Wie soll ich das verstehen?«

»Ich mach es ganz deutlich für dich: Ich habe keinen Bock auf dich.« Ich ließ sie im Gang zurück und ging runter zur Garage.

»Hallo meine Süße. Hast du Lust auf eine Spritztour?«, begrüßte ich meine Triumph.

Ich ließ die Finger über das Leder des handgenähten Sitzes gleiten. Sofort breitete sich eine innerliche Ruhe in mir aus. Schmunzelnd stieg ich auf, schloss die Augen und genoss das erste tiefe Bollern, das sie von sich gab, nachdem ich sie gestartet hatte. Jedes Mal, wenn ich auf meiner Maschine saß, vergaß ich alles um mich herum. Sie gab meiner Seele ein Stückchen Frieden und meinem Verstand einen Hauch Ruhe. Ich fühlte mich frei. Entfloh dem Scheiß der Vergangenheit, der mich stets, wie ein Bumerang verfolgte.

Ich stellte das Motorrad am Straßenrand ab und bewegte ich mich wie ein Schatten durch den vertrauten Wald. Während ich die Veranda heraufstieg, zog ich das Handy aus der Hosentasche, um die Alarmanlage lahmzulegen. Sage hatte mir längst die neuen Zugangsdaten geschickt.

Auf Zehenspitzen schlich ich die Treppe hinauf. Durchquerte den schmalen Flur und schlüpfte in ihr Zimmer. Dieses Mal sollte sie nicht wissen, dass ich hier war. Mit Vorsicht zog ich die Bettdecke von ihrem Körper, ließ den Blick über den schwarzen String und das knappe Schlafshirt wandern. Da lag sie also, die kleine Schlampe, mit geöffneten Beinen. Genüsslich fuhr ich mir über die Lippen, während sich ein einziger Gedanke in meinem Kopf formte: *Schmeckt sie genauso süß, wie sie aussieht?*

KAPITEL 18

AVA

Ich spürte seine weichen Lippen auf meinem Hals. Zärtlich strichen sie die Haut entlang. Fuhren zwischen den Brüsten hindurch, den Bauch hinab. Langsam bewegten sie sich weiter hinunter, immer tiefer zu der Stelle, an der ich sie am meisten brauchte. Ein berauschendes Kribbeln breitete sich in mir aus. Neckisch stieß er einige Male mit der Zunge gegen meine pulsierende Klit, ehe er den Druck erhöhte und sie mit kreisenden Bewegungen umspielte. Mehr und mehr jagte er mich dem Abgrund entgegen, bis er plötzlich stoppte. Gemächlich hob er den Kopf. Das braune Haar fiel ihm in die Stirn und auf seinen glänzenden Lippen stahl sich ein freches Grinsen.

»Du bist wunderschön, Ava!« Er suchte meinen Blick, hielt ihn mit einer Intensität fest, die mich in den Wahnsinn trieb.

Jede Zelle meines Körpers stand in Flammen, sehnte sich nach mehr. Mein Verstand setzte aus, zog mich in ein Meer aus Verlangen. Fordernd drückte ich ihm mein Becken entgegen, flehte und bettelte ohne Erfolg. Denn er genoss das Spiel, die Macht und die Kontrolle, mir völlig die Sinne zu rauben. Er würde Verderben über mich bringen.

»Du gieriges kleines Ding.« Schmunzelnd ließ er sich auf die Ellbogen fallen, verschwand zwischen meinen Schenkeln und legte seinen Mund wieder auf meine gespreizte Mitte.

Seine Hände umfassten meine Brüste, zwirbelten die Nippel, während seine Zunge intensiv meine eingesaugte Klit massierte. Ich zuckte, bebte mit jeder Sekunde mehr und mein Atem wurde immer schneller und flacher. Er stöhnte leise und die Vibration, die dabei entstand, schickte eine neue Welle der Erregung durch meinen Körper.

»Fuck!« Ich krallte mich in die weißen Laken, doch ich fand keinen Halt vor diesem Fall. Es war ein Sturz ins Nichts. In eine Welt, die mir völlig fremd war. Alles drehte sich, verblasste vor meinen Augen …

Benommen schlug ich die Lider auf. Für einen Moment wusste ich nicht, wo ich war. Mein Atem ging stoßweise und meine Klitoris pochte unentwegt. Ich spürte die Nässe meine Schenkel hinablaufen.

»Ernsthaft? Nicht mal in meinen Träumen kannst du es zu Ende bringen?«, murmelte ich frustriert.

Ein Frösteln ergriff mich, nachdem die kühle Nachtluft meinen schweißbedeckten Körper umwehte. Bibbernd richtete ich mich. Sofort fiel mein Blick auf die Bettdecke, die auf dem Boden lag. Hatte ich sie im Schlaf weggeworfen? Irritiert stieg ich aus dem Bett, huschte barfuß über das alte Parkett und machte das Fenster zu. Ehe ich mich zurückbegab, hob ich die Decke auf und bemerkte, wie das Display meines Handys aufleuchtete. Schlaftrunken nahm ich es vom Nachtisch und entdeckte eine neue Nachricht von Ryder.

RYDER:
Wie frustrierend muss es sein, schon wieder nicht gekommen zu sein?

Es brauchte einen Augenblick, bis sich die Worte in meinen Verstand drängten. Nachdem sie es taten, war ich hellwach. Noch bevor ich einen klaren Gedanken fassen konnte, tauchte eine weitere Nachricht auf. Dieses Mal ein Video. Fassungslos starrte ich auf den Bildschirm, während sich ein Feuer zu dem Blut mischte, das in einer unvorstellbaren Geschwindigkeit in meinen Kopf schoss.

Hastig atmete ich ein und aus, um nicht in Panik zu geraten, weil das Standbild des Videos mich zeigte. In diesem Bett. Ich wollte es mir nicht ansehen. Aus Angst vor dem, was mich erwarten könnte – aber ich musste es tun, da sich ein schrecklicher Gedanke in mir bildete. Mein Puls raste, meine Knie zitterten, als ich auf Play drückte. Er stand vor der Zimmertür, schwenkte die Kamera nach unten und öffnete sie. Leise durchquerte er den Raum, bis er das Kopfteil des Bettes erreichte. Dort zoomte er mein Gesicht heran, verweilte einen Moment in der Einstellung und ging anschließend ans Fußende. Auch hier hielt er inne, ehe er die Bettdecke von meinem Körper zog.

Ich pausierte die Aufnahme, da sich das Zittern meiner Knie auf den Rest meines Körpers ausbreitete. Mein Herz setzte einen Moment aus. Es weigerte sich strikt weiter zuschlagen, während mir die Luft im Hals steckenblieb. Unsicher schwebte mein Daumen über dem Playbutton, obwohl sich alles in mir sträubte, setzte ich die Aufnahme fort. Ryder drehte die Kamera für eine Sekunde auf sich. Zwinkernd biss er sich auf die Unterlippe, ehe er die Sicht wieder wechselte. Übelkeit rumorte in meinem Bauch und heiße Tränen brannten in meinen Augen. Er filmte mich. Meinen gesamten Körper. Von oben nach unten. Und das eine halbe Ewigkeit lang. Bilder flackerten vor meinen Augen auf, ließen mich all den Schmerz und das Leid von damals nochmal spüren. All die Tränen, die niemand interessierte. Meine Kehle schnürte sich zusammen.

Der Geschmack von Eisen breitete sich auf meiner Zunge aus. Ich wusste, dass ich mir das alles nur einbildete, aber es fühlte sich nicht so an. Es fühlte sich an, als würde ich wieder durch die Hölle gehen. Ich spielte das Video so lange ab, bis die Taubheit schwand und nur noch blanker Hass das herrschende Gefühl in meinem Inneren war.

Ein Pfeifen ließ mich aufhorchen. Leise wehte es durch die geschlossene Zimmertür. Eine Melodie, die ich schon einmal gehört hatte. Dunkel und bedrohlich, wie das ganze Erscheinungsbild ihres Besitzers. Dass er noch hier war und mich weiter drangsalierte, versetzte mich in ein neues Level des Zorns. Mit einem Satz war ich aus dem Bett gesprungen und zur Tür gelaufen. Schwungvoll riss ich sie auf und sah in den Flur.

Vor dem Fenster blitzte eine Flamme auf. Das spärliche Licht erhellte sein Gesicht nur schemenhaft unter dem Kapuzenpullover. Seine Lippen formten sich zu einem heimtückischen Grinsen. Die dunklen Augen funkelten teuflisch im orange-weißen Schein. Im nächsten Moment ließ Ryder das Feuerzeug zuschnappen.

Dunkelheit legte sich über den Flur und umspülte uns für den Bruchteil einer Sekunde mit Nichts. Ich blinzelte, doch die Flamme tanzte immer noch vor meinen Augen. Bevor ich ihn erkennen konnte, hörte ich es. Schritte auf dem alten Parkett. Aber in dem Sturm aus Wut und Schmerz war kein Platz mehr für Angst. Entschlossen steuerte ich auf Ryder zu und schlug ihn mit der flachen Hand ins Gesicht. Ich spürte, wie es unter der Wucht zur Seite flog.

»Was hast du getan?«, schrie ich.

Ein tiefes Lachen drang aus seiner Brust. Gelassen drehte er seinen Kopf wieder zu mir und leckte sich über die blutige Unterlippe. Im Nu umfasste er mein Handgelenk und zog mich mit einem Ruck näher an sich.

»Was denkst du denn?« Ich holte mit der anderen Hand aus, aber er fing den Schlag mitten in der Luft ab und knurrte: »Das funktioniert vielleicht einmal, aber kein weiteres Mal«

»Vielleicht nicht, aber das schon!«, zischte ich, ehe ich ihm gegen das Schienbein trat.

Fluchend zuckte er zusammen und ließ dabei mein Handgelenk los. Auf der Stelle sprintete ich zum Schlafzimmer. Doch noch bevor ich die Tür erreichen konnte, bekam er den Saum meines Shirts zu greifen. Im Bruchteil einer Sekunde riss der Stoff. Er nutzte den Moment, um seine Arme um meine Mitte zu schlingen. Mit einer Leichtigkeit beförderte er mich bäuchlings gegen die Wand. Den nächsten Fluchtversuch unterband er, indem er sich mit seinem gesamten Gewicht gegen meinen Rücken stemmte. Keuchend rang ich nach Luft und wand mich unter ihm. Ryder griff mir ins Haar, zog meinen Kopf nach hinten, damit ich ihn ansehen musste.

»Es wird Zeit, die Wahrheit zu sagen, neues Mädchen. Bist du seinetwegen hier?«

»Wegen wem?« Ungläubig erwiderte ich seinen Blick, der wild und unbändig über mein Gesicht huschte.

»Du lügst.« Er kam noch näher und legte seine andere Hand um meinen Hals. »Ich kann es sehen. Und mir vergeht langsam die Geduld mit dir. Vielleicht begreifst du den Ernst der Lage erst, wenn dein Blut fließt!«

»Was hast du getan, Ryder? Dieses Video ... Hast du mich etwa ...« Tränen flossen über mein Gesicht, ohne dass ich etwas dagegen tun konnte.

Mit einem spöttischen Lächeln beugte er sich vor und küsste sie weg. Die Berührung war sanft und verursachte dadurch nur noch mehr Schmerz, weil sie auf der Haut brannte wie Feuer. Ich verlor die Kontrolle und jeden Funken Gegenwehr, der noch in meinem Körper übriggeblieben war. Ich fühlte mich leer. Besiegt. Denn Ryder war wie eine Naturgewalt. Wild und ungehemmt zog er über einen nieder, bis nichts mehr übrig war, außer den Spuren, die diese Kollision hinterließ.

»Ich bitte dich, geh weg!«

Er lachte mir ins Gesicht, presste im nächsten Moment meine Wange an die Wand und beugte sich näher: »Wo ist dein Mut geblieben? Kann man dich so leicht brechen?«

»Fick dich!« Ich zerrte meinen Kopf aus seinem Griff, legte all die Wut in meinen Blick und funkelte ihn herausfordernd an. »Du wirst mich niemals brechen!«

Ein tiefes Knurren drang aus seiner Kehle und sein Atem streifte meine Wange. »Ich kann nicht sagen, was ich gerade lieber möchte. Dich verletzten ...« Seine Hand glitt von meinen Hals. »... oder ficken.«

Er war längst einen Schritt zurückgetreten, trotzdem war die Last, die mich drohte zu zerquetschen, immer noch da. Immer noch fühlbar, mit ihrer eisernen Hand um mein Herz.

Ein lautes Klirren riss mich aus dem Strudel meiner aufgewühlten Gefühle. Es kam aus der unteren Etage. Ryders Kopf schnellte zur dunklen Treppe, als würde er erwarten, dass jeden Moment jemand auf den Stufen auftauchte.

Ich nutzte den Moment, schob ihn beiseite und schniefte: »Hast du mir heute nicht schon genug angetan? Hast du etwa jemanden mitgebracht?«

Er schüttelte den Kopf. Mein Blick wanderte forschend über sein verwirrtes Gesicht, auf der Suche nach der einen kleinen Regung, die ihn der Lüge überführte. Er griff in seine Lederjacke und zog ein Messer heraus. »Bleib hier oben.«

»Willst du mich ver...« Mit einem einzigen warnenden Blick brachte er mich zum Schweigen.

»Geh ins Schlafzimmer und warte, bis ich wieder da bin«, befahl er, ohne mich eines Blickes zu würdigen, da er bereits auf dem Weg zur Treppe war.

Wahrscheinlich wollte er Neo nur die Flucht ermöglichen, während ich in meinem Zimmer saß und darauf wartete, dass er den Helden spielte. Ihm am Ende sogar dankbar wäre, und vergaß, was er heute alles getan hatte! Ich brauchte weder ihn noch irgendeinen anderen verdammten Helden in meinem Leben. Ich rettete mich selbst. So war es früher und so war es auch heute. Schnaubend schüttelte ich den Kopf und marschierte geradewegs an ihm vorbei.

»Ava! Warte! Ava!«, fluchte er leise hinter mir her und für einen Moment kaufte ich ihm die Show sogar ab.

Mit einer geschmeidigen Bewegung schob er sich am Fuß der Treppe an mir vorbei, damit er meinen Körper mit seinen abschirmte konnte. Er drehte den Kopf zu mir und legte den Zeigefinger auf die Lippen. Im gesamten Haus herrschte Stille. Ich schaute auf seine angespannten Muskeln und so langsam dämmerte mir, dass er wohl doch allein gekommen war. Er bedeutete mir mit einer kaum erkennbaren Geste, ihm durch den Flur ins Wohnzimmer zu folgen. Auch hier war weit und breit nichts zu erkennen. Mit einem weiteren Nicken deutete er auf die Küche, die in völliger Dunkelheit vor uns lag. Es knirschte unter seinen Füßen und er blieb abrupt stehen. Mein Blick folgte dem Geräusch. Die Scherben einer Blumenvase lagen auf dem Boden zerstreut. Ein kalter Schauer lief mir über den Rücken.

»Von wem sind die Rosen?«, fragte er mit einem spöttischen Unterton in der Stimme.

»Von mir!«

»Wer kauft sich selbst Rosen?«

»Spielt das eine Rolle?«

»Vielleicht.« Ich schnaubte und wollte mich an ihm vorbeischieben, als er meinen Arm packte. »Warte hier. Du bist barfuß.«

»Als ob dich das interessiert.«

»Du wartest hier auf mich, du stures kleines Ding!« Ich verdrehte genervt die Augen und pustete eine dunkle Haarsträhne aus meinem Gesicht. Die Anspannung wich für einen Moment aus seinem Körper und ein Lächeln bildete sich auf seinen Lippen. »Ich mag es, wenn du trotzig bist. Kämpferisch, wie ein Reh das in eine Schlangengrube gefallen ist und noch nicht weiß, dass es dem Untergang geweiht ist«, raunte er, nachdem er sich so weit vorgebeugt hatte, dass sein warmer Atem meine Wange streifte.

»Fick dich, Ryder.«

»Deine Beleidigungen sind sehr eintönig. Auch wenn ich mir sicher bin, dass du zu gerne sehen würdest, wie ich es mir mache, muss ich dir leider sagen, dass wir jetzt keine Zeit dafür haben. Also bleib fürs erste hier.«

Ich beobachtete wie er sich langsam der Küchentür näherte. Obwohl er mir auferlegt hatte, hier auf ihn zu warten, war die Neugier auf das Unbekannte, das womöglich in der Dunkelheit lauerte, größer.

Auf Zehenspitzen schlich ich um das Sofa herum. In dem Moment, indem ich die Küche erreichte, schaltete Ryder das Licht an.

»Dein Einbrecher ist der Schmarotzer von Vierbeiner, den du durchfütterst«, sagte er und deutete auf das kleine, rote Fellknäuel.

Merlin saß neben der leeren Dose Katzenfutter auf dem Linoleum. Seine bernsteinfarbenen Augen verweilten eine Weile auf Ryder, ehe er sich erhob und mit einem Miauen auf mich zukam.

»Du hättest dein Gesicht sehen sollen«, prustete ich los. »Du dachtest wirklich, hier ist jemand, oder?«, Lachend beugte ich mich zu dem Kater, der schnurrend um meine nackten Beine strich.

»Das ist nicht witzig, Ava.«

»Doch, das ist es. Du siehst eine Gefahr, wo keine ist. Obwohl du doch selbst die größte Gefahr für mich darstellst. Weil du mir auflauerst, mich bedrohst und wer weiß noch was getan hast.« Seine braunen Augen verdunkelten sich sichtbar, sodass ich das Gefühl bekam, vor schwarzen Abgründen zu stehen.

»Ich bin nur so lange eine Gefahr für dich, bis du mir sagst, was du hier wirklich willst und wer dich geschickt hat.«

»Ich habe bereits gesagt, dass ich ...« doch ehe ich meinen Satz beenden konnte, fiel mir Ryder harsch ins Wort.

»Ich will deine Lügen nicht hören, Ava. Ich will die Wahrheit, und solange ich die nicht von dir höre, wirst du nie wissen, ob ich Freund oder Feind bin. Du wirst nie wissen, wann ich dich ficken, oder dabei zusehen will, wie das Leben aus deinen Augen weicht. Ob ich deine armselige Seele retten, oder vernichten will. Du wirst dich immer fragen, wann ich komme und beende, was ich angefangen habe.« Er machte einen Schritt auf mich zu, ich wich intuitiv einen zurück.

»Du denkst, du bist eine gute Lügnerin? Aber du bist nur so gut, wie ich es zulasse. Dein Körper ist mir längst verfallen und ein Teil deines Verstandes ebenfalls. Du weißt, dass ich hier bin. Im Schatten. Du weißt, dass ich dich beobachte und in dein Haus komme, trotzdem rufst du nicht die Polizei. Du sagst es nicht einmal Kat, oder?« Ich schluckte den dicken Kloß hinunter, der sich bei seinen Worten in meinem Hals bildete. Mit jedem Schritt verringerte er den Abstand zwischen uns, bis er direkt vor mir stand. »Weil es dir Angst macht. Es macht dir Angst, dass du mich willst. Diese Scheiße erregt dich, oder?« Ich konnte seinem durchdringenden Blick nicht länger standhalten und sah beschämt zu Boden. Da war so viel Überzeugung in seinen Worten. So viel Wahrheit, die ich selbst nicht ertragen konnte.

»Das, meine Liebe, ist so abgefuckt, dass die Wahrheit um dich eine verdammt kranke sein muss. Ich kann nicht riskieren, dass du Ärger machst und meine Familie zerstörst. Egal, wie sehr du mich auch reizt, am Ende ist es doch nur ein Spiel, bei dem ich immer wieder hinter den Lost Souls stehe.« Er trat an mir vorbei, verschwand ohne ein weiteres Wort in der Dunkelheit. Und ich blieb zurück mit der unerträglichen Frage, wie weit Ryder in dieser Nacht *wirklich* gegangen war.

Kapitel 19

RYDER

Ich folgte der dunklen Straße, die direkt in einer Gasse mündete, in der es nach Pisse und Kotze roch. Das Schild des Stripclubs, das in einem grellen Weiß-Pink leuchtete, war die einzige Lichtquelle. Obwohl es in den Augen stach und man das Gefühl hatte, in eine künstliche, pinkfarbene Sonne zu starren, war es nicht in der Lage, jede finstere Ecke zu erhellen. Es würde mich nicht wundern, wenn unter dem Stapel Pappe an einer der Mauern, ein Penner oder Drogensüchtiger hauste. Viel zu oft hatte ich Sage schon gesagt, er solle sich endlich eine neue Wohnung besorgen.

»Hey«, drang es wie auf Kommando aus dem Papierstapel.

Eine Hand schoss hinaus, ehe ein zerzauster Kopf zum Vorschein kam. Für einen Augenblick hielt ich inne, musterte den Kerl, der sich nun langsam aus seiner »Hütte« robbte.

»Haste mal 'nen Dollar?« Er lächelte mir zahnlos entgegen und der Gestank von Exkrementen stieg mir in die Nase.

»Du brauchst mehr als einen Dollar, Kumpel!«

»Stimmt. Haste zwei?«, gluckste er und setzte sich im Schneidersitz vor meine Füße.

Ich hasste die Dinge, die Alkohol und Drogen mit Menschen machten. Unter anderen Umständen hätte ich diesem Kerl keinen einzigen Penny gegeben. Da es aber nur noch ein paar Meter zu Sage waren und ich nicht scharf darauf war, dass er mir folgte, griff ich stöhnend in meine Tasche, um ihm einige Scheine vor die Füße zu werfen.

»Du solltest lieber einen Entzug machen«, knurrte ich.

Er kicherte, sammelte das Geld ein und kroch zurück in seine selbstgebaute Konstruktion, die bei dem kleinsten Windstoß sicher in sich zusammenkrachen würde. Diese Seele war längst verloren. Kopfschüttelnd über die Abgründe, die sich in dieser Stadt auftaten, setzte ich meinen Weg bis zum Ende der Gasse fort. Ich bog um die letzte Kurve, ehe sich ein Haus vor mir erstreckte, das aussah, als wäre es nicht mehr als eine baufällige Ruine. Der Wind brauste auf, umspielte meinen Kopf mit eiserner Schärfe, während ich den Blick über die fünf Etagen wandern ließ vor deren Fenstern Bretter und schwarzes Panzerband befestigt war. Kein Licht, keine Namen an den Klingeln oder Autos an der Straße schienen darauf hinzudeuten, dass es bewohnt war. Zielstrebig steuerte ich auf das Gebäude zu, huschte durch die Tür, die nur noch in einer Angel hing, und stieg die Treppe in den Keller hinunter.

Gluckernde Wasserrohre zogen sich über meinen Kopf entlang. Der Gang zu der schweren Metalltür am Ende war nicht sehr lang. Eine Ratte lief quiekend an mir vorbei und verschwand in einem Loch, das hoffentlich nicht in den Raum hinter der Tür führte.

Ungeduldig trat ich von einem Fuß auf den anderen, als sich nichts tat, schlug ich ungehalten gegen die Tür und rief: »Sage, mach die verdammte Tür auf!«

Er überwachte nicht nur das gesamte Gebäude, sondern auch die Straße vor dem Haus – er wusste, wenn jemand da war, ehe man überhaupt einen Schritt durch die Haustür machen konnte.

»Na, wird da jemand ungeduldig?«, ertönte seine Stimme aus dem Lautsprecher über der Tür.

»Mach dir das Spaß?«

»Ein bisschen. Hast du Lizzy was mitgebracht?«

Ich schnaubte gleichgültig und sagte: »Du weißt, dass ich diese Ratte nicht füttere. Du solltest das im Übrigen auch nicht machen, sonst hast du irgendwann eine ganze Plage im Haus. Und jetzt mach diese verfluchte Tür auf.«

Die Tür sprang mit einem leisen Summen auf und gab den Blick auf den abgedunkelten Raum dahinter frei.

»Du hast ihre Gefühle verletzt!«, begrüßte mich Sage, nachdem er sich in seinem Schreibtischstuhl herumgedreht hatte.

Hinter ihm erstreckten sich unzählige Monitore mit verschiedenen Aufnahmen des Hauses, der Straße und dem Grund, wieso er mich herbeizitiert hatte: die Tankstelle, in der Ava arbeitete.

Seufzend betrat ich den Raum und lehnte mich, mit verschränkten Armen, an die Wand.

»Du siehst scheiße aus, Sage.« Es genügte ein einziger Blick in sein Gesicht, um das zu erkennen.

»Es ist nichts. Ich habe nur viel zu tun«, wehrte er ab und versuchte die Instantnudeln, die sich becherweise neben ihm stapelten, zu verdecken.

Doch sie waren mir längst aufgefallen. Skeptisch hob ich die linke Augenbraue. »Vielleicht solltest du dir mal etwas Richtiges zu essen kaufen.«

»Ich komme schon klar.«

»Das bezweifele ich.«

Sage ging so in seiner Aufgabe auf, dass er ständig vergaß, dass er eben nicht war wie die Dinge, mit denen er sich umgab. Er war keine Maschine – er brauchte Schlaf und was Vernünftiges zum Essen.

»Ich werde später für dich einkaufen und dir ein paar Lebensmittel vorbeibringen.«

Er rollte die Augen. »Das ist nicht nötig, Ryder.«

»Ich weiß. Aber ich mache es trotzdem. Aber das war doch sicherlich nicht der Grund, wieso ich vorbeikommen sollte. Was gibt es denn so Wichtiges?« Für gewöhnlich schickte er mir die Bilder auf mein Handy.

Wenn er mich jetzt herbestellte, musste es irgendwas sein, von dem er nicht wollte, dass es Arjan oder Neo zufällig mitbekamen.

»Es gibt zwei Dinge.« Er drehte sich wieder zu den Monitoren.

Seine Finger flogen in Windeseile über die Tastatur, die Bilder der Tankstelle erschienen auf dem großen Bildschirm, der über den kleinen an der Wand befestigt war. Doyle und Ava unterhielten sich angeregt. Wahrscheinlich verbrachte sie wieder die Stunden nach ihrem Feierabend mit dieser Flachzange.

»Was soll mir das sagen?«, wollte ich von Sage wissen, da mir immer noch nicht einleuchtete, wieso er mir diese Bilder nicht einfach zugesendet hatte.

»Hör zu!«, forderte er, woraufhin er den Ton der Aufnahme lauter stellte.

»Unser Date steht also?«, vernahm ich Doyles aufgeregte Stimme.

Ich spürte, wie meine Augenbrauen in die Höhe schossen. Date?

»Nenn es nicht so. Wir gehen nur was trinken«, erwiderte Ava kichernd.

Sie hatte sich auf dem Tresen abgestützt und sah Doyle dabei zu, wie er Dosen in ein Regal sortierte. Zumindest gab er es vor. Ich sah jedoch, dass seine Augen viel zu oft zu ihrem Dekolleté wanderten. Dieser kleine Pisser!

»Wieso nicht? Wir sind schließlich nur zu zweit.«

»Ach, ist das so?«, sagte ich laut und spürte die Ader an meinem Hals pulsieren.

»Weil Kat nicht kann, sonst wäre sie sicher auch mitgekommen«, erwiderte Ava gähnend.

»Ja, bestimmt.« Die Enttäuschung war deutlich in seiner schleimigen Stimme zu hören.

Er hatte sich das sicher anders vorgestellt – Tja, dumm gelaufen.

»Deswegen hast du mich gerufen, Sage?« Offenbar war Neo nicht der Einzige, der dachte, sie würde mir etwas bedeuten.

»Nicht nur. Es hat nur sehr gut gepasst. Ich dachte, es wäre besser, wenn dein Wutausbruch hier vonstattengeht, und nicht in der Gegenwart von Arjan.«

»Ich habe keinen Wutausbruch deswegen«, entgegnete ich viel zu trotzig, obwohl mein Kiefer mahlte und ich jede Mühe hatte, meine Hände nicht zu Fäusten zu ballen. »Schick mir aber trotzdem die Adresse der Bar, wenn du weißt, wohin sie gehen.«

»Bist du dir sicher? Es interessiert dich doch gar nicht.« Auf Sages Gesicht bildete sich ein spitzbübisches Lächeln.

»Tut es auch nicht. Sie soll hier aber keine Freunde finden, oder sich mit irgendwelchen Kerlen daten. Sie soll verdammt nochmal verschwinden.«

»Weil sie neu ist und nicht in diese Stadt gehört?«

»Ganz genau«

»Nicht, weil du dich zu ihr hingezogen fühlst und Angst hast, es könnte sich was entwickeln?«

»Halts Maul, Sage. Ich fühle mich ganz sicher nicht zu ihr hingezogen. Alles, was ich mache, gehört zu meinem Plan.«

»Sicher.« Sages Hände flogen wieder über die Tastatur und die Tankstelle verschwand und wurde durch ein verschlossenes Dokument der Polizei ersetzt.

»Der eigentliche Grund, wieso du herkommen solltest, ist der.«

»Eine Polizeiakte?«

»Avas Polizeiakte.«

Sofort stieß ich mich von der Wand ab und stellte mich neben ihn, um mir die Sache genauer anzusehen.

»Das bringt nichts. Sie ist mit mehreren Passwörtern geschützt«, erläuterte er.

»Und die hast du noch nicht geknackt?« Ich sah ihn belustigt an.

Für gewöhnlich gelang es ihm innerhalb von Stunden, die Server und Passwörter sämtlicher Unternehmen zu knacken. Selbst die Regierung hatte er schon mal gehackt. Das Polizeirevier einer Kleinstadt in irgendeiner Walachei sollte eigentlich kein Problem darstellen.

»Die Akte liegt auf einer internen Festplatte, die ebenfalls mehrfach geschützt ist. Was immer da drinsteht, soll definitiv nicht an die Öffentlichkeit geraten. Ava scheint vielleicht wirklich gefährlich zu sein.«

»Interessant. Aber ich gehe davon aus, dass du es schaffen wirst sie zu knacken, oder Sage?«

Etwas blitzte in seinen müden Augen auf und seine Lippen kräuselten sich zu einem Lächeln, das mir beinahe Angst machte.

»Ganz sicher. Ich hatte schon lange nicht mehr so eine Herausforderung. Es wird ein paar Tage in Anspruch nehmen, aber ich werde es schaffen.«

»Gut. Sag mir Bescheid, wenn du so weit bist. Ich werde Ava in der Zwischenzeit daran erinnern, dass sie immer noch in unserer Stadt ist. Mal sehen, wie lange sie durchhält, wenn ich den Druck erhöhe«, murmelte ich mit einer Vorfreude in der Stimme, die Sage dazu brachte, mich skeptisch zu mustern.

Er sagte nichts, sondern öffnete lediglich eine Schublade und drückte mir einen Stick in die Hand. »Kannst du das für Arjan mitnehmen? Das sind die Videoaufnahmen der letzten Woche aus dem Gefängnis.«

»Sicher.« Ich steckte den Stick in die Jackentasche, verabschiedete mich von Sage und machte mich auf den Weg, um meine nächsten Schritte zu planen.

Kapitel 20

AVA

»Du gehst mit Doyle aus?«, fragte Kat überrascht.

Ich hatte sie direkt am selben Tag angerufen. Einerseits um herauszufinden, wie Doyle tickte und andererseits, weil ich mich davon ablenken musste, ständig an Ryder zu denken. Inzwischen konnte ich meine Gefühle für ihn gar nicht mehr einordnen. Und was noch schlimmer war: Sie mir gegenüber nicht mehr leugnen. Ich fühlte mich schlecht, weil ich mich selbst belog, und dann hasste ich mich, weil ich es mir eingestand.

Es war eine stetige Abwärtsspirale, ein Drahtseilakt, bei dem man ständig am Rand des Abgrundes balancierte und nur einen Schritt davon entfernt war, in die Hölle zu stürzen. Aber vielleicht war die Hölle auch der Ort, an den ich gehörte. Wie sonst sollte ich es rechtfertigen, mich weiterhin zu ihm hingezogen zu fühlen, obwohl ich immer noch keine Ahnung hatte, was in jener Nacht geschehen war. Eigentlich sollte ich ihn hassen, verfluchen und dem Teufel zum Fraß vorwerfen, aber nicht seine Nähe vermissen.

Ich wusste, dass ich mit dem Feuer spielte, trotzdem war da ein Gefühl, das allgegenwärtig schien. Ja, vielleicht hatte ich dem »Date« auch aus diesem Grund zugesagt. Sagte man nicht, dass man Feuer mit Feuer bekämpfte? Nun, hoffentlich funktionierte das auch mit selbstzerstörerischen Schwärmereien.

»Es ist nur ein Treffen unter Freunden«, spielte ich die Sache herunter.

»Aha.«

»Du hättest auch kommen können, wenn du nicht für die Uni lernen müsstest.«

»Erinnere mich nicht daran«, seufzte Kat, »wenigstens ist Doyle besser, als sich an dem Hirngespinst Ryder festzuklammern.«

Ich hatte ihr nichts von seinem nächtlichen Besuch erzählt, nichts von dem Video und der Befürchtung, die ich hegte. Genau wie er es prophezeit hatte. Mittlerweile lag jene Nacht zwei Wochen zurück, trotzdem brachte mich die Erinnerung immer noch um den Schlaf. Einerseits, weil die Angst in mir herrschte, er könnte jederzeit wiederkommen und andererseits, weil ein Teil von mir genau das wollte. Machte mich das zu einem so abgefuckten Menschen, wie er sagte?

Kurz spielte ich mit dem Gedanken, ihr alles zu erzählen. Doch die Angst, von ihr verurteilt zu werden, war zu groß. Womöglich waren es aber auch die Bedenken mich jemandem zu öffnen. Nur zu gut konnte ich mich an die Folter erinnern, die es gebraucht hatte, um mir diese Angewohnheit wieder auszutreiben.

Gedankenverloren fuhr ich mir über das Handgelenk. Die Spuren waren zwar verschwunden, aber die Flecken auf meiner Seele würden nie verschwinden. Es gab Dinge im Leben, die besser für immer unausgesprochen bleiben sollten – diese Nacht gehörte wohl dazu.

Im Hörer des Festnetztelefons knackte etwas und ich befürchtete schon Kat könnte eingeschlafen sein. Sie steckte mitten in der Prüfungsphase, sodass uns momentan nur abendliche Telefonate blieben, weil sie so viel lernen musste.

»Bist du noch da? Kat?«, fragte ich verwirrt.

»Ja, sorry. Mein Handy hatte geklingelt. Also ich finde, es ist eine gute Idee, wenn du anfängst, hier Anschluss zu finden.«

»Ich habe doch dich!«

»Ach Ava, du brauchst doch auch noch andere Leute um dich herum. Einen netten Freund zum Beispiel.«

»Womit wir wieder bei Doyle sind«, seufzte ich und griff nach der Tafel Schokolade, die auf dem Tisch lag.

»Genau. Also mein Tipp ist, zieh dir morgen etwas Schönes an und genieße den Abend ohne Erwartung. Nimm es, wie es kommt. Vielleicht funkt es ja.«

Davon ging ich nicht aus, doch anstatt meine Bedenken an dem bevorstehenden Tag zu äußern, sagte ich: »Ja, du hast recht. Danke, Kat, und jetzt will ich dich nicht weiter vom Lernen abhalten.«

Ich hörte sie frustriert ausatmen und verkniff mir ein Lachen. »Du hast es gut, dass du nicht studierst.«

»Ich arbeite in einer Tankstelle«, erinnerte ich sie an meinen dürftigen Job.

Ehe wir das Telefonat beendeten, lieferten wir uns noch einen kurzen Wettkampf darum, wer das schlechtere Los gezogen hatte, bei dem eindeutig Kat gewann.

Die Standuhr im Flur schlug Mitternacht. Ich schaltete den Fernseher aus und beschloss, schon einmal ein Outfit für das Treffen herauszusuchen. Weil ich den morgigen Tag frei hatte, wollte Doyle etwas früher Feierabend machen. Sein Vater würde die Nachtschicht in der Tankstelle übernehmen und ich hoffte, dass er ihm nicht erzählte, worin der Grund für seine Abwesenheit bestand. Ich schämte mich nicht, mit ihm auszugehen, dennoch war es besser, wenn es nicht gleich jeder erfuhr und es womöglich sogar meinen Job gefährdete. Der Hauptteil meines Verdienstes floss nämlich immer noch ins Haus.

Merlin folgte mir in die Küche, wo ich die Schokolade in einem Schrank verstaute und mir eine Flasche Wasser aus dem Kühlschrank nahm.

»Hast du heute nicht schon genug zu fressen bekommen?«, fragte ich grinsend. Er legte den Kopf schief, beobachtete mich mit seinen riesigen, bernsteinfarbenen Augen und setzte sich erwartungsvoll vor den leeren Teller. Mein Herz schmolz dahin und ich griff nach der angefangenen Dose Katzenfutter. »Aber nicht mehr so viel!«

Er miaute, schmiegte sich an meine Beine und stürzte sich anschließend auf das Futter. Gerade als ich das Licht löschte, klingelte das Festnetztelefon. Bis auf Kat rief niemand auf dieser Nummer an. Blindlings stolperte ich im Dunkeln zum Schränkchen, auf dem es stand. Bevor ich den Hörer von der Station nahm, warf ich einen Blick auf das Display und erstarrte.

Anruf von intern.

Wie war das möglich? Ich starrte auf das Wort, das mir wie ein Leuchtfeuer in den Augen stach. Meine zitternde Hand näherte sich dem Gerät, unsicher, ob ich den Anruf entgegennehmen sollte. Vielleicht handelte es um einen Fehler? Wie konnte mich jemand von *intern* anrufen? Es gab nur zwei Telefone im Haus. Eines war hier und das andere im Flur.

Mit pochendem Herzen drehte ich mich um. Doch es war zu dunkel, um etwas zu erkennen. Panik schnürte mir die Kehle zu, während das Telefon weiter klingelte, bis der Anrufbeantworter ansprang. Nach einer quälenden Ewigkeit, in der eine mechanische Stimme die Bandansage hinunter ratterte, piepte es. Zuerst hörte ich nichts. Dann allmählich verwandelte sich die Stille in ein schweres Atmen. Mein Herzschlag setzte aus, nur um im nächsten Moment so stark gegen meine Brust zu hämmern, dass es wehtat. Starr vor Angst verharrte ich auf der Stelle, lauschte der Aufnahme, bis sie endete. Im Haus war nichts zu hören. Es schien, als wäre ich allein. Aber es fühlte sich nicht so an.

»Ryder?«, wisperte ich.

Er war der Erste, der mir in den Sinn kam. Doch im gesamten Haus herrschte weiterhin eine Stille, die unnatürlich wirkte. Wie die Ruhe vor dem Sturm. Eine innere Stimme sagte mir, dass dieser Sturm verheerend sein würde. Das Licht des Telefons erlosch und damit die letzte Lichtquelle des Wohnzimmers. Zitternd schaltete ich die Taschenlampe des Handys an. Langsam näherte ich mich dem Flur und entdeckte eine leere Telefonstation.

»Du kleiner ...«, murmelte ich und leuchtete mit dem Handy nach links und rechts.

Ein Klappern in der oberen Etage zog meine Aufmerksamkeit auf die Decke. Es drang direkt aus dem Schlafzimmer. Mein Verstand schrie danach das Haus zu verlassen, aber meine Beine trugen mich in die gegensätzliche Richtung. Während ich mich zur Treppe wandte, ging mein Atem stoßweise. Ich schaltete das Licht im Flur an, weil mich die Dunkelheit noch mehr einschüchterte. Lautlos schaffte ich es in die obere Etage. Die Schlafzimmertür stand offen. Das Handy fest umklammert, als würde es mir als Waffe dienen können, schlich ich zum Zimmer. Es war dunkel.

Die Vorhänge umspielten vom Wind aufgebauscht, das geöffnete Fenster. Auf dem Boden, in der Mitte des Raumes, lag das andere Telefon. Ich wusste nicht, ob es Sekunden oder gar Minuten dauerte, bis der Schock von mir abfiel und ich zum Fenster lief. Der Vollmond warf einen schmalen, silbrig schimmernden Streifen auf den Weg. Er verlor sich im dichten Geäst. Weit und breit war nichts zu sehen, außer Dunkelheit. Nur das leise Vibrieren meines Handys ließ auf den ungebetenen Gast schließen.

RYDER:
Hab ein schönes Date ...

KAPITEL 21

RYDER

Prüfend glitt mein Blick über das glänzende Metall, bis zu dem Fleck am Auspuff, der den Gesamteindruck der sonst sauberen Maschine ruinierte. Augenblicklich griff ich nach dem Lappen, um den Störenfried zu beseitigen.

»Übertreibst du es nicht etwas? Den Fleck sieht man doch gar nicht«, kommentierte Arjan mein Handeln.

Meine Augen verharrten weiterhin auf dem Fleck, der all meine Aufmerksamkeit für sich beanspruchte. Für mich war er riesig, auffällig und musste weg.

Ich tunkte den schmutzigen Lappen in das mausgraue Wasser, das vor einer Stunde noch klar gewesen war und machte mich daran, ihn zu entfernen.

»Du musst nicht so tun, als wäre sie eine zerbrechliche Frau«, gab er auch dieses Mal seinen Senf dazu, was mich mitten in der Bewegung innehalten ließ.

Geräuschvoll stieß ich die Luft aus, ehe ich den Kopf hob und ihn mit zusammengekniffenen Augen musterte. »Was genau willst du hier nochmal?«

Arjan lachte, tätschelte den Kopf von Spike und trat einen Schritt nach vorne.

»Ich habe dir etwas mitgebracht.« Er lehnte sich über den Lenker der Triumph und reichte mir eine Plastikdose.

»Du meinst, du begleichst deine Schulden?«, stichelte ich und nahm die Polierwatte entgegen.

»Ich bekenne mich schuldig!« Er hob beide Arme vor die Brust, »Aber mein Baby hatte es nötiger als deins.«

»Ist das so? Ich kann mich nicht erinnern, wann du sie das letzte Mal ausgefahren hast.«

Arjan seufzte und richtete sich wieder auf. »Mag sein, dass es schon eine Weile her ist, aber das heißt ja nicht, dass sie hier verrosten muss.«

Früher, als diese ganze Scheiße noch nicht über uns hereingebrochen war, hatten wir jeden Sonntag eine Spritztour gemacht. Mittlerweile benutzte Arjan die Maschine so gut wie gar nicht mehr. Eigentlich traurig, weil sie wirklich ein Prachtexemplar war. Eine schwarze Harley. Ein Traum für so manchen Kerl da draußen.

»Verstehe.« Ich schleuderte den Lappen in den Eimer und erhob mich ächzend.

Die Wunden auf meinen Handknöcheln, die ich mir beim letzten Kampf zugezogen hatte, taten bei jeder größeren Anstrengung weh. Vielleicht war es doch keine so gute Idee gewesen, die Maschine zu putzen. Aber es beruhigte mich und da heute Avas Date anstand, zog es mich förmlich in die Garage.

»Du hättest etwas sagen können.«

Der Ton in Arjans Stimme war nun strenger und ich sah ihn fragend an. »Was meinst du?«

»Die Maschine. Ich weiß, wie sehr deine Hände nach den Kämpfen schmerzen.«

»Bietest du mir gerade an, meine Maschine zu putzen?«

»Gewöhn' dich nicht dran.«

»Würde ich nie.«

Arjan kam um die Triumph herum und legte mir einen Arm um die Schulter. Einen Moment ruhte Spikes Blick auf mir, als wäre er sich nicht sicher, wie er diese Geste einstufen sollte.

»Dein Hund ist echt seltsam«, murmelte ich.

»Ach, Quatsch. Ihr kennt euch doch, oder Spiky?« Der Pitbull knurrte leise, ehe er sich auf den Steinboden niederließ. Überzeugend war das nicht. Er akzeptierte kaum jemanden. Selbst Neo und ich stellten keine Ausnahme dar.

»Wie läuft es mit der Kleinen? Kommst du voran?«

»Du machst dir doch nicht etwa Gedanken, oder?«, fragte ich und boxte ihn sachte gegen die Brust. Ein Schmerz durchfuhr meinen gesamten Oberkörper und ich zuckte unwillkürlich zusammen.

»Irgendwie schon. Du scheinst etwas neben der Spur zu sein.«

»Mach dich nicht lächerlich. Mir gehts gut!« Er beobachtete, wie ich einen Blister mit Tabletten aus der Jackentasche zog, zwei herauslöste und herunterschluckte.

»Muss ich mir Sorgen machen?«

Kopfschüttelnd drehte ich mich aus seinem Arm und schwang mich auf das Bike. »Ich kann ohne sie nicht fahren. Und da spielt es auch keine Rolle, ob es ein Motorrad, oder Auto ist, Arjan«, fügte ich noch hinzu, als er bereits den Mund öffnete, um etwas zu erwidern. »Mach dir keine Gedanken.«

»Vielleicht solltest du etwas zurücktreten. Ruh dich aus. Fick 'ne Runde, oder lass dir einen blasen.«

»Moment! Macht sich der kühle, unnahbare Arjan etwa Sorgen um mich?« Grinsend startete ich die Maschine mit einem geschmeidigen Tritt. »Wird das hier ne Liebeserklärung?«

»Die hättest du wohl gerne. Ich mach mir nur Sorgen um dich. Du bist wie ein Bruder für mich«, erwiderte er mürrisch.

Ich fasste mir theatralisch ans Herz. »Oh Gott, sag das nochmal!«

Arjan verdrehte die Augen und griff nach dem Lappen, um ihn mir direkt ins Gesicht zu werfen. »Halts Maul, Alter!«

»Ich passe schon auf und werde mich nicht vor den nächsten Baum setzen, oder an einer Überdosis an Schmerzmitteln sterben.«

»Sehr nett von dir. Es reicht schon, wenn wir Neo als Sorgenkind haben. Ich möchte nicht anfangen, auch an deiner Zurechnungsfähigkeit zu zweifeln.« Ich verstand seine Besorgnis, schließlich war mir Neos Verhalten auch aufgefallen. Seufzend sagte ich: »Neo kommt wieder auf die Beine. Es ist nur eine Phase.«

»Solange die Alistairs weiterhin unter uns weilen, wird das nicht passieren, das weißt du selbst. Aber Kat und Valentin sind ein Problem, dem wir uns nach Ava widmen werden.« Die Worte klangen genauso, wie er sie meinte – wie eine Drohung.

Ich erwiderte nichts darauf, weil er in dieser Hinsicht wie Neo war. Festgefahren in ihrem Hass. Nur das Arjans auch begründet war. Valentin war ein Monster. Nicht aber Kat. Sie war nur der Kollateralschaden, der zwischen die Fronten geriet.

»Fahr vorsichtig. Wo willst du überhaupt hin?«, fragte Arjan.

»Auf ein Date. Nein, frag lieber nicht! Das gehört alles zu meinem Plan.«

Arjan brach in schallendes Gelächter aus, fuhr sich durch das dunkle Haar, ehe er Spike an seine Seite pfiff. »Du hättest die Aufgabe mir überlassen sollen, dann wären wir die Kleine jetzt schon los.

»Aber so macht es doch nur halb so viel Spaß.«

»Ich definiere Spaß anders als du, Ryder. Aber nun gut, dann viel Spaß«

»Oh Arjan, du hast keine Ahnung, wie viel Spaß ich haben werde!«

KAPITEL 22

AVA

Hab ein schönes Date …

Es spielte keine Rolle, wie oft ich die Nachricht las, sie war genauso beunruhigend wie vor zehn Stunden. Nervös kaute ich auf meiner Unterlippe, während ich an der Straße auf Doyle wartete. Ich fragte mich, ob es nicht die bessere Entscheidung gewesen wäre das Treffen einfach abzusagen. Aber wahrscheinlich war es genau das, was Ryder wollte.

Fröstelnd zog ich den schwarzen Blazer, den mir Kat geliehen hatte, enger um den Körper. Sie bestand darauf, mir bei der Wahl des Outfits zu helfen.

Die dunkle Jeans schmiegte sich wie eine zweite Haut an meinen Körper. Kat war sofort verliebt, weil sie meinen Po perfekt in Szene setzte. Sie lieh mir eine blaue Bluse, die hervorragend zu meinen Augen passte, und gleichzeitig einen Ausschnitt bot, der weder zu aufreizend noch zu brav wirkte. Der Oversized-Blazer und der goldene Schmuck rundeten alles ab und gaben dem Outfit, trotz Sneakers, einen eleganten Touch. Endlich sah ich die Scheinwerfer von Doyles Geländewagen.

»Sorry, ich bin etwas spät«, sagte er, nachdem er mir die Beifahrertür geöffnet hatte.

»Ach was, du bist doch pünktlich!«, gab ich mit einem Lächeln zurück.

»Nein. Eine Dame wie dich holt man schon früher ab. Du siehst echt toll aus.« Seine Augen wanderten meinen Körper hinab, ehe er sich genüsslich über die Lippen leckte. »Ich habe vielleicht ein Glück.«

»Wohin fahren wir denn?«, fragte ich eilig, weil mir seine Worte unangenehm waren.

»Zu einer Bar. Sie ist etwas außerhalb.«

Erleichtert ließ ich mich in den Sitz sinken und grinste: »Klingt super.« So war die Chance noch geringer auf einen der Lost Souls zu treffen.

In den wenigen Minuten, die wir zu der Bar fuhren, erzählte mir Doyle den neusten Klatsch und Tratsch aus der Tankstelle. Ich entspannte zunehmend und als er den Wagen auf den Parkplatz der Bar lenkte, freute ich mich sogar auf das Date.

»Bist du so weit?«, fragte er fürsorglich und verstaut seine Schlüssel in der Hosentasche.

»Klar.« Seine Hand wanderte zu meinem Rücken, während er mich durch die Tür der Bar führte.

»Wow«, sagte ich überrascht. »Ich hätte mit mehr Leuten gerechnet.«

Die Bar war beinahe leer. Bis auf einen älteren Mann, der am Tresen saß und an seinem Bier nippte, waren nur zwei weitere Tische besetzt. Gedämpfte Musik drang aus der Jukebox, mischte sich zu dem leisen Murmeln der Menschen. Kerzen standen in der Mitte der Tische und tauchten den mittelgroßen Raum in eine gemütliche Atmosphäre.

»Oh, hallo Doyle«, begrüßte ihn eine junge Frau.

»Ich habe den Tisch, den du wolltest.« Sie führte uns an einen, der abseits der anderen, zwischen zwei Kerzenständern stand.

Er nahm die roten Rosen, die auf einem silbernen Tablett lagen, und drehte sich zu mir. Ich spürte jedes Augenpaar auf uns und begann damit nervös den Knopf des Blazers zu drehen. Ein Kloß bildete sich in meinem Hals, als er freudestrahlend auf mich zukam. »Die sind für dich. Sie sind genauso schön, wie du.«

Zögernd griff ich nach den Rosen, zwang mir ein Lächeln ab und stammelte: »Danke, sie sind wirklich schön.«

So hatte ich mir das nicht vorgestellt. Es war nicht einfach ein legeres Treffen, so wie ich es angenommen hatte. Es war ein verdammtes, klischeehaftes Date, was mir schon an seiner Kleiderwahl hätte auffallen müssen. Er hatte seine Brille gegen Kontaktlinsen getauscht. Das blonde Haar war wie immer zu einem Man Bun frisiert doch anstatt der lässiger Kleidung, die ich an ihm kannte, trug er nun ein weinrotes Hemd unter dem schwarzen Jackett und eine Anzughose – alles an ihm schrie nach verbindlicher Verabredung. Ich befürchtete, dass sich Doyle noch viel mehr von dieser Nacht erhoffte.

»Wie schön«, sagte eine tiefe, dunkle Stimme.

Eine Gänsehaut kroch mir bis in den Nacken hinauf. Meine Augen weiteten sich, die Luft blieb mir in der Kehle stecken, denn an einem der Tische, die eben noch frei gewesen waren, saß Ryder mit der Blondine aus dem Club.

»Ist das nicht süß, May?« Sie nahm nur widerwillig ihren Blick von ihm und schenkte mir ein schwaches Lächeln.

Einzig zu einem »Mhm« ließ sie sich hinreißen, ehe sie wieder Ryder mit ihren Augen auszog.

»Wenigstens habe ich mir Mühe gegeben«, konterte Doyle.

»Ein paar Tankstellenrosen ...« Ryders Blick wanderte zu mir. »... um heute Nacht ein Mädchen ohne Würde flachzulegen. Das Geld hättest du dir auch sparen können, Doyle.«

May kicherte und schmiegte sich wie eine rollige Katze an seinen Arm.

»Das Mädchen ohne Würde hängt wohl eher an deinem Arsch und wartet darauf heute Nacht von dir gevögelt zu werden«, brach es aus mir heraus. Ich ging zu Doyle, hauchte ihm einen Kuss auf die Wange und sagte: »Danke für die Rosen. Jetzt lass uns was trinken.«

Mit hocherhobenem Haupt und einem Selbstbewusstsein, das ich nicht hatte, weil ich es größtenteils spielte, stolzierte ich zu meinem Platz. Ich ließ mich auf den Stuhl fallen und legte den Strauß auf das Tablett zurück. Zu allem Übel musste ich Ryder und seiner hässlichen Begleitung beim Flirten zusehen, weil sie direkt hinter Doyle saßen.

»Was willst du trinken?«, erkundigte sich dieser mit einem breiten Lächeln.

»Irgendwas Starkes!«

»Bist du sicher?«

»Doyle! Es ist doch ein Date, oder? Natürlich bin ich mir sicher«, säuselte ich mit einem süßen Lächeln. Ohne Alkohol würde ich das nicht überstehen.

Ich war so sehr damit beschäftigt, mich selbst zu ermahnen, nicht zu Ryder zu schauen, dass ich nicht einmal mitbekam, wie die Kellnerin an den Tisch zurückkehrte und uns die Getränke brachte. Doyle hatte sich ein alkoholfreies Bier bestellt, da er noch fahren musste und mir ein Glas Prosecco, was meinen Wunsch nach Hochprozentigem zwar nicht stillte, aber immerhin ein Anfang war.

Nach ein paar kräftigen Schlucken löste sich meine Anspannung. Ich war wieder in der Lage dem Gespräch mit Doyle zu folgen. Er schien mein Unbehagen gar nicht zu bemerken und erzählte mir munter von seinem gestrigen Abend, den er hauptsächlich damit verbracht hatte, Videospiele zu spielen. Die erste Zeit hörte ich noch gespannt zu, mit jedem weiteren Schluck verlor ich jedoch das Interesse und fand mich – zu meinem eigenen Bedauern – dabei wieder, verstohlene Blicke über Doyles Schulter zu werfen, um zu beobachten, wie Ryders Date lief.

May hatte ihre Finger mit seinen verschränkt und klebte förmlich an seinem Hals. Er hingegen nippte teilnahmslos an seinem Glas und ließ mich keine Sekunde aus den Augen. Sein Mund verzog sich zu einem vielsagenden Grinsen, als sich unsere Blicke trafen. Hitze stieg in mir auf. Ich schob es auf den Alkohol, obwohl ich wusste, dass es die Spannung war, die selbst durch diese Distanz sofort zwischen uns entstand. Die Luft schien wie elektrisiert und ich rutschte unruhig auf dem Stuhl herum.

Unauffällig öffnete ich einen Knopf der Bluse, was Doyle nicht entging. Er stoppte einen Moment seinen Monolog und sein Blick wanderte sofort zu meinen Brüsten.

»Du siehst heute echt hübsch aus«, murmelte er mit funkelnden Augen.

»Danke«, faselte ich, ohne auf ihn zu achten, denn meine Aufmerksamkeit lag auf Ryder, der May jetzt eine Strähne hinters Ohr schob und ihren Hals küsste.

Getrieben vom Alkohol, ließ ich mich von der Eifersucht leiten und griff nach Doyles Hand.

»Ich bin wirklich froh, hier zu sein«, kicherte ich ungehalten. Kurz huschte mein Blick wieder zu Ryder, in der Hoffnung, dass er es ebenfalls mitbekam. Seine Miene war versteinert. Das überhebliche Grinsen von seinem Gesicht gewischt. Nun waren seine Lippen eine schmale Linie. Die Augen dunkel und kalt. Mit einem siegessicheren Lächeln beugte ich mich näher zu Doyle, der inzwischen nicht mehr von seinen Videospielen sprach, sondern merkte, dass er hier womöglich doch noch einen Treffer landen konnte.

»Willst du austrinken und wir fahren woanders hin?«, fragte er geradeheraus.

»Oh«, quiekte ich. »Klar.« Ich wollte nicht mit ihm verschwinden, aber ich konnte jetzt kaum ablehnen, nachdem ich mich ihm so angeboten hatte. »Ich mache mich nur eben frisch.« Viel zu laut kratzte der Stuhl über den Boden, als ich mich erhob. »Hoppla!«, entfuhr es mir, »Was haben die hier für Prosecco?« Ich hielt mich eine Sekunde am Tisch fest.

Wie viel hatte ich eigentlich getrunken? Zwei, drei, oder vielleicht schon vier Gläser? Es musste eine Menge gewesen sein, da sich für einen Moment alles drehte. Jetzt bereute ich es, völlig den Überblick verloren zu haben.

»Soll ich mitkommen?« Wollte er mich etwa direkt hier auf der Toilette vögeln?

»Du kannst doch nicht mit auf die Frauentoilette, Doyle. Nein, nein. Ich bin gleich wieder zurück. Du kannst ja schon mal zahlen.« Er nickte und winkte der Kellnerin.

Ich stolperte zu der Treppe, über der das Schild für die Toiletten leuchtete.

»Tolle Show, Ava.« Erschrocken fuhr ich zusammen, verpasste die nächste Stufe und trat ins Leere. Sofort verlor ich das Gleichgewicht und drohte, die restlichen Treppenstufen hinunterzusegeln. Starke Arme schlossen sich um meine Taille. »Du musst dich nicht vor Aufregung direkt in den Tod stürzen.«

Geradewegs stieg mir der vertraute Duft von Eukalyptus und Zitronengras in die Nase, weil Ryder mich lässig an seine Seite gezogen hatte. Er machte einen Schritt nach vorne, ohne die Hand von meiner Hüfte zu nehmen und platzierte die andere vor mir auf dem Geländer.

»Du bist betrunken«, stellte er angewidert fest.

Eigentlich dachte ich, er hätte ebenfalls getrunken, aber er roch kein Stück danach.

»Na und? Bist du die Schnapspolizei?«

»Hat dir niemand gesagt, dass man bei seinem ersten Date nicht so viel trinken soll, dass man nicht mehr zurechnungsfähig ist? Dieses auf Zwang sexy sein, steht dir nicht.«

Ich lachte, befreite mich aus seinem Griff und machte einen Schritt nach vorne. Leider kam ich nicht besonders weit, denn er hatte mich eingekesselt, weswegen ich ihm nur noch näherkam.

»Ich bin nicht unzurechnungsfähig, ich weiß sehr wohl, was ich tue.«

»Das habe ich gesehen. Du willst nicht mit ihm hier sein.« Er beugte seinen Kopf zu mir herunter. »Du bist eine verdammte

Lügnerin, Ava. Aber das wussten wir ja längst. Was an dir ist eigentlich keine Lüge?«

»Halt den Mund, Ryder. Ist es nicht eher so, dass es dich ärgert und du es dir nicht eingestehen willst? Wer von uns beiden ist hier ein verdammter Lügner?« Ich scheiterte bei dem Versuch, mich unter seinem Arm hindurchzuquetschen.

Sofort riss er mich zurück, packte mein Handgelenk und zog mich die letzten Stufen hinunter. Mit einem Ruck, der mir die Luft aus den Lungen presste, schubste er mich gegen die Wand. »Du spielst mit dem Feuer, Ava.«

»Vielleicht faszinieren mich die Flammen, weil es aufregend ist.«

»Verbrenn dich nicht«, hauchte er so nah an meinem Ohr, dass ich bereit war durch die ganze Hölle zu gehen für einen weiteren Moment mit ihm.

»Und wenn der Schmerz angenehm ist?«

Er führte seine Lippen so nah an meine, dass ich seinen Atem spürte.

»Dann sehen wir, wie viel du ertragen kannst, bevor du in dem Feuer verbrennst.«

»Eine Menge.«

Jede Faser meines Körpers wollte, dass er mich küsste, und gleichzeitig schrie mein Verstand, ihm eine Ohrfeige zu verpassen, damit ich abhauen konnte. Er zückte ein Messer, klappte die Klinge heraus und hielt sie mir direkt unter die Kehle.

»Mutige Worte für jemanden wie dich.«

»Wie mich?«

»Einer kleinen Schlampe, die sich offenbar einem anderen Schwanz an den Hals wirft, weil sie nicht den bekommt, den sie haben will«, knurrte er vernichtend.

»Du bist ein Arschloch!«

Mit einem gefährlichen Lächeln auf den Lippen, beugte er sich noch näher zu mir und hauchte: »Ich beweise dir jetzt, dass ich noch so viel mehr bin!«

Für den Bruchteil einer Sekunde hielt er inne und bewunderte die Klinge auf meiner schwitzenden Haut.

»Wenn du dich von ihm ficken lässt, heute oder irgendwann, werde ich ihm den Schwanz abschneiden.« Er neigte den Kopf, pustete auf die Stelle, auf der das Messer lag und eine Gänsehaut breitete sich auf meinem gesamten Körper aus. »Wenn du ihn küsst ...« Das kalte Metall wanderte zu meiner Bluse, klemmte sich unter die Leiste und trennte den obersten Knopf ab. »... werde ich dir hiermit wehtun.«

Langsam ließ er die Hand noch tiefer gleiten, schnitt einen weiteren Knopf ab, bis das Messer zwischen meinen Brüsten ruhte.

»Und wenn du noch einmal einen anderen Mann datest und denkst, du könntest hier Fuß fassen, werde ich meine verfickten Initialen in deine Titten ritzen. Du gehörst mir, solange wie ich das will, hast du das schon vergessen? Vergessen, dass du mein kleines Spielzeug bist?« Seine freie Hand schoss zu meiner Kehle.

»Schau mich an!«, forderte er grob.

Ich gehorchte und verlor mich in den tiefen Abgründen seiner Seele. Da war Dunkelheit. So viel Dunkelheit. Dunkelheit, die mich umhüllte und eine unerklärliche Sehnsucht weckte. Ich stand unter seinem Bann, ob ich wollte oder nicht. Es war wie eine Sucht, weil er diese Hölle zu dem schönsten Platz der Welt machte.

»Du tust, was ich dir sage, Ava. Wenn ich sage, spring, fragst du wie hoch. Wenn ich sage, lauf, fragst du wie weit. Und wenn ich deinen vorlauten Mund stopfen will, fragst du wie tief. Provoziere mich nie wieder so billig, wie dort oben mit diesem Wichser.« Die Klinke schnappte ein und er entfernte sich von mir. Auf der Treppe hielt er nochmal inne. »Du wirst in den Flammen untergehen, die du versuchst in mir zu schüren.«

Zitternd sackte ich an der Wand zusammen. Ich war nicht nur mit einem Schlag nüchtern, mir war auch speiübel und mein Herz donnerte gegen meinen Brustkorb. Schluchzend stieß ich die Tür der Damentoilette auf und torkelte zu den Waschbecken. Alles um mich herum verschwand, während ich die flache Hand auf meinen Mund presste und leise wimmerte.

Es dauerte eine Ewigkeit, bis die letzten Tränen versiegten. Irgendwann war da nur noch die altbekannte Leere. Ein Gefühl der Taubheit, was mich einfach wieder funktionieren ließ. Wie eine Maschine, nach dem Neustart.

Ich scheiterte bei dem Versuch, meine Bluse zu richten. Zu viele Knöpfe waren abgelöst, um sie noch seriös oder angemessen tragen zu können. Mit einem Papiertuch wischte ich mir die Spuren der Tränen aus dem Gesicht. Ich musste mir eine gute Ausrede einfallen lassen, um diesen Anblick vor Doyle rechtfertigen zu können. Aber eigentlich war es mir auch egal, was er dachte. In diesem Moment, auf der Damentoilette einer unscheinbaren Bar, war mir alles egal.

Kapitel 23

AVA

Ryder hatte es geschafft, meinen Willen für einen Augenblick zu brechen. In der Zeit auf der Toilette und auf der Fahrt nach Hause, hatte ich ernsthaft mit dem Gedanken gespielt, meine Sachen zu packen und zu verschwinden. Aber ich war es satt, auf der Flucht zu sein.

Es war nicht leicht, Doyle davon zu überzeugen, dass ich erst die Treppe hinuntergefallen war und mich dann aufgrund des Alkohols übergeben hatte. Die Lügen führten nur dazu, dass er sich noch mehr Sorgen machte und ich mich umso schlechter fühlte.

Von der Leichtigkeit, mit der ich den Abend begonnen hatte, war nicht mehr viel übrig. Niedergeschlagen stapfte ich den Pfad zum Haus entlang. Die Lichter der Veranda waren immer noch kaputt, weswegen ich den Schatten an der Haustür erst bemerkte, als ich direkt davorstand. Erschrocken wich ich zurück, stolperte und landete schmerzhaft mit dem Hintern auf dem harten Boden. Obwohl mein Verstand danach schrie, so viel Raum wie möglich zwischen mir und der Haustür zu bringen, konnte ich meinen Blick nicht davon losreißen. Mit weit aufgerissenen Augen starrte ich unentwegt auf das Ding an der Tür.

»Dieser kranke Bastard«, flüsterte ich voller Abscheu.

Mein Magen drehte sich um, sodass ich gegen das Verlangen ankämpfen musste, mich nicht auf der Stelle zu übergeben. Tief einatmend, schloss ich die Augen. Aber der Anblick des aufgespießten Herzens hatte sich längst in meine Netzhaut gebrannt. Ich sah es vor mir. Wie das feucht glänzende Blut das Holz hinuntertropfte und sich auf der Fußmatte sammelte. Es war einzig der Leere in meinem Inneren zu verdanken, dass ich nicht völlig den Verstand verlor.

Langsam krabbelte ich die drei Stufen hinauf, bis ich mit den Händen den Fußabtreter berührte. Das Herz hing, mit einem Jagdmesser befestigt, in der Mitte der Tür. Ein in Blut getränktes Papier steckte darunter. Anhand der Größe konnte ich zwar erkennen, dass es sich nicht um ein menschliches Organ handelte, dennoch waren meine anatomischen Kenntnisse nicht ausreichend genug, um es einem Lebewesen zuzuordnen. Der bestiale Gestank nach Verwesung breitete sich immer weiter aus. Es schüttelte mich. Ich unterdrückte ein erneutes Würgen und hielt nach meiner Handtasche Ausschau. Sie lag auf den Stufen hinter mir. Mit zitternden Händen fischte ich die Schlüssel heraus. Schwankend kämpfte ich mich zurück auf die Beine, brachte es aber nicht fertig, die Tür zu öffnen. Stattdessen lief ich panisch auf und ab.

»Okay, okay! Du bekommst das hin, Ava«, sprach ich mir Mut zu.

Mit Bedacht trat ich ganz nach links an die Fußmatte, streckte mich zur Tür und stocherte mit dem Schlüssel herum. Erleichtert atmete ich aus, als ich endlich das Schloss entriegelte. Aus der Küche holte ich Eimer, Putzzeug und ein Paar Gummihandschuhe, damit ich die Sauerei entfernen konnte. Ich brauchte drei Anläufe, bis ich es schaffte, den Griff des Messers zu umfassen und es mit einem Ruck herauszuziehen. Das Herz plumpste mit einem widerlichen Geräusch in den Eimer. Den Zettel fing ich in letzter Sekunde auf und faltete das Papier mit zittrigen Fingern vorsichtig auseinander.

Nächstes Mal ist es seines …

War das sein Ernst? Schnaubend pfefferte ich das durchweichte Blatt ebenfalls in den Eimer. Die Wut kochte so schnell in mir hoch, dass ich jeden Ekel vergaß und wie eine Verrückte das Blut von der Tür schrubbte. Nach einer halben Stunde war mein Ärger immer noch nicht verflogen. Fluchend warf ich die Handschuhe beiseite. Knallte die Tür hinter mir zu und stürmte wutentbrannt ins Wohnzimmer, um diesem Wahnsinnigen eine Nachricht zu schicken.

ICH:
Du bist ein krankes Arschloch! Halt dich von mir fern.

Ich hatte schon einige Male die Regale kontrolliert, den Boden gefegt, und die Zapfsäulen der Tankstelle geprüft, um der anhaltenden Langeweile entgegenzuwirken. Doch nichts änderte die Tatsache, dass an diesem Morgen tote Hose herrschte. Niemand kam zum Tanken. Keine Jugendlichen versuchten Alkohol zu stehlen, und flüchteten sich dann in Entschuldigungen, wenn sie drohten, erwischt zu werden. Ein schwarzer Bentley fuhr auf das Gelände und ich verspürte schon fast so etwas wie Erleichterung. Doch nachdem Neo, Arjan und Ryder ausgestiegen waren, schlug meine Stimmung sofort wieder um.

Missmutig bemerkte ich, wie sie direkt auf die Tankstelle zusteuerten. Von einem panischen Schrecken erfasst, schaute ich mich nach einem Gegenstand um, den ich ihnen zur Not über den Kopf ziehen könnte, falls sie zudringlich werden würden. Seit dem aufgespießten Herzen war ich mir ihrer Grenzen nicht mehr sicher.

Diese Aktion war mehr als ein Streich oder das Mittel einer Einschüchterung. Ich bekam eine Dose Ravioli zu fassen, ehe die kleine Glocke über der Tür klingelte und sie nacheinander eintraten. Umsichtig platzierte ich sie, wie einen Dekorationsartikel, auf den Tresen – einen von ihnen könnte ich damit sicher k. o. hauen, wenn es hart auf hart kam.

»Zapfsäule 2?«, fragte ich überflüssigerweise.

Natürlich war mir nicht entgangen, dass sie weder getankt hatten noch Anstalten machten, etwas aus den Regalen zu nehmen, um es zu kaufen. Was bedeutete: dass sie meinetwegen hier waren!

Mit gestrafften Schultern reckte ich das Kinn in die Höhe, um eine ordentliche Portion Selbstbewusstsein vorzutäuschen.

»Heute nicht, Süße«, lachte Arjan, während er sich vor dem Tresen aufbaute und mir herausfordernd eine Haarsträhne hinters Ohr schob.

»Fass mich nicht an!«, sagte ich giftig und zog meinen Kopf aus seiner Reichweite.

Ich bemerkte, wie sich Ryders Schultern anspannten. Für den Bruchteil einer Sekunde trafen sich unsere Blicke, doch ehe ich eine Reaktion von seinem Gesicht ablesen konnte, wandte er sich wieder ab.

»Hey, hey«, tadelte Arjan, der blitzschnell nach meinem Kinn griff und meinen Kopf zurück in seine Richtung drehte. »Hier spielt die Musik.«

»Was willst du?« Ich hielt seinem Blick stand, woraufhin er eine Augenbraue hob und mich mit einem belustigten Ausdruck musterte.

Sein rechter Mundwinkel zuckte und er murmelte: »Du kommst wirklich schnell zur Sache!« In sich hineinlachend, warf er Ryder ein Grinsen zu, das mir sofort die Röte ins Gesicht trieb.

Arjan schien meine Gedanken lesen zu können, denn sein Grinsen wurde noch breiter, als er sich wieder zu mir drehte:

»Du fragst dich sicher, ob er uns gesagt hat, was er mit dir angestellt hat.« Er beugte sich etwas vor, sodass die nächsten Worte nur für mich bestimmt waren. »Wir wissen genau, was er getan hat. Du bist echt krank, Ava. Nach allem, was er dir angetan hat, willst du immer noch seinen Schwanz in dir. Ist es nicht so?«

»Was weißt du schon.«

»Ich? Ich weiß, dass du ihn willst. Mehr als du dir selbst eingestehst. Du hast noch nicht einmal gemerkt, dass er bereits dabei ist, dich zu brechen. Dass er spielt und du bereitwillig jedem seiner Züge folgst. Ich sage dir jetzt und hier, dass du nur noch einen Atemzug davon entfernt bist, zu fallen. Und er wird nicht der Held sein, der dich rettet. Nicht derjenige, der die Scherben deines verkorksten Lebens aufheben und wieder zusammenzusetzen wird. Ryder ist jemand, der sie nehmen wird, in seinen Händen zermahlt und auf den Überresten tanzt.« Mit einem gefälligen Lächeln lehnte er sich zurück. Wohl wissend, dass jedes seiner Worte ihr Ziel getroffen hatte.

»Noch was? Ich muss arbeiten!« Meine Stimme bebte.

Ich war kurz davor, die Fassung zu verlieren, aber ich durfte mir vor ihnen keine Schwäche erlauben. Alle Muskeln in meinem Körper waren auf Alarmbereitschaft. In Gedanken wiederholte ich immer wieder die Worte, *nicht weinen, bloß nicht weinen*! Es war schwerer als erwartet.

»Ich hätte gerne Antworten!«, erwiderte Arjan und verschränkt die Arme vor der Brust.

Ich atmete tief ein, rief mir in Erinnerung, wieso ich nach Ashwick gekommen war – ich hatte keine andere Möglichkeit. Ich musste ihnen die Stirn bieten.

»Oh entschuldige, das haben wir leider nicht im Sortiment«, gab ich schnippisch zurück.

Mir war klar, dass ich ihn damit reizte, provozierte und möglicherweise Gefahr lief, im Sturm seiner grauen Augen unterzugehen. Seine Lippen formten sich zu einer dünnen Linie.

»Provoziere mich nicht. Ryder mag deine Spielchen vielleicht. Bei mir sieht das allerdings anders aus«, sagte er, ohne den drohenden Unterton in seiner Stimme zu verbergen.

»Du siehst auch nicht aus wie jemand, mit dem man gerne spielen möchte. Mit diesem Gesicht hattest du es bestimmt schwer in deiner Kindheit«, erwiderte ich trocken.

Neo tarnte sein Lachen mit einem Hüsteln und drehte sich weg. Ryder hingegen räusperte sich mahnend, was mir wohl als Warnung dienen sollte. Doch es war mir egal – wenn Arjan dachte, er könnte mir so kommen, musste er auch damit rechnen, dass sein Gegenüber konterte. Mit einer gezielten Bewegung packte er den Kragen meines Strickkleids und zog mich über den Tresen.

»Du bist vorlaut. Ich habe Lust, dir den Mund zu stopfen, um dir zu zeigen, was ich mit unverschämten Schlampen mache.«

Wieder räusperte sich Ryder, doch dieses Mal war die Warnung dahinter nicht an mich gerichtet, sondern an Arjan.

Ich sah gebannt dabei zu, wie sich seine rechte Augenbraue hob, ehe er gereizt fragte: »Brauchst du ein Bonbon, Ryder?«

Einen Augenblick herrschte Stille. Die Atmosphäre war zum Zerreißen gespannt. Ich schluckte, wartete darauf, dass irgendjemand etwas sagte. Den Druck aus dem Moment nahm, der schonungslos über uns weilte.

»Lass sie los!«, schnitten Ryders Worte durch die dicke Luft.

Überrascht klappte mir der Mund auf. Hatte er sich gerade für mich eingesetzt, oder gehörte das zu seinem irren Spiel?

»Was?«, fragte Arjan scharf.

Ohne seinen Griff zu lockern, neigte er den Kopf zu Ryder.

»Ich habe gesagt ...«, antwortete dieser mit einem messerscharfen Ton, »...du sollst deine Finger von ihr nehmen.«

Im Handumdrehen löste er Arjans Griff und schien nicht im Geringsten beeindruckt zu sein, als sich dieser bedrohlich vor ihm aufbaute. Lässig streifte er die Lederjacke von den Schultern und warf sie achtlos auf den Tresen.

»Leute!«, rief Neo. »Beruhigt euch mal!«

Arjan ignorierte ihn völlig. Seine gesamte Aufmerksamkeit war nun auf Ryder gerichtet. »Seit wann stellst du dich gegen uns?«

»Ich stelle mich nicht gegen euch, sondern gegen dich, weil du meine Bitten ignorierst! Ich habe gesagt, ich kläre das.«

»Dann krieg deinen Scheiß auch auf die Reihe. Finde endlich raus, was die Schlampe verheimlicht!«

Ich hatte fest damit gerechnet, dass sich Arjan wieder zu mir wenden würde, um dort weiterzumachen, wo er aufgehört hatte. Doch anstatt mir erneut unangenehm auf die Pelle zu rücken, machte er auf dem Absatz kehrt und stürmte aus der Tankstelle.

Neo zögerte einen Moment, dann klopfte er Ryder aufmunternd auf die Schulter »Du bist so was von am Arsch, mein Freund! Du hast nichts dagegen, oder?«, wandte er sich an mich, nachdem er sich einen Schokoriegel aus der Auslage nahm.

Perplex starrte ich ihn an, als er mir zum Abschied wank und seinem Bruder folgte.

»Alles okay?«, fragte Ryder und ich hätte schwören können, dass die Besorgnis in seiner Stimme echt war.

Er war ein echt guter Schauspieler! Schließlich konnte er sich nicht einerseits sorgen, wenn er andererseits immer wieder Grenzen überschritt.

»Interessiert dich das wirklich? Oder ist das nur ein Spiel?«

Ein verwirrter Ausdruck huschte über sein Gesicht, verweilte dort aber nur Sekunden, ehe er der ausdruckslosen Maske wich, die er so oft trug.

»Ich spiele nicht mehr«, bemerkte er tonlos.

»Ach, nein?«

»Nein.«

»Wie würdest du es sonst bezeichnen?«, wollte ich wissen, während ich ihm zusah, wie er seine Lederjacke vom Tresen nahm und sie wieder anzog.

Mich ließ er dabei keine Sekunde aus den Augen.

»Hast du es noch immer nicht begriffen?« Sein Blick durchbohrte mich förmlich »Du bekommst das, was du verdienst, Ava. Nicht mehr und nicht weniger.«.

Kapitel 24

RYDER

Ich schlug den Kragen der Lederjacke auf, als könnte die zusätzliche Lage verhindern, dass noch mehr Kälte in mein Inneres kroch.

Schon eine sehr lange Zeit herrschte Winter in mir. Es war unmöglich, etwas daran zu ändern, trotzdem schien Ava irgendetwas in mir auszulösen. Einen Teil in mir zu berühren, der viele Jahre unter Eis gesteckt hatte. Aber ich war nicht bereit, die Kälte und die Leere aufzugeben. Es war einfacher, wenn sie ein Teil von mir waren.

»Du bist ja immer noch da!«, sagte ich überrascht, als ich mich auf den Beifahrersitz schwang.

Vermutlich war es nur Neo zu verdanken. Wäre es nach Arjan gegangen, hätte er sicherlich nichts lieber getan als mich sang- und klanglos zurückzulassen.

»Was sollte das?«, bluffte Arjan, noch ehe mein Arsch das teure Leder seines Wagens berührt hatte.

»Lass das Thema einfach gut sein«, bat ich, weil ich für den anstehenden Kampf einen klaren Kopf brauchte.

Streit mit Arjan war immer anstrengend. Es zerrte an den Nerven, wenn er einen vor lauter Frust tagelang zu Kreuze kriechen ließ. Dabei war mir längst klar, dass ich das Spiel zu weit getrieben hatte, dort mehr als reine Informationsbeschaffung mit drinhing. Das musste ich Arjan aber nicht direkt auf die Nase binden. Er machte sich schon zu viele Sorgen.

Aufgebracht drehte er sich auf dem Fahrersitz herum und funkelte mich finster an. »Das Thema ist vorbei, wenn ich es sage! Du weißt, wer hier das Sagen hat. Die Sache stinkt bis zum Himmel. Wieso taucht sie hier auf, nachdem wir die Drohung bekommen haben?«

Ich zuckte mit den Schultern. »Zufall?«

Arjan hob die rechte Augenbraue, ehe er sich wieder zum Steuer drehte und sein Blick zur Tankstelle schweifte. »Ich glaube nicht an Zufälle.«

»Sie sieht nicht aus, als hätte sie was mit ihm zu tun«, ergriff Neo das Wort.

Arjan seufzte und umklammerte das Lenkrad mit beiden Händen. »Ich habe schon Menschen gesehen, die noch unschuldiger aussahen und hinter deren Masken sich abartige Monster versteckten.«

Selbstverständlich wusste ich, worauf er hinauswollte, und verstand seine Zweifel in dieser Hinsicht sogar. Trotzdem konnte ich mir nicht vorstellen, dass sie etwas mit ihm zu tun hatte.

»Ich weiß. Vertrau mir einfach. Ich habe alles im Griff«, versuchte ich ihn zu beruhigen.

»Das hoffe ich«, sagte er und warf einen Blick auf die Uhr. »Du bist spät dran. Wir verlegen dieses Gespräch auf ein anderes Mal.«

Arjan drehte den Zündschlüssel und startete den Wagen. Binnen Sekunden beschleunigte er auf über 100 Stundenkilometer. Auf den Straßen von Ashwick herrschte nachts eine fast schon beängstigende Stille, die sich allerdings kurz vor den anstehenden Kämpfen wie eine Wohltat anfühlte. Ich bekam die wirren Gedanken in den Griff, vergaß den ganzen Scheiß, der wie das Damoklesschwert über uns schwebte. Und heute schaffte ich es sogar, Avas Gesicht aus meinem Verstand zu drängen.

KAPITEL 25

AVA

Mir fiel ein Stein vom Herzen, als der Wagen endlich mit Karacho davonfuhr. Die ganze Angelegenheit spitzte sich immer weiter zu. Und es schien nur noch eine Frage der Zeit, bis sie völlig eskalierte. Was auch immer Ryder, Neo und Arjan fürchteten, es musste enorm sein, wenn sie davon ausgingen, dass jeder neue Bewohner Ashwicks eine potenzielle Bedrohung darstellen könnte. Ich atmete tief durch und begann damit, die Kaugummis erneut zu sortieren, obwohl die kleinen Päckchen ordnungsgemäß in Reih und Glied gestapelt waren.

Die Tätigkeit erfüllte ihren Zweck. Es beruhigte mich, sodass ich den aufkeimenden Gedanken, Ryder einen Teil meiner Geschichte zu erzählen – einfach, damit die Lost Souls mich endlich in Ruhe ließen – erfolgreich zur Seite schob. Nicht nur, weil die Erinnerung zu schlimm war, sondern auch, weil ich Angst hatte, dass er mich mit anderen Augen sehen würde.

Der dumme Teil in mir, der sich zu ihm hingezogen fühlte, – selbst jetzt noch, nachdem er all diese Dinge getan hatte – wollte ihn und das Gefühl, das er in mir auslöste, nicht verschwinden lassen. Ich stöhnte frustriert. So war das alles nicht geplant. Es war schleunigst an der Zeit, diesen Kerl aus meinem Kopf zu bekommen.

Ein ungutes Gefühl beschlich mich, nachdem ich bemerkte, dass die Haustür nur angelehnt war. Ich war sicher, sie verschlossen zu haben, als ich heute zu meiner Schicht aufgebrochen war. Vorsichtig trat ich ein und sah mich um.

»Hallo?«, rief ich mit zitternder Stimme in die Dunkelheit hinein. »Ryder, bist du es?«

Mein Herzschlag beschleunigte sich bei dem Gedanken, dass er bereits auf mich wartete. Irgendwo in der Finsternis lauerte. Das altbekannte Spiel: Jäger und Gejagte, Katz und Maus. Es war faszinierend und beängstigend zugleich, wie sich Adrenalin, Neugier und Angst durch meinen Körper pumpten, wenn er da war.

»Hallo?«, rief ich erneut.

Nichts. Es herrschte weiterhin die allseits bekannt Stille, die ein leeres Haus umgab. So einnehmend, dass man sie sogar fühlte. Wie ein Mantel umhüllte sie jeden Raum, jede Ecke, jeden noch so kleinen Fleck. Ich schloss die Tür hinter mir, schlich mit einem prüfenden Blick, – bei dem ich versuchte, mich so gut es ging, an alle Gegenstände zu erinnern, die hier herumstanden – durch den Flur. Kein Einbrecher würde die antiken Vasen und Möbel, welche inzwischen einiges wert sein dürften, zurücklassen. Aber auf den ersten Blick fehlte nichts. Es war ein Indiz, das meinen Verdacht auf Ryders Anwesenheit verhärtete.

Hastig schlüpfte ich durch die Tür ins Wohnzimmer und tastete nach dem Lichtschalter an der Wand. Ich kniff die Augen zusammen, weil das Licht den Raum durchflutete und sich für den Bruchteil einer Sekunde beißende Helligkeit in meine Augen fraß. Nachdem sie sich an die neue Lichtquelle gewöhnt hatten, und die Umrisse des Wohnzimmers immer deutlicher würden, traf mich der Schlag.

»Was zur ...« Ungläubig trat ich einen Schritt zurück, stieß mit dem Rücken gegen den Türrahmen, doch den Schmerz nahm ich kaum wahr.

Mein Blick, meine gesamte Aufmerksamkeit, ruhte auf den zerschnittenen Polstern des Sofas, den Kissen und Gardinen. Das weiße Futter verteilte sich im ganzen Zimmer. Verstört trat ich einen weiteren Schritt zurück, als könnte genügend Abstand etwas an der Situation ändern. Es weniger brutal aussehen lassen.

Meine Kehle schnürte sich zu. Panik pochte in meinem Inneren und machte es unmöglich zu atmen, oder einen klaren Gedanken zu fassen. Ich war gelähmt. Paralysiert, wie ein verschrecktes Reh, das bei Nacht in das gleißende Scheinwerferlicht eines heranrasenden Autos starrte. Der Aufprall, der mich zurück in die Realität riss, war zerstörerisch, nahezu vernichtend. Denn es war nicht mehr als ein Hauch im Wind. Ein klägliches Wimmern. Ein langer, hoher Ton, der einem das Blut in den Adern gefrieren ließ, weil man das Leid dahinter so klar hören konnte. Hektisch sah ich mich um. Allerdings konnte ich Merlin nirgendwo entdecken. Das Jaulen wurde leiser. Mein Herz zog sich schmerzhaft zusammen, ehe es in einem Anfall von Panik schier aus meiner Brust zu springen schien.

»Merlin!«, rief ich aufgelöst.

Auf dem Boden in der Küche, vor einer geöffneten Futterdose, lag der rote Kater. Der kleine Körper war zur Seite gekippt. Er hob den Kopf versuchte sich aufzurappeln, doch die Kraft war längst aus seinen Gliedern gewichen.

»Oh Gott. Halte durch!« Weinend stolperte ich zurück in den Hausflur, wühlte mein Handy aus der Tasche und vertippte mich in der Hast nach Kats Nummer.

Das Gefühl der Verzweiflung ließ mich fast durchdrehen. Ich vergeudete kostbare Zeit, die Merlin brauchen würde, um zu überleben. Schon als ich die Küche betreten hatte, wusste ich, was los war. Viele Male musste ich mit ansehen, wie sich Gift auf den Körper eines Tieres auswirkte. Der Anblick hatte sich längst in mein Gedächtnis gebrannt. Ich kannte die Geräusche, die sie machten. Die Qual, die sie auf ihren letzten Atemzügen begleitete und das Gefühl, wenn sie in deinen Armen verstarben.

»Ja?«, fragte Kat verschlafen.

»Merlin! Er wurde vergiftet!«, schluchzte ich.

»Was?« Die anfängliche Müdigkeit war aus ihrer Stimme gewichen. »Ich komme sofort«

»Es tut mir so leid, aber ich wusste nicht, wen ich sonst anrufen sollte!«, schniefte ich völlig aufgelöst.

»Ganz ruhig, Ava. Ich bin gleich da«, versuchte sie mich zu beruhigen. »Komm zur Straße!«

»Ist gut.« Ich legte auf, feuerte das Handy achtlos auf das Schränkchen und hastete zurück in die Küche.

Inzwischen gab Merlin keinen einzigen Laut mehr von sich. Vorsichtig schob ich die Hände unter ihn, spürte das Senken und Heben seiner Brust nur ganz leicht, woraufhin ich ihn fester gegen meinen Körper presste und sein Köpfchen küsste.

»Du schaffst das, hörst du. Du bist ein Kämpfer!« Eilig, aber darauf bedacht, über keine Wurzel zu stolpern, um die Lage für Merlin nicht noch schlimmer zu machen, durchquerte ich den Wald. Kat wartete bereits an der Straße.

»Ist der Tierarzt weit weg?«, fragte ich atemlos, nachdem ich mich auf dem Sitz niedergelassen hatte.

Sie schüttelte den Kopf und drehte den Wagen, um direkt wieder in das Herz von Ashwick zu fahren.

Die Sonne ging gerade unter, als wir Stunden später die Tierarztpraxis verließen. Seufzend legte ich den Kopf in den Nacken und schloss die Augen. Ließ die letzten Sonnenstrahlen, die sich durch die aufgebrochene Wolkendecke kämpften, für einen Moment meine Seele wärmen. Obwohl es Merlin den Umständen entsprechend ging und er laut der Tierärztin auf einem guten Weg war, musste er für einige Tage in der Praxis bleiben. Ich hatte kein Problem damit, wenn der Groll der Jungs gegen mich ging, aber ich hatte ein verdammtes Problem, wenn er sich gegen Menschen oder Tiere richtete, die mir etwas bedeuteten. Was sollte als Nächstes kommen? Würden sie Kat kidnappen, bis ich ihnen gab, was sie wollten?

»Das wird er bereuen! Kannst du mich bitte zu ihm fahren«, sagte ich entschlossen.

»Ava!«, mahnte Kat, ehe sie den Wagen am Rande einer Straße parkte. »Lass das. Das wird die Sache doch nur schlimmer machen.«

Ich schüttelte heftig den Kopf. »Das ist mir egal.«

»Ich bitte dich, Ava!«

»Wieso?«, fragte ich herausfordernd.

»Weil es dumm ist. Du reagierst jetzt aus Emotionen heraus.«

Irritiert zog ich die Augenbrauen zusammen. »Und was ist falsch daran? Jemand muss ihnen zeigen, dass sie nicht tun und lassen dürfen, was sie wollen. Sie sind keine verdammten Könige, sondern nur ein Haufen Kerle, die denken, Macht über Menschen zu haben, indem sie sie unterdrücken und verängstigen.«

»Aber ...«

»Nein, Kat. Egal, was du sagst, du wirst mich nicht davon abbringen. Er hat eine Lektion verdient!«

Sie seufzte frustriert, murmelte etwas, das nach »Das ist eine verdammt schlechte Idee«, klang und wendete den Wagen, um in die entgegengesetzte Richtung zu fahren.

»Kat?«

»Ja?« Etwas hoffnungsvolles flammte in ihren Augen auf, als würde sie erwarten, dass ich meinen Entschluss nochmal überdacht hätte.

»Schau mich nicht so an!«

»Wie denn?«

»Als würdest du dir wünschen, ich würde mich anders entscheiden.«

Sie atmete tief aus. »Aber genau das tue ich. Glaub mir, es ist der falsche Weg. Du kannst Feuer nicht mit Benzin begießen und dabei erwarten, dass es nicht in einem Inferno endet. Was hast du denn vor? Hast du überhaupt einen Plan?«

Nein, den hatte ich nicht, aber ich wollte ihn genauso sehr verletzen, wie er mich.

Und plötzlich schwebte die Antwort auf all meine Fragen vor meinen Augen. »Ich werde sein Motorrad zerstören.«

»Bist du völlig irre geworden? Das kannst du nicht machen!«

»Kat. Ryder hat Grenzen überschritten. Er hat mir mit einem Messer ein Herz an die Tür gehängt und nun ein unschuldiges Lebewesen vergiftet. Sag mir bitte nicht, dass es nicht an der Zeit wäre, diesem Kerl zu zeigen, dass er zu weit gegangen ist.« Ohne jede Vorwarnung trat Kat mitten auf der Straße auf die Bremse.

Der Gurt rastete ein und schleuderte mich zurück in den Sitz.

»Kat, spinnst du? Du kannst doch nicht einfach den Wagen halten!«, schrie ich entsetzt und war heilfroh, dass der nächtliche Verkehr in Ashwick überschaubar war und uns in diesem Moment niemand hinten reinfuhr.

»Das passt nicht zu Ryder«, meinte sie ungläubig. Sie umklammerte das Lenkrad mit beiden Händen und starrte mich entgeistert an. »Klar, er mag Spielchen und treibt es des Öfteren auch mal zu bunt, aber so was würde er niemals tun!«

»Aha. Und du kennst ihn so gut, um das zu beurteilen?«, fragte ich scharf.

Ich konnte nichts gegen das Gefühl tun, das meinen Magen zusammenzog, als mir all die Möglichkeiten einfielen, auf welche Art die beiden sich vielleicht kannten.

Der Anflug der Eifersucht schien sich deutlich auf meinem Gesicht zu spiegeln, denn Kat stöhnte genervt, ehe sie antwortete: »Egal, was du gerade denkst, nichts davon stimmt. Wir sind alte Kindheitsfreunde. Sie waren sehr gut mit Valentin befreundet, da bleibt es nicht aus, dass ich ebenfalls Zeit mit ihnen verbracht habe. Genau deswegen weiß ich, dass alles noch viel schlimmer wird, wenn du nicht aufhörst, dich gegen sie zu wehren.«

»Du meinst, ich soll vor ihnen kuschen?«

»Wäre das so schlimm?«

»Hast du vergessen, was sie deinem Bruder angetan haben?«, rief ich ihr in Erinnerung. »Diese Typen halten sich für unantastbar, sie haben völlig den Verstand verloren. Du kannst mir jetzt helfen, oder du lässt mich einfach hier raus und ich ziehe das alleine durch. Es wird ja nicht so schwierig sein zu erfahren, wo sie wohnen.«

»Na schön«, gab sie sich geschlagen. »Ich setze dich bei ihnen ab. Aber sag nicht, ich hätte dich nicht gewarnt, wenn es nach hinten losgeht.«

Ich schnaubte verächtlich, als wir einige Zeit später vor einer bepflanzten Einfahrt hielten. Die Jungs hatten dieses riesige, wunderschöne Haus, doch traten ihre Privilegien mit Füßen. Ryder, Arjan und Neo waren dermaßen undankbar, dass sich eine neue Welle der Wut in mir bildete. Ich folgte Kat an der Mauer entlang zu einer kleinen Abzweigung, die direkt zu einer Garage führte.

»Da drin«, flüsterte sie und deutete auf das Garagentor.

Kurz beschlichen mich Zweifel, aber nachdem ich mich an die letzten Tage erinnerte, an all den Kummer, den er mir beschert hatte, verpufften sie genauso schnell, wie sie aufgetaucht waren. Die Garage war nicht verriegelt. Scheinbar waren die drei nicht nur reich und unverschämt, sondern auch so sehr von sich überzeugt, dass sie es nicht für nötig hielten, ihre Wertsachen, wie Autos und Motorräder, hinter verschlossenen Türen aufzubewahren.

»Diese Triumph Bonneville ist seine«, wisperte Kat und trat einen Schritt zur Seite, um den Blick auf eine schwarze, glänzende Maschine freizugeben.

Sie stand in der Mitte der Garage, direkt neben einer Harley. Ich grinste breit, strich über das kalte Metall und umrundete das Modell.

»Es wird Zeit, sich von ihr zu verabschieden«, murmelte ich entschlossen vor mich hin.

Vielleicht war dieser Rachefeldzug, ganz nach dem Motto: Auge um Auge, Zahn um Zahn, falsch, aber Ryder hatte dieses Spiel begonnen, also sollte er nicht überrascht sein, wenn ich mich dazu entschied, es mitzuspielen.

Kat lief unruhig auf und ab, fuhr sich immer wieder durch das Haar. »Ava, da wäre noch etwas, das du vorher wissen solltest …«

Ehe sie ihren Satz beenden konnte und womöglich meine Entschlossenheit ins Schwanken brachte, unterbrach ich sie: »Spar dir das, Kat. Es ist sowieso schon alles vorbereitet.«

Wie auf Kommando erschienen Scheinwerfer in der Einfahrt.

»Sag mir bitte nicht, dass du Doyle angerufen hast?«, sagte sie fassungslos und starrte mit zusammengekniffenen Augen auf das Auto.

»Doch. Es war sogar seine Idee«, erwiderte ich mit einem Schulterzucken, während ich das Motorrad zum Wagen schob.

Eigentlich hatte ich erwartet, dass Doyle nach dem Date auf Abstand gehen und mich für den Rest meines Lebens mit Schweigen strafen würde. Doch nichts dergleichen passierte. Offenbar war er auch ein Freund davon, unangenehme Dinge einfach unter den Tisch fallen zu lassen. Über das verkorkste Date fiel jedenfalls bis jetzt kein einziges Wort – wir machten da weiter, wo wir vor dem Abend aufgehört hatten. Es war so, als hätte er niemals stattgefunden und ich war ihm dankbar dafür.

Die Ladefläche des Pick-ups war groß genug, um das Motorrad ordentlich zu verstauen. Doyle half mir dabei, die Maschine über ein Brett auf den Wagen zu schieben und huschte anschließend wieder auf den Fahrersitz, wo er auf mich wartete.

»Kat, es ist besser, wenn du jetzt nach Hause fährst. Ich will dich nicht noch tiefer mit hineinziehen.«

»Aber Doyle schon?«

»Er hat es angeboten. Ich habe es nur angenommen«, entgegnete ich und schloss sie kurz in die Arme, um ihre Einwände im Keim zu ersticken.

Sie erwiderte die Umarmung und flüsterte: »Überlege es dir bitte nochmal. Du weißt nicht, was ihm dieses Bike bedeutet.«

»Schon okay. Es soll wehtun.« Seine elendige Maschine zu verschrotten, würde mir einen Heidenspaß machen. Rache war süß und diese Rache schmeckte wie der verdammte Himmel auf Erden.

Wie sehr ich mich täuschen würde, wusste ich zu diesem Zeitpunkt noch nicht ...

Denn Rache und Hass waren das Feuer, das Monster schuf.

Kapitel 26

RYDER

Zusammen mit Neo und Arjan saß ich in der Küche, während Dorothee um uns herumwirbelte und eine Schale nach der anderen auf den Tisch stellte. Schon seit unserer Zeit im Kinderheim aßen wir mindestens eine Mahlzeit des Tages gemeinsam – daran hatte sich in all den Jahren nichts geändert.

»Was ist los, Ryder? Verunsichert dich der bevorstehende Kampf etwa?«, zog mich Neo auf und stach mir spielerisch mit dem Ellbogen in die Rippen.

»Soll das ein Witz sein?« Ich sah ihn gereizt an und spielte mit dem Gedanken, ihm meine Faust in Gesicht zu rammen.

»Entspann dich, Bruder«, entgegnete er entschuldigend, ehe er sich einen Haufen Kartoffeln auf den Teller schaufelte.

Ich beobachtete ihn ein paar Sekunden dabei, doch als ich Arjans Blick auf mir spürte, wandte ich mich an ihn.

»Was gibt's?«, fragte ich unverblümt.

Er saß am Kopf des Tisches, unter seinem Stuhl lag Spike und schlief.

»Gibt es Neuigkeiten?«

»Ich bin dran.«

»Hat es einen Grund, wieso es dieses Mal so lange dauert?«

Ich verbiss mir einen dummen Kommentar und antwortete: »Dieses Mal macht es mir eben besonders viel Spaß.«

»Offensichtlich!«, gluckste Neo, der anscheinend von der Anspannung in der Küche nichts mitbekam.

Sowohl Arjan als auch ich hatten noch keinen Bissen des Essens angerührt, während er sich munter eine Gabel nach der anderen in den Mund schob.

»Ich glaube, da steckt mehr hinter«, schlussfolgerte Arjan.

Wieder diese Diskussion. In letzter Zeit gerieten wir viel zu oft wegen Ava aneinander. Er vertraute mir nicht, dachte, ich hätte mich in irgendwas verrannt. Aber das stimmte nicht! Ich hatte sie da, wo ich sie haben wollte. Anstelle einer Antwort zog ich den Umschlag aus der Gesäßtasche meiner Jeans, und schob ihn über den Tisch.

»Was ist das?«, fragte Arjan argwöhnisch.

»Du weißt ganz genau, was das ist«, erwiderte ich.

»Ich will deine scheiß Miete nicht«, bluffte er, was Spike sofort den Kopf heben ließ.

Der nervige, pechschwarze Pitbull erkannte den Zorn in seiner Stimme und fletschte die Zähne.

»Alles gut, mein Junge.« Arjan tätschelte seinen Kopf.

Die Geste schien ihn zu beruhigen – zumindest legte er den Kopf wieder auf seine Pfoten und döste weiter.

»Und ich habe dir gesagt, dass ich nicht umsonst hier wohne. Ich gehöre nicht zur ...«

Arjans Faust knallte auf den Tisch. Erbsen rollten über die weiße Tischdecke und die Soße schwappte über das Kännchen.

»Sag das nicht!« Mit einem Satz sprang er auf und packte mich am Kragen.

Ich hörte Neo beruhigend auf Spike einreden, denn sein tiefes Knurren erfüllte die Küche, sodass ich jeden Moment damit rechnete, ihn in meinem Bein hängen zu haben.

»Aus!«, sagte Arjan und plötzlich herrschte Stille. »Und jetzt zu dir! Wage es nie wieder, zu behaupten, dass du nicht zur Familie gehörst, *Killian!* Steck das verdammte Geld ein, bevor ich es dir in den Arsch schiebe und die Scheiße aus deinem

Körper prügele.« Tief durch die Nase atmend ließ er mich los und setzte sich wieder.

Er nahm den Umschlag in die Hand und feuerte ihn mir direkt ins Gesicht. Seiner Reaktion nachzuschließen, war er wirklich sauer, denn normalerweise nannte er mich nicht Killian. Bis er das tat, musste die Kacke schon echt am Dampfen sein.

»Jetzt reicht es aber!« Dorothee war am Tisch aufgetaucht und zerrte Arjan und mich an den Ohren von unseren Plätzen.

Neo prustete los und Spike – der Verräter – öffnete lediglich die Augen für eine Sekunde, bevor er sich wieder entspannt hinlegte.

Dorothee war eine der wenigen, den er alles durchgehen ließ. Vielleicht hatte das was mit den Leckerlis zu tun, die sie ihm heimlich zusteckte.

»Wie oft habe ich euch schon gesagt, dass ich eure Hahnenkämpfe in meiner Küche nicht toleriere!« Energisch zwirbelte sie ihr Geschirrhandtuch und verpasste jedem von uns einen Schlag damit.

»Dee!«, rief Arjan empört.

Neo lachte wie ein Wahnsinniger, weil es mal nicht er war, der von Dorothee eine Abreibung bekam.

»Sorry, Dee!«, sagte ich beschwichtigend.

Sie funkelte mich zornig an und ich ahnte, dass wir es mit unseren Streitereien auf die Spitze getrieben hatten.

»Ja, sorry!«, pflichtete Arjan kleinlaut bei »Und du bist ein Verräter!!«, sagte er beleidigt zu Spike, was ihm einen weiteren Schlag einbrachte.

»Der Hund kann nichts für dein Benehmen! Komm her, Spikey.« Sofort trottete er schwanzwedelnd auf sie zu und ließ sich bereitwillig hinterm Ohr kraulen.

»Oh, ich komme besser später nochmal wieder!«, ertönte mit einem Mal Sages Stimme hinter uns.

Er stand unbeholfen an der Schwelle zur Küche und musterte das Geschehen.

»Was ist, Sage?«, knurrte Arjan angriffslustig, als würde die harte Schale, die er auf einmal aufsetzte, irgendwas an der Tatsache ändern, dass Dorothee ihn an den Eiern hatte.

»Ich bin wegen Ryder hier. Wir sind zum Zocken verabredet«, erklärte er kurz, woraufhin Arjan die Augen verdrehte, und sich wieder setzte.

»Ich verstehe nicht, wie man so seine Freizeit vergeuden kann. Probiert es mal mit Frauen, da habt ihr mehr von«, erwiderte er beiläufig.

Neo lachte schadenfroh und machte gerade den Mund auf, um einen unnötigen Kommentar abzulassen, als ihm Arjan das Wort abschnitt. »Du Neo, solltest deinen Schwanz besser eingepackt lassen. Du ziehst die Scheiße einfach magisch an. Bring bloß nicht noch eine Verrückte ins Haus!«

Ich schmunzelte, weil es ein offenes Geheimes war, dass er von May sprach. Die Kleine fickte gut – ganz klar, – aber alle Tassen im Schrank hatte sie nicht. Da musste ich Arjan leider recht geben.

»Ach kommt schon. So schlimm ist sie doch gar nicht, oder Ryder?« Er wackelte mit den Augenbrauen und grinste diabolisch.

Ich wollte ihm gerade widersprechen, wurde aber von Piepen meines Handys unterbrochen.

Es lag noch immer auf dem Tisch, was mir eine Rüge von Dorothee einbrachte. »Wie oft habe ich schon gesagt, dass ich diese Teufels-Dinger nicht am Tisch sehen möchte? Sie verstrahlen eure Köpfe!«

»Ich mache es wieder gut! Wie wäre es mit deinem Lieblingskuchen?« Spielte ich den größten Trumpf aus, den ich besaß.

Ihre Augen glänzten verräterisch und sie legte ihren Zeigefinger unter das Kinn. Obwohl es so aussehen sollte, als würde sie über mein Angebot nachdenken, wussten wir bereits, dass sie diesen Deal nicht abschlagen würde.

»Damit könnte ich mich anfreunden«, willigte sie schließlich ein und ging hinüber zum Hängeschrank, um einen Teller herauszunehmen.

Schweigend belud sie ihn mit etwas Kartoffeln, Gemüse und Fleisch, um ihn dann Sage in die Hände zu drücken.

»Hier, nimm das mit!«, forderte sie streng, wobei ein liebevoller Unterton in ihrer Stimme lag.

Ich nutzte den Moment und warf einen kurzen Blick auf das Display. Es war eine Videodatei von Ava. Ein Grinsen huschte über meine Lippen, weil ich mir sicher war, dass dieses kleine Biest so scharf auf mich war, dass sie mir sicherlich ein Video in Aktion gesendet hatte. Der Gedanke beflügelte mich und ich musste aufpassen, dass er mir nicht hier und jetzt einen steinharten Ständer bescherte.

Ich wollte sie. Ich wollte sie so sehr, dass ich gar keinen Bock mehr auf eine andere Pussy hatte. Doch das würde ich bestimmt niemandem sagen, schon gar nicht May. Sie würde mir mit Sicherheit den Schwanz abbeißen, wenn sie erfuhr, dass ich, wann immer sie mir einen blies, oder ich sie fickte, an eine andere dachte.

Ich musste dieses Video sehen. Was war schon eine Erektion? Sowohl Arjan wie auch Neo hatte ich zig Male beim Sex gesehen. Und Sage? Sage kannte mich besser als jeder andere. Wir teilten eine schreckliche Vergangenheit, da war ein erregter Schwanz gar nichts gegen. Die Einzige, die völlig durchdrehen würde, wäre Dorothee. Aber das war es mir wert.

In freudiger Erwartung öffnete ich das Video. Lähmende Kälte pumpte sich wie Eiswasser durch meine Venen. Es kostete mich alle Mühe, mich unter Kontrolle zu halten.

»Diese kleine ...« Mir blieben die Worte im Hals stecken.

»Was ist los, Ryder?«, hörte ich Neos Stimme wie durch Watte. Die aufsteigende Wut ließ meine Ohren klingeln.

»Was ist?«, wollte jetzt auch Arjan wissen.

»Ich bringe sie um!«

»Wen?« Neo warf einen fragenden Blick auf Sage, der zögernd mit den Schultern zuckte.

»Ich bringe sie verdammt nochmal um!« Ich schleuderte das Handy gegen die Wand, drehte mich auf dem Absatz um, und eilte aus der Küche.

»Alter, wo willst du hin?«, hörte ich Neo hinter mir herrufen.

Ava, dieser kleine Teufel, hatte nicht nur meine Maschine verschrottet, sondern es auch noch gefilmt und am Ende breit in die Kamera gegrinst. Mein Puls schoss ins Unermessliche und jede Faser meines Körpers schien durch ein unsichtbares Feuer versengt zu werden. Ich wollte sie umbringen. Wahrhaftig das Licht aus ihren wunderschönen Augen weichen sehen. Mit dieser Aktion hatte sie eine Grenze überschritten. Mich in eine Gefühlslage katapultiert, die ich nicht mehr einschätzen, geschweige denn kontrollieren konnte. Alles in mir schrie, verlangte danach, dieser Göre Gehorsam beizubringen. Wenn sie auf ihren Knien um Gnade winselte, würde sie heute Nacht vielleicht nicht ihr Leben verlieren.

Wütend trat ich gegen die Holztür. »Ava! Mach die verfickte Tür auf oder ich werde das scheiß Ding aus den Angeln reißen!« Die ganze Fahrt über – in diesem bescheuerten Auto, das ich mir von Neo geliehen hatte – badete ich in der siedenden Wut. Mit jedem verstrichenen Kilometer heizte ich sie noch weiter an, bis sie jetzt auf dem Zenit ihrer Zerstörungskraft lag.

»Verpiss dich, Ryder!«, drang ihre Stimme durch das massive Holz der Tür.

Dass sie überhaupt noch den Mut fand, den Mund zu öffnen, ließ mich noch wütender werden.

Wie ein Irrer trat ich gegen das Holz in der Nähe der Türklinke. Es war nicht verwunderlich, dass das Schließblech unter der Heftigkeit meiner Gewalteinwirkung nachgab und die Tür schließlich aufsprang. Ava gab ein überraschendes Quieken von sich, was mich aber nicht im Geringsten störte. Sie stolperte unbeholfen ein paar Schritte nach hinten. Panik stand in ihren Augen, doch meine Wut raste so unheilbringend durch meine Venen, dass ich heute Nacht zu allem bereit war. Ich war bereit, ihre kleine Seele in meinen Händen zu vermahlen.

»Hast du völlig den Verstand verloren?«, schrie sie, und Tränen glitzerten in ihren Augen.

Hatte sie schon vorher geweint oder war es das Resultat meines stürmischen Eindringens? Ich lachte laut auf, verringerte den Abstand zwischen uns mit zwei großen Schritten, legte meine Hand um ihren zierlichen Hals und manövrierte sie mit Leichtigkeit gegen die Wand. Sie schluckte schwer und Tränen liefen über ihr Gesicht.

»Du bist zu weit gegangen! Das war Sachbeschädigung, du dummes Stück!«, bluffte ich, während ich versuchte, mich wieder unter Kontrolle zu bringen.

Ich atmete beinah heftiger als sie, weil es mir alles abverlangte, nicht völlig die Beherrschung zu verlieren. Mich nicht vollends von der Wut verschlingen zu lassen.

»Und das hier ist Hausfriedensbruch!«, zischte sie.

Schweißperlen sammelten sich auf ihrer Stirn. Ihre Stimme zitterte, sodass ich Schwierigkeiten hatte, sie überhaupt zu verstehen.

»Es wird noch mehr, wenn du nicht endlich dein verlogenes Maul hältst!« Die Farbe wich aus ihrem Gesicht und neue Tränen bildeten sich in ihren Augen.

Nichtsdestotrotz schaffte sie es, meinem Blick standzuhalten.

»Du bist viel zu weit gegangen mit dem, was du getan hast!« Ich presste die Worte heraus, als wäre es Schwerstarbeit und das war es auch.

Der innere Kampf zwischen Kontrolle und Loslassen war schwieriger als jeder meiner physischen Kämpfe. Das Monster in mir, das eine lange Zeit geschlummert hatte, kratzte an seinem Käfig und wollte ihr zeigen, was passierte, wenn man mir ans Bein pisste. Doch da war immer noch ein Teil in mir, der mich hinderte. Der nicht wollte, dass sie so für mich empfand. Ich ballte die freie Hand zu einer Faust und schlug zu. Immer wieder sausten meine Schläge, direkt neben ihrem Kopf gegen die Wand. Der Putz blätterte ab und der weiße Grund darunter verfärbte sich allmählich rot. Ihre Augen waren geschlossen. Ein leises Wimmern drang aus ihrer Brust, die sich so heftig hob und senkte, dass ich befürchtete, ihr Herz könne jeden Moment explodieren.

»Verdammte Bitch«, knurrte ich wütend und steigerte die Kraft der Schläge.

Sie riss die Augen auf, starrte mich mit einer Mischung aus Schmerz und Angst an.

Mit tränenerstickter Stimme flüsterte sie: »Hör auf! Hör bitte auf, Ryder.«

»Warum?«, donnerte ich ihr entgegen.

Nach dem letzten Schlag verweilte meine Faust an der blutgetränkten Wand. Ich lehnte meine Stirn gegen ihre.

»Ich hasse dich«, raunte ich leise.

Eine Erschöpfung breitete sich in mir aus, als hätte ich drei Kämpfe hinter mich gebracht und jeden einzelnen verloren. Da war Schmerz. Er pulsierte wie ein schwarzes Loch in meiner Brust. Entkräftet ließ ich die Hand von ihrem Hals sinken.

»Ich hasse dich! Ich hasse dich so sehr«, flüsterte ich ein letztes Mal, ehe ich mich auf dem Absatz umdrehte und aus dem Haus raste. In Wirklichkeit hasste ich *mich* noch viel mehr.

Kapitel 27

AVA

Ich hätte niemals gedacht, dass ich Ryder jemals so unbeherrscht erleben würde.

Es jagte mir Angst ein. Doch noch mehr als dass, machte es mich traurig, diesen tiefen Schmerz in ihm zu sehen. Woher stammte das ganze Leid in diesem Mann? Der Hass und die Dunkelheit, die immer wieder ausbrachen und alles um sich herum zu verschlucken schienen. Jeder zarte Funke verrauchte in seiner Nähe zu etwas Finsterem, und nährte das Monster in seinem Inneren.

Ein Klopfen an der Tür riss mich aus meinen Gedanken. Ich schlenderte in den Flur und schaute durch den Türspion. Auf der anderen Seite stand Neo.

Er klopfte erneut und rief: »Du weißt schon, dass die Tür kaputt ist, oder? Ich könnte auch so reinkommen.«

»Verschwinde! Oder ich rufe die Polizei«. Sie hatten es tatsächlich geschafft, mich so weit einzuschüchtern, dass ich bereit war, mir Hilfe zu suchen.

»Wir sind die Polizei, Süße. Es geht um Ryder. Ich komm jetzt rein.« Langsam stieß er die angelehnte Tür auf, streckte seinen Kopf durch den Spalt und hob die Hände. »Ich komme in Frieden, versprochen! Aber ich würde dir gerne etwas zu der Geschichte hinter der Triumph erzählen«, fügte er hinzu.

»Na schön«, gab ich mich geschlagen, da er eh schon im Haus war.

Grinsend strich er sich eine schwarze Haarsträhne aus der Stirn und marschierte direkt an mir vorbei.

»Natürlich, fühl dich wie zu Hause!«, rief ich ihm sarkastisch hinterher.

»Alles klar! Hast du Bier im Kühlschrank? Warte mal, was ist denn hier passiert?«, drang seine Stimme aus dem Wohnzimmer.

Ich folgte ihm augenrollend, lehnte mich mit verschränkten Armen an den Türrahmen und beobachtete, wie er sich verwundert im demolierten Zimmer umsah.

»Das war Ryder«, sagte ich nach einer Weile.

»Was? Du machst Witze! Das würde er niemals tun!«

Ja, das hatte ich in letzter Zeit schon öfter gehört. Trotzdem war dort ein blutiger Fleck an der Wand, der genau das Gegenteil bewies. Ich traute ihm inzwischen alles zu.

»Tja, dann kennst du deinen Freund wohl nicht so gut. Er ist eingebrochen und hat meine Einrichtung zerstört.«

Ich verzichtete darauf, Neo einen Kaffee anzubieten, und hoffte, dass er sofort zur Sache kommen und so schnell wie möglich wieder verschwinden würde. Doch die neuen Informationen schienen ihn sichtlich zu überraschen – offenbar hatte Ryder ohne das Wissen seiner Kumpels gehandelt.

»Ava, das war Ryder nicht«.

»Siehst du den Fleck dort?« Ich deutete auf die Wand. »Mein Kopf war gestern Nacht nur Millimeter davon entfernt. Ich weiß nicht, welche Version von Ryder du kennst, aber ich kann dir sagen, dass er durchaus dazu fähig ist. Wenn du gekommen bist, um mir zu sagen, wie toll er ist, kannst du gleich wieder gehen.« Er schien einen Moment über meine Worte nachzudenken und setzte sich dann an den Küchentisch.

»Was soll das werden?«, fragte ich gereizt.

»Wir unterhalten uns jetzt!«

»Ernsthaft, Neo?«

Grinsend klopfte er auf den freien Stuhl neben sich.

»Danke, ich stehe lieber. Und ich wäre dir sehr verbunden, wenn du dich beeilen könntest. Ich habe noch was vor.«

»Du bist wirklich eine miserable Gastgeberin. Aber ich verstehe dein Misstrauen. Ich schätze, du bietest mir keinen Kaffee an, oder?«

Ich hob fragend eine Augenbraue und verschränkte die Arme vor der Brust. »Siehst du hier irgendwo eine Kaffeemaschine?«

Er schüttelte den Kopf und lachte amüsiert. »Noch nicht. Aber ich wette: Kat wird dir eine schenken. Wie geht es ihr so?«

»Ich wüsste nicht, was dich das angeht«, gab ich giftig zurück.

»Da hast du wohl recht. Es interessiert mich auch gar nicht. Ich bin hier, weil ich dich etwas fragen muss.« Ich schwieg, was er als Zeichen nahm, seinen Vortrag weiter fortzuführen. »Hast du eine Ahnung, was für einen Wert dieses Motorrad für ihn hatte?«

Unbeteiligt zuckte ich mit den Schultern, da es mir egal war, was ihm dieser Haufen Metall bedeutete.

Er fuhr sich mit der Hand übers Gesicht. »Wahrscheinlich wird er mich umbringen, wenn er erfährt, dass ich dir das sage, aber das Bike war ein Geschenk.«

»Das ist mir egal, Neo. Meinetwegen kann ihm der Papst höchstpersönlich dieses blöde Ding geschenkt haben. Es interessiert mich nicht und hat genau das bewirkt, was es bewirken sollte. Er hat endlich mal verstanden, dass man dieses Spiel auch zu zweit spielen kann und dass der Einsatz auf beiden Seiten hoch sein kann.«

Er starrte einige Sekunden auf seine Hände, überlegte offenbar, ob er es riskieren könnte, mehr zu verraten. Nach einem fast minutenlangen Zögern sah er mich wieder an und sagte: »Es war ein Geschenk seiner Mutter. Aber es ist viel kompl...«

»Von seiner Mutter?«, fragte ich irritiert und riss die Augen auf.

Er sprang überrascht auf. »Oh fuck, du weißt von seiner Mutter? Wie? Weiß er, dass du davon weißt? Ach du Scheiße! Er wird ausflippen! So richtig, mein ich.« Seine Stimme überschlug sich beinahe, so sehr schien ihn diese Information zu überraschen.

»Ja, ich weiß von seiner Mutter. Ich habe sie zufällig im Altenheim getroffen. Sie ist im gleichen wie meine Großmutter. Und ja, um auch deine andere Frage zu beantworten, Ryder, Killian, Luzifer höchstpersönlich, oder wie er sich sonst noch so nennt, weiß davon.«

Ich wusste nicht einmal, wieso ich ihm das erzählte, aber es war erfrischend zu sehen, wie einer von ihnen reagierte, wenn er nicht alles unter Kontrolle hatte.

»Heilige Scheiße! Er mag dich wirklich«, entfuhr es ihm, was mich zum Lachen brachte.

Ryder hatte gestern mehr als deutlich gemacht, dass er mich hasste.

»Wenn du so frei darüber reden kannst, stört es ihn nicht, dass du es weißt. Er ist ziemlich gut darin, Leuten klarzumachen, dass sie in Zukunft besser ihren Mund halten sollten. Und dieses Verbot gilt auch in meiner oder Arjans Gesellschaft. Hätte er dir das klar gemacht, hättest du mir kein Wort gesagt, sondern dir eher die Zunge abgebissen.«

Kopfschüttelnd ging ich zum Wasserkocher hinüber, um mir doch einen Kaffee zuzubereiten. »Wer ist er, dass er seine Vergangenheit so vertuschen muss?«, fragte ich mich laut.

»Ava, Ryder war im Knast. Er hat Angst, dass ihn seine Vergangenheit einholt.« Verwirrt drehte ich mich um, aber er schien mit den Gedanken woanders zu sein.

Ich ertappte ihn dabei, wie er gedankenverloren aus dem Fenster starrte und leise vor sich hin murmelte: »Die Schatten der Vergangenheit wird man nie ganz los.«

»Was?«

»Ist es nicht so, Ava? Egal, wie weit man läuft, oder wie sehr man sie zu verdrängen versucht, sie sind immer da. Wie ein bleibendes Tattoo.«

Sprach er über Ryder? Oder schienen die Worte mich zu betreffen? Möglicherweise lief er aber auch selbst vor etwas davon. Waren wir am Ende alle Leidensgenossen?

»Wieso war er im Gefängnis?«, versuchte ich das Thema zu wechseln und Neos Geschwätzigkeit zu nutzen, um vielleicht an eine Information zu kommen, die ich gegen Ryder einsetzen könnte. Mir auf diesem Wege, die Freiheit zu erpressen, nach der ich mich so sehr sehnte.

»Es steht mir nicht zu, dir das zu sagen. Deswegen bin ich auch gar nicht hier.«

»Wieso bist du dann hier, Neo? Habt ihr keine eigene Kaffeemaschine, oder willst du dich nur unterhalten, weil sich niemand außer mir dein Gelaber anhört?«

»Autsch«, grinste er, ehe er wieder ernst wurde, »es geht um das Bike. Es hat eine große Bedeutung für ihn.«

»Hatte«, korrigierte ich und ein Teil von mir ahnte, dass mir die kommenden Worte nicht schmecken würden.

Ich wandte ihm den Rücken zu, während ich mir die gewohnte Dosis Kaffee gönnte. Seine Tasse stellte ich ihm kommentarlos vor die Nase – irgendwie hatte er es geschafft, meine Abwehr zu durchbrechen. Es war die Art, die Aura, die in umgab. Er schien einen ohne viel Mühe für sich einzunehmen.

»Das Motorrad war das erste Geschenk seiner Mutter, als er aus der Haft kam. Es war auch gleichzeitig das Letzte, was sie ihm geschenkt hatte, bevor sie so schwer an der Demenz erkrankte, dass sie sich nicht mehr an ihn erinnern konnte.«

»Und?«

»Das ist noch nicht alles. Die Triumph gehörte einst seinem Vater. Einem englischen Soldaten, der in Ashwick stationiert war.«

»Da ist noch was, oder?«, mutmaßte ich.

Der Kaffee schmeckte auf einmal bitterer als sonst.

»Er ist im Krieg gefallen. Die Maschine war sein Erbe.«

Mit Neos Auftauchen hatte ich schon befürchtet, dass irgendwas gewaltig schiefgelaufen war. Das diese süße Rache nicht von langer Dauer werden sollte. Aber seine Worte lösten einen Tsunami aus. Eine Welle unangenehmer Gefühle brach über mich herein. Reue, Mitleid, Bedauern und Schuld.

Die Stimme meiner Mutter hallte in meinem Kopf wider.

Ava, mein liebes Kind. Denk immer daran, dass du nicht erwarten kannst, ein glückliches Leben zu führen, wenn du anderen Menschen Dinge antust, die du selbst nicht ertragen könntest.

Nach allem, was ich durchgestanden hatte, war mir nie der Gedanke gekommen Rache zu nehmen.

Wie konnte es geschehen, dass ich ihre Worte vergaß, und mich stattdessen verlor?

KAPITEL 28

RYDER

Die Tatsache, dass mich Neo, – wie eine seiner Schlampen – bis zum dunklen Vorplatz der Tankstelle chauffieren musste, ließ die Wut in meinem Inneren fast überkochen. Der Grund, wieso ich hier war, schwebte allgegenwärtig in meinen Gedanken. Dieses hinterhältige Lachen dröhnte mir immer noch in den Ohren. Verfolgte mich mit Bildern, die ich nicht aus dem Kopf bekam. Ob sie ahnte, wie schwerwiegend ihr Fehler war? Wie dumm von ihr, mit der Kamera zu *ihm* hinüberzuschwenken. Er war mir ohnehin ein Dorn im Auge und mit dieser Aktion gab mir Arjan endlich grünes Licht, diesem Clown einen Besuch abzustatten.

Neo tätschelte mein Knie und riss mich mit den Worten »Ich warte hier auf dich, Babygirl«, zurück ins Wageninnere.

Seitdem er sich dazu bereit erklärt hatte, mich mit dem Auto mitzunehmen, musste ich ständig seine albernen Witze über mich ergehen lassen.

»Fick dich«, murmelte ich genervt.

Grinsend lehnte er sich zurück. »Ich stehe drauf, wenn du kratzbürstig bist.«

»Halt's Maul, Alter. Das ist nicht lustig.«

Er schien einen Moment darüber nachzudenken, dann lachte er boshaft und sagte »Doch das ist es. Sehr sogar.«

Augenrollend verpasste ich ihm einen Schlag auf den Oberarm. »Denk dran, dass ich derjenige bin, der immer deinen Arsch rettet.«

Ich hielt dem jungen Pärchen, das kichernd die Tankstelle verließ, die Tür auf, bevor ich selbst hineinging. Das leise Brummen der Kühlschränke mischte sich unter die gedämpfte Tonkulisse des Fernsehers, auf dem wieder einmal ein Schwarz-Weiß-Cartoon lief. Er schaute sich den Scheiß also auch an, wenn Ava nicht da war. Und ich dachte, er täte das nur, um sie leichter ins Bett zu bekommen. Zu schade, dass sie sich nicht darum scherte von ihm gefickt zu werden.

»Hallo Ryder. Heute mal zu Fuß unterwegs?«, begrüßte mich Doyle mit einem scheinheiligen Lächeln auf dem Gesicht.

War ihm überhaupt klar, dass ich Bescheid wusste? Oder hatte Ava ihm verschwiegen auf dem Video zu sein?

»Ja«, erwiderte ich tonlos, verschränkte die Arme vor der Brust und lehnte mich lässig an den Tresen.

»Nun ja, man soll ja immer offen für Neues sein«, gab er gleichgültig zurück.

»Wenn du es sagst, Doyle.« Ich nutzte den Augenblick, in dem sein Blick über meinen Kopf hinweg zu dem Fernseher wanderte und packte ihn am Kragen seines Hemdes.

»Was soll das werden?«, fragte er verwirrt und fing wie ein Fisch auf dem Trockenen an zu zappeln.

Aber egal, wie sehr er es versuchte: mein Griff blieb eisern.

»Du bist doch so scharf darauf, Neues auszuprobieren.« Mühelos zog ich ihn über den Tresen. »Wie wäre es mit einem neuen Körperschmuck?«

»W-Was hast du vor?«

»Das habe ich dir doch schon gesagt!«, antwortete ich ungeduldig.

»W-W-Warte!«, schrie er entsetzt, als ich das Messer aus meiner Tasche zog.

Unbeirrt klappte ich es mit der freien Hand auf.

»Ich habe doch gar nichts getan!«

»Ach nein? Vielleicht sollte ich deiner Erinnerung auf die Sprünge helfen?« Ich ließ ihn los, holte aus und verpasste ihm einen Faustschlag ins Gesicht. Jaulend hielt er sich die rechte Gesichtshälfte. »Meine Triumph zu schrotten ist also gar nichts, ja?«

»Es war ihre Idee!«, sprudelte es aus ihm heraus.

»Und da kam dir nicht in den Sinn abzulehnen? Du dachtest ernsthaft, es hätte keine Konsequenzen, wenn du dich gegen mich stellst?«

»Ich wusste nicht, was sie vorhatte! Hätte ich es gewusst …«

»Lügner!« Ruckartig zog ich seine Hand vom Gesicht, um sie flach auf dem Tisch zu platzieren.

»Bitte, Ryder«, flehte er verzweifelt, bevor er laut aufschrie, als die Klinge des Messers nur Zentimeter von seinem Daumen entfernt das Holz traf.

»Oh Gott!«, kreischte er wie ein Mädchen.

Der beißende Geruch von Urin stieg mir in die Nase. Hatte sich der Klappspaten etwa eingepisst? Wie erbärmlich war das denn?

»Ich gebe dir jetzt einen guten Rat, Doyle. Nur damit wir uns auch in Zukunft verstehen: Du wirst dich nie wieder an meinem Eigentum vergreifen. Ava eingeschlossen. Sie ist *mein* Spielzeug. Du wirst deine dreckigen Wurstfinger ab heute von ihr lassen, hast du verstanden? Sollte mir zu Ohren kommen, dass du mir, oder einem der anderen Jungs noch einmal ans Bein pisst, werde ich wiederkommen und noch deutlicher sein.« Er nickte hastig. Sein Blick huschte nervös zwischen dem Messer und meinem Gesicht hin und her.

»Hast du mich verstanden?«, wiederholte ich eine Spur energischer. »Ich will es verdammt nochmal aus deinem Mund hören!«

Ich spürte seinen Puls unter meiner Hand rasen. Er schluckte einige Male heftig und stotterte: »J-Ja. Habs verstanden!«

Amüsiert nahm ich die Hand von seinem Gelenk, zog das Messer aus der Platte und schlug ihn sachte gegen die Wange.

»Entspann dich, Doyle. Du dachtest doch nicht ernsthaft, ich würde dich verletzen?«

Erleichtert atmete er aus und fuhr sich einige Male über das schweißnasse Gesicht.

»Weißt du, es gibt so viele schlimme Gerüchte über euch. Ich dachte wirklich, das war's«, gestand er.

»Gerüchte also?«

Er nickte und lächelte nervös. »Ich habe sie aber nie geglaubt.

»Ach, Doyle« Ich lehnte mich näher zu ihm herüber. »Hättest du das mal lieber getan.«

Blitzschnell sauste das Messer, mit der Spitze voran, in seinen Handrücken. Bohrte sich durch Haut und Sehnen, bis es auf einen Widerstand traf. Mit geöffnetem Mund starrte er auf seine Hand. Für einen Moment schien der Schock so tief zu sitzen, dass kein Laut über seine Lippen kam. Langsam verlagerte ich das Gewicht meines Oberkörpers. Verstärkte den Druck, damit das Messer knackend durch den Knochen drang.

»Aber mach dir keine Sorgen. Ich hinterlasse dir etwas, das dich jeden Tag daran erinnert, was passiert, wenn du mir in die Quere kommst.« Ruckartig zog ich das Messer aus seiner Hand.

Gleichzeitig löste sich die Schockstarre, in der sich Doyle befand. Schreiend sackte er zusammen, während das Blut aus der offenen Wunde floss.

»Man sieht sich. Obwohl, du dir das eher nicht wünschen solltest. Du stehst auf meinem Radar. Pass besser auf, wann und wem du den Rücken zukehrst.«

Als ich heute Nacht mit so viel Wut im Bauch den Kampfring betrat, dachte ich nie und nimmer daran, den Kampf unter Umständen verlieren zu können. Dieser Gedanke erschien mir nahezu unmöglich – und dann hatte ich es versemmelt! Dabei ging es nicht um meinen Ruf oder den Verlust des psychischen Vorteils, der mir sicherlich die nächsten Kämpfe erschweren würde, sondern viel schlimmer als der Spott war die Tatsache, dass ich den Heimplatz meiner Mutter nicht bezahlen konnte.

Seitdem die Polizei den Ring fast hochgenommen hatte, wurden die Kämpfe auf ein Minimum reduziert. Das Preisgeld war zwar immer hoch, doch selbst bei einem Sieg brachte es mich geradeso um die Runden. Seufzend stützte ich die Ellbogen auf die Knie und vergrub das Gesicht in den Händen. Ich gab mich meinen Gedanken hin, die sich wie immer nur um sie drehten. War ich am Ende die Schachfigur in ihrem Spiel? Unmöglich ... So was passierte mir nicht.

Leise öffnete sich die Tür. Ich hörte Schritte, aber ich war zu niedergeschlagen, um mir die Mühe zu machen, die Augen zu öffnen und den Kopf zu heben.

»Ryder?« Sofort erkannte ich ihre Stimme.

Doch wo sie einst ein Gefühl der Wärme in mir ausgelöst hatte, war jetzt nur Wut.

»Was willst du hier?«, fragte ich dumpf, ohne die Hände von meinem Gesicht zunehmen.

Einen Moment herrschte Stille, dann vernahm ich erneut ihr flüstern: »Ich will mich bei dir entschuldigen.«

Es klang viel näher, als ich erwartet hatte. Den Bruchteil einer Sekunde später, spürte ich ihre warme Hand auf meiner Schulter.

»Geh, Ava. Du hast genug gesagt«, erklärte ich und schüttelte sie ab.

»Es tut mir leid. Ich wusste nicht …«

»Sei ruhig.«

Wieso konnte sie nicht wieder gehen? Mich in diesem schwachen Moment in Ruhe lassen? Die Wut über ihre Unverfrorenheit kochte in mir hoch. Zermürbt ließ ich die Hände sinken und drehte mich in ihre Richtung. Sie stand vor dem Bett und sah auf mich herab.

»Du solltest lieber gehen. Mit dieser verdammten Scheiße hast du dein Schicksal besiegelt« Ächzend stand ich auf.

Schmerz durchfuhr meinen Körper und ich kippte zur Seite. Anscheinend hatte Neo doch recht gehabt. Es wäre schlauer gewesen, nach dem Kampf ins Krankenhaus zu fahren. Aber ich war so wütend auf mich, auf sie und die ganze Welt, dass mir der Schmerz wie eine willkommene Ablenkung erschien.

Hier, mit Ava in meinem Zimmer, fühlte ich mich eingeschränkt. Ich war ihr zwar immer noch kräftemäßig überlegen, aber es würde mir einiges abverlangen, es auch zu zeigen.

»Verschwinde! Du hast gesehen, wozu ich fähig bin.«

»Bitte Ryder. Ich habe es nur getan, weil du die Grenze längst überschritten hast.«

»Raus!«, brüllte ich ungehalten, doch sie schüttelte den Kopf und machte einen weiteren Schritt auf mich zu. Tief einatmend stemmte sie die Handflächen gegen meine Brust. »Ich sagte …«

»Nein, Ryder! Du hörst dir jetzt meine Entschuldigung an. Ob du willst oder nicht«, unterbrach sie mich. »Ich bin vielleicht ein schlechter Mensch, neige zu falschen Entscheidungen, aber ich habe die Courage mich für meine Fehler zu entschuldigen. Was man von dir nicht behaupten kann. Ich wollte dich verletzen, das stimmt. Ich wollte dir das Gefühl geben, etwas zu verlieren, was dir am Herzen liegt …«

»Hör auf zu quatschen!«, warf ich dazwischen, ehe sie weiterreden konnte und alles noch schlimmer machte.

Ich wollte es nicht hören. Es verdammt nochmal nicht wissen. Ich wollte sie hassen. Doch selbst jetzt, nachdem sie mir das Letzte genommen hatte, was von meinem alten Ich übriggeblieben war, konnte ich es nicht. Es war verrückt. Denn ich wusste nicht, wann dieses Spiel in etwas derart Ernstes umgesprungen war.

»Es tut mir leid. Ich wollte dir nicht das letzte Erinnerungsstück …«, fuhr sie fort, als hätte sie meinen Einwand gar nicht gehört.

»Ich habe gesagt…«, knurrte ich sauer, »…ich will es nicht hören!!«

Wütend griff ich nach ihren Handgelenken, um sie mit einem Ruck an mich zuziehen. Der Aufprall ihres zierlichen Körpers hätte eine Welle des Schmerzes durch mich jagen müssen, stattdessen verspürte ich das unbändige Verlangen meine Lippen auf ihren Mund zu pressen, damit sie endlich aufhörte zu reden. Regungslos verweilte sie in meinen Armen.

Ich hörte sie tief durchatmen, ehe sie mir ihr Kinn entgegen reckte und Entschlossenheit in ihre Augen trat.

»Wenn ich gewusst hätte, dass es ein Geschenk deiner Mutter und das Erbe deines Vaters war, hätte ich es nicht getan. Ich wollte dir nicht die einzige Erinnerung an den Killian nehmen, den du so sehr versuchst zu verdrängen. Er ist da immer noch. Immer noch in dir. Du musst es nur zulassen.«

Ich neigte meinen Kopf näher zu ihr, fixierte die eisblauen Augen mit einem finsteren Blick. »Du hast keine Ahnung, wer ich bin, oder wer ich war.«

»Dann sag es mir!«

Ava hatte mich in einem schwachen Moment erwischt. Ein Augenblick, indem ich bereit war, mich ihr zu öffnen. Es war ein Funke, den sie entfachte.

Einen Hoffnungsschimmer, der so zart in mir leuchtete, dass ich ihn kaum wahrnahm und an den sich trotzdem ein Teil von mir klammerte.

»Na schön«, sagte ich und die Nacht, die mein gesamtes Leben maßgeblich verändert hatte, tauchte vor meinen Augen auf. Ich ließ zu, dass die Erinnerung mich mit sich zog.

KAPITEL 29

RYDER

Sechs Jahre zuvor:

»Wo warst du denn?«, tadelte meine Mutter verschlafen. Ein Licht ging im Wohnzimmer an und ein paar Sekunden später tauchte sie im Flur der Wohnung auf. Das lautstarke Gähnen versteckte sie hinter einer Hand, gleichzeitig versuchte sie mit der anderen, ihre zerzausten Haare zu richten. Über ihrem blauen Schlafanzug trug sie einen weiten, flauschigen Bademantel, der sein leuchtendes Weiß längst gegen ein stumpfes Grau getauscht hatte.

»Bist du wieder im Wohnzimmer eingeschlafen?« Ich gab den Versuch auf, die Tür so leise wie möglich hinter mir zuzuziehen, da sie ohnehin schon wach war.

»Weil ich mir Sorgen gemacht habe!«

»Mom, ich bin neunzehn. Ich war bei Neo.«

Sie rümpfte die Nase. »Diesem Waisenkind?«

Ich hasste es, dass sie ihn so nannte, und es einfach nicht akzeptieren konnte, dass er in den letzten Jahren zu meinem besten Freund geworden war. Nein, er war der Bruder, den ich nie hatte. Genauso wie Arjan und Valentin. Wir waren zu einer richtigen, festen Einheit zusammengewachsen. Klar, wir bauten viel

Scheiße. Nutzten den Ruf, den die Leute uns gaben und liebten die Macht, die wir gemeinsam hatten. Niemand legte sich mehr mit uns an. Jeder, der es versuchte, scheiterte.

»Du sollst ihn nicht so nennen.«

Sie musterte mein Gesicht, suchte nach den bekannten Blessuren, die diese Nächte für gewöhnlich mit sich brachten. Aber nicht diese. Heute hatten wir bloß auf dem Pier gechillt, geraucht und Weiber abgecheckt. Der neue Ruf schien bei den Mädels gut anzukommen. Ich hatte noch nie so viele am Start. Und es machte ihnen nichts aus, wenn wir sie teilten.

»Ich erkenne dich gar nicht mehr wieder …« Ihre Stimme brach.

Sie schniefte lautstark, ehe sie weitersprach: »Du hast Tattoos, rauchst Joints, kommst abends nicht mehr nach Hause und bist in dieser Gang, die dafür bekannt ist, Unruhe zu stiften.«

Wieder dieses Thema. Dabei musste sie mir doch nichts erzählen. Sie war der Grund, weshalb ich überhaupt erst auf die Jungs gestoßen war.

»Findest du nicht, dass diese Standpauke ein paar Jahre zu spät kommt? Du hättest dich nicht zudröhnen sollen, dann hätte ich vielleicht einen Weg eingeschlagen, der dir gefallen hätte. Jetzt lasse ich mir nichts mehr von dir vorschreiben. Ich lebe mein Leben, wie ich es möchte.«

Es klopfte an der Tür, ehe sie mir antworten konnte.

»Erwartest du jemanden?«, fragte ich verwirrt.

Angst huschte über ihr müdes Gesicht und ließ sie älter wirken, als sie eigentlich war.

»Warte hier.« Ich bedeutete ihr sich nicht von der Stelle zu rühren, nachdem es so stark gegen die Tür bollerte, dass sie erschrocken zusammenfuhr.

»Mach die Tür auf, du Schlampe!« Ich bemerkte, wie sie erstarrte.

»Wer ist das, Mom?« Sie hatte seit Monaten keinen Kerl, den sie mit nach Hause brachte.

Wie wild schüttelte sie den Kopf und riss panisch die Augen auf.

»Er hat mich gefunden. Er hat mich gefunden«, murmelte sie immer wieder.

Wer hatte sie gefunden?

Schnellen Schrittes durchquerte ich den Flur, bis ich sie an den Schultern zu fassen bekam. »Wer ist das?«

»Das ist Big Joe«, wisperte sie.

Big Joe? Diesen Namen hatte ich noch nie zuvor gehört.

»Wer soll das sein?«

»Killian, wir müssen gehen! Sofort! Wenn er reinkommt, sind wir tot!« Ihre Stimme zitterte so heftig, dass es fast unmöglich war, ihre Worte zu verstehen.

»Mom!« Ich rüttelte an ihren Schultern, weil ich das Gefühl hatte, sie mehr und mehr an die Panik zu verlieren.

Die Schläge an der Tür nahmen zu, wurden lauter und dann brach das Holz.

»Habe ich dich endlich gefunden«, hörte ich eine tiefe Stimme.

Ein Arm griff durch das Loch in der Tür, um die Türklinke hinunterzudrücken. Ein breitschultriger Mann mit kinnlangen schwarzen Haaren betrat die Wohnung. In seiner rechten Hand hielt er einen Baseballschläger.

»So viel Stil hätte ich dir gar nicht zugetraut«, gluckste er, nachdem er sich umgesehen hatte. Lachend holte er aus und zerschmetterte eine Blumenvase. »Ups.«

»Wer sind Sie?«, rief ich über den Krach hinweg.

»Ich bin dein Untergang, Junge. Naomi, willst du es deinem Sohn nicht sagen? Sagen, dass du deinem Zuhälter noch eine Menge Geld schuldest!«

Verwirrt drehte ich mich wieder zu meiner Mutter, die nun mit Tränen in den Augen zu mir hinaufsah.

»Es tut mir leid«, hauchte sie leise. »Ich wollte nicht, dass du es erfährst.«

»Was erfahren?«

Big Joe kam ihr zuvor. »Ich sage es dir, Junge. Deine Mutter war meine Nutte. Und dann war sie auf einmal weg. Mit meinem Geld. Sie hat mich beklaut, um den Entzug zu machen und die Stadt zu verlassen.«

»Deswegen sind wir aus Ashwick weggezogen?«

»Es tut mir so leid. Ich brauchte Geld, um dieses neue Leben zu beginnen.«

»Mein Geld!«, donnerte Big Joe wütend.

»Du hast mich nie richtig ausgezahlt! Ich habe mir nur genommen, was mir zustand«, zischte sie in seine Richtung.

»Von wie viel Geld reden wir hier?«, fragte ich sie flüsternd.

»15.000 Dollar. Und ich bin hier, um sie mir wiederzuholen. Samt Zinsen. Entweder wirst du dafür bezahlen.« Er deutete mit dem Baseballschläger auf sie und schwank ihn dann langsam zu mir: »Oder du. Enge Ärsche werden gern gesehen!«

»Nein danke. Ich stehe nicht so auf Männer«, erwiderte ich schnippisch und überlegte krampfhaft, wie ich in mein Zimmer gelangen sollte, um die Neunmillimeter zu holen, die unter dem Kopfkissen lag.

Er schien wie ein Tier auf jede Bewegung zu achten. Schon die kleinste Veränderung, die das derzeitige Machtverhältnis ändern könnte, würde er niemals gestatten. Aber wenn ich nichts tat, waren wir geliefert.

Weder meine Mutter noch ich hatten so viel Geld. Ich hatte nicht einmal einen Job und sie ging putzen. Brachte es gerade so zustande, die monatliche Miete aufzubringen. Auf Arjan, Valentin und Neo konnte ich ebenfalls nicht zählen. Sie würden es nie pünktlich herschaffen, selbst wenn ich es schaffen würde, an mein Handy zu kommen.

»So.« Big Joe steuerte schnurstracks auf uns zu. »Genug geredet, lasst uns etwas Spaß haben.«

Der Schlag, der meine Schläfe traf, kam so unerwartet, dass ich gerade noch rechtzeitig die Arme heben konnte, um ihn abzufangen.

Trotzdem riss es mich von den Beinen. Für einen Moment sah ich nichts außer Sterne.

Meine Mutter schrie, doch durch den Schleier aus Blut und Tränen gelang es mir nicht, etwas zu erkennen. Stöhnend rappelte ich mich auf, wischte mir das Blut von der Stirn und ignorierte die Angst, dass er mir ein Loch in den Schädel geschlagen haben könnte.

Sekunden vergingen, in denen ich blind herumstolperte. Auf einmal hörte ich Stoff reißen, gefolgt von einem ekelhaften Lachen. Schreie erfüllten den Raum. Ich zwang mich zur Konzentration, versuchte, die Hilferufe meiner Mutter zu orten. Allmählich lichtete sich der Schleier. Ich entdeckte Big Joe, mit heruntergelassener Hose über ihr.

»Du wirst jeden einzelnen Dollar zurückbezahlen. Mit deinem Körper. Ich werde dich so oft ficken, wie es geht und dann werde ich mir deinen Sohn nehmen«, rief er lachend, woraufhin er seinen alten, schrumpeligen Schwanz zwischen ihre Beine schob.

»Nein!«, brüllte ich so laut, dass er mitten in der Bewegung innehielt und mir einen überraschten Blick über die Schulter zuwarf.

»Du stehst ja noch!«

Mit einem Satz war ich bei ihnen, zerrte den Wichser von ihr und verpasste ihm einen Schlag. Seine Nase brach unter meiner Faust. Knochen bohrten sich wie kleine Geschosse in meine Haut. Immer wieder schlug ich auf ihn ein, bis sein Gesicht nur noch eine Masse aus Fleisch und Blut war.

»Killian!«, nahm ich die weinerliche Stimme meiner Mutter wahr.

Wie durch Watte drang sie an mein Gehör fern und verwaschen, als wäre ich dabei, völlig die Kontrolle zu verlieren. Blanker Hass durchflutete jede Faser meines Körpers. Er ließ mich genauso rot sehen wie das karmesinfarbene Blut, das überall klebte. An meiner Haut. Auf dem Teppich und den Wänden.

Scharlachrot brachte es mich zum Durchdrehen, wie ein Stier bei Kampf. Nach einer gefühlten Ewigkeit, vielleicht waren es aber auch nur Sekunden, zog sie mich von seinem leblosen Körper.

»Killian!«, schrie sie erneut, ohne mein Gesicht aus ihren Händen zu nehmen. »Killian, bleib bei mir.«

Ihre vertrauten, warmen Augen holten mich zurück. Ich atmete, lebte, aber ein Teil meiner Seele war gestorben.

»Was hast du getan?« Ihr Blick huschte zwischen mir und dem Körper am Boden hin und her.

»Ich …«, stammelte ich völlig aufgelöst. »Ich habe die Kontrolle verloren.«

Sirenen ertönten in der Ferne und wurden von Sekunde zu Sekunde lauter.

»Es ist schon gut, mein Schatz«, wisperte sie, nachdem sie mich in den Arm geschlossen hatte.

Ich hob die blutverschmierten Hände hinter ihrem Rücken, starrte auf die Hirnmasse, die von ihnen tropfte. Das Heulen der lauter werdenden Sirenen mischte sich unter die Schluchzer meiner Mutter. Ihr Körper bebte in meinen Armen, aber es berührte mich nicht. Nichts berührte mich mehr. Als das flackernde Blau unsere Wohnung erhellte, erstarrte sie.

»Ruf Neo und Arjan an«, flüsterte ich, bevor ich sie aus der Umarmung schob, aufstand und mit erhobenen Händen das Haus verließ.

Ava war der erste Mensch, dem ich davon erzählte. Nachdem mir die Worte aber über die Lippen gekommen waren, bereute ich es direkt. Denn wie ich es befürchtet hatte, wich sie einen Schritt zurück. Die Bewegung wirkte unwillkürlich, fast intuitiv. Vielleicht redete ich es mir auch nur ein, weil ich so dumm war, mich einer Person zu öffnen, ohne über die Konsequenzen nachzudenken.

Räuspernd wandte ich mich ab, sammelte Kraft, um meine Stimme weiterhin emotionslos klingen zu lassen. »Hast du es jetzt endlich begriffen? Ich bin ein Monster!«

Wieder schwieg sie. Der Ausdruck in ihrem Gesicht gab mir den Rest. Er war nicht zu deuten. Hatte ich es nun geschafft? Sah sie es jetzt? Das Monster, das ich ihr wochenlang präsentiert hatte. War es nicht genau das, was ich die ganze Zeit wollte? Dass sie vor mir zurückwich. Angst hatte und begriff, wer ich wirklich war. Jetzt, wo sie es wusste, wünschte sich jede Faser meines Körpers, dass sie es wieder vergessen würde. Weil dieser undefinierbare, leere Ausdruck in ihren Augen weh tat.

»Hat es dir die Sprache verschlagen?«, fragte ich bitter.

Inzwischen war ich an einem Punkt angelangt, an dem ich gar nicht mehr versuchte, meine Enttäuschung zu verbergen.

»Nein«, erwiderte sie leise.

»Wieso sagst du dann nichts?«

»Es gibt nichts zu sagen, um diesen innerlichen Schmerz ansatzweise aufzuwiegen. Es tut mir leid, was passiert ist. Aber das ändert nichts.«

»Woran ändert es nichts?« Ich verringerte den Abstand zwischen uns und strich ihr behutsam eine Haarsträhne hinters Ohr. »Hast du dich etwa in ein Monster verliebt, Ava? Das ist krank.«

»Du bist kein Monster, Ryder.«

»Was bin ich dann?«

Sie schwieg, senkte den Blick und kaute auf ihrer Unterlippe.

»Auf eine seltsame Weise, bist du mein Retter«, wisperte sie nach einer Weile.

»Was stimmt nicht mit dir? Wieso hast du immer noch keine Angst vor mir?«

Tränen füllten ihre Augen und ließen sie in diesem Moment noch zerbrechlicher wirken.

»Weil er sie mir genommen hat. Meine verdammte Seele war leer und dunkel. Ich fühlte nichts – bis jetzt«, flüsterte sie so leise, dass ich alle Mühe hatte, ihren Worten zu folgen. Tränen lösten sich aus ihren Wimpern. Sie liefen ihre Wangen hinunter, doch sie biss sich auf die zitternde Unterlippe, um von der aufsteigenden Schwäche nicht überrollt zu werden.

»Sieh mich an, Ava!« Sie schüttelte den Kopf und starrte weiterhin auf den Boden. Ich umfasste ihr Gesicht mit beiden Händen, zwang sie mir direkt in die Augen zu sehen. »Wieso bist du hier?« Mein Atem streifte ihre Wange und sofort versteifte sich ihr Körper.

»Um mich zu entschuldigen.« wisperte sie.

»Nein. Wieso bist du *wirklich* hier?« Meine Lippen schwebten nur Millimeter von ihren entfernt.

»I-Ich«

»Keine Lügen mehr, Ava.«

Ich sollte mich von ihr fernhalten. Sie für die Sache mit dem Motorrad hassen. Aber ich schaffte es nicht, mich ihrem Bann zu entziehen. Ihre Seele war genauso kaputt wie meine. Ich hatte es immer befürchtet, doch es jetzt aus ihrem Mund zu hören, war etwas anderes. Wer hatte sie so gebrochen? Diesen Bastard würde ich höchstpersönlich in die Hölle befördern.

»Sag es«, drängte ich weiter.

»Weil ich dich brauche, Ryder.«

»Wieso?«

Unsere Blicke verhakten sich ineinander. Ihre Augen sahen mich mit einem stillen Verständnis an, das ich zuvor bei keinem anderen Menschen gesehen hatte. Sie verurteilte mich nicht. Bildete sich kein Bild aufgrund einer Vergangenheit, die ich nicht mehr ändern konnte. Es waren diese Gefühle, dieses gemeinsame Leid, was dazu führte, dass ich sie noch mehr wollte.

»Sag es endlich, Ava.«

»Du weckst Gefühle in mir, die ich längst aufgegeben hatte. Angst, Adrenalin und Lust fühlen sich nicht mehr falsch an. Es fühlt sich gut an. Du fühlst dich gut an, Ryder.« Das war alles, was meine kaputte Seele hören musste, um mich unweigerlich in ihr zu verlieren.

Avas Atem beschleunigte sich hörbar und brach abrupt ab, als ich sie küsste.

Kapitel 30

AVA

Es war Schmerz, der diesen Kuss dominierte. Als wäre er alles, was wir brauchten, um wieder das Licht der Hoffnung zu sehen. Obwohl wir beide wussten, dass es für dieses Leid keine Heilung gab, verloren wir uns in dem Glauben, dass es funktionieren könnte.

Meine Finger umgriffen den Saum seines Hoodies, um ihm den Stoff über den Kopf zu schieben. Bedächtig fuhr ich seinen Rücken hinauf, strich seine Schultern entlang, bis zu seiner tätowierten Brust. Ich zeichnete mit den Fingerspitzen den Schriftzug *Lost Souls* nach, den er direkt über dem Herzen trug. Seine Augen blitzten, ehe er mich an der Hüfte näher an sich heranzog und gegen meine Lippen raunte: »Ich glaube, ich kann mich heute nicht zusammenreißen.«

»Wer hat gesagt, dass du das musst?« Ich ließ meine Hand weiter zum Bund seiner Jogginghose gleiten, umspielte das Gummiband, bevor ich sie ihm mitsamt Boxershorts von den Hüften streifte. Sein steifer Schwanz wippte mir entgegen. Ein verräterisches Kribbeln sammelte sich in meiner Mitte. Langsam drängte ich ihn zum Bett, bis er auf der Kante Platz nahm. Ich konnte Ryders Blick auf mir spüren, während ich meinen Pullover über den Kopf zog. Ein Schleier der Lust verdunkelte seine lodernden Augen. Vorsichtig zog er mir erst den

Rock und dann das schwarze Höschen aus. Seine warmen Fingerspitzen malten Kreise meinen Bauch entlang, bis sie auf meine pulsierende Mitte trafen.

Ein Grinsen huschte über seine Lippen, als er bemerkte, wie sehr ich das hier wollte. Wie sehr mein Körper auf ihn reagierte. Nachdem er seine Finger wieder zurückzogen hatte, schimmerte meine Lust feucht auf ihnen. Gebannt sah ich ihm dabei zu, wie er sie zu seinem Mund führte. Genüsslich schob er Mittel- und Zeigefinger, die zuvor noch einen Sturm der Gefühle in mir hervorgerufen hatten, in den Mund. Stöhnend schloss er die Augen, genoss jeden Tropfen, den er sich von den Fingern saugte.

»Ich will mehr von dir kosten, Ava«, sagte er und griff nach meinem rechten Bein, um es auf die Matratze zu stellen.

Seine Hände schlangen sich um meinen Po und ehe ich mich versah, presste er sein Gesicht an meine feuchte Pussy.

»Oh Gott, Ryder!« Wimmernd warf ich den Kopf in den Nacken.

Ein leises Stöhnen drang aus seiner Brust, als seine Hände von meinem Arsch rutschten, um meine Schamlippen weiter auseinanderzuschieben. Sofort spürte ich, wie sich eine Welle in mir aufbaute. Zerstörerisch, wie der Mann mir gegenüber, schien sie alles mit sich zu reißen. Ich unterdrückte ein Stöhnen, doch als er mich auf seinen Schoß zog und sein steinharter Schwanz gegen meine feuchte Mitte drückte, konnte ich mich nicht mehr zurückhalten.

»Ja, stöhne für mich«, knurrte er und küsste mich erneut.

Unsere Zungen lieferten sich einen wilden Kampf, schlugen gegeneinander und wirbelten in einem Sturm der Leidenschaft.

Er knabberte an meiner Unterlippe, zog sie in den Mund und ließ sie wieder frei. Feuchtigkeit sammelte sich auf seinem Schwanz, während ich mich in kreisenden Bewegungen auf ihm bewegte.

»Verdammt, Ava«, keuchte er sehnsüchtig, als seine Spitze immer wieder kurz in mich eindrang.

Ich vergrub die Hände in seinem Haar, zog an den Strähnen, umso heftiger ich mich auf ihm bewegte. Eilig schob er seine Hände zu meinem BH. Ohne Schwierigkeiten öffnete er den Verschluss, streifte mir die Träger von den Schultern und pfefferte den störenden Stoff achtlos in eine Ecke. Seine Lippen glitten meinen Hals hinunter, saugten und leckten am rechten Nippel.

»Ich werde aufpassen, damit du nicht zu starke Schmerzen hast«, keuchte ich, weil mir sein schmerzverzerrtes Gesicht bei jeder falschen Bewegung nicht entgangen war, doch mein Verlangen war größer als die Sorge um ihn.

Ich war zu egoistisch, um jetzt noch Rücksicht zu nehmen. Ich brauchte ihn. In mir. Behutsam verlagerte ich mein Gewicht und griff nach seinem Schwanz, weil ich nicht mehr länger warten konnte. Er lachte dunkel, umfasste meinen Arsch und wirbelte mich herum.

»Das wird nicht nötig sein, da du unter mir liegen wirst. Glaubst du, ich lasse jetzt zu, dass du mich reitest?« Er leckte über meinen Hals und presste seine Lippen wieder auf meine.

Ich schmeckte ihn und meine eigene Lust auf der Zunge, was den Kuss noch intensiver machte. Das Verlangen nach ihm würde unerträglich.

»Spreiz die Beine!« Ich biss mir auf die Unterlippe und gehorchte. »Noch weiter.«

Mit einem harten Stoß schob er sich vollständig in mich. Stöhnend warf ich den Kopf in den Nacken und schlang die Beine um seine Hüften. Keuchend zog er sich wieder zurück, um mich im nächsten Moment noch tiefer zu nehmen. Meine feuchte Pussy zog sich mit jedem Stoß enger um seinen Schwanz zusammen und ich krallte mich in die weißen Laken.

»Oh Fuck, du bist so verdammt eng.« Seine freie Hand glitt zu meiner pochenden Klit, um dort schnelle Kreise zu ziehen.

»Ja, ja«, stöhnte ich ungehalten, während er mich hart und unnachgiebig fickte.

Nach kürzester Zeit war der Raum erfüllt von unserem lustvollen Stöhnen und dem Geräusch von Haut auf Haut. Ryder steigerte das Tempo, rammte sich noch heftiger in mich. Mein Stöhnen und Keuchen schwoll zu einem Schrei an, als er meinen Körper zum Beben brachte. Dieses Gefühl war neu. Intensiv und vernichtend. Meine Hände gruben sich in sein dichtes Haar, weil mich die Wucht des Höhepunktes wie ein Vorschlaghammer traf.

»Ryder. Ryder ja.« Sein Name, kam mir in einem stetigen Flüstern über die Lippen.

Sehnsüchtig, mit einer Spur Ehrfurcht und Angst, da ich diese widersprüchlichen Gefühle nicht einordnen konnte. Tanzende Farben flackerten vor meinen Augen auf. Ich drängte mich ihm entgegen, ließ zusätzlich die Hüften kreisen, bis die Lust in mir explodierte. Meine Muskeln zogen sich eng um seinen pulsierenden Schwanz zusammen, was ihn, nach zwei weiteren Stößen, ebenfalls zum Kommen brachte. Er verweilte einen Augenblick in der Position, kostete den Moment in vollen Zügen aus, ehe er sich schwer atmend aus mir herauszog.

Kapitel 31

RYDER

»Alles okay bei dir?« Mein Blick traf auf ihr verschwitztes Gesicht und den glücklichen Ausdruck darauf.

»Sollte ich das nicht eher dich fragen? Du bist schließlich verletzt«, erwiderte Ava frech.

Bevor sie sich enger an mich kuschelte, betrachtete sie besorgt meine Brust, auf der einige blaue Flecken schimmerten.

»Ich kämpfe.«

»Über welche Art von Kämpfen reden wir hier?«, wollte sie wissen.

Sie richtete sich auf, um mir direkt in die Augen zu sehen.

Seufzend tat ich es ihr gleich und fischte meine Boxershorts vom Fußboden, ehe ich antwortete: »Verbotene Untergrund-Kämpfe.«

»Ich dachte, so etwas gibt es nur in Filmen.«

»Tja. Da hast du dich wohl getäuscht.«

Geistesabwesend sammelte ich das benutzte Kondom ein, während ich zum Servierwagen ging. Dort entsorgte ich es im Papierkorb, schnappte mir zwei Gläser und eine Flasche Wasser.

»Aber ist das nicht gefährlich?«

Achselzuckend schlenderte ich zurück zum Bett. Nachdem ich uns etwas eingegossen hatte, entgegnete ich: »Womöglich, aber ich brauche es nun mal.«

»Wieso?«

Ich öffnete die Schublade des Nachtschrankes und nahm ein Röhrchen mit Tabletten hinaus. »Ich brauche den Schmerz.«

»Wie meinst du das, du brauchst den Schmerz?«

»So, wie ich es gesagt habe. Es ist meine Bestrafung.«

Gelassen drückte ich den Plastikdeckel auf, schüttete mir eine Tablette auf die flache Hand, um sie mit einem Schluck Wasser hinunterzukippen. Aus irgendeinem Grund schaffte ich es nicht, ihrem Blick standzuhalten. Vielleicht, weil eine unerklärliche Traurigkeit in ihm lag.

Als sie bemerkte, dass ich nichts darauf erwiderte, hakte sie nach: »Wofür willst du dich denn bestrafen?«

»Du hast doch meine Mutter gesehen, oder? Das ist meine Schuld.«

»Ryder, deine Mutter hat Demenz. Du hast nichts damit zu tun. Nichts davon ist deine Schuld.«

Ein bitteres Lachen drang aus meiner Kehle. Es war voller Selbsthass, weil ich wusste, dass es anders war.

»Es ist alles meine Schuld. Und inzwischen weiß ich gar nicht mehr, wann mein Leben angefangen hat, den Bach runterzugehen. Es war schon vor dem Tod von Big Joe. Ich bereue es nicht, Arjan und Neo getroffen zu haben, aber wenn du mich fragst, war dieser Tag der Anfang vom Ende.« Ich schwieg und erinnerte mich an jenen Tag zurück.

Zehn Jahre zuvor:

»Ich möchte nicht hierbleiben«, sagte ich mit zitternder Stimme.

Das Waisenhaus, vor dem ich mit der Sozialarbeiterin des Jugendamts stand, machte mir Angst. Trostlos ragte es zwischen den alten Fichten empor und versprühte die gleiche bemitleidenswerte Aura, wie die verlorenen Seelen, die sich auf dem Hof tummelten.

»Es ist ja nicht für immer und es wird sicherlich nicht so schlimm, Killian«, sprach mir die junge Frau Mut zu, wobei sie es nicht ganz schaffte, den bedauerlichen Ton aus ihrer Stimme zu nehmen. »Deine Mutter ist sicherlich schnell wieder auf den Beinen. Das ist nur eine vorübergehende Lösung.«

Lügen ... Jedes Wort aus ihrem Mund war eine Lüge.

Ich ließ meinen Blick über den Jungen wandern, der mit einem breiten Grinsen neben einem rothaarigen Mädchen auf den Stufen der Veranda saß und mich interessiert musterte.

»Kann ich nicht wieder nach Hause?«, versuchte ich es erneut bei der Sozialarbeiterin, obwohl ich die Antwort längst kannte.

»Das geht nicht. Deine Mutter ist doch in der Klinik und du kannst mit deinen vierzehn Jahren nicht allein in eurer Wohnung bleiben«, erklärte sie streng, wobei sie mich den Weg entlang zum Haus schob.

Immer näher in meine persönliche Hölle. Die Ärzte und das Jugendamt hatten mir zwar versichert, dass ich nach dem Entzug meiner Mutter wieder zu ihr dürfte, aber so richtig konnte ich das nicht glauben. Wenn es nach mir ginge, hätte ich die Zeit lieber an ihrer Seite verbracht, anstatt in dieser erbärmlichen Einrichtung. Ich war nicht wie die Kinder hier. Ich hatte noch eine Mutter, war nie straffällig, oder in einer anderen Weise strafrechtlich aufgefallen – all diese Dinge würden mich zu einem Opfer machen. Zu jemandem, den man gerne traktierte. Der Junge mit den dunklen Haaren sprang auf. Über beide Ohren grinsend lief er auf uns zu. War er dumm, oder so?

»Hallo«, begrüßte er mich euphorisch.

Ich wunderte mich, ob er für seine überschwängliche Art extra Punkte bei der Heimleitung erhielt.

»Ich bin Neo!« Er streckte mir die Hand entgegen, als ich mich weigerte, sie zu schütteln, boxte er mir auf die Schulter und meinte: »Du bist wohl nicht so gesprächig. Das ist okay, so waren wir am Anfang alle.«

Die Sozialarbeiterin räusperte sich und verkündete: »Das ist Killian. Er ist nur etwas schüchtern.«

»Komm, ich zeige dir alles, Killian. Wenn du erst mal alle kennst, wirst du schon auftauen. Schau mal, dass da vorne sind mein Bruder und sein bester Freund« Seine blauen Augen huschten zu einem großgewachsenen Kerl, der unter einer der Fichten saß und las.

Neben ihm lehnte ein blonder Junge, mit dem Rücken gegen den Stamm und döste.

»Arjan. Guck mal, dass hier ist Killian!«, rief er so laut über das Gelände, dass nicht nur Arjan aufsah, sondern sich auch jedes weitere Augenpaar auf uns richtete.

Der Dunkelhaarige, der etwas älter wirkte als Neo, musterte uns einen Augenblick, dann schüttelte er amüsiert den Kopf, hob die Hand zu einem Gruß und rief ebenso laut wie sein Bruder: »Hallo Killian!«

»Was ist das für ein dummer Vogel?«, fragte ein dicklicher Junge.

Seine Augen fixierten mich, wie ein Raubtier seine Beute. Irgendwas sagte mir, dass mit ihm was nicht stimmte. Mit einem teuflischen Grinsen schlenderte er auf uns zu.

»Frischfleisch also«, hörte ich ihn murmeln, als er vor uns zum Stehen kam. »Killian, du wirst meine neue Bitch.«

Bevor ich überhaupt reagieren konnte, flog Neos Faust an mir vorbei und landete direkt auf der Nase dieses Kerls.

»Wenn einer von euch Killian zu nahe kommt …« Er drehte sich mit gehobenen Fäusten einmal um die eigene Achse, schaute jeden an, der durch die beginnende Prügelei herausgerannt kam. »… werdet ihr es bereuen, verstanden?«

Ein hektisches Murmeln und Tuscheln ging durch die Menge. Obwohl ich so abweisend zu ihm war, setzte er sich sofort für mich ein.

Ich hatte nie Freunde, die für mich eingestanden waren, und jetzt schenkte mir ein wildfremder Junge sein Vertrauen, ohne mich überhaupt zu kennen. Kurz war ich unaufmerksam, weil ich die Welt nicht mehr verstand.

Neo stieß mich zur Seite und der Ast, den sich dieser fette Klops geschnappt hatte, knallte so hart auf den Boden, dass er in der Mitte zerbarst.

Blitzschnell hatte Arjan zu uns aufgeschlossen. Mit einer Leichtigkeit, die mir beinahe Angst machte, schlug er dem Typen den Ast aus der Hand und hielt ihm ein Messer unter die Nase.

»Ihr habt meinen Bruder gehört«, brüllte er laut. »Niemand greift ihn an.«

Der blonde Typ,, der soeben noch neben Arjan am Baum geschlafen hatte, stieß ebenfalls zu uns. »Killian gehört ab heute zu den Lost Souls«, verkündete er mit kalter Stimme. Es war der Anfang. Der ausschlaggebende Punkt, an dem unsere Leben aus der Bahn geriet.

»Und der blonde Typ, war Kats Bruder, oder?«, schlussfolgerte Ava richtig.

Bei der Erzählung war sie zu mir an die Bettkante gerobbt. Ihr Kopf lag auf meiner Schulter und ihre Arme waren um meinen Bauch geschlungen.

»Hat sie dir von ihm erzählt?«

»Nicht wirklich. Sie meinte nur, ihr hättet ihm etwas angedreht, stimmt das?«

»Vielleicht.«

»Aber ihr wart doch Freunde.«

Ich seufzte. »Manchmal sind Menschen nicht die, die sie vorgeben zu sein.«

»Wie meinst du das?«

Ich atmete hörbar aus. »Valentin ist eine Geschichte, mit der du dich besser nicht beschäftigen solltest.«

»Wieso will niemand über ihn reden?« Ihre Lippen huschten zärtlich über meinen Hals.

Für einen Augenblick schloss ich die Augen, gab mich der Berührung und dem Gefühl von Geborgenheit hin.

»Weil es so besser ist.«

Wir verweilten in dieser Umarmung, bis Ava wieder das Wort ergriff: »Kann ich dich noch etwas fragen?«

»Wenn ich nein sage, tust du es wahrscheinlich trotzdem, oder?«, entgegnete ich grinsend und sie vergrub ihr Gesicht an meiner Halsbeuge.

»Ja, da könntest du recht haben«, flüsterte sie und die Vibration ihrer Stimme fuhr direkt in meinen Schwanz.

»Wie lange warst du im Gefängnis?«, hauchte sie, ohne zu wissen, wie sehr sie mich schon wieder aus der Ruhe brachte.

»Für einige Jahre. In dem Prozess wurde eine Nachricht berücksichtigt, die offenbarte, dass Big Joe plante, uns in jener Nacht zu töten. Arjan und Neo wollten mich herausholen, aber es dauerte Jahre, bis Richter Alistair es schaffte.«

»Kats Vater hat dich aus dem Gefängnis geholt?«

»Ja.«

»Verstehe. Du wirst mir nicht mehr darüber erzählen, oder?«

»Richtig«, gab ich zurück.

»War deine Mutter noch gesund, als du entlassen worden bist?«, stellte sie eine weitere Frage.

»Nein. Kurz vor meiner Entlassung besuchten mich Arjan und Neo. Sie sagten mir, dass sie sich Sorgen um meine Mutter machten. Irgendwas stimmte nicht mit ihr, weil sie die ganze Zeit behauptete, sie habe mir ein Geschenk gekauft. Ein Motorrad. «

»Meinte sie die Maschine deines Vaters?«

»Ja. Erst zu diesem Zeitpunkt habe ich gemerkt, wie ernst es um sie stand. Wie weit die Demenz schon fortgeschritten war. Klar war mir bei ihren Besuchen aufgefallen, dass sie Dinge vergessen hatte, die ich ihr zuvor erst erzählte. Aber ich schob es auf den Stress oder Desinteresse. Mr. Mason bezahlte etliche Behandlungen, aber es brachte nichts. Je mehr die Krankheit voranschritt, desto weniger konnte sie sich an mich erinnern. Am Tag meiner Entlassung dachte sie, ich wäre immer noch der vierzehnjährige Sohn, der ihr vom Jugendamt weggenommenen worden war und in einem Heim auf sie wartete. Ich besuche sie jede Woche. In ihren Augen bin ich nur ein Pfleger. Jemand, dem sie immer wieder erzählt, wie toll ihr Sohn ist. Wie sehr sie ihn liebt und vermisst. Und ich kann nichts weiter tun, als es mir anzuhören. Woche für Woche. Stunde für Stunde.«

»Das ist furchtbar.«

»Das ist es, was ich verdient habe. Ein wiederkehrendes Leid, weil ich einen anderen Menschen getötet habe.«

»Es war Notwehr. Wenn du es nicht getan hättest, wärt ihr jetzt tot. Außerdem glaube ich nicht, dass es etwas an der Diagnose deiner Mutter geändert hätte. Sowas kann man nicht beeinflussen«, versuchte sie mich zu trösten.

»Nein, es hätte alles geändert. Sie müsste nicht mit dem Gefühl leben, einen Mörder als Sohn zu haben. Ich bin mir sicher, dass dieses Ereignis die Demenz noch beschleunigt hat.«

»Du hast sie gerettet, Ryder.«

»Nein, das habe ich nicht. Und deswegen mache ich die Kämpfe, weil jeder Schlag ein Preis ist, den ich zahlen muss. Meine persönliche Buße.«

Ich spürte, wie sie sich enger an mich schmiegte. Sie sah den Abgründen meiner Seele in die Augen und lächelte. Für eine Sekunde war ich perplex, weil sie Dinge an mir mochte, von denen ich sicher gewesen war, dass niemand sie jemals würde akzeptieren können.

KAPITEL 32

AVA

Seine Worte beschäftigten mich auch noch Stunden, nachdem er längst neben mir eingeschlafen war. Auf einmal wirkte es zu real, seine Nähe zu bedrückend. Ich musste weg, Abstand zwischen uns bringen. Vorsichtig krabbelte ich aus dem Bett, suchte meine Sachen zusammen und huschte aus dem Poolhaus.

Es gab nur eine Person, an die ich mich jetzt wenden konnte. Also wählte ich Kats Nummer, als ich mich vom Gelände schlich.

»Ich habe Mist gebaut«, gestand ich, als sie den Anruf entgegennahm.

Ich holte tief Luft und erzählte ihr alles. Die Punkte seiner tragischen Vergangenheit ließ ich jedoch aus.

»Ich habe dir gesagt, du sollst dich von ihm fernhalten«, sagte sie wie eine Mutter, auf deren Ratschlag man nicht gehört hatte.

»Ich weiß.«

»Wieso tust du es dann nicht?«, hakte sie streng nach.

Weil ich mich auf eine seltsame, unergründliche Weise zu ihm hingezogen fühlte. Vielleicht, weil wir beide zwei verlorenen Seelen waren. In einem Spiel, bei dem wir wussten, dass niemand gewinnen konnte.

»Ich weiß es nicht, Kat«, log ich.

Es ihr zu erklären, wäre zu kompliziert. Wie sollte ich all diese verwirrenden Gefühle in Worte fassen, wenn ich sie selber nicht mal verstand?

Ich hörte sie seufzen. »Ich hole dich ab. Warte an einer Kreuzung und hoffe, dass Ryder nicht mitbekommen hat, dass du abgehauen bist.« Ein leises Kichern drang durch die Leitung.

»Was ist so lustig?«, fragte ich niedergeschlagen.

»Na ja, ich glaube nicht, dass Ryder jemals von jemandem sitzengelassen worden ist. Ich würde zu gerne sein Gesicht sehen, wenn er aufwacht und checkt, dass du weg bist.«

Was sie zu amüsieren schien, machte mir eine Heidenangst. Schließlich hatte er mir vor einigen Stunden seine gesamte Leidensgeschichte erzählt und ich hatte nichts Besseres zu tun, als zu gehen. Mir war klar, wie abgefuckt das war.

»Guten Morgen«, weckte mich eine vertraute Stimme.

Verschlafen öffnete ich die Lider und fragte mich sogleich, ob ich mich letzte Nacht wirklich aus dem Staub gemacht hatte. Denn direkt über mein Gesicht gebeugt, stand Ryder. Seine dunklen Augen wirkten kalt, sodass ich geradewegs das Gefühl bekam, in Schwierigkeiten zu stecken. Ich drehte mich auf den Rücken, rutschte ans Kopfteil des Bettes, als mein Blick auf zwei weitere Personen fiel. Das Unbehagen wuchs. Was machten Arjan und Neo hier?

»Ryder, was soll das?«, fragte ich schwer schluckend.

Der Kloß, der sich augenblicklich in meiner Kehle bildete, erschwerte mir schon jetzt das Atmen. Ich blickte zu ihm. Auf seinem Gesicht entstand ein überhebliches Grinsen. Er wirkte ganz anders. Von der Zerbrechlichkeit der letzten Nacht war nichts mehr übrig. Heute strahlte er eine Härte aus, die ich mir nicht erklären konnte.

»Du fragst dich, was das soll?«, wunderte er sich laut.

Er stand direkt neben dem Bett, anders als Neo und Arjan, die an der gegenüberliegenden Wand lehnten und dem Schauspiel neugierig folgten.

»Komm schon, wenn es wegen gestern Nacht war, tut es mir…« Der Rest des Satzes endete in einem überraschten Aufschrei, weil mir Ryder ohne Vorwarnung die Decke vom Körper riss.

»Spinnst du?«, rief ich aufgebracht.

Ich machte einen Satz auf ihn zu, um die Bettdecke wieder in die Finger zu bekommen, doch er lachte nur und schubste mich zurück aufs Bett. Mir war schmerzlich bewusst, dass ich nur Unterwäsche und ein knappes Shirt trug. Verzweifelt versuchte ich, den Stoff über die Knie zu ziehen, um die wichtigsten Stellen meines Körpers zu verdecken.

»Ich sage dir, was das soll«, begann er.

Sein Tonfall weckte in mir das Verlangen schnell zu verschwinden. Er neigte den Oberkörper über das Bett und zog ein Handy aus der Tasche.

»Was wird wohl Papi sagen, wenn er weiß, wo seine abtrünnige Tochter geblieben ist? Du kennst ihn, oder? Solltest du uns ausspionieren? War das alles nur ein Witz für dich?«

Ich hörte den Schmerz in seiner Stimme, aber die aufsteigende Panik vertrieb jede Art des Mitgefühls. Hastig schnappte ich nach dem Telefon, aber er hielt es sofort außer Reichweite.

»Na, na na«, mahnte er, »wenn du nicht aufpasst, rutscht mein Finger noch ab.«

»Tu das nicht! Bitte«, flehte ich mit dünner Stimme.

»Was hat er dir geboten? Eine Zukunft? Einen Weg raus aus der Sekte?« Inzwischen war Ryder so sauer, dass er jedes Wort brüllte.

»Ich weiß nicht …« Wütend schmetterte er die Lampe vom Nachttisch, verringerte den Abstand zwischen uns und packte den Kragen meines Shirts.

»Ich dachte, du wärst anders … verdammt, ich dachte, du meinst es ernst.« Ich schnappte nach Luft. Zwang mich, unter seinem Griff nicht in Panik zu geraten.

Hätte ich es ihm gestern doch bloß gesagt. Denn nun würde er mir sicherlich kein einziges Wort mehr glauben …

»Es reicht«, schaltete sich Arjan ein. Mit einem teuflischen Grinsen gesellte er sich zu Ryder.

»Lass mich das machen. Du kannst später mit ihr tun und lassen, was du willst.« Er nahm ihm das Handy aus der Hand, offenbarte mir das Display mit einer Nummer, von der ich gehofft hatte, sie nie wiederzusehen.

»Bitte. Ich kann das erklären«, versuchte ich verzweifelt Arjan davon abzuhalten auf den grünen Hörer zu drücken, weil es viel mehr als mein Untergang bedeuten würde.

»Erklären?«, fauchte Ryder, bevor seine Faust wieder gegen die Wand krachte. »Jedes Wort aus deinem Mund ist eine verfickte Lüge!«

»Bitte.« Ich sprang auf, griff nach seinem Arm, doch noch ehe ich ihn erreichen konnte, beförderte mich Arjan mit einem heftigen Stoß zurück auf die Matratze.

»Du gehst mir auf die Nerven. Dein falsches Spiel ist jetzt zu Ende. Dein Vater wird sicherlich ausgesprochen froh sein, wenn wir seine fragile Tochter zurückbringen.«

»Arjan bitte. Was willst du? Ich mache alles, was du willst! Ruf ihn bitte nicht an!«, bettelte ich.

Auf seinem Gesicht spiegelte sich eine Regung. Aber genauso schnell, wie der Anflug von Unsicherheit erschienen war, verschwand sie auch wieder.

»Guter Versuch!«

Er drückte auf eine Taste und Sekunden später hörte ich es tuten. Verzweifelt suchte ich nach Ryders Blick. Ich hoffte auf irgendeine Regung, dass ich ihn irgendwo, hinter all der Wut, die in ihm brodelte, noch erreichen konnte. Arjan grinste, bewegte seinen Kopf bei jedem Klingeln mit einer wippenden Bewegung hin und her.

Ich war so fertig, dass ich nicht einmal mehr die Kraft aufbrachte, mich zu wehren, oder ihn vom Gegenteil zu überzeugen. Zusammengerollt lag ich auf der Matratze, während heiße Tränen über mein Gesicht liefen.

»Warte!«, hörte ich plötzlich Ryders Stimme.

Aus dem Augenwinkel vernahm ich eine Rangelei, trotz allem war ich nicht in der Lage, den Kopf zu heben. Es war sein Gesicht ... dieses schreckliche Gesicht, das immer wieder vor meinem inneren Auge auftauchte und mich lähmte. Mir Stück für Stück den Lebenswillen raubte. Ich wolle nicht zurück! Ich *konnte* nicht zurück!

»Alter, was soll das?«

»Irgendwas stimmt nicht. Es passt nicht zusammen. Ava ...« Ryders Stimme war so nah an meinem Ohr, dass ich hätte reagieren sollen, doch mein Körper wollte mir nicht mehr gehorchen.

»Sie sieht ziemlich scheiße aus!«, kommentierte nun auch Neo meinen körperlichen Zustand. »Vielleicht steht sie unter Schock?«

»Ava!« Ryders Stimme wurde energischer, fordernder, als erwartete er, dass ich wieder aus meiner Blase kommen würde.

Er legte die Decke um meine Schultern, doch in meinem Inneren herrschte weiterhin Winter. Eine klirrende Kälte, die meinen gesamten Körper erzittern ließ. Jeder Atemzug schmerzte und ich hatte das Gefühl zu kollabieren.

»Sie tut nur so«, gab Arjan trocken zurück.

»Nein, tut sie nicht. Ava, du musst mir sagen, was du verheimlichst. Ich kann dir nicht helfen, wenn ich es nicht weiß.«

Sachte drehte Ryder mein Gesicht in seine Richtung. Da war sie wieder, die Wärme der letzten Nacht. Doch sie erreichte mich nicht. Brachte den Blizzard nicht zum Schmelzen. Wie viel Wärme würde noch übrig sein, wenn er die Wahrheit kannte? Würde er mich mit denselben Augen sehen? Doch was für eine Wahl hatte ich noch? Ich zog die Nase hoch, während sich in mir eine altbekannte Leere ausbreitete, so wie sie es immer tat, wenn ich über ihn nachdachte.

»Ich bin auf der Flucht.«

»Das wissen wir, aber darum geht es uns nicht. Es geht um deine Verbindung zu Valentin!« Ich richtete mich etwas auf und klemmte dabei die Decke fester an die Brust. »Ich kenne Valentin nicht.«

Arjan schnaubte. »Ja sicher.«

»Ich bin auf der Flucht vor meinem Vater.«

»Vor deinem Vater?«, hakte Neo nach. Ich nickte.

»Können wir in die Küche gehen? Dafür brauche ich Kaffee. Viel Kaffee.«

Nachdem sich Arjan mit einem »Darauf bin ich gespannt«, abwandte, atmete ich erleichtert aus.

Lieber würde ich ihnen die Geschichte erzählen, als Gefahr zu laufen, von meinem Vater entdeckt zu werden. Neo folgte ihm, einzig Ryder blieb auf der Kante des Bettes sitzen.

»Wieso bist du gegangen?«, fragte er, ohne mich anzusehen.

»Ich weiß es nicht«, gab ich ehrlich zurück.

Er schüttelte frustriert den Kopf, »War das geplant?«

»Nein.«

»Aber?«

»Ich hatte Angst«, gab ich schließlich zu.

»Vor mir?« Die Verletzlichkeit in seiner Stimme machte alles noch schlimmer. »Nach allem, was ich dir erzählt habe?«

»Vor den Gefühlen für dich. Sie sind so intensiv. So dunkel und ich habe Angst, die Kontrolle zu verlieren.«

»Wäre das so schlimm?« Er sah mich direkt an, wohingegen ich es nicht schaffte, ihm länger als ein paar Sekunden in die Augen zu sehen.

»Wir haben schlimme Dinge getan. So krampfhaft versucht, uns gegenseitig zu verletzen. Wie soll man auf dieser Grundlage Vertrauen aufbauen? Ich weiß ja immer noch nicht, was du in jener Nacht getan hast. Ich frage mich ständig, ob du mich angerührt hast.«

Er schwieg für einen Augenblick und spielte gedankenverloren mit den Bändern seines Hoodies.

»Ich hätte dir nie gegen deinen Willen etwas angetan. Und klar, wir haben uns zugesetzt, aber es war nicht immer schlecht. Du hast eine Seite in mir geweckt, ein Gefühl, das ich nicht mehr kannte. Ich habe mich jemanden nach all den Jahren geöffnet.«

»Ich weiß. Aber wenn das nicht genug ist? Wenn all das Leid die guten Dinge überwiegt?«

»Auch der Phönix verbrennt, bevor er aus der Asche steigt«, sagte er und griff nach meiner Hand.

»Vielleicht sind wir aber keine Phönixe, Ryder, sondern Raben, die in den Flammen verbrennen.«

Anziehung war nicht genug, wenn die Schatten der Vergangenheit alles überschatteten. Und unsere Schatten waren verwoben mit Narben, die wir uns selbst zugefügt hatten. Ich wusste nicht, ob wir uns jemals richtig vertrauen konnten. Trotz meiner Zweifel gab ich mich der Wärme seiner Berührung hin und ein dummer Teil in mir hoffte, dass er es schaffen würde, die Eiszeit zu vertreiben.

»Ich sollte die anderen nicht länger warten lassen«, sagte ich nach einer Weile.

Traurig und mit einer neuen Welle von Panik, schob ich mich neben Ryder aus dem Bett. Ehe ich zu meinem Kleiderschrank huschen konnte, hielt er mich am Handgelenk zurück.

»Bereust du wirklich nicht, was gestern passiert ist? Wenn du etwas gesagt hättest, wäre ich niemals so weit gegangen.«

»Wie könnte ich das?« Für eine Sekunde ließ ich mich von den Gefühlen überwältigen, die dieser Mann in mir auslöste.

Dann meldeten sich all die Dinge zurück, die er in den letzten Wochen getan hatte. Der Grund, wieso ich nie wusste, ob es stimmte, was er sagte.

»Es ist nur so, als hättest du zwei Gesichter. Und ich habe Angst davor, dass in dir nichts Menschliches mehr übriggeblieben ist und du inzwischen das Monster geworden bist, das du so verzweifelt vorzugeben versuchst.«

»Was redest du da, Ava?« Ryder sah mich an, als wüsste er nicht, wovon ich sprach.

Empfand er keine Reue? Er hatte Merlin vergiftet. War mehrmals in das Haus eingedrungen und hatte ein Herz an die Tür genagelt. War das nicht genug, um Schuld zu verspüren?

Seufzend stand er auf.

»Wie du meinst, Ava. Ich glaube, du hast recht. Wir sollten Arjan nicht länger warten lassen«, sagte er kalt. »Hier!« Er drückte mir eine Dose Katzenfutter in die Hände. »Das habe ich deiner Flohschleuder mitgebracht.« Ein Schmunzeln stahl sich auf seine Lippen. »Ich konnte ihn allerdings nirgends finden.«

Fassungslos fiel mir die Dose aus der Hand, sodass sie mit einem lauten Knall auf den Boden krachte und unter den Heizkörper rollte.

Kapitel 33

AVA

Nachdem ich mir etwas Anständiges übergezogen hatte, ging ich in die Küche, wo die Lost Souls bereits auf mich warteten. Arjan und Neo standen an der Wand gelehnt, Ryder hingegen hatte auf einem der Küchenstühle Platz genommen. Sie starrten alle auf ihre Handys und sahen erst auf, als ich die Küche betrat.

Ich zögerte das Unvermeidliche noch weiter hinaus, indem ich zu dem Wasserkocher ging und ihn unter dem Hahn mit Wasser füllte. Arjan räusperte sich laut, was mir signalisieren sollte, dass seine Geduld am Ende war.

»Er hasst mich, weil ich für den Tod meiner Mutter verantwortlich bin. Es ist eine lange Geschichte«, kam ich seiner stillen Aufforderung nach und eröffnete das Gespräch.

Ich war nicht unbedingt versessen darauf, diese Geschichte nochmal zu durchleben, aber ich war bereit es zu versuchen. Neo zog sich einen der Stühle ans Fenster, drehte ihn mit der Lehne zu mir und setzte sich.

»Du solltest dich vielleicht auch hinsetzen, es könnte eine Weile dauern«, wandte ich mich an Arjan, nachdem ich mich gesetzt hatte.

»Das wird nicht nötig sein. Ich stehe lieber«, gab er kalt zurück.

»Wie du meinst«, sagte ich kleinlaut und schluckte einige Male heftig.

Es war so schwer, den Mut für diesen Schritt aufzubringen. Selbst wenn ich wusste, dass ich keine andere Wahl hatte. Ich kaute auf der Unterlippe, suchte nach den richtigen Worten, diese Geschichte zu beginnen. Überrascht zuckte ich zusammen, als Ryder meine zitternden Hände voneinander löste.

»Alles wird gut!«, sprach er mir Mut zu und verschränkte seine Linke mit meiner.

Arjan warf ihm einen skeptischen Blick zu, verzichtete aber darauf, seine Meinung kundzugeben. Ryders Berührung gab mir die Kraft, die ich benötigte, um endlich anzufangen.

»Alles hat damit begonnen, dass ich den Drang hatte, auszubrechen. Wie ihr schon richtig herausgefunden habt, ist mein Vater Leiter einer Glaubensgemeinschaft.«

»Einer Sekte«, verbesserte Neo meine nette Umschreibung.

»Wenn du es so nennen willst. Ja, einer Sekte. Er war nicht gefährlich oder verrückt – zumindest nicht am Anfang. Er glaubte an das Gute. Wollte die Welt verbessern«.

Die Erinnerung an diese vergangenen Tage, an denen noch alles perfekt war, schmerzten.

»Wollen die Verrückten das nicht alle? Okay, okay, ich bin ja schon ruhig!«, fügte Neo hinzu, als er mich erneut unterbrach und ihm dies einen mahnenden Blick seines Bruders einbrachte.

»Eines war ihm dabei sehr wichtig. Nämlich Gehorsamkeit. Er mochte ein reines, kontrolliertes Leben. Kein Sex vor der Ehe und so was halt.«

Sofort spürte ich, wie sich Ryder anspannte und meine Hand drückte. Ich verkniff mir ein Kichern und warf ihm einen belustigten Blick zu: »Machst du dir gerade Sorgen, dass du mich gestern entjungfert haben könntest?«

»Habe ich?« Für eine Sekunde spielte ich mit dem Gedanken, ihn anzulügen.

Einfach um sein Gesicht zu sehen. Leider war gerade nicht der richtige Zeitpunkt für Späßchen.

»Nein«

»Erspart mir bitte diese Einzelheiten«, schaltete sich Arjan ein. »Erzähl weiter, bevor ich meine Geduld verliere oder mich aufgrund eures Sexlebens übergeben muss«

Ich schluckte schwer, bis hierhin war es gar nicht so schlimm – doch die nächsten Minuten würden mich in ein Wechselbad der Gefühle werfen. Ich war alles andere als bereit dafür. Obwohl das alles nun drei Jahre zurücklag, erinnerte ich mich an jedes Detail, als wäre es erst gestern passiert.

»Seine Einstellung, mich rein und unschuldig zu halten, funktionierte auch bis zu meinem achtzehnten Lebensjahr. Bei einem Ausflug habe ich eine Gruppe Mädchen kennengelernt. Die Art von Mädchen, mit denen jeder befreundet sein wollte. Beliebte, hübsche Mädchen. Also genau das Gegenteil von mir«, sagte ich und trank einen Schluck Kaffee, um mir eine kurze Pause zu verschaffen.

»Wird's heute nochmal was?«

Arjans Ungeduld trieb mich zum Weitersprechen an. »Mit Cindy entstand in kürzester Zeit eine richtige Freundschaft. Durch sie erfuhr ich, was leben eigentlich hieß und dass ich in einem Käfig gehalten worden war. Ich lernte Jungs kennen. Verliebte mich und hatte schon bald den Drang, meine Grenzen auszutesten. Es folgten Partys und Alkohol.« Ich atmete aus, weil wir uns so langsam dem Teil näherten, den ich krampfhaft zu vergessen versuchte.

»Es war eine Party vor drei Jahren, die alles veränderte. Meine Freundinnen hatten sich mal wieder total abgeschossen und ich hatte die leidige Aufgabe zu fahren. Eigentlich hätte ich nicht trinken sollen. Aber Gery, der beliebteste Junge der Schule, baggerte mich an und spendierte mir ein Getränke nach dem anderen. Es dauerte nicht lange, bis ich völlig berauscht war.« Meine Hände zitterten, während ich gedanklich in jene

Nacht zurück katapultiert wurde. Wenn ich diese verdammten Drinks doch niemals angerührt hätte!

Neo trommelte gedankenverloren auf der Lehne des Stuhls herum und tauschte einen vielsagenden Blick mit Ryder. Offenbar ahnte er, worauf die Geschichte hinauslief.

»Wir landeten in einem Gebüsch und machten rum«, fuhr ich fort. Ein Satz, den Ryder scharf einatmen ließ.

»Hat er dich …« Seine Stimme bebte und es jagte mir einen Schauder über den Rücken.

Ich schüttelte den Kopf. »Es war einvernehmlich. Zumindest ist es das, woran ich mich erinnern kann. Ich habe ihm einen geblasen und es wäre wahrscheinlich auch mehr passiert, wenn mich Cindy nicht davon abgehalten hätte. Sie glaubte, ich würde die Trennung von meinem Ex-Freund kompensieren wollen. Und womöglich hatte sie damit auch recht. Vielleicht hatte mich der Alkohol aber auch dazu gebracht. Jedenfalls war keiner von uns mehr in der Lage Auto zu fahren, weswegen ich in meiner betrunkenen Dummheit einen Fehler beging. Ich rief bei meiner Mutter an und bat sie uns abzuholen. Schon zu diesem Zeitpunkt hörte ich meinen wütenden Vater. Er wollte nicht, dass sie uns holte. Wir sollten laufen und uns über unseren Fehler bewusstwerden.«

»Was für ein sympathischer und fürsorglicher Vater«, murmelte Neo und fragte daraufhin, »Und was ist dann passiert?«

»Sie kam nie an. Sie hatte einen Autounfall, bei dem sie starb.« Eine einzelne Träne löste sich aus meinem linken Augenwinkel. Ich strich sie eilig mit der freien Hand weg.

»Was hat das mit deiner Flucht zu tun?«, wollte Arjan wissen.

»Das kann ich dir sagen. Mein Vater hat mich seitdem gehasst. Er gab mir die Schuld für ihren Tod. Und ganz Unrecht hatte er dabei nicht. Schließlich hatte ich mich gegen ihrer beider Willen rausgeschlichen. In seinen Augen hatte ich als Tochter versagt.« Ich hielt einen Augenblick inne. Zu sehr schmerzte der Verlust meiner unbeschwerten Kindheit.

All die Momente, die wir zusammen verbrachten, waren wertlos. Da die Dinge, die er getan hatte, all die guten Erinnerungen ersetzten.

»Mit einem Schlag war alles anders. Er hasste mich und ließ mich dies auch deutlich spüren. Alles begann harmlos. Er hatte mich gemieden, doch irgendwann war sein Hass so groß, dass das nicht mehr ausreichte. Er wurde handgreiflich. Demütigte mich, wann immer es ihm passte, und maßregelte mich nach seinem Ermessen.« Ich endete und hoffte, dass ihnen diese Erklärung genügte. Dass sie es verstanden und nicht weiter nachbohrten.

»Was hat er getan?«, erkundigte sich Arjan.

Offensichtlich reichte es ihm nicht. Er wollte mehr. Und ich wusste nicht, ob ich bereit war ihm diese Antworten zu liefern. Die Bilder meiner Vergangenheit schnürte mir die Kehle zu. Ich schnappte nach Luft, doch es schien, als weigerte sich der Sauerstoff in meine Lungen zu fließen.

»Ist das nötig, Arjan?«, sprang mir Ryder zur Seite.

»Ja, das ist es. Was soll er getan haben, um diese Panik in ihr auszulösen?«

»Ist schon gut, Ryder«, sagte ich matt und atmete ein paarmal tief durch. »Er hat mich in den Keller gesperrt. Ich war mit Handschellen an der Wand gefesselt. Er hat mir das Essen in einem Napf serviert. Ich musste jede Mahlzeit auf dem Boden einnehmen. Auf allen vieren. Er hat mich geschlagen, getreten und beschimpft. Sieben Tage die Woche, ohne Pause.«

Da war so viel mehr, aber diese schrecklichen Ereignisse konnte ich ihnen nicht erzählen. Ich erlaubte es nicht mal mir, mich daran zurückzuerinnern. Sie waren tief in der Finsternis meiner Seele verschlossen – und da würden sie bleiben. Unangerührt.

»Es reicht! Wir haben genug gehört. Sie ist keine Gefahr für uns«, sagte Ryder laut. Er wischte mir die Tränen von der Wange, von denen ich nicht einmal mitbekommen hatte, dass sie nun in Strömen über mein Gesicht liefen. Diese ganzen Erinnerungen zu verdrängen war immer schon einfacher gewesen, als sie jemandem zu erzählen.

Für einige, unendlich lange Sekunden, herrschte Schweigen in der Küche. Abwechselnd sah ich zu Arjan und Neo. Ihre Mienen blieben jedoch ausdruckslos. Ich löste meine Hand aus Ryders, dessen Griff mit jedem Wort an Stärke gewann. Als würde er mir still signalisieren wollen, dass er an meiner Seite stand. Unschlüssig sah ich zu ihm.

Er rollte in diesem Moment mit den Augen und sprach Arjan direkt an: »Sie ist keine Bedrohung.«

»Was ist mit der Akte?«, stellte er eine Gegenfrage.

»Wieso gibt es diese geschützte Polizeiakte von dir? Sage konnte sie noch nicht komplett entschlüsseln, aber es ist nur noch eine Frage der Zeit«, erklärte Neo.

»Ihr lasst ohnehin nicht locker, oder? Es ist ein Video. Der Blowjob wurde verbreitet. Ihr könnt euch nach meiner kleinen Ausführung sicherlich denken, was mein Vater dazu gesagt hat.«

»So wie es klingt, ist dein Vater eine ziemliche Bedrohung«, stellte Arjan fest und stieß sich lässig von der Wand ab, an der er gelehnt hatte.

»Er weiß nicht, dass ich hier bin. Ihr werdet keine Probleme deswegen bekommen«, versuchte ich meinen Standpunkt klarzumachen.

Wenn er mich gefunden hätte, würde ich längst in Ketten an der Kellerwand unseres Hauses hängen.

»Was denkst du darüber?«, wandte sich Arjan an Neo, der nachdenklich am Reißverschluss seiner Lederjacke spielte. Nur weil er Ryders bester Freund war, hieß es nicht, dass er damit einverstanden war, dass ich blieb.

»Ich sehe da keine Probleme«, meinte er schließlich und ich atmete erleichtert aus.

»Arjan, ich bürge für sie«, schaltete sich nun auch Ryder wieder ein.

»Natürlich tust du das.« Er funkelte ihn einen Augenblick böse an und setzte sich anschließend in Bewegung.

Beim Vorbeigehen meinte er beiläufig: »Von mir aus kann sie bleiben. Aber bei der kleinsten Regung von Ärger muss sie weg.«

Ryder atmete erleichtert aus und Neo sprang mit einem Grinsen auf.

»Wenn wir dann jetzt alles geklärt haben…«, sagte er und zog sein Handy aus der Tasche. »… wäre ich raus, denn ich habe noch etwas zu erledigen. Und ihr sicher auch.«

Ich rollte mit den Augen und folgte den beiden, die bereits im Begriff waren die Küche zu verlassen. Im Wohnzimmer hielt Arjan inne und sah sich irritiert um. »Was ist eigentlich mit deinen Möbeln passiert?«

Schnaubend verschränkte ich die Arme vor der Brust. Als wüssten sie nicht am besten, was hier geschehen war.

»Frag das doch deinen Freund.«

Arjan folgte meinem Blick zu dem verwirrt dreinblickenden Ryder, der in diesem Moment abwehrend die Hände hob. »Ich weiß nicht, was sie meint!«

»Tu doch nicht so.«

»Ava.« Er sah mich eindringlich an. »Ich war das nicht.« Aufrichtigkeit lag in seiner Stimme.

»Dann war es einer deiner Freunde.«

Neo hob eine Augenbraue und Arjan griff sich eines der aufgeschnittenen Kissen, von denen ich mich noch nicht trennen konnte.

»Das habe ich nicht nötig«, sagte er kalt, nachdem er es genauer begutachtet hatte.

»Ja klar und dann wart ihr das auch nicht mit dem Herz!« Neo warf mir einen fragenden Blick zu. »Wollt ihr mich verarschen? Das Herz an meiner Haustür? Das vergiftete Katzenfutter?«

»Der Streuner ist vergiftet worden?«, fragte Ryder erstaunt.

»Sehe ich echt so blöd ...«

»Wir waren das nicht. Keiner von uns versteckt sich hinter solchen hinterhältigen Aktionen und schon gar nicht vergreifen wir uns an Tieren«, sagte Arjan, ehe er das aufgeschlitzte Kissen zurück aufs Sofa warf.

Er verfehlte es um Zentimeter und riss die gegenüberliegende Lampe vom Schränkchen.

»Na toll. Demoliere das Haus ruhig weiter. Es ist ja noch nicht genug zerstört worden«, meckerte ich und stemmte die Hände in die Hüften, weil mir ihr Verhalten gegen den Strich ging.

»Sorry, ich wollte deine Bruchbude nicht weiter auseinandernehmen«, entgegnete er.

Ich beobachtete, wie er um das Sofa herumging, die Lampe vom Boden hob und sie zurück auf ihren Platz stellte.

»Ava.« Genervt sah ich zu Ryder, der meinen Blick suchte. »Wir waren das nicht. Wirklich. Wir sind nicht feige. Wenn wir so was tun, dann wollen wir, dass du weißt, dass wir es waren.«

»Genau. Verstecken ist nicht unser Ding«, pflichtete Neo bei.

»Aber wer ...«

»Ava, du weißt schon, dass an dieser Lampe eine Kamera ist, oder?«, unterbrach mich Arjans Stimme.

»Was?«

Ich wirbelte herum, durchquerte mit einigen Schritten das Zimmer, um ihm sofort über die Schultern zu sehen. Er deutete auf eine kleine Öffnung, die mir zuvor noch nie aufgefallen war.

»Ich schätze, das ist ein Nein«, sagte er trocken.

Während er sich im Wohnzimmer umsah, trat ich näher an die Lampe, um sie genauer in Augenschein zu nehmen. Ein schwaches, rotes Licht flackerte an der Öffnung, die direkt unter den Schirm gebohrt worden war. Hätte er mich nicht darauf aufmerksam gemacht, wäre sie mir nie aufgefallen.

»Sind noch mehr …« Mir stockte der Atem und ich konnte die Frage nicht zu Ende bringen, weil Arjan zielstrebig auf den Fernseher zutrat.

»Bitte nicht«, flüsterte ich, ehe er etwas aus der Wand zog. Ein langes, schwarzes Kabel, an dessen Ende eine flache, klitzekleine Kugel befestigt war.

»Das ganze Wohnzimmer ist verwanzt. Ryder, warst du das?« Arjan sah seinen Freund eindringlich an.

»Nein. Verdammt, wie ist das möglich?« Ich wechselte einen schnellen Blick zwischen ihnen.

Umso länger ich darüber nachdachte, desto fester schnürte es mir die Kehle zu. Das Wohnzimmer war voller Kameras? Jemand hatte mich beobachtet. Hatte dabei zugesehen, wie ich schlief, aß und noch ganz andere Dinge tat. Ein eiskalter Schauder lief mir über den Rücken. Ich versuchte, nicht in Panik zu geraten, aber diese Erkenntnis machte es ziemlich schwierig. Mit wildschlagendem Herzen schaute ich zu Ryder, legte alles in ein stummes Flehen, dass er doch zugab, hinter der Sache zu stecken. Das wäre erträglicher als die Gewissheit, dass ein Fremder ins Haus eingedrungen war.

»Ruf Sage an. Er muss das Haus kontrollieren. Ich glaube, es sind noch weitere Kameras hier. Ava, wer könnte das getan haben? Wen hast du in diese Stadt gebracht?« Arjan schaute mich abschätzend an, aber ich schüttelte nur ungläubig den Kopf, da ich keine Antwort auf seine Frage hatte.

Niemand war mir gefolgt. Ich war mir sicher und doch war hier der Beweis. Direkt vor meinen Augen. »Ich weiß es nicht.«

»Könnte dein Vater es gewesen sein?«, fragte Neo, während Ryder in der Küche verschwand und die Schränke checkte.

»Nein. So was ist nicht seine Art. Wenn er mich gefunden hätte, dann wäre ich längst nicht mehr hier.«

»Hier sind auch welche«, kam es von Ryder aus der Küche. »Ava, pack deine Sachen. Du kommst mit zu mir.«

»Was?« Ich starrte Ryder entgeistert an.

»Was ist daran nicht zu verstehen? Geh hoch und pack deine Sachen.«

»Aber ich kann ...«

»Geh hoch. Jetzt. Oder ich werde dir dabei helfen«, mischte sich Arjan ein, der gerade zwei weitere Kameras aus den Ecken des Wohnzimmers geholt hatte.

Die Menge, die sie bereits in kürzester Zeit fanden, war enorm.

»Kannst du bitte mitkommen, Ryder?«, fragte ich, weil mich der Gedanke, dass womöglich Kameras in meinem Schlafzimmer waren, in Angst und Schrecken versetzen.

»Natürlich. Neo, rufst du Sage an?«

»Klar, gar kein Problem. Er wird sich freuen, so was Krankes zu sehen.«

Ryder warf ihm einen mahnenden Blick zu, woraufhin Neo eine beleidigte Schnute zog und murmelte: »Was? Ist doch so. Tu jetzt nicht einen auf Ritter, nur weil du dich momentan in einer einzigen Pussy wohlfühlst. Du kennst ihn, er mag solche abgedrehten Sachen.«

»Neo! Ruf ihn einfach an und halt dein Maul!«, entgegnete Ryder streng, ehe er mir in den Flur folgte.

Eine Stunde später stand ich mit gepackten Sachen vor dem Haus, da ich es keine Sekunde länger darin aushielt. Sage war vor einigen Minuten eingetroffen und hatte sich zu den anderen ins Wohnzimmer gesellt. Auf dem Couchtisch stapelten sich bereits die Kameras, die sie mit dem bloßen Auge gefunden hatte. Das war der ausschlaggebende Grund, wieso ich das Haus verließ. Ich konnte es nicht mehr ertragen. Nicht sehen, wo sie überall waren. Der Gedanke schüttelte mich, ich fuhr mir nervös durch das schwarze Haar.

»Bist du okay?« Erschrocken zuckte ich zusammen und entdeckte Ryder direkt hinter mir.

»Ich weiß nicht«, gab ich ehrlich zurück.

»Wir werden sie alle finden«, sagte er sanft.

Vorsichtig schlang er seine Arme um meinen Bauch und zog mich an sich, sodass ich im Rücken das regelmäßige Heben und Senken seiner Brust spürte.

»Es tut mir leid«, flüsterte ich leise.

»Was genau?«, wollte er wissen.

Ohne den Blick von der Reihe Bäume zu nehmen, die sich direkt vor mir auftat, und zwischen denen ich ihn schon viele Male gesehen hatte, antwortete ich: »Alles. Ich habe dich beschuldigt, das alles getan zu haben. Die kranken Sachen, meine ich. Aber ich glaube inzwischen, dass es die gleiche Person war, die auch die Kameras installiert hat. Ich wollte mir einen Grund einreden dich nicht...«

»Hör auf, Ava«, unterbrach er mich, bevor ich den Satz beenden konnte. »Es ist okay. Es ist alles okay.«

»Nein, ist es nicht. Ich habe dein Bike zerstört und dabei hast du Merlin nichts getan. Ich bin ein Monster. Anstatt mit dir zu reden, habe ich ...« Meine Stimme brach und ich wischte mir über das tränennasse Gesicht.

»Hör auf, bitte. Es ist nun mal passiert. Wir haben beide in der Vergangenheit Fehler begangen. Außerdem muss ich mich auch bei dir entschuldigen.« Sein Atem streifte meine Wange und ich schloss die Augen.

Er war so betörend, so verführerisch. Wie das Licht in einer fernen Dunkelheit zog er mich in einen Bann, aus dem ich keinen Ausweg fand.

»Ryder, bitte lass nicht zu, dass er kommt und mich holt. Lass nicht zu, dass er mich wieder in diese Hölle bringt.« Ich wusste nicht, wieso ich ihn darum bat. Wieso ich so bereitwillig mein Leben in seine Hände legte. Vielleicht war es das Gefühl, das seine Nähe in mir auslöste. Diese Sicherheit, die das Verlangen in mir weckte, an seiner Seite zu bleiben.

»Niemand wird dich mir wegnehmen. Du gehörst mir und es ist mir egal, wie verrückt sich das anhört.«

Mit einem Ruck wirbelte er mich herum, umfasste mein Gesicht mit seinen Händen und besiegelte die Worte, die soeben wie ein Versprechen über seine Lippen gekommen waren, mit einem innigen Kuss.

Er war der Funke Leben, der mir bewies, dass es eine kleine Knospe immer noch schaffte, in der verdorrten Erde meines Herzens durchzubrechen.

Kapitel 34

RYDER

Ava Tag und Nacht bei mir zu wissen, beflügelte mich auf eine Art, die ich nicht kannte. Auf eine Weise, die mich sowohl ängstigte als auch beruhigte, weil ich diesen inneren Frieden längst für verloren geglaubt hatte. Sie war etwas Besonderes, das wusste ich schon in der Nacht ihrer Ankunft.

»Ryder, bist du schon wach?«, hörte ich ihre Stimme nah an meinem Ohr.

Ich schmunzelte, öffnete die Augen und sah direkt in ihr hübsches Gesicht. Das dunkle Haar fiel über ihre Schultern und die Spitzen kitzelten meine Wange. Nachdem klar war, dass nicht ich ihr diese schrecklichen Dinge angetan hatte, war es schwierig, der enormen Anziehungskraft, die zwischen uns herrschte, zu widerstehen. Es kam einer körperlichen Folterung gleich, sie nicht zu berühren, wenn sie neben mir lag. Sie war die erste Frau, bei der ich alles richtig machen wollte. Bei der es sich nicht nur um bedeutungslosen Sex handeln sollte. Also war ich bereit, ihr jede Zeit der Welt zu lassen.

»Wieso grinst du so?«, fragte sie und runzelte misstrauisch die Stirn.

»Tu ich doch gar nicht. Ich habe geschlafen.«

Sie legte den Kopf schief, musterte mich aus zusammengekniffenen Augen und schwieg einige Sekunden. »Wieso glaube ich dir das nicht?« Langsam fuhr sie die Linien der Tätowierung auf meiner Brust nach.

»Weil du misstrauisch bist?«, schlussfolgerte ich, wobei ich für einen Moment die Augen schloss, und ihre Nähe genoss.

Selbst diese zarte Berührung benebelte meinen Verstand auf eine viel bessere Art, als es jede Droge dieser Welt hätte tun können.

»Nein, ich kenne dich einfach nur sehr gut. Hast du an mich gedacht?«

»Vielleicht.« Sie kicherte und fuhr mit den Fingern meine Brust hinab.

»Hast du an mich gedacht?«, wiederholte sie ihre Frage und obwohl ich die Augen weiterhin geschlossen hielt, konnte ich das verführerische Lächeln auf ihrem Gesicht förmlich sehen. Ihre Hand glitt weiter hinab, wanderte über jede Wölbung meiner Bauchmuskeln.

»Ich habe ...« Die restlichen Worte gingen in einem Keuchen unter, als sie ihre Hand weiter hinabfahren ließ und meinen Schwanz umfasste.

»Ava«, entfuhr es mir.

Sofort richtete ich mich auf und zog sie auf meinen Schoss. Ihre Lippen bahnten sich einen Weg zu meinem Mund.

»Ich will nicht mehr warten, Ryder«, hauchte sie.

»Bist du sicher?« Der Wille der Zurückhaltung, an dem ich die letzten fünf Tage mühsam festgehalten hatte, schmolz in ihrem leidenschaftlichen Kuss dahin.

Bereitwillig überließ ich ihr die Führung. Ihre Zunge glitt in meinen Mund und ließ alle meine Sinne explodieren. Jede Faser meines Körpers war wie elektrisiert.

»Fuck, Ava. Was ist das für eine Art, mich zu wecken?« Gierig drückte ich meinen Mund auf ihren, nahm die Kontrolle wieder an mich.

Ihre Atmung beschleunigte sich hörbar, nachdem ich das schwarze Spitzenhöschen zur Seite schob. Um das flehende

Geräusch zu unterdrücken, presste sie die Lippen fest aufeinander.

»Lass mich dich hören«, forderte ich sie auf, ehe ich über ihre feuchte Pussy strich. Wie auf Kommando drang ein leises Keuchen aus ihrem Mund.

»Lauter« befahl ich und schob zwei Fingern in sie. »Jeder soll dich hören und wissen, dass du mir gehörst. Dass nur ich es schaffe, dich so zum Stöhnen zu bringen.« Grob stieß ich in sie, berührte genau den Punkt, den sie brauchte, um völlig den Verstand zu verlieren.

»Oh Gott, Ryder«, wimmerte sie, als ich immer wieder in sie eindrang und ihr Stöhnen mit jedem Stoß ungehaltener wurde.

»Fuck, Ryder. Bitte.«

Ich beugte mich zu ihrem Ohr und hauchte: »Sag, dass ich dich ficken soll. Sag, dass du meinen Schwanz tief in dir haben willst.«

Sofort nahm ich die Wirkung meiner Worte wahr. Ihre Muskeln krampften sich um meine Finger zusammen. Sie schob mir ihr Becken entgegen, um mich noch tiefer, noch intensiver in sich zu spüren, während der Orgasmus über sie rollte. Ihre Lust floss an meiner Hand hinunter, als ich ihren Höhepunkt mit weiteren Stößen verlängerte.

»Fick mich, Ryder. Bitte«, flehte sie atemlos, aber mit einem Glühen in den Augen, das mich um den Verstand brachte. Diese Frau war Gift. Sie war mehr, als ich ertragen konnte und sie hatte die Kraft, dass ich absolut wehrlos in ihren Händen war. Hastig entledigte ich mich der Jogginghose und Boxershorts und griff nach den Kondomen auf dem Nachtschränkchen.

»Zieh dich aus.« Ich beobachtete, wie sie sich aus dem dunklen Dessous schälte und bearbeitete meinen Schwanz dabei.

Ich griff ihre Fußknöchel, zog sie ans Ende des Bettes und spreizte ihre Beine. Für einen Moment genoss ich die vor Nässe glänzende Aussicht, ehe ich mich der Länge nach in sie stieß.

Mit jedem Stoß versenkte ich mich tiefer in ihr. Meine Hand glitt unter ihre Hüfte, um ihr Becken anzuheben, wobei ich sie weiter in einem erbarmungslosen Tempo nahm. Sie beanspruchte und deutlich machte, dass sie mein war.

»Verdammt, es fühlt sich so gut an, in deiner engen Pussy zu sein!«, knurrte ich, als ich ein weiteres Mal tief in sie stieß und somit ein hinreißendes Stöhnen von ihren Lippen lockte. Schweiß tropfte von meiner Stirn und die Luft war erfüllt von Lust, Sex und dem Geräusch aufeinanderprallenden Körpern. Jede dieser Empfindungen stachelte mich an, forderte alles, bis ich ihre Muskeln erneut spürte. Krampfhaft zogen sie sich um meinen Schwanz zusammen und rissen mich mit sich. Es war die richtige Entscheidung, hierauf zu warten.

»Verdammt. Ich habe euch bis ins Haus gehört«, sagte Neo, der neben irgendeiner rothaarigen in der Küche stand.

Ihrer Frisur nach zu urteilen, war ich nicht der Einzige, der soeben wilden Sex gehabt hatte. Neo lachte auf, als würde er meine Gedanken lesen können.

»Ich glaube nicht, dass es dich gestört hat, oder? Wahrscheinlich hat es dich eher angemacht.« Mit den Augen deutete ich auf die Kleine, die sich gerade von uns wegdrehte, um sich einen Kaffee zu holen.

»Es war sehr berauschend«, bestätigte Neo und warf ihr einen sehnsüchtigen Blick zu.

Seine Augen verweilten auf ihrem Arsch und ich schüttelte belustigt den Kopf. Neos Frauenkonsum war noch höher als meiner in den besten Zeiten. Mir war klar, dass er damit irgendwas verdrängen wollte, schließlich war das auch meine Strategie gewesen, ehe ich mich auf Ava eingelassen hatte. Doch egal, wie oft ich es versuchte, ich kam nicht hinter den Grund seines radikalen Lebensstils. Denn Neo liebte das Extreme. Ob es nun Frauen, Autos, Motorräder, Sex oder Partys waren. Alles war wild und hemmungslos.

»Lust auf eine zweite Runde, Trudy?«, fragte er sie, und der Ausdruck in seinem Gesicht machte deutlich, dass er ein Nein nicht akzeptieren würde.

»Ich heiße Tracy!«, gab sie zickig zurück und Neo verdrehte die Augen.

»Tracy, Trudy, was juckt mich das. Hast du Lust oder muss ich jemand anderes anrufen? Heute habe ich keinen Bock auf Smalltalk«, sagte er genervt.

Den Bruchteil einer Sekunde schien es, als würde sie zögern und mit dem Gedanken spielen, einfach zu verschwinden. Natürlich tat sie es nicht. Stattdessen stellte sie ihre Kaffeetasse auf den Tisch und streifte ihr Shirt vom Körper.

»Oh, wow, das muss ich mir nicht ansehen.« Ich eilte zum Kühlschrank und schnappte mir eine Flasche Wasser.

»Das hat dich früher auch nicht gestört«, meinte Neo, der sich hinter Tracy platzierte, ihren Oberkörper auf die Tischplatte presste und zwischen ihre Beine langte.

»Sie ist so feucht. Willst du auch?«

»Ne, lass mal. Ich fahre jetzt mit Ava ins Haus. Ein paar Sachen holen. Sie bleibt noch länger, weil sie noch nicht nach Hause will. Also bitte tu mir einen Gefallen und sieh zu, dass sie das niemals sehen muss«, erwiderte ich trocken.

»Du bist so ein Spießer geworden, seitdem du Gefühle hast.« Mit einem einzigen Stoß versenkte er sich von hinten in ihr. Stöhnend klammerte sich Tracy an die Tischkante.

»Na ja, solltest du auch mal versuchen.«

»Gefühle?«, keuchte Neo. »Bäh, geh mir weg mit Gefühlen.«

»Na schön, aber lass dich nicht von Dee erwischen«, ermahnte ich ihn, ehe ich die Küche verließ, aus der nun laute Stöhngeräusche drangen.

»Bist du fertig?«, fragte ich Ava, nachdem ich das Poolhaus wieder betrat.

Sie saß bereits angezogen auf dem Bett und nestelte am Saum ihres Strickkleides. Nickend stand sie auf und kam zu mir an die Tür.

»Alles okay? Das hat lange gedauert.«

»Ich mache mir Sorgen um Neo. Und Arjan ist immer noch misstrauisch.« Sie sah mich fragend an und ich drückte ihr die Wasserflasche in die Hände, während wir zur Garage gingen. »Er heißt es immer noch nicht für gut, dass ich meine Zeit mit dir verbringe. Das du nun auch noch auf seinem Anwesen lebst, macht die Sache nicht unbedingt einfacher. Wir haben schon genug Probleme mit Valentin. Wenn jetzt auch noch dein Vater hier auftaucht, wäre das die reinste Katastrophe.«

»Es tut mir leid, dass die Lage wegen mir so angespannt ist.«

»Das muss es nicht. Es würde mir eher Sorgen machen, wenn es nicht so wäre. Misstrauen liegt in Arjans Natur.«

»Verstehe. Und was ist mit Neo?«

»Er fickt gerade irgendein Mädchen in der Küche.«

»Was?« Ava blieb abrupt stehen und sah mich geschockt an.

»Das ist nichts Neues, jedoch hatte ich ihn darum gebeten es nicht zu tun, wenn du hier bist.«

»Ihr macht so was öfter? Aber da kann doch immer jemand reinkommen.« Lachend wirbelte ich sie herum und drückte sie gegen die Mauer der Einfahrt.

»Ist das nicht der Reiz?«, raunte ich verführerisch und spielte mit dem Gedanken sie hier und jetzt zu ficken. Ihr zu beweisen, wie erregend es sein konnte, jederzeit Gefahr zu laufen erwischt zu werden.

»Ryder!«, ermahnte sie mich mit strenger Stimme.

Sanft, aber mit einer Bestimmung, die ich sicherlich nicht aufbringen könnte, schob sie mich weg.

Ich atmete frustriert aus und murrte: »Irgendwann, Ava. Irgendwann wirst auch du diesen Reiz wollen.«

»Da bin ich mir nicht so sicher.«

Sie stand bereits vor der Beifahrertür und wirkte nervös. Immer wieder knetete sie ihre Hände und trat von einem Bein aufs andere.

»Ist wirklich alles okay?«, fragte ich besorgt und entriegelte das Auto

Sie lächelte. Ein falsches Lächeln, das ihre Augen nicht erreichte. »Ich bin nur nervös«, entgegnete sie eilig. Tief ein- und ausatmend, ließ sie sich auf den Sitz fallen.

»Bist du dir sicher?«

»Es ist nur ...« Ihr Blick schweifte aus dem Fenster und wieder knetete sie ihre Hände, ehe sie unruhig am Verschluss ihrer Jacke nestelte. »Ich bin nervös, weil wir ins Haus fahren.«

»Sage hat alle Kameras entsorgt«, versicherte ich ihr.

Die Anzahl der Kameras, die Sage gefunden hatte, überstieg jede Vorstellung. Sie waren im ganzen Haus verteilt. Wer immer sie angebracht hatte, wusste, was er tat. Einige waren so gut versteckt, dass Sage sogar mehrere Durchgänge brauchte, um sie alle zu finden. Ich hatte ihr nichts davon erzählt, weil sie sowieso schon verängstigt genug war und an jeder Ecke ihren kranken Vater vermutete.

»Ich weiß«, erwiderte sie ruhig, ehe sie den Blick durch das Fenster richtete und den ersten Schneeflocken dabei zusah, wie sie vom Himmel rieselten.

Ich parkte den schwarzen Bentley am Rande der Straße und wandte mich an Ava. »Na dann. Lass es uns hinter uns bringen« Sie machte keine Anstalten, aus dem Auto zu steigen.

»Nur noch einen Moment, ja? Es fühlt sich komisch an.«

»Mach dir keine Gedanken, du weißt, dass ich dich nicht in Gefahr bringen würde.«

»Du meinst in eine andere Gefahr, als du für mich darstellst?«, stellte sie eine Gegenfrage, die mich schmunzeln ließ. Ich hatte so oft versucht, ihr Angst zu machen, aber ihr dabei nie wirklich etwas antun können. »Von welcher Gefahr sprichst du?«

»Von der, mich in dich zu verlieben.« Ihre Worte ließen mich mitten in der Bewegung innehalten. »Shit! Ich wollte nicht. Ich ...«, stammelte sie, unfähig einen anständigen Satz herauszubringen.

Eilig wandte sie sich von mir ab und war schon halb aus dem Auto gesprungen, als ich ihr Handgelenk ergriff.

»Tue das nicht.« Sanft zog ich sie zurück in den Wagen. »Weich mir nicht aus.« Ich spürte ihren rasenden Puls unter meinen Fingern, ließ es aber nicht zu, dass sie sich aus dieser Situation winden konnte.

»Ich habe Angst, dass du mich verletzt«, flüsterte sie.

Langsam ließ ich ihr Handgelenk los, glitt mit den Fingern ihren Arm hinauf und umfasste ihr Gesicht.

»Ich habe nicht die Absicht, dich zu verletzten, Ava.«

Einige Sekunden sahen wir uns nur an. Hypnotisiert, im Bann des jeweils anderen. Schließlich war sie es, die die letzten Millimeter überwand und mich küsste.

Kapitel 35

AVA

Ich bekam nie genug davon, Ryder zu küssen. Es war berauschend und versetzte meinen gesamten Körper in eine Ekstase, die ich nicht kannte. Es war aufregend und spannend. Heiß und verlockend.

»Wenn wir nicht aussteigen«, sagte er keuchend, nachdem er sich von mir gelöst hatte, »werde ich dich hier ficken.«

Ein Schmunzeln legte sich auf meine Lippen, weil ich nicht leugnen konnte, dass mir der Gedanke gefiel, dass ihn ein einziger, winziger Kuss so scharf machte. Vielleicht fand ich Gefallen an der Macht, das Dunkle und Wilde in ihm nicht nur zu reizen, sondern auch zu zähmen.

»Dann sollten wir uns besser beeilen, damit wir wieder nach Hause können«, sagte ich frech und drückte ihm einen kurzen Kuss auf den Mund.

Ein breites Lächeln, das so echt war, dass es selbst seine Augen zum Strahlen brachte, breitete sich auf seinem Gesicht aus.

»Was ist? Wieso grinst du so?«, fragte ich verwirrt.

»Du hast ›*Nach Hause*‹ gesagt.«

»Es liegt nicht an dem Ort«, erklärte ich, »sondern an dir. Ich würde mich überall zu Hause fühlen, wenn du an meiner Seite bist«, beendete ich den Satz.

Für den Bruchteil einer Sekunde sahen wir uns nur an, dann packte er meinen Nacken und zog mich in einen weiteren leidenschaftlichen Kuss.

»Wir sollten jetzt wirklich gehen, ehe ich mich total vergesse. Du kannst dir nicht vorstellen, was für Dinge ich gerade in meinem Kopf mit dir anstelle«, keuchte er atemlos.

Mit einem Lächeln auf den Lippen stieß er die Fahrertür auf. Ich tat es ihm gleich und stieg ebenfalls aus dem Wagen, um ihm durch den dunklen Wald zu folgen. Immer wieder warf ich einen hektischen Blick über die Schulter, da ich das Gefühl nicht los wurde, beobachtet zu werden.

Dieses Prickeln im Nacken kroch meine Wirbelsäule hinauf und brach wie Eiswasser in meinem Inneren zusammen. Das Gefühl glich in keiner Weise dem, das Ryder in mir ausgelöst hatte. Dieses Mal hatte es etwas Bedrückendes. Etwas Beängstigendes, das mit jedem Schritt zu wachsen schien.

»Bist du dir sicher, dass Sage alle Kameras entfernt hat?«

»Hundertprozentig. Sage ist vielleicht vergesslich und in gewissen Sachen auch unbeholfen, aber er würde nie eine Aufgabe nur halbherzig zu Ende bringen. Er ist der Beste auf seinem Gebiet. Mach dir keine Gedanken.«

»Woher kennst du ihn überhaupt? Ihr wirkt nicht so, als hättet ihr die gleichen Interessen.« Obwohl ich den schmalen Pfad schon zig Male gelaufen war, machte es mir immer noch Mühe, nicht über herausstehende Wurzeln zu fallen. Ryder blieb abrupt stehen, weswegen ich direkt in ihn hineinrannte. Wenn er nicht sofort seine Hand nach mir ausgestreckt hätte, wäre ich sicher zu Boden gegangen. Doch so fand ich mich in seinen Armen wieder. Wieso war er stehen geblieben? Hatte er etwas entdeckt? Unzählige Gedanken kreisten mir im Kopf und ich betete, dass er endlich sagte, was los war.

»Aus dem Gefängnis. Ich kenne Sage aus dem Gefängnis.« In seinem Blick lag etwas Verletzliches. Etwas Gebrochenes, das trotz seiner tausend Teile wunderschön war.

»Ich habe ihn auf der Krankenstation kennengelernt.«

Er lehnte sich an den Stamm eines alten Baumes und schloss die Augen. Die Erinnerung an jene Zeit schien ihn immer noch zu belasten. Ich wollte ihn nicht drängen, und doch sehnte sich alles in mir nach weiteren Informationen. Nach jeder Kleinigkeit, die ihn zu der Person machte, die es geschafft hatte, mein Herz zu stehlen.

»Du musst nicht darüber sprechen, wenn du es nicht willst«, meinte ich trotz der Neugier. Er schüttelte den Kopf und fuhr sich einige Male durch das dunkelbraune Haar. Zerzauste die perfekten Strähnen auf genau die Weise, die ich so an ihm mochte.

»Nein, es ist schon okay.« Er atmete ein paar Mal tief durch. »Ich war erst einige Wochen in Haft. Es hat sich schnell rumgesprochen, dass ich mit reichen Kids befreundet war. Ich geriet mit anderen Sträflingen aneinander. Eines Tages griffen sie mich an. Die Wärter kamen viel zu spät und ich hätte beinahe mein Augenlicht verloren. Ich kam sofort auf die Krankenstation, wo man mich operativ versorgen musste.«

»Die Narbe.« Ich machte einen Schritt auf ihn zu und streifte seine linke Braue. »Ist sie daher?« Er nickte und strich mir gedankenverloren über die Hand.

»Ja, das ist sie«, erklärte er und schloss die Augen.

Langsam fuhr ich die Narbe entlang, die sich von seinem Lid bis zur Augenbraue zog. Sie war hell und fein und machte ihn zu dem, der er war. Ein Überlebender. Ein Kämpfer. Ein Mann, dessen Vergangenheit so finster war wie die Nacht selbst. Doch auch der dunkelste Himmel riss irgendwann auf und offenbarte das Licht der Sterne.

»Sie ist wunderschön und macht dich noch attraktiver, noch verführerischer und heißer«, rutschte es mir heraus, was ihn leicht zum Schmunzeln brachte.

»Auf der Krankenstation habe ich dann Sage kennengelernt. Er wurde ebenfalls verprügelt. Er sah echt übel aus. Ich konnte die ersten Tage sein Gesicht nicht mal erkennen. Er hat auch nicht geredet, aber nach ein paar Tagen bin ich zu ihm und habe ihn gefragt, ob er immer ein Opfer sein will. Jemand, den man herumschubsen kann, oder ob er kämpfen will, unter meinem Schutz, an meiner Seite. Er hat fast zwei Tage über das Angebot nachgedacht. Am Tag seiner Entlassung kam er zu mir, reichte mir seine Hand und sagte, dass er mein Angebot annehmen würde.« Gedankenverloren zeichnete ich die Linien seiner Lippenkonturen nach.

»Und dann?«, fragte ich leise.

»Dann wurden wir verlegt. Nicht nur in einen anderen Bereich, sondern auch in eine gemeinsame Zelle. Ich wusste nicht, wie das passieren konnte. Ob er oder die Jungs damit etwas zu tun hatten, oder es einfach nur eine Fügung des Schicksals war. Aber ab diesem Zeitpunkt waren wir unzertrennlich. Nachdem ich entlassen wurde, musste er weitere zwei Jahre einsitzen. Ich habe ihn jede Woche besucht. Ihm versichert, dass ihm nichts passieren würde. Nach seiner Entlassung ist er ebenfalls nach Ashwick gezogen. Er ist kein offizielles Mitglied der Lost Souls, aber er wird von uns allen als solch eines behandelt.«

»Ich verstehe. Kann ich dich noch etwas fragen?«

»Sicher.«

»Was hat es mit deinem Namen auf sich?«

Er stöhnte genervt. »Diese Frage musste ja kommen. Ich konnte nicht länger als Killian weiterleben. Der Name erinnerte mich an die Dinge, die ich getan hatte. Also habe ich beschlossen, mir einen neuen zu geben. Einen, der mich wenigstens etwas glücklich macht und mit dem ich der Vergangenheit entfliehen konnte. Nur leider scheint das nicht jeder zu verstehen«, schloss er murrend. Er schien meinen verwirrten Gesichtsausdruck bemerkt zu haben, denn er fügte hinzu: »Arjan. Er kann es einfach nicht lassen, mich weiterhin Killian zu nennen, wenn er sauer ist. Als würde es ihm Spaß machen, mir auf diese Weise noch eins reinzuwürgen.«

»Das tut mir leid. Das alles.«

»Vielleicht ist es das, was ich verdient habe.«

»Ich weiß, dass du das denkst«, sagte ich schweren Herzens, weil er diese Last für immer tragen würde. »Aber es ist nicht das, was stimmt. Und ich hoffe sehr, dass du es auch irgendwann so sehen wirst.«

»Ich wünschte nur, sie wäre glücklicher gewesen.«

»Ryder.« Ich schlang die Arme um ihn und vergrub mein Gesicht an seiner Schulter. Die Schuldgefühle, die er sich immer noch für all das gab, waren nicht fair.

»Ich bin mir sicher, dass sie auf ihre Art glücklich ist. Mit der Erinnerung an dich als Kind. An die unbeschwerte Zeit. Sie hat dich geliebt.«

Für einige Sekunden ließ er die Nähe zu, dann schob er mich weg und räusperte sich. »Wir sollten gehen. Es ist schon spät.«

Ich wusste, dass er mir mehr erzählt hatte als je einer Frau zuvor in seinem Leben. Und dieses Vertrauen bedeutete mir viel.

»Du hast recht. Es wird langsam kalt.« Ich klappte den Kragen meines Mantels hoch und folgte ihm durch den Wald, bis wir die Veranda des Hauses erreichten.

»Liegt vielleicht daran, dass du immer Röcke oder Kleider trägst.«

»Ich mag halt nicht so gerne Jeans.«

»Ich beschwere mich nicht. Mit einem Rock komme ich sowieso viel schneller an deine Pus...« Mit einem Satz war ich neben ihm und hielt ihm den Mund zu. »Du sollst nicht immer so reden.«

»Wie denn?«

»Dreckig?«

»Sagt das Mädchen, das sich vor meinen Augen befriedigt hat.«

»Ryder!«, rief ich empört und schob ihn von hinten über die Veranda.

Das Holz knarrte unter unseren Schritten. Eine Gänsehaut breitete sich auf meinem Körper aus, das anfängliche Gefühl beobachtet zu werden, kehrte zurück.

»Mach dir keine Sorgen. Wir holen nur ein paar Sachen und verschwinden dann wieder«, versicherte er mir, ehe er einen Blick auf sein Handy warf.

»Alles okay?«

»Neo holt mich gleich ab. Mein Kampf wurde vorverlegt«, erklärte er knapp.

»Die Tür ist offen. Sage hat nicht abgeschlossen?«, fragte ich verwundert.

»Wahrscheinlich hat er es vergessen. Er ist so verpeilt, dass er manchmal sogar das Essen und Trinken vergisst. Komm, wir müssen uns beeilen«, sagte Ryder und zog mich in den Flur.

Es war nicht so, als gäbe es viel zum Mitnehmen. Ich sammelte einige Kleidungsstücke zusammen und warf diverse Hygieneartikel wie Shampoo, Spülung und Tampons in die Reisetasche.

»Warte«, hielt ich Ryder auf, »Ich muss nochmal in die Küche.« Hastig eilte ich in die Küche, um etwas Katzenfutter einzupacken.

Merlin war Anfang der Woche vorübergehend bei Kat untergekommen. Morgen holen wir ihn aber wieder ab, weil sie für ein paar Tage zu ihrem Vater fuhr. Ganz zum Leidwesen von Ryder. Er war nicht begeistert, sein Poolhaus zu teilen. Arjan hatte diese Entscheidung mit einem lauten Lachen kommentiert und den Kopf seines Pitbulls gestreichelt. Er hatte zwar nichts gesagt, aber das war auch nicht nötig. Die stumme Warnung, dass er keine Verantwortung übernahm, wenn Merlin Spike zu nahekam, war klar.

Achtlos warf ich die Dosen, die ich noch im Vorratsschrank hatte, in die Tasche.

»Weißt du was?«, eröffnete Ryder nach einer Weile, in der er mir nur schweigend zugesehen hatte.

»Was?«

»Ich habe mir unzählige Male ausgemalt, dich hier, über den Tisch gebeugt, zu ficken.«

Selbst in dem schwachen Licht, das vom Flur in die Küche drang, konnte ich den dunklen Schleier auf seinen Augen sehen. Er war so deutlich, wie das Ziehen, das seine Worte, zwischen meinen Beinen auslöste. Jeder rationale Gedanke löste sich in Rauch auf. Lasziv lehnte ich mich mit den Ellbogen auf der Arbeitsplatte zurück.

»Dann tue es doch«, forderte ich provokativ, während ich den Mantel von meinen Schultern streifte.

Achtlos fiel er zu Boden, was Ryder keines Blickes würdigte. Seine Augen hingen nur auf meinem Gesicht und er leckte sich genüsslich über die Lippen.

»Ich muss mich konzentrieren«, sagte er mehr zu sich als zu mir. Doch mein Verlangen war ungetrübt. Sein Geständnis hatte etwas in mir geweckt. Ich konnte nicht widerstehen zu sehen, ob ich diese Lust auch in ihm hervorrufen konnte.

»Musst du das echt? Das ist schade.« Langsam zog ich mir den Pullover über den Kopf.

Ein tiefes Knurren drang aus seiner Kehle, als sein Blick an meinem schwarzen Spitzen-BH hängenblieb.

»Ava«, mahnte er mich, aber ich fasste bereits nach hinten, um den Verschluss zu öffnen und das Kleidungsstück neben mir auf den Boden fallen zu lassen.

»Ups«, hauchte ich dabei verführerisch.

Zischend zog er die Luft ein, als er freie Sicht auf meine nackten Brüste hatte. Die Kälte, die in dem Haus herrschte, sorgte dafür, dass meine Nippel steif hinausragten.

»Worauf wartest du, Ryder? Komm und nimm mich. Zeig mir, wie sehr ich dir gehöre und wie sehr du ...« Noch bevor ich meinen Satz beenden konnte, schloss er den Abstand zwischen uns, wirbelte mich herum, presste meinen Oberkörper auf den Tisch und zog meinen Rock hinauf.

Ein Schlag traf meine Pobacken und ein überraschter Laut verließ meine Lippen. Eine Mischung aus Erregung und Überraschung.

»Du bist ein böses Mädchen, mich einfach so zu provozieren«, raunte er und knetete meinen Arsch, ehe er sich einen Moment in ihm festkrallte. Seine andere Hand glitt zwischen meinen Pobacken hinab, direkt zu meiner feuchten Mitte.

Für einen Augenblick legte er sie einfach auf meine pulsierenden Schamlippen. Wie von selbst begann mein Becken zu kreisen. Ich warf einen Blick über die Schulter und kaute ungeduldig an meiner Unterlippe. Ich spürte, wie sein Mittelfinger meine Spalte entlang glitt. Immer wieder fuhr er auf und ab, verteilte meine Lust auf meiner pochende Klit.

»Du bist so feucht für mich.« Er umkreiste meinen nassen Eingang, ehe er hart zustieß. »Hörst du, wie bereit du für mich bist?«

Mein immer lauter werdendes Stöhnen erfüllte den Raum, während er mit zwei Fingern in mich stieß und mit dem Daumen meinen Kitzler massierte.

Er zog mich an den Haaren an seine Brust, ohne seine süße Qual zu unterbrechen. Ich spürte, wie ich einem gewaltigen Orgasmus entgegen sauste, doch ehe dieser über mich einbrechen konnte, zog er seine Finger aus mir heraus und führte sie vor mein Gesicht. Meine Feuchtigkeit bedeckte drei von ihnen.

»Mach den Mund auf«, forderte er und leckte über meinen Hals bis zu meiner Schläfe.

»Schmeck, wie sehr du mich willst.« Ohne zu zögern, öffnete ich den Mund und nahm bereitwillig seine Finger in Empfang.

»Saug jeden Tropfen auf. Braves Mädchen.«

»Ich will dich jetzt in mir spüren, Ryder«, japste ich, wobei er mir die Finger tiefer in den Mund schob, damit ich sie bis zum Anschlag ablecken konnte.

»Willst du, dass ich dir dein Hirn aus dem Kopf vögle?«

Ich nickte und befürchtete, dass ich jeden Moment allein von dieser Art kommen würde. Er brachte mich um den Verstand und dabei war er noch nicht einmal in mir. Ich hörte das Klimpern seines Gürtels und meine Mitte zog sich zusammen. Grob schob er meine Beine auseinander, was mich das Gleichgewicht verlieren ließ.

Er federte den Sturz ab, indem er seine Hände unter meine Brust schob. Ich atmete heftig aus, weil ich spürte, dass dieser Sex auf einer anderen Ebene stattfinden würde.

Ich hatte ihn provoziert, jetzt nahm er sich erbarmungslos, was er wollte. Er spreizte meine Beine noch weiter, fuhr mit der Hand meinen Rücken hinunter, packte meine Hüften und stieß sich so hart in mich, dass ich laut aufschrie. Ein angenehmer Schmerz, der sich sofort in gleißende Lust verwandelte, durchfuhr meinen Körper mit jedem Stoß. Er nahm mich vollends in Besitz, machte damit deutlich, dass ich ihm gehörte. Alles von mir gehörte ihm. Und ich gab es ihm bereitwillig.

Meine Finger glitten zu der Tischplatte, um Halt von seinen harten Stößen zu bekommen. Stöhnend warf ich den Kopf in den Nacken und musste mir eingestehen, dass mir Ryder tatsächlich den Verstand aus dem Kopf vögelte. Alles vor meinem inneren Auge verschwamm und wurde unscharf. Es war, als würde sich ein Vakuum um uns legen und wir waren im Zenit. Der Mittelpunkt, um den sich alles drehte. Ich blinzelte einige Male. Der Schleier legte sich und ein Schatten huschte über den Flur. Mein benebeltes Gedächtnis brauchte einige Sekunden, um das Gesehene zu verarbeiten. Eine eiserne Hand legte sich um meine Kehle, trübte die Lust, in der ich eben noch aufgegangen war.

»Hör auf«, rief ich panisch.

Ich war mir sicher, dass der Schatten wie ein Mensch ausgesehen hatte. Wir waren nicht allein.

»Hör auf, Ryder«, rief ich noch panischer und endlich spürte ich, wie er innehielt.

»Was ist? Habe ich dir wehgetan?«, drang seine besorgte Stimme an mein Ohr, ehe ich spürte, dass er sich vorsichtig aus mir herauszog. Ich schüttelte den Kopf, schob hastig meinen Rock hinunter und eilte zu der Stelle, an der mein Oberteil lag. »Ava, was ist los?«, fragte er und die Besorgnis in seiner Stimme war deutlich herauszuhören.

»Ich habe etwas gesehen. Einen Schatten.« Als ich mich wieder zu ihm umdrehte, bemerkte ich gerade noch, wie er sich die Hose zumachte.

»Das hast du dir sicher nur eingebildet. Das Haus ist alt und wir haben nur das kleine Licht der Stehlampe an«, versuchte er mich zu beruhigen – aber ich war mir sicher, was ich gesehen hatte. Jemand war im Haus.

Panisch schob ich seine Hände beiseite, als er langsam auf mich zukam.

»Ich weiß, was ich gesehen habe, Ryder. Jemand ist hier, ich bin doch nicht verrückt.«

»Vielleicht war es Neo. Und als er uns gesehen hat, ist er direkt wieder abgehauen.« Er griff nach seinem Handy und nickte. »Schau, er hat mir eine Nachricht geschrieben. Er wartet draußen.«

»Ryder, jemand ist hier«, wiederholte ich meine Worte langsamer, als würde er sie sonst nicht richtig verstehen können.

Ich griff nach der Tasche, doch sie glitt mir aus den zitternden Fingern und der gesamte Inhalt verteilte sich auf dem hellen Linoleum der Küche.

»Verdammt«, fluchte ich, den Tränen nahe. Die Sache hatte mich völlig aufgelöst. Jetzt begriff auch Ryder, wie ernst die Lage war. Wie sehr sie mich ängstigte.

»Hör zu.« Er ignorierte die halbherzigen Versuche, mich aus seinem Griff zu winden, umfasste mein Gesicht und zwang mich, ihn anzusehen. »Ich werde das Haus durchsuchen. Und du bleibst hier und sammelst die Sachen ein. Ich verspreche dir, dass alles in Ordnung ist.«

»Was ist, wenn er gefährlich ist«, entfuhr es mir, weil ich immer noch nicht wusste, wer hinter mir her war.

»Bleib hier.« Sein Handy klingelte und ich sah, wie er den Anruf wegdrückte.

»Okay«, gab ich mich geschlagen. Er nickte, griff sich ein Messer aus dem Messerblock, der auf der Arbeitsfläche stand und ging in den Flur. Ich hörte wieder, wie sein Handy klingelte, und dieses Mal ging er ran.

»Ich weiß, dass ich spät dran bin, ich muss hier noch was regeln. Du hast sie erschreckt. Tu nicht so, ich weiß, dass du es warst« Ryders Stimme wurde leiser, bis sie ganz verstummte.

Ich hörte ihn in der ersten Etage von Zimmer zu Zimmer gehen. Doch die befürchteten Kampfgeräusche blieben aus. Erleichtert atmete ich aus, als er wieder in der Küche erschien und verkündete: »Hier ist niemand.«

Meine übertriebene Reaktion war mir jetzt, wo ich wieder bei klarem Verstand war, peinlich. Was hatte ich denn auch erwartet? Dass sich jemand auf uns stürzen würde? Der Gedanke war absurd. Wir waren zu zweit und Ryder war ein Kämpfer, somit konnte er so ziemlich jeden in die Flucht schlagen.

»Es tut mir leid«, sagte ich kleinlaut. Ich sammelte die Katzenfutterdosen auf, die über den Boden gerollt waren.

»Alles gut. Deswegen sollst du noch bei mir bleiben, du bist noch nicht so weit, hier alleine zu wohnen.« Ich sah ein, dass er damit vielleicht recht hatte. Wieder klingelte sein Telefon.

»Geh ruhig, bevor er noch völlig durchdreht. Ich will nicht, dass du wegen meiner bekloppten Panikattacke zu spät zu deinem Kampf kommst.«

»Bist du dir sicher? Ich kann auch noch warten und bringe dich zu Arjans Auto, damit du zurückfahren kannst.«

»Nein, alles gut. Du hast alles durchsucht und nichts gefunden. Also ist dieser Schatten nur in meiner Fantasie gewesen. Ich sammele die Sachen ein. Mache alles aus und gehe dann auch direkt.«

»Ava.«

»Nein, es ist wirklich alles okay«, tat ich ab.

Es war mir peinlich, dass er diese Panikattacke mitbekommen hatte. Er musste jetzt denken, dass ich völlig den Verstand verlor.

»Beeil dich aber«, sagte er mahnend, wobei er mir Arjans Schlüssel reichte.

»Ja, ich mache nur alles aus. Und dann bin ich auch schon weg.«

Er zögerte und ich hauchte ihm einen Kuss auf den Mund, bevor ich sagte: »Du wirst disqualifiziert, wenn du zu spät kommst und ich weiß, wie wichtig diese Kämpfe für dich sind, also los, verschwind endlich. Ich komme zurecht, versprochen! Und wenn du wiederkommst, warte ich im Bett auf dich, um genau dort weiterzumachen, wo wir aufgehört haben.«

»Du hast keine Ahnung, wie verlockend das klingt. Ich werde mich beeilen und mir dann meinen Preis abholen. Ich kann kaum erwarten, dass du meinen Namen schreist.«

Er zog mich in einen letzten, leidenschaftlichen Kuss, bevor er verschwand. Ich hatte nicht vor, länger als nötig in diesem Haus zu bleiben, denn obwohl Ryder alle Zimmer durchsucht hatte, beschlich mich immer noch das Gefühl beobachtet zu werden. Eilig hing ich mir die Tasche um die Schulter und ging in den Flur, um das Licht der Stehlampe auszumachen. Ein Luftzug umspielte mein Haar, im nächsten Moment legte sich eine Hand auf meinen Mund.

»Hallo, Liebes.« Diese Stimme. Ich hätte sie unter tausenden erkannt. Eine unbeschreibliche Angst lähmte mich. Das konnte nicht sein. Das durfte nicht sein! Ryder hatte doch gesagt, dass niemand im Haus war!

»Hast du mich vermisst, Baby?« Sein Atem streifte meine Haut und ließ mich erstarrten.

Kapitel 36

AVA

Meine Gedanken rasten und doch fanden sie keine Antwort auf die Frage, die mich vor Schreck an Ort und Stelle hielt. Ich konnte nicht schreien. Nicht rennen. Nicht atmen. Sein Lachen erfüllte die Stille, genauso widerlich, wie ich es in Erinnerung hatte.

»Warum steckt er dir seinen Schwanz in die Fotze? Wieso bekommt der kranke Bastard das, was eigentlich mir zusteht, Ava?«

Tränen rannen über meine Wangen, als ich sie nicht länger zurückhalten konnte. Ich wusste, dass ich heute Nacht sterben würde. Vielleicht nicht körperlich, aber seelisch.

»Wie bist du hier reingekommen?«, presste ich keuchend hervor, weil er mir immer noch den Mund zu hielt.

»Du willst wissen, wie ich hier reingekommen bin?«, wiederholte er meine Frage und ließ seine Hand zu meinem Hals hinabgleiten. »Aber ich war doch nie weg, Baby.«

Meine Augen weiteten sich vor Schreck, ich zuckte unwillkürlich zusammen, sodass mir die Tasche mit einem lauten Krachen von der Schulter glitt. Ein eiskalter Schauer erfasste jeden Zentimeter meines Körpers, als er die letzten Worte in mein Ohr hauchte: »Ich war immer hier, bei dir. In den Wänden.«

Die Worte hallten in meinem Kopf wider, tauchte die Welt in eine undurchdringbare Dunkelheit. Es war unvorstellbar und völlig abstrus. Er war hier? Die ganze Zeit über?

»Wie meinst du das?«, stammelte ich.

»So wie ich es meine. Dieses alte Haus hat mir förmlich in die Karten gespielt. Ich habe mich durch den Hohlraum in den Wänden bewegt«, gluckste er vergnügt, ehe er mich herumriss.

»Und jetzt nehme ich dich mit nach Hause, Baby. Mach dir keine Sorgen, dein Vater wird dir nichts tun«, redete er unbeirrt weiter, als wäre er mein Held und nicht der Albtraum, der er wirklich war.

Obwohl der Flur in einer totalen Finsternis lag, hatten sich meine Augen längst an die Lichtverhältnisse gewöhnt, sodass es kein Problem war, die vertrauten Gesichtszüge des Mannes zu erkennen. Das sandbraune Haar war abgeschoren, die grünen Augen blutunterlaufen und der Dreitagebart zu einem langen Bart gewachsen.

»Koa, was willst du hier?«, fragte ich und schaffte es nicht, das Zittern in meiner Stimme zu verbergen.

»Das fragst du noch? Ich bin hier, weil ich dich liebe.« Seine Züge veränderten sich. Er schubste mich gegen das Geländer der Treppe. »Aber du musstest mit einem anderen rummachen, du verdammte Schlampe. Dein Vater hatte recht mit dem, was er über dich gesagt hat. Vielleicht bist du wirklich vom Teufel besessen. Warum sonst solltest du so herumhuren?«, spuckte er mir die Worte entgegen.

Einen Moment später sauste seine Faust auf mich herab. In letzter Sekunde duckte ich mich, womit der Schlag auf die Holzstäbe traf. Seine Hand blieb zwischen ihnen hängen und ich nutzte die Chance, schnappte mir die Tasche vom Boden und sprintete die Treppe hinauf.

»Bleib stehen!«, donnerte er mir hinterher.

Hastig fummelte ich das Handy aus der Tasche. Wie in Zeitlupe glitt es mir aus den zitternden Händen und schlitterte die

Stufen hinunter. Achtlos ließ ich die Hängetasche fallen und sah mich panisch nach dem Gerät um.

»Wo willst du denn hin?«, hörte ich Koas Stimme.

Er musste es geschafft haben, seine Hand aus dem Treppengitter zu befreien, denn jetzt stand er am Fuße der Treppe. Das Telefon lag direkt vor ihm.

»Suchst du etwa das?« Lachend deutete er auf die Stufe.

Mit einem Hechtsprung, der mir eventuell das Genick brechen könnte, setzte ich alles auf eine Karte. Ich stieß hart gegen seinen Körper, weil er sich in diesem Moment ebenfalls auf das Handy stürzte. Nach einer kleinen Rangelei, bei der er mir ins Gesicht schlug und mir für den Bruchteil einer Sekunde schwarz vor Augen würde, schaffte ich es, irgendwie an das Telefon zu gelangen. Erleichtert atmete ich aus, umklammerte das Gerät und verpasste Koa einen Tritt, der ihn von der Treppe beförderte. Er landete wie ein Maikäfer alle viere von sich gestreckt, auf dem Boden. Ich rappelte mich auf, suchte im Adressbuch nach Ryders Nummer.

Nachdem ich den Buchstaben »R« erreichte, wagte ich es zu atmen. Schnaufend drückte ich das Telefon ans Ohr, stieg ein paar Stufen nach oben, bis mich ein Druck am Fußgelenk zu Boden riss. Reflexartig ließ ich das Handy fallen, damit ich den drohenden Sturz mit den Händen abfedern konnte. Einen Augenblick tanzten weiße Punkte vor meinen Augen, weil mich der Aufprall hart am Kopf erwischte. Aber als ich eine Stimme aus dem Lautsprecher hörte, zwang ich meinen Verstand dazu, gegen die aufsteigende Ohnmacht anzukämpfen.

»Ava?«

»Ryder. Hilfe.«

Ich versuchte erst gar nicht nach dem Handy zu greifen, das eine Stufe unter mir lag, sondern probierte verzweifelt Koas Hand von meinem Fußgelenk zu strampeln. Doch sie lag fest, wie ein Schraubstock, um den Knöchel und zog mich Stück für Stück die Treppe hinunter.

»Ava, bist du das? Ryder ist im Ring.« Erst jetzt bemerkte ich, dass es sich bei der Stimme um Arjan handelte.

»Arjan. Arjan. Bitte. Er wird mich töten.«

»Was redest du da?«, vernahm ich seine irritierten Worte, die mir langsam jede Hoffnung nahmen.

Er würde es nicht verstehen. Schon gar nicht ernst nehmen. Ich war verloren. Neue Tränen bildeten sich in meinen Augen. Die Hilflosigkeit traf mich so hart, dass sie auf der Stelle jeden Widerstand aufzehrte. Kämpfen hatte ohnehin keinen Sinn. Er war größer, stärker und skrupelloser.

»Ava? Ava? Verdammt.«

Koa hatte mich bis zur letzten Stufe gezerrt, war jedem Schlag und jedem Tritt gekonnt ausgewichen und riss mich jetzt an den Haaren auf die Knie.

»Ich werde mir heute Nacht nehmen, was du mir verweigert hast. Dann werde ich dich mitnehmen, einsperren und jedes Böse aus deinem Körper treiben, bis du wieder rein bist und nur für mich deine Beine breitmachst. Oh nein, weine nicht, Ava. Ich werde nicht zulassen, dass dich jemand mir wegnimmt.«

Der nächste Faustschlag traf direkt meine Schläfe und zog mich in eine Dunkelheit, die mir jegliche Sinne raubte. Ein weiterer Schlag holte mich zurück in die Gegenwart. Ich hatte keine Ahnung, wie lange ich bewusstlos gewesen war. Allerdings musste es lang genug gewesen sein, um mich vollständig an einen der Küchenstühle zu fesseln. Benommen blinzelte ich einige Male, um den verschwommenen Schleier vor meinen Augen loszuwerden. Mein Kopf pochte, meine Wange brannte und ich schmeckte den eisernen Geschmack Im Mund.

»Du hättest das nicht tun sollen. Du hättest es einfach akzeptieren sollen. Dann hätte ich das deinem Freund jetzt nicht antun müssen. Sein Tod ist deine Schuld, Baby«, hörte ich Koa in der Ferne, aber meine Sicht war immer noch zu getrübt, um mehr als schleierhafte Umrisse der Küche auszumachen. Langsam drang die Erinnerung der letzten Minuten zu mir hindurch. Nach und nach setzten sich die Bilder vor meinem inneren Auge zusammen, ehe sie dort wie ein Film abliefen und alles wie eine Sturzflut auf mich niederbrach. Panisch riss ich die Augen, zerrte an den Bändern, mit denen er mich an den Stuhl gefesselt hatte. Schmerzhaft schnitten sie tiefer in meine Haut und hinterließen ein unangenehmes Brennen, doch lösen ließen sie sich nicht. Ich erkannte, wie Koa mit einem dicken Stuhlbein hinter der Tür stand. Er warf ungeduldig einen Blick auf seine Uhr.

»Was hast du vor?«, fragte ich, obwohl die Antwort so deutlich auf der Hand lag. Er würde Ryder rücklings angreifen, ihn mit dem Holz k.o. hauen, wenn nicht sogar schlimmer.

»Du kennst doch die Antwort, Liebes. Ich will nur, dass du immer bei mir bleibst. Was kann dir dieser Unhold schon bieten? Hat er dir jemals was geschenkt? Nein! Ich habe dir Botschaften hinterlassen, um deutlich zu machen, wie sehr ich dich liebe ... aber du hast es nicht gesehen, es nicht ernst genommen.«

»Du warst das? Du hast diese kranken Sachen getan?«

»Kranke Sachen? Nichts davon war krank. Ich habe dir als Zeichen meiner Liebe ein Herz geschenkt und du hast jeden dieser Liebesbeweise mit Füßen getreten.«

»Du hast mein Wohnzimmer zerstört.«

Er lachte und schüttelte den Kopf. »Ich habe es nicht zerstört. Ich habe es gereinigt!« Seine Augen weiteten sich, verliehen ihm einen Ausdruck, der mir noch mehr Angst machte.

Eine Angst, die ich schon lange nicht mehr verspürte. Wirkliche Angst. Wie Teer floss sie, dunkel und zähflüssig durch meine Adern.

»Gereinigt?« Fassungslos starrte ich ihn an.

»Dieser Raum war erfüllt von den toxischen Gefühlen, die du für diesen Kerl hast. Sei froh, eigentlich wollte ich das ganze Haus ausräuchern.«

»Du spinnst doch!«

»Als Nächstes sollte dein Schlafzimmer drankommen und der Flur, weil er dich dort ebenfalls angerührt hat. Ich habe auch nicht vergessen, was du in deinem Zimmer getan hast. Diese unaussprechlichen Dinge. Du bist echt eine kleine Hure.«

Es war schrecklich zu wissen, dass er irgendwo in einer Wand hockte und mir dabei zusah, wie ich mich selbst befriedigte, während ich an Ryder dachte und wusste, dass er vor dem Fenster stehend alles sehen konnte. Damals war es aufregend – nach all der Zeit, wieder dieses Vertrauen in mich zu spüren.

Jetzt wurde ich wieder schmerzlich daran erinnert, wieso ich es vorher nicht konnte.

»Du bist widerlich!«

»Ich? Nein, dir macht es Spaß, beobachtet zu werden.«

»Hör auf.« Ich kämpfte gegen die Erinnerungen an, die sich unaufhörlich einen Weg in meinen Kopf bahnten. Ich wollte sie verdrängen, sie nicht wieder durchstehen müssen.

»Wieso Merlin?«

»Ich musste dich bestrafen.« Er lachte verrückt, schwang das Stuhlbein einige Male durch die Luft, als würde er üben, wie er es am besten schwingen musste, um möglichst viel Schaden zu hinterlassen.

Die Haustür wurde aufgerissen. So unerwartet, dass ich einige Sekunden brauchte, um zu realisieren, dass es nicht Ryder war, der eilig über die Schwelle trat. Arjan riss geschockt die Augen auf, als er mich entdeckte. Da war es aber schon zu spät. Das Holz sauste auf seinen Kopf, prallte mit solch einer Wucht auf seine Schädeldecke und hinterließ dabei ein widerliches Geräusch. Benommen sackte er zu Boden.

»So, das war einfacher als gedacht.« Koa beugte sich über Arjan und zog enttäuscht eine Schnute. »Das ist er ja gar nicht. Schade.«

Er hievte den leblosen Körper mit aller Kraft nach oben, manövrierte ihn auf einen weiteren Stuhl, der nur einige Schritte von mir entfernt stand. Dort band er seine Arme und Beine mit Kabelbinder fest.

»Ist er tot?«, wollte ich wissen.

»Leider noch nicht. Ganz schöner Dickschädel.« Er verpasste Arjan einen Schlag, der ihn wieder zu Bewusstsein brachte. Sein Blick huschte von Koa zu mir und wieder zu Koa.

»Was ist hier los? Was soll das?«, presste er unter zusammengebissenen Zähnen hervor. Koa ignorierte ihn und kam grinsend auf mich zu.

»Baby, erfüllen wir ihm seinen letzten Wunsch? Erzählen wir ihm doch die ganze schmutzige Wahrheit hinter diesem schönen Gesicht«, schlug er vor und tätschelte meine Wange.

»Nein!« Panik stieg in mir auf.

»Aber wieso denn nicht? Er wird es ohnehin keinem mehr verraten können«, meinte er belächelnd. Ich schüttelte heftig den Kopf.

»Ach Ava. Komm schon! Sie haben es so verzweifelt versucht herauszufinden. Gönn ihm doch noch ein kleines Erfolgserlebnis«, sagte er so bereitwillig, als würden wir nicht über die schlimmsten Momente meines Lebens, die größten Demütigungen und Augenblicke sprechen.

Ereignisse, die meine Seele unweigerlich gebrochen hatten.

»Lass uns einfach gehen«, flehte ich, in der Hoffnung, er würde sich geschlagen geben.

»Nein. So einfach ist es nicht. Du hast mich verletzt, also muss ich dich jetzt auch verletzen.« Verletzen? Diese Geschichte würde mich nicht verletzen.

Sie würde mich zerstören. Und dass Arjan der erste Mensch war, der davon erfuhr, würde mich noch zusätzlich vernichten. Koa zog sich ebenfalls einen Stuhl heran, um einen Kreis zu bilden. Er schaute abwechselnd zu mir und zu Arjan und klatschte freudig in die Hände.

»Es ist so gemütlich. Genau die richtige Atmosphäre für ein Pläuschen. Weißt du, Arjan, unsere kleine Ava ist ein richtiges, böses Mädchen. Sie hat euch ja schon von dem Tod ihrer Mutter erzählt. Dass er ihre Schuld war.«

»Es war nicht ihre Schuld. Es war ein Unfall. Die passieren nun mal«, warf Arjan ein.

»Nein, es war ihre Schuld! Sie hätte nicht auf diese Party gehen sollen. Auf eine Party, wo sie sich offen angeboten hat. Wie eine Hure. Du hast einem deiner Mitschüler einen geblasen, Ava. Das war der Moment, wo die Nutte in dir erwacht ist«, wandte er sich mit dem letzten Satz direkt an mich. »Es wurde gefilmt, wie du seinen dicken Schwanz in deinem Mund aufgenommen hast. Und anschließend wurde es auch noch online gestellt. Jeder in unserer Familie hat gesehen, wie geil diese kleine Göre auf Schwänze ist.«

Er drehte sich zu Arjan, verschränkte die Arme vor der Brust und fuhr fort: »Du kannst dir vorstellen, wie schlimm dieser Clip für Ihren Vater, Vido, sein musste. Die Tochter des Meisters bei solchen Aktivitäten zu sehen. Er war außer sich und hat beschlossen, dass sie auch genauso gut unsere Schwänze haben könnte, wenn ihr das so gut gefiel.«

Er kicherte leise und wandte ich wieder an mich. Ich wich Arjans Blick aus, in dem zum ersten Mal seit Wochen keine Abneigung lag. Der Ekel und die Erinnerung an jene Nacht schnürten mir die Kehle zu. Ich hatte das Gefühl mich jeden Moment übergeben zu müssen. Es war, als wäre ich wieder in meiner persönlichen Hölle gelandet. In dem Augenblick, in dem meine Seele brach.

Kapitel 37

AVA

6 Monate zuvor:

Mit verbundenen Augen und gefesselten Händen wurde ich von meinem Vater durch einen Gang geführt. Ein modriger Geruch stieg mir in die Nase. Ich hörte Tropfen auf den Steinboden fallen. Leise Musik drang an mein Ohr. Eine dunkle Melodie, die ein beklemmendes Gefühl in mir auslöste.

Ich schluckte einige Male, doch die Enge in meiner Kehle wollte nicht verschwinden. Die wehleidigen Klänge nahmen zu, spielten so laut, dass sie mir nach kürzester Zeit in den Ohren dröhnten. Wo war ich? War ich noch in unserem Haus?

»Willkommen zu unserer ersten Show!« Mein Herz setzte einen Schlag aus, als sich die Stimme meines Vaters über die Melodie erhob. »Platziert sie in der Mitte!«

Hände umfassten meine Arme und Beine, hievten mich mit Leichtigkeit auf einen harten Gegenstand. Im nächsten Moment wurde ich von den Fesseln befreit. Zum Schluss riss man mir das Tuch von den Augen.

Es dauerte einen Augenblick, bis sich die dunklen Schatten zu Umrissen formten. Ich saß auf einem Metalltisch in der Mitte eines Raumes. Über mir baumelte eine einzelne, nackte Glühbirne. Das Gestein der Wände war feucht und es gab keine Tische, Stühle oder andere Gegenstände, die Aufschluss gaben, wo ich mich befand. Alles war mir fremd. Nicht so die Menschen, die in einem Kreis um mich herumstanden.

Da war der Hausmeister, Peet, den ich schon, seit meiner Kindheit kannte. Bill, der Grundschullehrer, mit dessen Tochter ich früher gut befreundet war. Koa, der Sohn des Postboten, in den ich heimlich verliebt war. Die Geschwister Nathan und James. Der Witwer Tom und den Schluss bildete der eigentümliche, alte Mann, welcher in der Gemeinde nur unter Larry bekannt war.

»Was soll das?«, fragte ich verwirrt, ehe ich nacheinander jeden Einzelnen von ihnen ansah. Wie in Zeitlupe und als wäre es haargenau einstudiert, griffen sie zu ihren Gürteln.

»Fass dich an!«, forderte die Stimme meines Vaters.

»Was?«, fragte ich ungläubig.

»Wenn du mitspielst, und eine Show ablieferst, die jeden zum Kommen bringt, werden sie dich nicht berühren. Scheiterst du, wirst du die Hure sein, die jeder kennt. Wir haben alle dein Video gesehen. Wissen, was du mit dem Jungen angestellt hast«, sagte mein Vater und beugte sich näher zu mir herunter. Das Blut gefror in meinen Adern, als er flüsterte: »Sei ein braves Mädchen für Daddy, und trag deinen Beitrag zum Wohl der Gemeinschaft.«

Ich hörte das Rascheln von Stoff und das Keuchen tiefer Männerstimmen.

»Nein, ich will das nicht!«, rief ich panisch, bevor sich die kalten Hände meines Vaters auf meine Schulter legten, und mich daran hinderten vom Tisch zu springen.

»Was habe ich dich gelehrt?«, zischte er. Die Geräusche um mich herum wurden immer lauter.

Ich schloss die Augen. Betete und wusste sogleich, dass mich kein Gott dieser Welt erhören würde. Zu tief saß ich in der Hölle, um ein rettendes Licht zu erhaschen.

»Gehorche. Tu, was ich dir sage und das Licht wird dich leiten«, ratterte ich seinen Leitspruch laut herunter.

»Mach die Augen auf und fass dich an!«

»Bitte nicht.«

»Mach die Augen auf!«, befahl er.

Die Männer traten einen Schritt auf mich zu und riefen im Chor: Und fass dich an!« Verzweiflung nistete sich in mir ein. Sie ließ mich schreien, weinen und treten, doch es änderte nichts an dem zerstörerischen Mantra, das in tiefem Stöhnen und Keuchen von den Wänden hallte.

Ich öffnete die Augen und ein Schleier aus Tränen nahm mir die Sicht auf die Körper, die nun direkt vor mir standen. Nur eine Handbreit von mir entfernt. Sie zerrten an meinem Kleid, murmelten immer wieder: »Fass dich an. Fass dich an. Fass dich an.«

»Bitte nicht. Bitte. Koa nein, tu das nicht, ich flehe dich an!« Tränen bahnten sich einen Weg über meine Wangen, tropften an meinem Kinn hinunter und landeten auf meinen nackten Körper.

Meine Hoffnung starb. Zog mich in ein Meer der Aussichtslosigkeit. Dunkelheit verschluckte jeden Glauben. Jeden Gedanken an das Gute. Langsam glitt meine Hand hinab. Tiefer und tiefer. Immer mehr Tränen kullerten über mein Gesicht. Der Raum war erfüllt von ihrem widerlichen Stöhnen und Keuchen, doch in meinen Ohren hörte ich nur mein verzweifeltes Wimmern und Weinen.

Die Musik war verschwunden. Ganz so, als hätte sie mich bis zum Untergang begleitet und sich dann heimlich aus dem Staub gemacht.

»Das machst du so gut, Ava. Weiter, weiter!«, forderte Koa. Er war der Erste, der kam. Ich hörte meine Seele brechen, als sein warmes, klebriges Sperma aus meinem Mund floss, sie johlend meinen Kopf zurückzogen und mich zwangen, die Überreste zu schlucken. Fühlte meinen Willen bersten, als ich mich keuchend über dem Tisch erbrach, nachdem der Letzte fertig war. Die Welt um mich herum stürzte ins bodenlose Schwarz, als mein Vater sich zu mir neigte und mit gedämpfter Stimme sprach: »Nächstes Mal erbrichst du dich nicht und schluckst alles!«

»Ihr widerlichen Schweine!«, Arjan versuchte sich aus der Fessel zu befreien, aber die Kabelbinder schoben sich nur noch enger um seine Knöchel.

Ich hatte wegen jener Nacht so viele Tränen vergossen, dass ich jetzt, wo es mir wieder erbarmungslos um die Ohren geschlagen wurde, keine mehr übrighatte. Da war nur Hass, Wut und das Verlangen, jeden dieser Männer zu töten. Ich hasste sie. Koa schüttelte den Kopf und legte seinen Zeigefinger auf die Lippen.

»Ich war noch nicht fertig«, murmelte er vorwurfsvoll. »Ich wollte mehr als diese Nächte. Diese verschwendeten Abende, in denen wir dich nur ansehen durften. Ich wollte dich.«

»Hör auf!«, flehte ich.

Jedes Wort aus seinem Mund war wie ein Schuss ins Herz. Wie konnte ich jemals Gefühle für diesen schrecklichen Menschen gehabt haben?

»Ich wollte der Erste sein. Ich sollte dein Erster sein. Schließlich hast du mich auch geliebt, oder Ava? Aber du hast dich danach einfach von mir abgewandt und deine Unschuld jemand anderem gegeben. Einem aus deiner Schule. Ein mickriger Kerl. Du kannst dir vorstellen, Arjan, wie Vido reagiert hatte, als auch dieses Video geleakt worden war. Jetzt war es selbst für ihn klar, dass seine verruchte Tochter eine noch größere Schlampe war, als er bereits dachte. Also wollte er sich auch das zu Nutzen machen. Und endlich erfüllte sich mein Wunsch. In einer der Nächte hat er verkündet, dass man ab sofort auch Sex mit ihr haben konnte. Da war für mich klar, dass nur ich Sex mit ihr haben würde. Ich hatte vor, sie zu heiraten.«

Er haute sich schreiend gegen den Kopf und sprang auf. Grob umfasste er mein Gesicht, drückte meine Wangen mit einer Hand zusammen und zog sein Shirt hoch.

»Aber in jener Nacht, in der ich dich langsam in meine verlockende Welt des Schmerzes holen wollte, hast du mir das Messer, mit dem ich dir viele wunderschöne Schnitte zufügen wollte, in den Magen gerammt. Ich war so sauer, kleine Ava, dass ich bereit war, dich zu erdrosseln. Aber du hast mir einen weiteren Hieb versetzt und bist abgehauen. Ich muss zugeben, dass es schwer war dich zu finden. Aber jetzt bin ich hier und wir können da weiter machen, wo wir aufgehört haben.«

»Fick dich, du verrücktes Arschloch«

»Ich werde dich ficken, Liebste. Viele Male, aber mach dir keine Sorgen, ich werde versuchen, dass es dir auch Spaß macht. Ich bringe dich an einen Ort, an dem dich niemand findet. Und jetzt solltest du lieber schlafen, wenn du nicht sehen willst, wie ich mich um diesen Störenfried kümmere. Danach sind wir frei.« Er löste seinen Griff und strich mir stattdessen behutsam über die Wange, ehe er mir mit einem weiteren Schlag das Bewusstsein raubte.

KAPITEL 38

RYDER

Es passte mir gar nicht, dass der Kampf vorverlegt, worden war. Ich war gedanklich nicht auf der Höhe, weil mir Avas Reaktion nicht aus dem Kopf gehen wollte. Ich musste wirklich aufpassen, dass ich diesen Kampf nicht verlor. Heilfroh, dass es endlich zur Pause klingelte, schleppte ich mich in die Umkleide, in der Neo bereits auf mich wartete. Das Ärzte-Team versorgte meine Verletzungen, die noch nicht allzu schlimm waren.

Ich hatte eine Wunde an der Schläfe, die sie provisorisch tackerten und eine Platzwunde an der Lippe. Das war eine der häufigsten Blessuren, die man sich bei den Kämpfen zuzog. Um ehrlich zu sein, wusste ich nicht genau, wann ich das letzte Mal keine aufgeplatzte Lippe hatte. Es gehörte schon zu mir, aber nun fragte ich mich, ob ich das alles hier noch wollte. Durch Ava fing ich an, die Dinge anders zu sehen. Sie gab mir den Mut, darüber nachzudenken, die Kämpfe irgendwann an den Nagel zu hängen.

»Wo ist eigentlich, Arjan?«, fragte ich Neo, nachdem die Ärzte die Kabine verlassen hatten. Falls man diesen alten Abstellraum so bezeichnen konnte.

Für gewöhnlich fanden die Kämpfe in Fitnessstudios statt, doch der Heutige war in einer heruntergekommenen Lagerhalle.

»Raste jetzt nicht aus«, begann er, was direkt die gegensätzliche Wirkung bei mir erzeugte. Nervös hob ich eine Augenbraue. »Ava hat angerufen. Total komisch. Arjan hat dann beschlossen, bei ihr vorbeizuschauen.«

»Was? Wieso hat mir niemand bescheid gesagt?«, blaffte ich ihn an.

»Arjan ist doch da. Er wird das schon regeln. Konzentrier dich lieber auf deinen Kampf.«

»Auf meinen Kampf konzentrieren? Wie soll ich mich denn bitte darauf konzentrieren, nachdem du mir davon erzählt hast.« Er zuckte mit den Schultern und holte sein Handy aus der Tasche.

»Ich mache dir einen Vorschlag. Wir rufen ihn an, versichern uns, dass alles okay ist und dann kannst du in Ruhe den Kampf gewinnen.«

»Meinetwegen! Mach den Lautsprecher an.« Es piepte einige Male, dann nahm die Mailbox ab. Neo seufzte und legte auf. »Bevor du gleich ausrastest, ich versuche es nochmal. Vielleicht kann er gerade nicht rangehen oder er steckt in einem Funkloch.«

Rund um Avas Haus gab es keine Funklöcher. Ich war unzählige Male dort gewesen und hatte Nachrichten mit ihr ausgetauscht. Niemand kannte die Umgebung besser als ich.

»Da stimmt was nicht«, schlussfolgerte ich und sprang sofort auf.

»Mach dich nicht lächerlich. Was soll da schon nicht stimmen?« Er deutete mit dem Kinn aufs Handy, um zu verdeutlichen, dass er es erneut versuchte. Es klingelte wieder einige Male, ehe der Anruf auf die Mailbox weitergeleitet wurde.

»Glaubst du immer noch, dass alles okay ist?«, fragte ich aufgebracht. Sein unbeschwerter Ausdruck wechselte, und es bildete sich eine Sorgenfalte auf seiner Stirn.

»Ich bin mir nicht sicher. Aber ich weiß, dass du diesen Kampf gewinnen musst, wenn du dir kein Geld von uns leihen willst.« Natürlich wusste Neo, wie sehr es mich störte, wenn ich einen Kampf verlor.

»Versuch ihn weiter zu erreichen. Ich werde die Sache schnell beenden und dann fahren wir zu Ava.« Es war ein Plan, der durchaus aufgehen konnte. Ich kannte meine Stärken und Schwächen gut. Es war möglich, die Sache schnell über die Bühne zu bringen.

Als ich den Ring wieder betrat, lachte mir der Bär von Mann, der mein Gegner war, schon siegessicher entgegen. Es war deutlich zu erkennen, dass er davon ausging, den Kampf zu gewinnen.

Was für ein Idiot. Er hatte keine Ahnung, dass er in den ersten Sekunden des Kampfes bereits k.o. gehen würde. Bis auf den Aussetzer im letzten Kampf befand ich mich in einer überragenden Form. Ich würde diesen Abend nicht extra in die Länge ziehen.

Entspannt lockerte ich meine Muskeln, ohne den Kerl auch nur einen Augenblick aus den Augen zu lassen.Konzentriert hüpfte ich sachte auf der Stelle und nahm meine Kampfposition ein. Der Typ, dessen Gesicht so hässlich war wie die Nacht, grinste und präsentierte eine Reihe gelber Zähne. Er war immer noch so selbstsicher, dass es ihm gar nicht in den Sinn kam, erst einmal abzuwarten, bis ich mich ihm näherte. Stattdessen stürmte er wie ein Verrückter auf mich zu und holte mit seiner Rechten aus. Ich duckte mich, ließ mich in die gegenüberliegenden Seile des Boxringes sinken und sprintete auf ihn zu. Meine linke Hand raste auf seine Nase zu, zeitgleich verpasste ich ihm einen Tritt in die Magengegend. Die Wucht dahinter riss ihn sofort zu Boden. Hastig rappelte er sich wieder auf, doch da traf ihn ein weiterer Tritt, der ihm die Lichter auspustete. Dieser Kerl hatte sich viel zu sehr aufgespielt, aber in Wirklichkeit war er kein Gegner. Ich ignorierte den Ringrichter, rollte mich unter den Seilen hindurch und rannte zu Neo.

»Alter, was ist bei dir falsch gelaufen? Du solltest sie alle so plattmachen und nicht rundenlang mit ihnen spielen!«, sagte er aufgeregt, als er sich bereits aus der tobenden Menge löste.

»Dann kommt keiner, um sich die Kämpfe anzusehen. Los, lass uns gehen.«

»Ich glaube ja nach wie vor, dass du übertreibst. Aber ich will ja nicht so sein«, hörte ich ihn hinter mir brüllen.

Ich schob mich eilig zwischen der Menge hindurch. Einige Männer, die viel Geld in die Wetten steckten, klopften mir anerkennend auf die Schulter, wohingegen andere mir böse Blicke zuwarfen.

Neos Maserati stand am hinteren Teil des Parkplatzes und es dauerte fast eine Ewigkeit, bis wir ihn erreichten, weil die Ersten bereits ihre Wagen vom Platz lenkten.

»Wieso parkst du dein verdammtes Auto immer so weit hinten?«

»Weil es da nicht Gefahr läuft, von irgendwelchen Verrückten demoliert zu werden«.

»Niemand demoliert dein Auto, Neo«, sagte ich genervt.

»Das weißt du doch gar nicht!«, verteidigte er sich mit ernster Stimme.

Er liebte jedes seiner Fahrzeuge, den Speed und den Kick, den die Bikes und getunten Autos mit sich brachten.

»Wieso fährst du dann Autorennen, wenn du Angst hast, dass es jemand beschädigt?«

Er öffnete die Tür und sah mich über den Wagen hinweg an. »Weil ich dann die Person bin, die dafür verantwortlich ist. So muss ich niemanden umbringen.« Es sollte wie ein Witz klingen, aber ich war mir nicht sicher, ob Neo nicht wirklich jemanden umlegen würde, wenn er sich an seinem Auto vergriff.

Mein Handy klingelte und ich spürte bereits Erleichterung in mir aufkeimen. Doch dieses Gefühl währte nicht lang, als ich Kats Namen auf dem Display entdeckte. Sie rief mich nicht an. Niemanden von uns. Was immer der Grund dafür sein mochte, es war mit Sicherheit nichts Gutes.

»Ja?«, nahm ich das Gespräch entgegen und deutete ungeduldig auf die Straße, damit Neo endlich aufs Gas trat.

»Ist Ava bei dir?« Mein Herz rutschte in die Hose, eine neue Panik überkam mich. Wenn Ava Kats Anrufe nicht entgegennahm, musste etwas passiert sein.

»Nein«, gab ich knapp zurück.

»Ryder. Sie geht nichts ans Telefon.«

»Ich weiß.«

»Vielleicht ...« Sie hielt inne und ich hörte das Klacken ihrer Absätze.

»Was?«

»Vielleicht hat Valentin etwas damit zu tun«, gab sie schließlich zu.

»Was meinst du damit?«

»Er hat etwas Merkwürdiges gesagt, als ich ihn vor ein paar Tagen besucht habe.«

»Haben wir dir nicht gesagt, dass du ihn nicht besuchen sollst«, sagte ich gereizt, was Neos Aufmerksamkeit erregte.

»Mach den Lautsprecher an!«, forderte er sofort, wobei er das Gaspedal durchtrat und viel zu schnell über die Landstraße fegte.

»Mach das bitte nicht. Du weißt, wie er auf Valentin reagiert. Er ist mein Bruder, ich werde mir von euch nichts verbieten lassen.«

»Warum rufst du mich dann an?«

»Weil sie meine Freundin ist und es irgendwie so geklungen hat, als hätte er Zugriff auf mein Handy. Er meinte, dass meine neue Freundin sehr nett wirkt. Ich kann mir nicht erklären, wie er das wissen kann, da ich sie ihm gegenüber nie erwähnt hatte.«

»Bring es zu Sage. Sag ihm, ich habe dich geschickt. Und noch was, Kat« Ich warf einen besorgten Seitenblick zu Neo, der mit starrem Blick auf die Straße sah. Er verzog keine Miene. Trotzdem war mir klar, dass er vor Wut kochte.

»Halt dich besser von Valentin fern.« Ich legte auf und die Enge in meinem Brustkorb war noch unerträglicher geworden.

Ich war heilfroh, dass Neo es vermied, mich auf das Gespräch mit Kat anzusprechen, obwohl ich wusste, dass ihm die Frage unter dem Nagel brannte, wieso ich den Lautsprecher nicht angemacht hatte. Vielleicht musste ich mir diesbezüglich auch noch etwas anhören, wenn sich seine Nerven wieder einigermaßen beruhigt hatten.

»Wir sind gleich da«, erklärte er nach einer Weile.

Noch ehe er am Straßenrand parkte, wo neben Arjans Wagen, mit dem wir gekommen waren, auch der stand, mit dem er zum Kampf gefahren war, sprang ich aus dem Auto.

Mit großen Schritten durchquerte ich den vertrauten Wald, der das Anwesen wie eine Mauer abschirmte. Schon von weiten sah die geöffnete Haustür. Schwaches Licht drang vom innen heraus und warf einen dünnen Lichtkegel auf die Veranda. Stimmen kamen aus dem Haus. Leise, wie ein unheilvolles Flüstern. Ich tauschte einen letzten vielsagenden Blick mit Neo, nahm die Waffe, die er mir entgegenhielt, und schlich langsam auf das Gebäude zu, dessen Innenraum mir im Moment die größte Angst machte.

Kapitel 39

AVA

Die Bewusstlosigkeit, nach der ich mich so sehnte, hielt nicht lange an. Der Schmerz in meinem Kopf war ins Unermessliche gestiegen. Er pochte und stach und ich fragte mich, wie viel ein Mensch ertragen konnte, bevor er endlich in der rettenden Ohnmacht blieb.

»Du willst wohl unbedingt miterleben, wie das Leben aus seinen Augen weicht«, begrüßte mich Koas Stimme, was mir klarmachte, dass die letzten Augenblicke kein Albtraum gewesen waren.

»Binde mich los und ich zeige dir, wer hier wen umbringt«, erwiderte Arjan, mit einem Lachen auf den Lippen, dass mir einen Schauder über den Rücken jagte. Obwohl immer noch Blut aus der Wunde an seinem Kopf tropfte, machte es den Anschein, als könnte er es mit ihm aufnehmen. Einen Moment schien Koa über diese Möglichkeit nachzudenken. Aber er war kein guter Kämpfer. Niemand, der einen Kampf Mann gegen Mann, gewinnen würde. Er war groß und schmal und seine Schläge schwach. Als wäre er in diesem Augenblick zu dem gleichen Entschluss gekommen, schüttelte er den Kopf und sagte: »Netter Versuch. Aber ich bevorzuge doch eher, so lange auf deinen Dickschädel einzuschlagen, bis davon nicht mehr viel übrig ist.«

»Nein! Bitte.« Er drehte sich nochmal zu mir herum und lächelte mich liebevoll an.

»Du solltest das nicht sehen, mein kleiner Engel. Aber vielleicht ist es auch gut, wenn du siehst, was passiert, wenn du nochmal verschwindest«, erklärte er nüchtern. Mein Herz setzte aus, als Koa sich wieder Arjan zuwandte, der ihm angewidert vor die Füße spuckte.

»Du bist erbärmlich.«

Koa lachte über seine Worte und holte aus. Doch bevor der Holzscheit seinen Kopf berührte, warf sich Ryder auf Koa und riss ihn zu Boden.

»Das hat ganz schön lange gedauert«, meckerte Arjan Neo an, der nach irgendetwas suchte, um seine Fesseln zu durchtrennen.

»Seit wann lässt du dich einfach so umhauen?«, fragte dieser.

»Hol ein Messer aus der Küche und ich beweise dir, dass ich mich nicht einfach umhauen lasse« Einen Moment später kam Neo mit einem Messer aus der Küche zurück.

»Mach schon!«, drängte Arjan, als er sich an den Kabelbinder zu schaffen machte.

Es dauerte aber eine ganze Weile, bis das Plastik zu Boden segelte. Sofort sprang Arjan auf und versetzte Koa einen Tritt in die Rippen. Neo eilte zu mir, um mir ebenfalls die Fesseln zu lösen.

»Alles okay?«, fragte er sanft, nachdem er mich befreit hatte.

Gedankenverloren rieb ich mir über die brennenden Gelenke. Mir war gar nicht aufgefallen, dass ich so sehr an den Kabeln gezerrt hatte, dass sie mir die Haut darunter aufgeschlitzt hatten.

»Ja. Aber …« Der Rest meines Satzes ging in einem lauten Schrei unter. Ryder und Arjan hatten es geschafft Koa zu überwältigen und ihn auf den Stuhl zu hieven, auf dem bis eben noch Arjan gesessen hatte.

»Wer ist das?«, fragte Ryder außer Atem.

»Jemand aus ihrer Vergangenheit. Er war es auch, der die Kameras installiert hat«, erklärte Arjan.

Mein Herz raste, weil ich nicht wusste, ob er den Teil über mich erzählen würde, den er mitbekommen hatte.

»Er hat das alles gemacht?«, hakte Ryder nacht.

»Ja, das alles.« Er holte aus und brach Koa die Nase. Im nächsten Moment presste er ihm die Waffe an die Stirn.

»Ryder. Bitte.«

Ich machte einen Schritt auf ihn zu, schwankte und verlor das Gleichgewicht. Die Kopfschmerzen bohrten sich so heftig in meinen Schädel, dass mir sofort Tränen in die Augen stiegen. Matt sackte ich in seinen Armen zusammen, ehe ich den Boden berührte.

»Nicht. Töte ihn nicht.«

»Du willst, dass er lebt?«, wandte sich Arjan an mich.

Ich schüttelte den Kopf und griff mir gleich darauf an die Schläfe.

»Nein, oder ja. Ich weiß es nicht. Ich will nur nicht, dass sich Ryder noch mehr Schuld auflädt. Tu das nicht, bitte!«

Arjan nickte, nahm ihm mit einem eindringlichen Blick die Pistole ab.

»Sie hat recht. Du bist nicht so.« Er legte ihm für einige Sekunden die Hand auf die Schulter, dann wandte er sich an Koa. »Ich aber schon.« Rasch entsicherte er die Waffe und drückte sie ihm zwischen die Augen.

»Bitte nicht. Ich bitte dich, ich habe doch gar nichts getan«, schluchzte Koa.

»Gar nichts?«, wiederholte Arjan kalt, »Du nennst das gar nichts?«

»Geh in den Flur, *Babe*«, forderte Ryder.

»Ava, sag ihnen bitte, dass ich nichts gemacht habe. Ich will nicht sterben!« Einen Moment hielt ich inne, doch Arjan verpasste Koa einen Schlag, zog seinen Kopf an den Haaren zurück und stopfte ihm den Lauf der Pistole in den Mund.

»Sei still, du Stück Scheiße. Es wird Zeit, für deine Sünden zu bezahlen. Ava, du hast fünf Sekunden Zeit den Raum zu verlassen, wenn du nicht sehen willst, wie ich ihm das Hirn wegblase.«

War das die richtige Entscheidung? Würde sein Blut nicht auch an meinen Händen kleben, wenn ich sie nicht aufhielt?

»Fünf...«, begann Arjan hinunterzuzählen.

Er meinte es ernst. Er würde Koa erschießen. Mit mir oder ohne mich, sein Entschluss stand fest.

»Vier...«

»Es wird alles gut«, flüsterte Ryder leise, als er mich behutsam in den Flur bugsierte.

Dort hauchte er mir einen Kuss auf die Stirn und schloss mich fest in seine Arme. Angespannt lauschte ich in die Stille hinein. Sekunden verstrichen, in denen ich nur darauf wartete, dass ein Schuss fiel. Obwohl ich mit dem Knall rechnete, erschreckte er mich so sehr, dass ich entsetzt zusammenfuhr und meine Fingernägel in Ryders Rücken grub.

Erst als sie Koas Leiche zugedeckt hatten, holte uns Neo zurück ins Wohnzimmer.

»Wir müssen ihn loswerden«, erklärte Arjan. Sein weißes T-Shirt war Blut besudelt. Ich konnte nicht sagen, ob es sein eigenes oder das von Koa war.

Sein Blick fiel auf Neo, der genervt die Augen rollte. »Wieso muss ich das immer machen?«

»Immer?« Ich sah die drei fragend an.

Ryder schüttelte nur den Kopf und setzte mich auf die Couch. »Warte hier. Wir regeln das.«.

»Vergrab ihn bei der anderen«, hörte ich währenddessen Arjan zu Neo sagen.

»Es ist mitten in der Nacht. Wie soll ich das allein machen?«

»Frag halt Winston. Er hat sowieso Zeit.«

»Ich habe morgen ein Date«, maulte Neo.

»Ein Date?«, wiederholte Ryder seine Worte.

Arjan zischte: »Du hast ständig Dates. Tu nicht so, als wäre das etwas Besonderes und schaff diese verdammte Leiche ins Auto.«

Ich vergrub mein Gesicht in den Händen und fragte mich, ob die letzten Stunden wirklich so passiert waren. Das Adrenalin, das vor wenigen Minuten noch durch meine Adern geflossen war, ließ nach und jede Energie wich aus meinem Körper. Jede Faser von mir war so erschöpft, dass ich sofort hätte einschlafen können. Ich spürte, wie sich jemand neben mir aufs Sofa setzte. Entkräftet ließ ich die Hände sinken und entdeckte Arjan.

»Wirst du mich jetzt aus der Stadt jagen?«, fragte ich matt.

Er lachte leise. »Hättest du das gerne?«

Ich sah ihn mit hochgezogenen Augenbrauen an.

»Hör zu«, er warf einen angespannten Blick auf die Tür, ehe er fortfuhr: »Du kannst bleiben.«

»Wie gnädig«, witzelte ich, denn obwohl ich wusste, was er getan hatte, begriff mein Gehirn immer noch nicht das Ausmaß dieser Tat.

Er hatte einfach so einen anderen Menschen getötet. Und jetzt saß er hier neben mir, als wäre es nichts. Ich hatte wohl nie eine Ahnung gehabt, wie gefährlich die drei wirklich waren.

»Wegen vorhin«, ergriff er erneut das Wort. »Es tut mir wirklich leid, was dir passiert ist. Ich kann verstehen, warum du uns nicht sagen wolltest, wieso du hierhergekommen bist. Ich werde es für mich behalten, bis du so weit bist, es ihm selbst zu sagen.«

»Danke, Arjan.«

Sein Blick wanderte zu Neo und Ryder, die gemeinsam die Leiche aus dem Raum schafften.

»Ich weiß wie es ist Geheimnisse zu haben, die man niemandem anvertrauen kann. Aber du musst ihn nicht vor allem schützen, Ava. Ryder ist stark. Das war er schon immer. Es wird nichts an seinen Gefühlen für dich ändern.«

Zum ersten Mal, seitdem ich Arjan kannte, war da mehr als die raue Schale, die ihn umgab. Vielleicht waren wir alle verflucht und deswegen mit den unzähligen Tragödien in unserem Leben gestraft. Sie genauso wie ich.

»Wie kannst du dir da so sicher sein? Du hast gehört, was er gesagt hat. Was passiert ist. Wie kann ein Mann so jemanden wie mich noch ansehen?«

»Du bist das Opfer Ava, nicht die Schuldige. Ich werde dafür sorgen, dass dein Vater nie erfahren wird, wo du bist. Da wäre aber noch eine andere Sache: Den Lost Souls sollte deine uneingeschränkte Loyalität gelten.

»Du kannst mir vertrauen, Arjan.«

Ein tiefes Lachen drang aus seiner Brust. »Du würdest dich wundern, wie oft ich das schon gehört habe.« Arjan stand auf und blieb neben dem Sofa stehen. »Im Gegensatz zu den anderen weiß ich, was in deiner *kompletten* Akte steht. Diese Information würde dich zerstören, höchstwahrscheinlich sogar töten also überleg dir lieber zwei Mal auf welcher Seite du stehst diese Warnung gilt auch für den Kontakt mit Kat. Sie ist nicht die, für die du sie hältst.«

Arjans Worte hinterließen einen bitteren Geschmack auf meiner Zunge. Ich fragte mich, was in dieser verfluchten Akte noch stand. Und ob es wirklich so schlimm war, wie er sagte.

Ryder schlang seine Arme von hinten um meine Taille und hauchte mir einen Kuss auf den Hals.

»Ich weiß, dass du nicht darüber reden willst, was heute Nacht passiert ist, aber ich möchte, dass du weißt, dass ich da bin. Ich bin hier, wann immer du mich brauchst.« Küssend bahnte er sich einen Weg zu meinen Lippen, um seine Worte mit einem leidenschaftlichen Kuss zu besiegeln.

»Lass uns deine Sachen zusammenpacken und endlich von hier verschwinden.«

»Vielleicht ist es doch eine gute Idee, wenn ich erst einmal bei dir unterkomme.«

»Habe ich doch gesagt«, erwiderte er freudestrahlend, ehe er seine Lippen wieder auf meine legte.

Dieser Kuss war tiefer, inniger und ein stilles Versprechen, da zu sein, sobald ich bereit war, ihm alles zu erzählen.

»Und jetzt lass uns endlich losgehen.« Er deutete auf die große Wanduhr im Flur, deren Zeiger auf der Acht stand.

»Du musst zur Uni!«, war das Einzige, was ich entsetzt feststellte.

Als würde ihm jetzt, nach so einer Nacht, nach Unterricht sein.

Mein Kopf brauchte eine Pause.

Ich hörte ihn leise lachen, bevor er meinte: »Heute nicht.«

Ehe ich mich schuldig fühlen konnte, schob er mich grinsend aus dem Haus und hauchte: »Wir müssen doch jetzt einen Kater abholen!«

An der Straße trafen wir auf Arjan und Neo, die sich immer noch lautstark darüber stritten, wer die Leiche entsorgen sollte. Mir war vorhin nicht entgangen, dass Arjan davon gesprochen hatte, sie neben der anderen zu vergraben. Ich machte mir eine mentale Notiz, Ryder so schnell wie möglich danach zu fragen. Auch wenn ich mir nicht sicher war, ob ich die Antworten darauf ertragen konnte.

»Du wirst nicht mit einer Leiche im Kofferraum zu diesem Date fahren!«, brüllte Arjan. Er hielt sich schnaufend die Nasenwurzel.

»Wieso nicht? Er ist doch schon tot. Also, was soll passieren? Weglaufen wird er wohl kaum.«

»Neo!«, donnerte Arjan. »Bring ihn einfach weg. Sofort!«

»Ja doch. Mein Gott, aber erst ...« Mitten im Satz hielt er inne, als sich helle Scheinwerfer näherten.

Meine Kehle schnürte sich zusammen, als das dazugehörige Auto immer langsamer wurde und schließlich vor uns hielt.

Als Sage aus dem Auto sprang, entspannte ich mich zunehmend, jedoch nur so lange, bis ich sein aufgeregtes Gesicht bemerkte.

»Ryder«, sagte er mit belegter Stimme. »Es tut mir so leid.«

Arjans rechte Braue schoss in die Höhe und Neo legte die Stirn in Falten, aber es war Ryders Reaktion, die mich unruhig werden ließ. Seine Schultern spannten sich an und seine Hand glitt langsam aus meiner. Ich wich einen Schritt zurück, als ich ihn ansah, denn es schien, als hätte er seinen Anker verloren.

Das Mittel, das seine Seele im Licht hielt. Das Braun seiner Augen verdunkelte sich und ich sah buchstäblich, wie die Wärme aus ihnen wich. Seine innere Dunkelheit war zurückgekehrt, hatte alles Liebenswerte aus seinem Gesicht gewischt. Ein Zittern durchfuhr meinen Körper, weil seine Kälte greifbar war.

»Was ist passiert?«, wollte er wissen.

Sage ging langsam auf ihn zu. Erst jetzt fiel mir das Tablet in seinen Händen auf.

»Ich habe es gerade gesehen.« Er hielt es ihm entgegen, sodass er den Bildschirm sehen konnte. »Sie sind alle tot.«

»Wer ist tot?« fragte Neo entsetzt.

Noch mehr Kälte breitete sich in mir aus, als ich Ryders entgeisterten Gesichtsausdruck bemerkte.

Es war dieses Gefühl der Vorahnung, dass etwas Schlimmes geschehen war.

Ohne es zu bemerken, setzten sich meine Beine in Bewegung, steuerte direkt auf die Lost Souls zu. Arjan und Neo waren inzwischen ebenfalls vorgetreten und schauten auf das Display. Mein Herz pochte immer schneller, je näher ich ihnen kam. Es dauerte einen Moment, bis ich die wirren Stimmen, verzweifelten Schreie und lauten Sirenen einordnen konnte. Sie drangen aus dem Tablet.

»Aber …«, stotterte ich, unfähig einen Satz zu bilden. Die Schlagzeile, die in Dauerschleife über das Video fuhr, brannte sich in meinen Verstand.

Brand im Seniorenheim Silverside

»Was zum …« Meine Worte gingen in einem Piepen unter. Verwirrt sah ich in die Runde.

Ein verhängnisvolles Schweigen hing über unseren Köpfen, während Arjan, Neo und Ryder ihre Handys aus den Taschen zogen.

»Was ist?«, fragten Sage und ich gleichzeitig.

»Er ist zurück«, antwortete Arjan, der seine Fassung als Erster zurückerlangte.

Sage ließ das Tablet fallen. »Du machst Witze!«

»Wer ist zurück?« Anstatt meine Frage zu beantworten, hielt Arjan sein Smartphone in die Höhe.

Das war erst der Anfang. Willkommen in der Hölle, ihr Wichser! – V

Nachwort

Du enttäuschst mich, wirklich. Dachtest du, ich würde es nicht mitbekommen? Ich habe klar und deutlich gesagt, was zu tun ist. Und was machst du? Du lässt dich von ihnen locken, fällt auf sie rein und denkst, ich sei der Böse?

Ist es nicht so?

Für dich bin ich das Monster in dieser Geschichte. Und vielleicht hast du auch recht damit. Ich begrüße Schmerz und liebe das Chaos. Bringe die Finsternis in deine Welt. Möglicherweise macht mich das zu jemandem, den du hassen kannst. Sag mir, hast du mich schon aufgegeben?

Bevor du gehst, lass mich dir eines sagen: Ich werde dir beweisen, wie sie sind. Falsche Bastarde, Lügner und Verräter. Sie dachten, sie wären mir einen Schritt voraus, aber in Wirklichkeit sind sie am Ende.

Und das weißt du auch, oder? Weil ich alles bin, was *du* bist. Deine dunkle Seite, deine schlimmsten Gedanken. Gänseblümchen, es wird Zeit, deine Seite zu wählen.

Denn.
Das.
Ist.
Vergeltung.

Valentin

DANKSAGUNG

Ich hätte niemals gedacht, dass es mir am schwersten fallen würde, diese Zeilen zu schreiben, wo doch ein ganzes Buch hinter mir liegt. Aber ich finde weder die Worte, um zu beschreiben, wie dankbar ich bin, noch glaube ich, dass ich es schaffe, jeden wichtigen Menschen zu danken, der bei der Realisierung dieses Buches mitgewirkt hat. Dennoch werde ich es versuchen.

Wo soll ich also anfangen? Die Jungs würden jetzt sicher so etwas sagen wie: »Bei uns natürlich!«

Und irgendwie haben sie auch recht damit. Denn ohne sie wäre die Geschichte nie entstanden.

Danke Ryder, Arjan und Neo. Ihr wollt gehört werden und diese Stimme, gebe ich euch nur allzu gerne.

Ob ich mich insgeheim als Mitglied der Rebels zähle? Vielleicht. Aber seien wir mal ehrlich: Someone needs to lead the pack! 😉

Meine Mutter war die erste Person, die schon vor dem Gedanken einer Veröffentlichung an mich geglaubt hat. Ich erinnere mich noch gut an die Weihnachtskarte aus dem Jahr 2021, in der sie mir prophezeit hatte, dass ich irgendwann ein Buch veröffentlichen würde. **Für deine Unterstützung und den unbändigen Glauben an mich möchte ich dir danken ♥**

Immer wenn ich kurz davor war alles hinzuwerfen, habt ihr mich wieder aufgebaut und zum Weitermachen ermutigt. Ohne euch wären die Rebels of Ashwick nicht das, was sie heute sind. Euer Feedback hat mich gefordert und gleichzeitig motiviert, über meine Grenzen hinauszugehen. **Daher geht dieser Dank an: Ricky, Tina, Lisa und Franzi.**

An dieser Stelle komme ich zu den Menschen im Hintergrund, die meinem Buch zu seinem Glanz verholfen haben. **Judith, Jaqueline, Lilly, Katrin, Tanja und Ole, eure Arbeit ist Goldwert und ich bin dankbar, mit jedem von euch zusammenarbeiten zu dürfen.**

Und ich möchte DIR danken, lieber Leser. Dafür, dass du Ava und Ryder eine Chance gegeben hast und mich tagtäglich auf Instagram und Tiktok mit Freude und Begeisterung supportest.

Wie beende ich diese Danksagung nun am besten? Ganz genau, indem ich den nächsten Rebel das Wort überlasse.

ARJAN:

Wie viele Tränen hast du bei deiner lächerlichen Danksagung vergossen, Melaine? Du enttäuschst mich. Hat dich *Ryvas* Geschichte etwa schon gebrochen? Dann solltest du dir lieber eine Großpackung Taschentücher besorgen. Denn meine Geschichte wird dich nicht brechen, sie wird dich zerstören.
Sei gewarnt: Es wird dunkler in Ashwick.

FORTSETZUNG FOLGT

Printed in Poland
by Amazon Fulfillment
Poland Sp. z o.o., Wrocław

20414580R00190